HEYNE <

Das Buch

»Ich habe mich entschlossen, das Ganze als eine Art … Experiment anzusehen. Bin ich sexy? Umwerfend? Kann ein neues Kleid oder ein neuer Bikini einen tatsächlich verändern? Ich kenne die Antwort zwar nicht, aber trotzdem möchte ich für eine Nacht eine Frau sein, die ich noch nie zuvor war. Ich möchte, dass ein scharfer Typ mir das Gefühl gibt, wie die Bikini-Mieze zu sein. Wie die Personifizierung von Sex. Ich möchte mich fühlen, als spielte sonst nichts eine Rolle. Als würde die vernünftige Wendy Carnes gar nicht existieren. Ich will die Jägerin sein. Ich will diejenige sein, die nimmt. Diejenige, die nichts außer Vergnügen empfindet und am Ende total befriedigt von dannen zieht.«

Die Autorin

Lacey Alexander ist das Pseudonym einer Autorin, die seit Jahren erfolgreich sinnlich-erotische Literatur schreibt.

Lacey Alexander

Ich bin heiß

Erotischer Roman

Deutsch von Ulrich Georg

WILHELM HEYNE VERLAG
MÜNCHEN

Die Originalausgabe THE BIKINI DIARIES erschien 2009 bei HEAT,
a division of Penguin Group Inc., New York

MIX
Papier aus verantwortungsvollen Quellen
FSC® C014496

Verlagsgruppe Random House FSC-DEU-0100
Das für dieses Buch verwendete FSC®-zertifizierte
Papier *Holmen Book Cream* liefert
Holmen Paper, Hallstavik, Schweden.

Vollständige deutsche Erstausgabe 03/2011

Printed in Germany 2011
Umschlaggestaltung: Nele Schütz Design, München
Umschlagfoto: © photolibrary
Satz: KompetenzCenter, Mönchengladbach
Druck und Bindung: GGP Media GmbH, Pößneck
ISBN: 978-3-453-54539-7

www.heyne.de

Immerzu sieht man diese Mädchen an den Stränden – diese Mädchen, bei deren Anblick man sich auch dann unterlegen fühlt, wenn man eigentlich ein recht selbstbewusster, zufriedener Mensch ist. Mörderbräune, Mörderbrüste und diese langen, glatten Beine, für die man sterben könnte. Und das alles in einen sündhaft kleinen Bikini gezwängt, der nur zu einem aufzufordern scheint: Fick mich!

Auch jetzt, während ich das hier schreibe, geht eine von diesen Sexgöttinnen an mir vorbei. Gott, sie ist so wunderschön. Irgendwie hasse ich sie dafür. Dafür, dass sie jede andere Frau hier am Strand so schrecklich normal aussehen lässt; dafür, dass verheiratete Männer und Väter die Gespräche mit ihren Frauen oder das Sandburgenbauen mit ihren Kindern einstellen, um dieses Wesen anstarren zu können.

Wie es wohl ist, in ihrer Haut zu stecken?

Ist das wirklich ihre wahre Identität? Ist sie wirklich eine Frau, die sich so wohl mit ihrer Sexualität fühlt, dass sie sie anpreisen muss? Eine heiße Mieze, die einfach nur auf eine gute Nummer aus ist? Ist das alles? Oder arbeitet sie so hart an ihrer Schönheit, weil sie insgeheim ein schwaches Selbstbewusstsein hat und das mit ihrer körperlichen Schönheit zu überdecken versucht? Und will sie wirklich Sex? Oder ist das Ganze doch nur eine Falle, weil sie eigentlich die wahre Liebe sucht?

Ich glaube, ich ziehe erstere Variante vor. Denn obwohl sie mich einschüchtert, beneide ich sie auch irgendwie. Zumindest den Teil von ihr, der sexuell so selbstsicher wirkt. Den Teil von ihr, der flachgelegt werden will – und sonst nichts. Und auch wenn ich ansonsten meist ganz zufrieden mit mir bin, so möchte ich gerade jetzt wenigstens einen Moment, eine kurze Sekunde einfach nur sie sein.

Kapitel 1

Wendy Carnes klappte ihr Journal – eine Mischung aus persönlichen und beruflichen Aufzeichnungen – zu und ließ es zusammen mit dem Stift in die Badetasche neben ihrem Liegestuhl fallen. Sie konnte einfach nicht anders, sie ärgerte sich darüber, dass sie wie diese Frau sein wollte. Die Frau, die sie gerade am Strand hatte entlangspazieren sehen. Gebräunt und perfekt, harte Nippel, die durch die zwei weißen Dreiecke stachen, von denen ihre Brüste bedeckt wurden. Und langes blondes Haar, das in der Meeresbrise förmlich hinter ihr herflog. Wendy konnte ihren Ärger zwar nicht unterdrücken, war aber gleichzeitig durchaus in der Lage, ihn zu akzeptieren. Schließlich war ihre Empfindung nur natürlich. Jeder wollte doch schön und begehrenswert sein.

Und vielleicht … vielleicht wollte auch jeder diese Art von Macht kennenlernen. Denn genau das war es, was die Bikini-Frau besaß: Macht. Und zwar über alle Männer am Strand. Und auch über einige der Frauen.

Dabei durfte man natürlich nicht den Aspekt des Vergnügens außer Acht lassen. Ein Blick genügte, und Wendy spürte genau, dass diese blonde Bikini-Mieze Bescheid wusste. Sie wusste garantiert, wie man Vergnügen bereitet und wie man Vergnügen empfängt. Ihre Augen glitzerten ja förmlich vor Lust.

Schönheit, Macht und Vergnügen. Wie sollte man diese Frau nicht beneiden?

Aber irgendwann befreite sich Wendy mit einem Kopfschütteln von ihren Gedanken. Schließlich war sie geschäftlich hier – und eben nicht zum Vergnügen. Um genau zu sein, war sie sogar ziemlich überrascht, dass es Miss Bikini-Mieze überhaupt gelungen war, sie so abzulenken. Wendy hatte immerhin ein paar Sätze über sie in ihr Journal geschrieben. Und das sah ihr nun so gar nicht ähnlich.

Andererseits führte ihr Job sie auch selten in derart berauschende Gegenden wie das *Emerald Shores Resort*, das sich mit seinem makellosen Sandstrand über fünf Kilometer an dem Teil von Florida entlangzog, den man die Smaragdküste nannte. Es hatte durchaus seinen Grund, dass der Begriff »Smaragd« in dieser Gegend geradezu inflationär auftauchte, denn wenn die Sonne diesen ganz besonderen Zipfel des Golfs von Mexiko küsste, verlieh der helle Sand dem Wasser einen fast mystisch wirkenden Grünton.

Nein, normalerweise führte ihr Job sie in ein Bürogebäude im Zentrum von Chicago, wo sie als Assistentin von Walter Carlisle tätig war, einem reichen Immobilienhändler, dessen Besitz über das ganze Land verteilt war und für den es sich äußerst angenehm arbeitete. Wenn es ums Geschäftliche ging, war Walter ernst und engagiert. Außerdem war er auch ein gerechter und freundlicher Arbeitgeber, der gerne mit dem Boot hinausfuhr, Poker spielte und Zeit mit seiner Frau und den jungen Enkeln verbrachte.

Wendy war ganz überwältigt gewesen, als Walter sie gebeten hatte, sich zu einer »Pfadfindermission« – wie man es im Büro nannte – in das *Emerald Shores Resort* aufzumachen. Selbst als Walter seine alte »Pfadfinderin« Marie Hill dauerhaft nach Seattle versetzt hatte, damit sie sich dort um seine große Sammlung an Immobilien kümmerte, hatte Wendy angenommen, dass er jemand neues für diesen Posten einstellen würde. Und wer weiß? Vielleicht würde er das ja noch tun. Aber vorerst hatte er Wendy für die Aufgabe ausgewählt, einige Zeit im *Emerald Shores Resort* zu verbringen, um zu prüfen, ob Walter hier Geld investieren sollte.

Und vielleicht wäre dieser Job auch gar nicht so beängstigend, wenn es sich bei dem Ort um eine ganz durchschnittliche Anlage gehandelt hätte. Aber davon war das *Emerald Shores Resort* weit entfernt. Eigentlich handelte es sich um eine riesige, exklusive und vor allem autarke Gemeinde. Zusätzlich zu den Tausenden von mehrstöckigen Wohnhäusern, die sich am Strand und auch an der angrenzenden Bucht entlangzogen, bot das Resort unzählige Einkaufsmöglichkeiten, ein vielversprechendes Nachtleben, Restaurants und sogar einen Supermarkt mit Apotheke. Außerdem konnte man Fahrrad fahren, Golf und Tennis spielen und einen kostenlosen Shuttle benutzen, der einen zu jedem beliebigen Ziel im Umkreis brachte. Eine Welt voller Luxus, die gleichzeitig aber auch die Bequemlichkeiten eines echten Zuhauses zu bieten hatte. Und genau das machte den Charme der riesigen Immobilie aus – für Urlauber, Ganzjahresgäste und für Walter Carlisle.

Als einer der größten Investoren der Anlage sich zurückzog, hatten die Betreiber sofort begonnen, sich energisch um *Carlisle Enterprises* zu bemühen. Und als Ergebnis dieser Bemühungen saß Wendy nun hier an einem makellos weißen Strand, grub ihre nackten Zehen in den weichen, warmen Sand und ... na ja, fragte sich, wie es wohl wäre, Sex auf Beinen zu sein.

Denn auch wenn die Bikini-Mieze mittlerweile außer Sichtweite war, kreisten Wendys Gedanken nach wie vor um sie. Allein die Anwesenheit dieser Frau hatte dafür gesorgt, dass sich nicht nur ein Gefühl von Einschüchterung, sondern auch von Zurückweisung in ihr breitmachte.

Also warum beneidete Wendy diese Person eigentlich?

Sehnte sie sich vielleicht insgeheim danach, dass sie einschüchternd wirkte und andere Frauen sich bei ihrem Anblick schlecht fühlten? Nein. Dazu war sie viel zu nett.

Aber die Bikini-Mieze gehörte zu den »schönen Menschen«, dem Typ, der es leicht im Leben hat. Oder zumindest leichter als die meisten anderen. Und Wendy konnte die Frage einfach nicht verdrängen, wie man sich wohl als Objekt purer sexueller Lust fühlte.

Konzentrier dich, sagte sie zu sich selbst. Sie war nicht hier, um irgendwelche Mädchen oder auch Männer zu begaffen. Sie war hier, um jeden Aspekt des *Emerald Shores Resort* aus sowohl touristischem als auch investorischem Blickwinkel zu betrachten, um mit den Betreibern der Anlage darüber zu sprechen, welche Änderungen oder Modernisierungen sie für nötig hielten und schließlich, um Walter ihre Ergebnisse und eine irgendwie geartete Investitionsempfehlung zu liefern, wenn sie nächste Woche wieder nach Hause fuhr.

Nachdem sie einen Schluck von dem eiskalten Mango-Daiquiri mit Schirmchen genommen hatte, der gerade von einem Kellner in Hawaiihemd serviert worden war, stellte sie ihr Glas in den Sand und nahm Journal und Stift wieder auf. Diesmal hatten ihre Notizen Hand und Fuß.

Drinks mit Schirm viel zu teuer. Die Gäste sind sicher bereit, zwölf Dollars für ein Getränk zu zahlen, werden sich aber trotzdem darüber ärgern. Senkt man den Preis um fünfundzwanzig Prozent, könnte man immer noch einen Gewinn erwirtschaften und die Gäste würden wahrscheinlich mehr trinken, aber sich auch nicht so ausgenommen fühlen.

Wendy würde später darüber nachdenken, ob es sich dabei überhaupt um eine Angelegenheit handelte, die für die Betreiber des *Emerald Shores Resort* interessant war, aber sie hatte sich nun mal entschieden, ein Journal anzulegen, alles aufzuschreiben, was ihr auffiel, und die einzelnen Punkte dann später auf ihre Wichtigkeit zu prüfen.

Aber warum hatte sie nur ihre Gedanken bezüglich der Bikini-Mieze aufgeschrieben? Wahrscheinlich hatte sie einfach nur Druck ablassen müssen. Außerdem würde niemand außer ihr das Journal zu Gesicht bekommen. Also konnte sie auch reinschreiben, was sie wollte.

Als sie das Journal erneut beiseitegelegt und noch einen Schluck ihrer Mango-Rum-Mischung genommen hatte, sah sie aus den Augenwinkeln etwas, das sich nur als Vision in Weiß beschreiben ließ. Als sie aufschaute, sah sie – wer hätte das gedacht? –, wie die Bikini-Mieze diesmal in entgegengesetzter Richtung den Strand entlangspazierte. Diesmal wirbelte ihr Haar um den Kopf herum, sodass sie jetzt nicht mehr scharf und heiß, sondern eher windumtost und sexy aussah. Doch die Wirkung, die sie hatte, blieb dieselbe. Als diese schlanken, gebräunten Beine elegant über den Sand zu gleiten schienen, spürte Wendy ganz deutlich, dass jeder Kerl in der Nähe die Schönheit beobachtete – genau wie *sie*. Und wie zuvor schien der Zauber alle männlichen Wesen zu ergreifen: Väter, Ehegatten, junge und alte Männer.

Aber diesmal auch eine Gruppe Zwanzigjähriger, die gerade an den Strand gekommen waren, um ein bisschen Fußball zu spielen. Und diese Tatsache löste etwas in Wendy aus, das weitaus tiefer ging. Diese Männer waren nämlich attraktiv, ja sogar scharf. Und es dauerte nicht lange, bis zwei der Fußballer sich gar nicht mehr auf das Spiel konzentrierten, sondern ganz offensichtlich und keck die Bikini-Mieze beflirteten. Und plötzlich wollte auch Wendy wissen, wie man so flirtet. Sie wollte, dass diese süßen Strandjungs *sie* bemerkten und nicht die Bikini-Schönheit.

Als das Gespräch der drei beendet war – vielleicht mit einer Verabredung für später – und die Bikini-Mieze ihren Gang über den Laufsteg des Strandes fortsetzte, da verstand Wendy auf einmal ihre seltsame Fixierung auf diese Frau. Um genau zu sein, traf die Erkenntnis sie wie ein Schlag.

Wendy war vierunddreißig Jahre alt. Und wenn es jemals ein Zeitfenster in ihrem Leben gegeben hatte, in dem sie so gut aussah oder sich so offen sexuell verhalten konnte, dann hatte es sich wahrscheinlich schon wieder geschlossen. Und das bedeutete, sie würde niemals erfahren, wie es wäre, einen umwerfend attraktiven Mann nur aus reiner körperlicher Lust zu ficken.

Es sei denn … es sei denn, sie ergriff die Gelegenheit jetzt sofort beim Schopfe.

Wendy biss sich auf die Unterlippe, so sehr erschreckte sie dieser letzte Gedanke.

Normalerweise war sie alles andere als ein sexuell aggressiver Mensch. Wendy sah sich eher als sanftmütige und auf eher gewöhnliche Weise hübsche Frau und hatte seit ihrem Arbeitsantritt bei *Carlisle Enterprises* vor zwei Jahren keine Verabredung mehr gehabt.

Das war natürlich keine absichtlich getroffene Entscheidung gewesen, aber … na ja, sie hatte eine ganze Reihe von Beziehungen mit unglaublich durchschnittlichen Typen hinter sich, die verrückter nach ihr gewesen waren als sie nach ihnen. Und zu irgendeinem Zeitpunkt hatte sie sich eben einfach entschieden, dass diese Männer nur Zeitverschwendung waren. Vor allem wenn sie daran dachte, wie viele Überstunden sie leisten musste. Kurzum, die Männer, die sie anzuziehen schien, gefielen ihr einfach nicht.

Nachts im Bett genehmigte sie sich natürlich schon die eine oder andere wilde Fantasie mit irgendwelchen scharfen Typen. Und in diesen Fantasien war sie auch immer umwerfend sexy.

Aber jetzt, da sie diese Träumereien analysierte, kam sie dahinter, dass sie scheinbar Sehnsüchte hatte, die sie unter den Teppich kehrte, weil sich einfach nie Gelegenheit bot, sie in die Tat umzusetzen.

Doch als sie beobachtete, wie der runde, gebräunte Hintern der Blondine sich immer weiter entfernte, fragte sie sich, ob es überhaupt möglich wäre? Konnte sie, Wendy Carnes, diese Art von sexueller Ausstrahlung überhaupt zustande bringen? Konnte sie einen knappen Bikini wie die Blondine tragen? Oder andere sexy Kleider?

Wendy sah sich nicht als besonders spröde an, gab sich aber grundsätzlich Mühe, sich angemessen zu benehmen. Wenn sie im Sommer mit ihrer Schwester und den drei Nichten nach Myrtle Beach in South Carolina flog, trug sie immer einen zurückhaltenden Zweiteiler – genau den, den sie auch jetzt anhatte. Schließlich war sie keine einundzwanzig mehr und hatte auch nicht mehr den Körper von damals. Jammerschade, dass sie auch mit einundzwanzig nicht den Mumm gehabt hatte, etwas Knappes zu tragen und so vielleicht eine falsche Botschaft auszusenden. Und jetzt, wo sie etwas Verführerisches tragen und durchaus auch eine falsche Botschaft aussenden *wollte* – nur einmal, nur für diese Woche –, hielt sie ihren Körper einfach für zu unvollkommen. Eine klassische Zwickmühle.

Dabei hatte sie für ihr Alter immer noch einen recht ansehnlichen Körper. Gott hatte sie mit guten Brüsten gesegnet und hatte ihr bisher nur eine winzig kleine Cellulitis-Stelle am rechten Oberschenkel auferlegt. Sie trainierte regelmäßig, und dies half schon eine Menge. Außerdem hatte sie sich gerade eine neue Haarfarbe zugelegt, die jeder als sexy bezeichnete – auch wenn das natürlich nicht ihr Ziel gewesen war, als sie von ihrem normalen Brünett zu einem Kupferton mit ein paar blonden Strähnchen gewechselt hatte.

Wendy starrte hinaus aufs Meer und dachte über das Undenkbare nach.

Nur, dass diese Gedanken ihr zu ihrer Überraschung gar nicht mehr so abwegig vorkamen.

Brachte sie es fertig? Konnte sie wie diese Frau werden? Konnte sie … jemand anderes werden?

An diesem heißen Mai-Nachmittag machte sich Wendy über die landschaftlich sehr schöne, gewundene Strandroute – der Pfad war gesäumt von kleinen Palmen und fröhlich blühenden Büschen – auf den Weg in ihr Apartment in einem der drei großen, luxuriösen, rosa gestrichenen Gebäude, die direkt am Meer lagen und sich *Shellside Towers* nannten. Es war ihr erster Tag im *Emerald Resort*, nachdem sie gestern erst spät am Abend eingetroffen war. Und obwohl der Strand sicher Hauptanziehungspunkt des Ortes war, so konnte sie doch nicht ihre gesamte Zeit dort verbringen, sondern musste langsam anfangen, andere Aspekte des Resorts zu überprüfen.

Also entschloss sich Wendy, an diesem Nachmittag ein wenig shoppen zu gehen und abends mit dem Shuttle ins *Bayside Village zu* fahren – jener Gegend des Resorts, wo sich die meisten Restaurants und Nachtclubs befanden.

Also war sie mit den Gedanken wieder ganz bei der Arbeit – na ja, sozusagen.

Denn seit sie sich zum Duschen vorbereitete, beschäftigte sie sich auch wieder mit ihrem Körper. Das war seltsam. Wendy hatte schon unzählige Male geduscht, ohne dass ihre Nacktheit sie in Erregung versetzt hätte. Doch heute ertappte sie sich gleich mehrfach dabei, wie ihr Blick immer wieder zu dem großen Badezimmerspiegel wanderte.

Das Thema Sex verfolgte sie, und sie fragte sich immer noch, ob ihr der sexy-und-bereit-Look gelingen würde und ob sie einen dieser winzigen Bikinis tragen könnte, ohne sich dabei lächerlich vorzukommen.

Gott hatte ihr gute Brüste geschenkt. Sie waren zwar nicht besonders knackig, aber dafür groß und rund. Wendy trug D-Körbchen, und gerade in diesem Moment waren ihre Nippel so hart, dass sie einfach nicht anders konnte, als sie hinreißend zu finden. Nicht unbedingt so hinreißend wie die eines Playmates oder einer Frau, die sich die Brüste hatte richten lassen. Aber immerhin war an ihr alles echt. Und die Bräunungsstreifen von heute Nachmittag schienen ihre Oberweite noch zu betonen und ihr mehr Kontur zu geben.

Außerdem wirkten die Hüften irgendwie schmaler als bei ihren letzten prüfenden Blicken. War das überhaupt möglich? Konnten Hüften schrumpfen? Vielleicht zahlte sich ja endlich der Cross-Trainer des Fitnessstudios aus.

Dieser Gedanke veranlasste sie, sich mit dem Hintern zum Spiegel zu drehen und ihn über die Schulter hinweg zu betrachten. Wendy biss sich auf die Lippe, stellte sich kerzengerade hin und streckte den Po ein wenig heraus. Der Anblick gefiel ihr sehr gut. Der Cross-Trainer funktionierte tatsächlich. Ihre momentane Haltung trug natürlich einiges dazu bei, aber ihr Hinterteil sah runder und knackiger aus als jemals zuvor.

Obwohl … vielleicht hatte sie sich vorher auch einfach nur nie die Zeit genommen, ihren Po so richtig eingehend zu betrachten. Mit Brüsten war es einfacher – sie saßen vorne und waren im Spiegel nicht zu übersehen. Beim Hintern allerdings musste man sich schon etwas Mühe geben, um einen Blick darauf zu erhaschen.

Plötzlich beugte Wendy sich zu ihrer eigenen Überraschung ein wenig vor, streckte ihr Hinterteil noch weiter in die Höhe und schaute erneut über ihre Schulter, bis sie von hinten ihre

Muschi sehen konnte. Der Anblick hatte etwas Aufreizendes. Zwar waren die meisten Porno-Miezen natürlich rasiert, doch sie konnte nicht verhindern, dass der Gedanke auch nur entfernt pornomäßig auszusehen, sie überaus erregte.

»Hör schon auf«, schalt sie sich irgendwann selbst und war froh, dass niemand sie so sehen konnte. Dann trat sie schließlich unter die kalte Dusche, ließ das Wasser über ihren Körper laufen und wusch den Glanz und den Geruch von Sonnencreme und Schweiß ab.

Wendy griff nach der Duftseife, die zur Grundausstattung des Resorts gehörte, fuhr damit über ihre Haut und schäumte sich ein. Dabei fiel ihr auf, dass sie mehr als sonst den Bauch und die Brüste betrachtete. Sie blickte nach unten und sah … noch mehr Porno. Eingeseifte, schaumbenetzte Titten. Sie konnte nicht umhin, ihren Anblick zu genießen. Gleichzeitig fragte sie sich, ob die attraktiven Jungs am Strand ihren Körper auch geil finden würden. Schon allein der Gedanke daran sorgte dafür, dass sie feucht wurde.

Wendy blieb sehr lange unter der Dusche und seifte wieder und wieder ihre Kurven ein, bevor sie sich zum Schluss auch noch die Haare wusch. Nachdem sie den Schaum auf ihrem Körper mit einer letzten Brause abgespült hatte, stieg sie aus der Duschwanne und ließ ihren Blick wieder in Richtung Spiegel wandern. Sie beobachtete sich dabei, wie sie sich mit einem Handtuch abtrocknete, ihre langen Haare kämmte und sie schließlich trocken föhnte, ohne vorher Unterwäsche anzuziehen. Es war wohl schon ziemlich lange her, dass sie ihren Körper so eingehend studiert hatte, und sie war geradezu überrascht, wie attraktiv sie ihn fand.

Aber die eigentliche Frage lautete doch: Machte sie sich etwas vor? Sah sie einfach nur … »ziemlich gut« für ihr Alter aus? War ihr Körper zu kurvig? Waren ihren Brüste zu schwer und ihr

Hintern zu rund? Und wie sehr fiel diese Cellulitis eigentlich wirklich auf?

Als die junge Frau das Badezimmer verließ, trug sie einen weißen BH und einen weißen Baumwollslip. Hach, das kam ihr auf einmal total langweilig vor, und sie wünschte, sie hätte etwas Freizügigeres zur Auswahl. »Nicht dass das irgendeinen Unterschied machen würde«, murmelte sie vor sich hin. Schließlich würde niemand ihrem Körper oder auch einfach nur ihr selbst Beachtung schenken.

Für einen Moment hatte sie glauben können, dass sie gut aussah, doch schon im nächsten Augenblick setzte die Realität wieder ein, um sie daran zu erinnern, wer sie eigentlich war. Sie war die vernünftige, hart arbeitende stinknormale Wendy Carnes – und nicht die Bikini-Mieze. Schließlich konnte man nicht einfach so tun, als wäre man jemand völlig anderes.

Es waren diese ernüchternden Gedanken, die dafür sorgten, dass sie einen lässig-schlichten Sommerrock mit einfachem Tank Top überzog, in ein Paar leichter Sandalen schlüpfte und sich schließlich auf den Weg machte, um das *Emerald Shores Resort* weiter zu erkunden. Es war bestimmt eine gute Idee gewesen, den Strand zu verlassen und in Gegenwart voll bekleideter Menschen shoppen und etwas essen zu gehen. Auf jeden Fall würde sie das ganz sicher wieder zur Vernunft bringen.

Noch bevor Wendy eines der Geschäfte betrat, war sie bereits beeindruckt von den Einkaufsmöglichkeiten. Von einem großen Boulevard, der durch einen parkähnlichen Grünstreifen inklusive Springbrunnen geteilt wurde, gingen alle möglichen Geschäfte von *Banana Republic* bis hin zu *Victoria's Secrets* ab. Und zwischen die großen Markennamen hatten sich noch einige kleine Fachgeschäfte gequetscht.

Da sie bereits wusste, was die großen Ketten anboten, betrat sie unter dem Klingeln eines Türglöckchens eine kleine Boutique namens *Beach Bazaar.* Ihre Wahl hatte natürlich rein gar nichts mit den aufregenden Bikinis im Schaufenster zu tun. Oder zumindest nicht viel, wie sie sich sagte.

»Hi«, begrüßte sie eine wunderschöne Asiatin, die hinter dem Verkaufstresen stand.

»Hallo.«

Das dunkelhaarige Mädchen lächelte, und dieses Lächeln machte sie nur noch schöner. »Wir haben eine Menge toller Sonderangebote. Fashion-Uhren sind fünfundzwanzig Prozent runtergesetzt, und die Kleider da drüben gibt es zum halben Preis«, informierte sie Wendy und zeigte auf einen runden Ständer. »Auf dem Tisch mit den Höschen ist auch alles reduziert.«

Wendys Blick blieb auf dem Tischchen neben ihr hängen, auf dem Spitzentangas und sexy Höschen im Boxershorts-Stil ausgebreitet waren. »Werd ich mir alles ansehen«, teilte sie dem Mädchen mit.

So albern es auch war, Wendy wünschte, sie hätte sich für den Einkaufstrip etwas Modischeres ausgesucht als ihren einfachen Rock. Die Verkäuferin jedenfalls sah in ihren tief sitzenden Jeans und dem Trägerhemdchen aus babyblauer Spitze, das ihr üppiges Dekolletee betonte, mühelos hip, stylish und selbstbewusst aus. Wendy wusste, es war vollkommen blödsinnig, sich mit dem Mädchen zu vergleichen. Wahrscheinlich war sie keinen Tag älter als fünfundzwanzig. Und doch hatte die Bikini-Mieze offensichtlich dafür gesorgt, dass sie sich jeder attraktiven Frau gegenüber sexuell unterlegen fühlte. Na toll.

Nachdem Wendy die Höschen durchstöbert hatte, wählte sie ein paar davon aus. Bisher hatte sie noch nie Slips im Boxershorts-Stil getragen und war durchaus neugierig, wie sie wohl bei ihr aussehen würden. Ein paar Tangas konnten sicher auch nicht schaden. Nicht, dass sie sonst jemals Tangas trug. Aber hatte sie nicht gerade über ihre eigene, langweilige Unterwäsche gequengelt? Vielleicht war es wirklich Zeit für eine Veränderung.

Auf dem Ständer mit den Kleidern fand sie ein sexy, mandarinfarbenes Trägerkleid mit eingearbeitetem BH für nur dreißig Dollar. Und wieder spukte sofort die Frage des Tages durch ihren Kopf: Kann ich das tragen? Oder wäre ich mit dem Kleid eine dieser Frauen, die geschmacklos aussehen, eben weil sie sich zu jugendlich kleiden?

»Das Kleid ist fantastisch«, sprach die Verkäuferin sie von hinten an.

Wendy antwortete ohne groß nachzudenken und vollkommen ehrlich: »Meinen Sie wirklich? Finden Sie nicht, dass es ein bisschen zu … jugendlich für mich ist?«

Die Augen der Asiatin weiteten sich überrascht. »Aber überhaupt nicht! Sicher, es ist sexy. Es hat aber eben auch Klasse. Und das passt ja nun perfekt zu Ihnen.«

Wendys Augenbrauen schossen nach oben. Die Verkäuferin fand sie also sexy? Und glaubte auch noch, sie hätte Klasse? Hm …

Andererseits wollte das junge Ding vielleicht auch einfach nur ihre Ware loswerden.

»Ich probier's einfach mal an«, sagte Wendy noch immer recht unsicher.

»Gut. Ich mache Ihnen mal eine Umkleidekabine frei.« Mit diesen Worten nahm sie Wendy den Bügel mit dem Kleid und das Höschen aus der Hand. Als dabei eine Strähne ihres langen, glatten Haares unverhofft über den Arm ihrer Kundin strich, ging ein Schaudern durch Wendys Körper, den sie sich nicht recht erklären konnte.

»Wo finde ich denn die Bikinis?«, hörte Wendy sich fragen, als das Mädchen zu den Umkleidekabinen ging. Dabei fiel ihr Blick automatisch auf den sich wiegenden Po der Verkäuferin.

»Ganz vorne links«, antwortete die Asiatin über ihre Schulter hinweg.

Wendy atmete tief ein und machte sich auf den Weg zur Badebekleidung. Es mochte vielleicht seltsam anmuten, dass das Aussuchen eines Badeanzugs sie nervös machte. Aber schließlich suchte sie nicht *irgendeinen* Badeanzug. Und sie wusste auch genau, weshalb sie jetzt den Mut hatte, sich nach etwas Aufregendem umzusehen. Die Tatsache, dass die Verkäuferin sie scheinbar sexy fand, hatte ihrem Selbstbewusstsein ein seltsam anmutendes Hoch beschert.

Das Problem mit Bikinis ist natürlich, dass man erst weiß, was man bekommt, wenn man sie anprobiert hat. Also nahm Wendy sich gleich eine ganze Auswahl von dem Ständer mit und versuchte dabei, etwas wagemutiger zu sein als sonst.

Zwanzig Minuten später hatte sie alle Exemplare anprobiert und hatte an den meisten etwas auszusetzen gehabt. Bis sie schließlich in den letzten Bikini schlüpfte. Als sie ihn entsprechend gerichtet hatte und vor dem hohen Spiegel stand, konnte sie ihren Körper nur noch erstaunt anstarren.

Das Teil war zwar nicht so knapp wie das der Bikini-Mieze, aber es war freizügiger als jedes andere, das sie je getragen hatte. Aufgrund ihrer prallen Oberweite hatte sie noch nie versucht, einen Bikini mit dreieckig geschnittenen Körbchen zu tragen. Doch dieses Exemplar hob ihre Brüste durch eine zurückhaltend gearbeitete Schaumstoffeinlage etwas an, zeigte aber immer noch genug Haut, um den Anblick der inneren und äußeren Kurven genießen zu können. Auch das einfache, schwarze Bikinihöschen mit den kleinen, goldenen Schnallen an den Hüften war knapper als alles, was sie jemals getragen hatte.

Wendy betrachtete sich sehr lange im Spiegel. Ihre hart gewordenen Nippel waren durch den dünnen Stoff des schwarzen

Oberteils sehr gut zu erkennen. Dieser Bikini würde ihr eine völlig neue Anordnung von Bräunungsstreifen bescheren. *Wenn* sie ihn denn kaufte. Und *wenn* sie ihn denn trug. *Sie* dachte, er würde gut aussehen – geradezu beängstigend gut. Aber machte sie sich nur etwas vor?

Also entschied sie, nachdem sie ihren Stolz runtergeschluckt hatte, das zu tun, was sie für das Beste hielt. Und zwar eine zweite Meinung einzuholen. Sie zog den Vorhang der Umkleidekabine ein kleines Stück beiseite, um festzustellen, dass die Boutique dankenswerter Weise immer noch leer war. Bis auf die hübsche Verkäuferin. »Ähm, entschuldigen Sie«, rief Wendy leise.

Das Mädchen trat fröhlich lächelnd vor die Umkleidekabine. »Brauchen Sie eine andere Größe?«

Es war Wendy zwar ein bisschen peinlich, aber … »Ich hätte Sie eigentlich gern um ihre Meinung zu diesem Bikini gefragt. Ihre *ehrliche* Meinung. Es würde meine Gefühle ganz sicher nicht verletzten, wenn sie fänden, dass er mir nicht steht. Das Risiko möchte ich nämlich nicht eingehen.«

Das Mädchen zeichnete mit dem Zeigefinger ein unsichtbares X über Wendys Brust und sah sie mit einfühlsamen Blick an. »Ich werde ganz ehrlich zu Ihnen sein. Versprochen.«

»Sie werden mir nichts aufschwatzen, was für meine Körperform zu knapp ist?«, fragte Wendy noch einmal nach, um ganz sicher zu gehen.

»Versprochen«, erwiderte die Verkäuferin und klang dabei ganz aufrichtig.

Dann kam Wendy plötzlich der Gedanke, dass sie sich der attraktiven Verkäuferin lieber gar nicht zeigen wollte, wenn sie in dem Bikini nicht gut aussah. Aber besser einer Person als dem ganzen Strand.

Also biss sie sich zögernd auf die Lippe, um schließlich die entscheidende Frage zu stellen. »Na gut. Kann ich das tragen?« Sie öffnete den Vorhang und stellte sich sogar ein wenig in Pose. Das musste sie einfach tun, denn sie wollte nicht einfach nur dastehen und ängstlich aussehen.

Der Kiefer der Asiatin klappte runter und ihre Augen weiteten sich. »O mein Gott!« Ihr Blick wanderte von Kopf bis Fuß über Wendys Körper. Und *ob* Sie das tragen können.«

Mit so einer begeisterten Reaktion hatte Wendy ganz sicher nicht gerechnet. »Wirklich?«

Die Augen des Mädchens maßen erneut ihre Figur. »Aber natürlich. Ich weiß gar nicht, warum Sie das bei diesen Kurven überhaupt fragen müssen!«

»Also ich …« Ich schätze, ich bedecke meine Kurven ziemlich oft. Ich habe mich wohl einfach noch nicht genug Menschen gezeigt, um beurteilen zu können, ob mein Körper wirklich schön ist. Abgesehen von all den Durchschnittstypen in meinem Leben. »Ich war mir nicht sicher. Ich … ich will einfach nicht albern oder billig aussehen. Oder so, als würde ich versuchen, mit irgendwelchen Mädchen vom College mitzuhalten, verstehen Sie?«

Ihre neue Freundin nickte, als würde sie Wendy voll und ganz verstehen. »Hören Sie, man muss keine 21 sein, um heiß auszusehen. Ich kann mir nicht vorstellen, dass es irgendjemanden gibt, der Sie in diesem Bikini nicht total scharf findet. Glauben Sie mir.« Ihr Blick wanderte noch immer über Wendys Körper und blieb schließlich bei ihren Brüsten hängen. Und genau wie unter der Dusche wurde Wendys Muschi ganz warm und feucht.

Sie entschloss sich, auch das Kleid und alle Höschen mitzunehmen.

»Ich wette, Sie sehen in *all* den Sachen großartig aus«, sagte die Verkäuferin, als sie die Einkäufe ein paar Minuten später zusammenfaltete. Die Art, wie die schlanken, manikürten Hände der Asiatin über die Spitze und die anderen Materialien glitten, gefiel Wendy überaus gut.

»Das hoffe ich doch«, erwiderte sie leise und reichte der Verkäuferin ihre Kreditkarte.

»Sind die Sachen für einen bestimmten Mann gedacht? Ihren Ehemann vielleicht?« Das Mädchen zog die Kreditkarte durch das Lesegerät, reichte Wendy eine Quittung zum Unterschreiben und packte die neuen Sachen dann in eine pfirsichfarbene Einkaufstüte, auf der das Logo der Boutique prangte.

»Nein«, antwortete Wendy und fügte in einem Anflug von übermäßiger Ehrlichkeit hinzu: »Eigentlich genau das Gegenteil, um ehrlich zu sein.«

Die Verkäuferin lächelte sie konspirativ an. Sie verstand eindeutig, was Wendy mit ihrer kleinen Bemerkung gemeint hatte und kommentierte sie mit einem »Waidmannsheil«.

Wendy erwiderte das Lächeln und nahm ihre Einkaufstüte, um die Boutique zu verlassen. Doch die Verkäuferin schien sie noch nicht gehen lassen zu wollen. »Hey«, rief sie ihr zu, als Wendy schon im Gehen begriffen war.

Sie drehte sich um.

»Wenn Sie wider Erwarten niemanden finden, der Ihre Vorzüge zu schätzen weiß, können Sie gerne wiederkommen und sich an mich wenden.«

Wendy zwinkerte und zwang sich zu einem letzten Lächeln, von dem sie hoffte, dass es einigermaßen natürlich aussah. Dann trat sie hinaus in das helle, heiße Sonnenlicht.

Holla! Hatte die hübsche Verkäuferin sie da gerade angemacht? Oder hatte sie etwas völlig anderes gemeint. Zum Beispiel, dass sie einen Typen kannte, mit dem sie Wendy verkuppeln konnte? Wendy wusste es zwar nicht, war aber trotzdem geschmeichelt, nervös – und überraschend erregt.

Bisher hatte sie noch nicht einmal daran gedacht, Mädchen auf diese Weise zu mögen. Aber sie wusste, dass es in gewissen Kreisen heutzutage als durchaus schick galt, mit dem eigenen Geschlecht zu experimentieren. Und als sie weiter die Straße hinaufspazierte, fragte sie sich immer wieder, ob die Verkäuferin sich wirklich zu ihr hingezogen gefühlt hatte – und was wohl passiert wäre, wenn sie entsprechend reagiert hätte.

Nicht, dass sie das jemals tun würde.

Das konnte sie sich einfach nicht vorstellen.

Aber dennoch zuckte ihre Muschi voller Neugierde.

Gut, es mochte durchaus sein, dass dieses Zucken nicht allein von der Asiatin ausgelöst worden war. Vielleicht lag es auch an den heißen Höschen, die sie gerade gekauft hatte. Die Slips im Boxershorts-Stil sahen wirklich schockierend scharf aus. Oder es war das sexy Kleid, von dem sie annahm, dass es Klasse hatte, gleichzeitig aber auch zeigte, dass sie nicht schüchtern war. Oder doch der enge, freizügige Bikini? Ob sie all das wirklich tragen würde? Würde sie wirklich losziehen und sich einen Mann suchen? In den Clubs oder am Strand?

Wendy biss sich auf die Lippe, als das Kitzeln zwischen ihren Beinen das Rückgrat hinaufzog. Sie konnte es gar nicht recht glauben, aber die Antwort lautete ja. Ja, ja, ja! Genau das würde sie tun.

Waidmannsheil – und wie.

Ich fass es nicht, dass ich das wirklich tue. Aber ich trage tatsächlich ein Kleid, das tiefer ausgeschnitten ist, als alles, was ich bisher getragen habe. Und langsam fühle ich mich … mutiger. Wenn ich in den Spiegel schaue, dann sehe ich … na ja, ich fange wohl langsam an, genau das zu sehen, was meine neue, kleine Freundin in der Boutique gesehen hat. Nein, ich bin nicht mehr einundzwanzig. Weit davon entfernt. Aber ich sehe ziemlich heiß aus, verdammt.

Um genau zu sein, erkenne ich mich kaum wieder. Aber vielleicht ist das ja etwas Gutes. Denn wenn ich das tatsächlich durchziehen will – losziehen und mir einen Mann angeln, einen aufregenden, sexy One-Night-Stand –, dann kann ich einfach nicht mein normales Selbst sein. Ich muss weiter das sehen, was sie gesehen hat. Ich muss das Mädchen am Strand sein. Ich muss meine Ängste ad acta legen.

Ich habe mir vorm Anziehen sogar die Muschi rasiert. Das habe ich vorher noch nie getan und es war überraschend … erregend. Ich schätze, das lag an meinem Wissen, warum ich es getan habe. Und daran, dass ich den Wunsch verspüre, diesen Teil von mir einem völlig Fremden zu präsentieren. Und sicher auch, weil ich bisher noch nie die Gelegenheit wahrnahm, mich selbst so intim zu betrachten. Eigentlich hatte ich damit gerechnet, dass es mich nervös macht, meine sensible Haut da unten mit einem Rasierer zu bearbeiten. Aber meine Erregung – und meine Vorfreude – haben das total wettgemacht.

Ich habe alles bis auf einen kleinen, ovalen Streifen direkt über meinem Schlitz abrasiert, und es war seltsam – geradezu erhellend –, mich da unten eingehend zu betrachten. Und wenn ich dran denke, dass jemand anders mich so sieht. Ich kann es kaum glauben, wie glatt und seidig ich mich da unten anfühle. Das und meine neuen Bräunungsstreifen geben mir das Gefühl unglaublich … exotisch zu sein.

Und auch wenn ein Teil von mir wahnsinnige Angst hat, in diesem Kleid und mit dem neuen, schwarzen Spitzentanga vor die Tür zu gehen – ganz zu schweigen davon, dass ich darunter auf eine Art und Weise nackt bin, die ich so bisher noch nie erfahren habe –, so kann ein anderer Teil von mir es doch kaum erwarten, unter Menschen zu gehen und zu sehen, was passiert.

Ich habe mich entschlossen, das Ganze als eine Art … Experiment anzusehen. Hatte das Mädchen in dem Laden wirklich recht?

Bin ich sexy? Umwerfend? Kann ein neues Kleid oder ein neuer Bikini einen tatsächlich verändern? Können diese Dinge einen wirklich zu einem neuen Menschen machen?

Ich kenne die Antwort zwar nicht, aber trotzdem möchte ich für eine Nacht eine Frau sein, die ich noch nie zuvor war. Ich möchte, dass ein scharfer Typ mir das Gefühl gibt, wie die Bikini-Mieze zu sein. Wie die Personifizierung von Sex. Ich möchte mich fühlen, als spielte sonst nichts eine Rolle. Als würde die vernünftige Wendy Carnes gar nicht existieren. Ich will die Jägerin sein. Ich will diejenige sein, die nimmt. Diejenige, die nichts außer Vergnügen empfindet und am Ende total befriedigt von dannen zieht.

Nimm das, Bikini-Mieze!

Kapitel 2

Es fühlte sich irgendwie seltsam an, allein zu essen. Wendy hatte nicht mit dieser Irritation gerechnet, denn als viel beschäftigte Singlefrau aß sie oft allein, auch in Restaurants. Aber das hier war etwas anderes. Und zwar wegen ihres Outfits. Und weil sie sich im Vergnügungsviertel eines belebten Resorts aufhielt, das von Menschen nur so wimmelte. Als sie sich auf der Veranda eines Restaurants wiederfand, das an die Welt der Südstaaten erinnern sollte und passenderweise *Tara hieß, merkte sie bald, wie die Menschen sie anstarrten.*

Die Gäste nahmen wohl an, sie wäre versetzt worden. Oder vielleicht fragten sie sich auch, ob sie eine … na ja, genau die Frau war, die sie darstellte: eine Frau auf der Suche nach Sex. Zunächst waren ihr beide Vorstellungen peinlich. Doch es dauerte nicht lange, bis ihr auffiel, dass die meisten der inquisitorischen Blicken von den *Männern* kamen. Inquisitorische und *bewundernde* Blicke.

Es war zwar nicht so wie vorhin, als die Bikini-Mieze über den Strand geglitten war und alle männlichen Blicke auf sich gezogen hatte. Aber es waren genug. Mehr als sonst zumindest. Und langsam, aber stetig breitete sich ein Gefühl von Hitze in ihrem neuen Tangaslip aus. Und das erinnerte sie daran, dass sie heute Abend eben nicht die vernünftige Wendy war. Sie war die wilde Wendy. Die lüsterne Wendy. Und sie zog die Sache durch. Sie zog sie *wirklich* durch.

Und auch wenn es sich zunächst merkwürdig anfühlte, das

Objekt von so viel männlicher Aufmerksamkeit zu sein, so war es auch eine unaufgeregte Methode, sich an die Blicke zu gewöhnen – und um nach und nach Gefallen daran zu finden. Wendy saß da und aß. Sie selbst schaute sich nicht um, war sich der forschenden Blicke aber die ganze Zeit bewusst. Es wäre ein Leichtes gewesen, weiterhin die Verlegene zu spielen, doch stattdessen gefiel sie sich immer besser in der Rolle der Frau, von der sich alle fragten, warum sie hier allein auftauchte.

Und als Wendy schließlich auf ihren sexy neuen High Heels, für die sie viel zu viel Geld bezahlt hatte, die Stufen zum Ausgang von *Tara* hinabgeschritten war, hatten all die neugierigen Blicke ihr das Selbstvertrauen gegeben, jetzt auch in einen Club zu gehen und sich so richtig ins Vergnügen zu stürzen.

Doch als sie an den protzigen, trendy aussehenden Nachtclubs vorbeiging, bemerkte sie nur allzu schnell, dass die Klientel viel zu jung war. Die Besucher mussten größtenteils noch ins College gehen. Und Wendy wollte keinen Schuljungen, sie wollte einen Mann. Jemanden, der genug Erfahrung hatte, um zu wissen, was er im Bett wollte.

Und gerade als ihr auffiel, dass das Publikum im *Bayside Village* ein anderes war – die Familien zogen bei Einbruch der Dunkelheit wohl in ihre Hotels, denn irgendwann war sie nur noch von Paaren und Singles umgeben –, entdeckte sie einen Laden, der sofort weitaus freundlicher wirkte als die Clubs, die sie bisher gesehen hatte. Er wirkte irgendwie erwachsener und längst nicht so einschüchternd. Zwar mochte Wendy für das *Volcano's* etwas zu overdressed sein, aber das war ihr egal. Schließlich würde sie den Besuchern so weitaus schneller ins Auge fallen. Von außen hörte es sich jedenfalls so an, als ob es sich um eine Piano-Bar handelte.

Die Stimmung im Inneren war ausgelassen. Genauso hatte Wendy es sich vorgestellt. Zwei duellierende Klaviere spielten mitreißende Stücke, und die Klavierspieler gaben sich alle Mühe, die Menge einzubeziehen. Es roch nach Bier, Popcorn und Nachos, und Wendy sah sich sofort beim Betreten weiteren starrenden Männerblicken ausgesetzt. Normalerweise wäre ihr das äußerst unangenehm gewesen, aber ihre Stimmung war einfach zu gut, um sich davon beeindrucken zu lassen. Schließlich bedeutete die Aufmerksamkeit, die ihr zuteil wurde, dass die Verkäuferin recht gehabt hatte. Sie war heiß. Nicht billig. Nicht albern. Einfach nur heiß.

Wendy durchquerte die Menge, als hätte sie ein Ziel. Schließlich konnte sie den Laden nicht die ganze Zeit wie ein Hai durchstreifen. Das würde albern aussehen. Also verlangsamte sie nach ein paar Minuten ihre Schritte und machte auf cool.

»Darf ich Sie zu einem Drink einladen?«

Sie schaute auf und sah einen Typen mit Cowboyhut, der ganz in ihrer Nähe stand.

Wendy versuchte ihn möglichst unauffällig abzuchecken. Er war okay. Das richtige Alter, anständiger Körper. Aber der Mann war trotzdem noch nicht das, wonach sie suchte. Wendy wollte einen Sexprotz, einen Kerl.

»Nein, danke. Ich bin mit einer Freundin verabredet.« Wow! Die Lüge war ihr so leicht über die Lippen gegangen, als hätte sie es vorher geprobt.

»Ich würde Ihre Freundin natürlich auch auf einen Drink einladen.«

Sie lächelte freundlich. »Danke, nein.« Dann drehte sie sich um und drückte sich an einer eng zusammenstehenden Gruppe vorbei, ohne sich auch nur umzuschauen.

Sie blieb erst wieder stehen, als sie einen freien Blick auf die Bühne hatte. Die beiden Klavierspieler hatten sich gerade zu einem Stück zusammengetan, das ihnen einer der Besucher zugerufen hatte. Sie spielten »I Hear You Knockin«, ein Stück aus den Siebzigerjahren mit einem guten Beat. Doch plötzlich berührte irgendjemand Wendys nackten Arm.

Als sie sich umdrehte sah sie einen Typen, der alt genug war, um ihr Vater zu sein. Oder sogar noch älter. Er trug trotz der tropischen Temperaturen eine Lederjacke und das Haar war für sein Alter viel zu lang. »Ja, hallo«, begrüßte er sie in eindeutigem Anmachton.

Ernsthaft?, hätte sie am liebsten gesagt. *Glaubst du wirklich, dass du bei mir Glück haben wirst?* Aber selbst die lüsterne Wendy konnte einfach nicht *so* abweisend sein – auch wenn sie fand, dass dieser Depp es durchaus verdiente. Stattdessen nickte sie, versuchte, möglichst gelangweilt zu wirken und richtete ihre Aufmerksamkeit wieder auf die Klaviere.

»Sie sehen aus, als könnten Sie einen Drink vertragen? Was hätten Sie denn gern?«

Wendy machte sie nicht mal die Mühe, ihn erneut anzusehen. »Nein, danke. Ich habe keinen Durst.«

Seine Reaktion bestand darin, sich weiter zu ihr rüberzubeugen. »Dann gehen wir doch irgendwoanders hin, wo wir uns ein bisschen unterhalten können.«

Okay, jetzt ist es aber gut. Schon für einen attraktiven Fünfunddreißigjährigen wäre die Art der Anmache durch und durch wagemutig. Aber von diesem Kerl war sie einfach nur *lächerlich*. Und diesmal konnte Wendy sich nicht mehr beherrschen. Ohne nachzudenken ließ sie ihre ganz natürliche Reaktion raus und rollte mit den Augen.

Erst als sie sah, wie er zusammenzuckte, wurde ihr klar, was sie getan hatte.

Wow, die lüsterne Wendy war eine völlig neue Gattung.

»Ein kleiner Tipp«, wandte sie sich noch kurz an den Bewerber. »Versuchen Sie's doch mal mit Frauen in Ihrem Alter? Und seien Sie dabei nicht ganz so schmierig.«

»Zicke«, zischte der Mann nur und verschwand.

Jetzt war es an Wendy zusammenzuzucken, aber der mentale Schlag wurde von zwei Mädchen abgemildert, die ihr gegenübersaßen und lachten. »Super! Der Mistkerl macht uns auch andauernd an. Was bildet der Typ sich eigentlich ein?«

Gute Frage. Zumal die beiden Mädchen noch mal weitaus jünger waren als Wendy – wenn auch nicht so aufreizend gekleidet. »*Wir* sollten Sie auf einen Drink einladen«, sagte das zweite Mädchen. »Dafür, dass Sie ihn hier rausgeekelt haben.«

Wendy lächelte und kam sich vor, als hätte sie einen Dienst an der Gemeinschaft geleistet. Dann aber ergriff sie die Gelegenheit, sich weiter ihren Weg durch die Menge zu bahnen und sich ein anderes Jagdgrevier zu suchen.

Doch schon bald erkannte sie, wo der Fehler bei ihrem Plan lag. Die meisten der anwesenden Männer waren für das, was sie wollte, einfach nicht scharf genug. Wendy wurde von diversen, sehr netten und auch irgendwie niedlichen Männern angesprochen, deren Bekanntschaft sie normalerweise sehr gern gemacht hätte. Aber heute ging es um mehr, als einfach nur flachgelegt zu werden. Es ging um mehr, als begehrt zu werden. Es ging darum, was *sie* begehrte. Und zwar tief in ihrem Inneren. Sie war ausgegangen, um ihre Fantasien in die Tat umzusetzen. Und darunter ging heute gar nichts.

Wendy wollte einen Kerl, mit dem sie schmutzig sein konnte. Schmutzig und verdorben. Sie wollte einen Kerl, bei dem sie ihre Hemmungen vergessen konnte. Das mächtige Bedürfnis, eine Sex-Göttin zu sein, war den ganzen Tag in ihr gewachsen. Sie wollte ohne jedes Risiko das tun und sagen, was sie in ihren nächtlichen Fantasien tat und sagte. Und wenn es nur für eine Nacht war. Und leider war ein »netter Kerl« einfach nicht der Richtige für dieses Unterfangen. Um eine Sex-Göttin zu sein brauchte sie auch einen Sex-Gott.

Und dann – oh Gott! – entdeckte sie ihn schließlich.

Er trug ein leichtes, schlichtes Hemd mit schicken Khaki-Shorts und stand mit einem Bier in der Hand gegen die Bar gelehnt da. Sein helles Haar berührte den Kragen seines Hemdes und der dunkle Bartschatten verriet, dass er sich heute wohl nicht rasiert hatte. Wendy war allerdings ziemlich sicher, dass er im »wirklichen Leben« außerhalb des Resorts ein Akademiker war. Und da sie auch Akademikerin war und sein Aussehen wahrscheinlich verriet, dass er ebenso klug wie attraktiv war, passte er sehr gut. Als seine blauen Augen leuchtend in ihre Richtung schauten, schlug ihr Herz sofort schneller. *Es passiert! Es passiert tatsächlich!,* konnte sie nur noch denken.

Wendy versuchte, ihre Beute so auffordernd wie möglich zu taxieren – in der Hoffnung, dass sie *das auch wirklich* zustande brachte. Sie neigte ihren Kopf ganz leicht nach rechts und fuhr mit der Zunge langsam über ihre Oberlippe. Gleichzeitig warf sie ein kleines, sexy Lächeln in seine Richtung – und war sich dabei die ganze Zeit der leichten Zuckungen zwischen ihren Beinen bewusst.

Aber … der Gesichtsausdruck des Mannes veränderte sich nicht im Geringsten, und Wendy konnte keinerlei Reaktion auf ihre Verführungskünste erkennen.

Irgendwann wurde ihr schließlich klar, wo sie stand. Oh, nein. Sie war direkt zwischen ihm und der Bühne positioniert. Er sah also an ihr vorbei und zu dem Klavierspieler, der gerade eine Solo-Version von »Stuck In The Middle With You« in die Tasten hämmerte.

Sie schloss die Augen und versuchte, die Demütigung irgendwie zu verdrängen. Wendy betete, dass niemand den einseitigen Flirt bemerkt hatte. Und da sie mittlerweile das Gefühl hatte, *sie* würde auf der Bühne stehen, machte sie sich schnellen Schrittes auf den Weg zur Damentoilette.

Dort angekommen, setzte sie sich in eine der Kabinen, um kurz ihre malträtierten Füße auszuruhen, und fragte sich, ob sie wohl einfach nicht für diese Sache gemacht wäre. Die Aufmerksamkeit der Männer zu erregen, klappte zwar ausgesprochen gut. Und das hieß immerhin, sie konnte wenigstens das mit dem sexy Kleid durchziehen. Aber es waren eben einfach nicht genug scharfe Männer *anwesend.* Verdammt, vielleicht sollte sie doch in einen der etwas trendigeren Clubs gehen. Oder … sie konnte auch den Shuttle zurück zu den *Shellside Towers* nehmen, morgen den Bikini umtauschen und das Ganze als Experiment abhaken, das total schief gegangen war.

Sie atmete tief ein und verließ die Damentoilette, ohne noch einmal in den Spiegel zu schauen. Die Plätze vor den Spiegeln waren ohnehin belegt, und sie war einfach zu angefressen, um zu warten. Außerdem war das Zucken zwischen ihren Beinen schon längst verschwunden.

»Soll ich Sie mitnehmen? Ich fahre rauf.«

Die tiefe Stimme erwischte sie völlig unvorbereitet, und als sie in die Richtung blickte, aus der sie kam, schaute sie auf einmal in einen kleinen Fahrstuhl, den sie vorher noch nicht bemerkt hatte. Doch nicht nur das. Sie schaute auch in … glänzende blaue Augen, die sie sofort schwach werden ließen.

Großer Gott, es war ihr scharfer, sexy Typ von der Bar!

Ohne auch nur einen Moment nachzudenken, trat sie in den Fahrstuhl und fing sofort an, mit ihm zu flirten. »Sie haben doch wohl nicht getrunken, oder?«

Er zuckte nur mit den Schultern und warf ihr ein hinreißendes Lächeln zu. »Ein bisschen. Aber ich werde zusehen, dass ich kein Knöllchen bekomme.« Das Zucken zwischen ihren Beinen kehrte prompt zurück.

Erst als sich die Türen des Aufzugs schlossen, kam Wendy

darauf zu fragen, wo die Reise eigentlich hinging. »Äh, wohin führt dieser Aufzug überhaupt?«

Er gab ein tiefes, wohlwollendes Lachen von sich. »Sie sollten vorsichtiger sein, wenn es um Reisen mit Fremden geht. Diese Frage hätten Sie eigentlich ganz zu Anfang stellen sollen.« Dann erklärte er ihr, dass der Aufzug zu einer etwas ruhigeren Bar im zweiten Stock fuhr – eine Vorstellung, die ihr unter diesen Umständen äußerst verlockend erschien.

»Ich wusste gar nicht, dass es hier noch eine zweite Bar gibt.«

»So geht es den meisten Menschen. Aber die Bar ist wirklich nett.«

Als die Türen des Aufzugs sich wieder öffneten, hörte Wendy ein Stück von Phil Collins, das ihren Blick sofort auf eine kleine Band in einer Ecke der Bar lenkte. Die Stimmung hier oben war wirklich deutlich ruhiger. Zwar waren die meisten Tische besetzt, aber es gab jede Menge Platz, um rumzulaufen oder auch einfach nur, um irgendwo rumzustehen. Neben der Bühne hing ein Schild, das diesen Raum als den *Lava Room* auswies.

»Was trinken Sie?«, fragte ihr Begleiter, sodass Wendy plötzlich klar wurde, dass sie die Bar gemeinsam betreten hatten, als wäre es das Natürlichste der Welt.

»Noch gar nichts. Was empfehlen Sie denn?«

»Für Sie?« Er trat einen Schritt zurück und betrachtete sie von Kopf bis Fuß. Sein eindringlicher Blick ließ ihre Nippel hart werden. Und als er schließlich »Sex on the Beach«, sagte, wurde auch ihre Muschi feucht.

Sie biss sich spielerisch auf die Unterlippe. »Den Drink oder den wahren Sinn der Worte?«, fragte sie wagemutig.

Der Blick aus seinen Augen wurde wärmer und entschieden sexueller. »Ich würde definitiv beides befürworten, meine im Moment aber erstmal den Drink.«

Befürworten. Sie hatte recht. Ihr scharfer Typ war schlau. Und

Intelligenz turnte sie mehr an als alles andere. Wendy legte den Kopf ein wenig nach hinten und lächelte ihn an. »Und warum genau ist das der richtige Drink für mich?«

»Na ja, er ist fruchtig und leicht. Und das mögen Mädchen normalerweise. Außerdem erlaubt mir der Name bereits ein paar Minuten nach unserem Kennenlernen das Thema Sex anzusprechen, ohne eine Ohrfeige dafür zu kassieren.

Wendy lachte. Da gibt es aber andere, denen ich bei dem Thema sofort eine Ohrfeige verpassen würde, dachte sie bei sich. Sein Sinn für Humor gefiel ihr – ebenso wie die Tatsache, dass er sich Zeit nahm, mit ihr zu flirten.

Als der Barkeeper sie ansprach, bestellte ihr Begleiter zwei *Sex on the Beach*. Je länger sie sich mit ihm unterhielt, desto weniger konnte Wendy glauben, dass *dieser* Typ wirklich auf sie stand. Er hatte alles, was sie heute Abend suchte. Er war attraktiv, geradezu teuflisch sexy und hatte hinreißende Augen und dichtes Haar. Und nach der Art, wie sich das Hemd um seine Brust spannte, musste er ziemlich muskulös sein. Hinzu kam der Vorteil, dass er offensichtlich nicht dumm war. Es dauerte nicht lange, bis sie so dringend unter ihm liegen wollte, dass sie ihn bereits förmlich schmecken konnte – genauso wie den fruchtigen und sehr schnell berauschenden Drink.

Während ihres Gesprächs erfuhr Wendy, dass er tatsächlich ständiger Gast im Resort war. Ihm gehörte eine der Eigentumswohnungen und er arbeitete sogar hier. »Ich bin in Alabama aufgewachsen, ein paar Stunden nördlich von hier. Aber meine Familie fuhr jeden Sommer ans Meer, und ich mochte dann immer gar nicht mehr nach Hause zurück.« Jetzt, da er es erwähnte, meinte Wendy in seiner klaren Aussprache tatsächlich einen ganz leichten Südstaatenakzent herauszuhören. Aber das machte ihn irgendwie nur noch aufregender. »Während meiner Collegezeit habe ich dann in den Sommerferien hier gearbeitet, und irgendwann war es einfach klar, dass ich hier bleiben würde.«

Wendy erzählte im Gegenzug, dass sie geschäftlich hier war, verriet aber keine weiteren Einzelheiten. Abgesehen davon, dass sie sich viel lieber von seinem Leben erzählen ließ, schien es irgendwie einfacher, wenn er nicht allzu viel von ihr wusste.

»Ich hoffe, Sie sind nicht abgeneigt, das Geschäftliche mit ein bisschen Vergnügen zu verbinden?«, fragte er sie mit einem leichten, verführerischen Grinsen.

Und dieses Grinsen sorgte dafür, dass sie auf ihr Kleid zeigte und ihm eine ganz offene Frage stellte. »Was sagt dieses Kleid für Sie aus?«

Sein Blick wanderte anerkennend über ihre Brüste und noch etwas tiefer. Dann warf er ihr ein weiteres, strahlendes Lächeln zu und beugte sich zu ihr. »Ich hoffe, es sagt, dass Sie eine Frau sind, die Vergnügungen ebenso zu schätzen weiß wie ich.«

»Da bin ich mir ganz sicher«, versicherte sie ihm und spürte dabei, wie ein Schauer eben dieses Vergnügens an der Innenseite ihrer Schenkel hochkroch.

Einen kurzen Moment später ging die Band dazu über, ein sehr langsames Stück zu spielen, um die Menschen irgendwie zum Tanzen zu bringen. Als sich mehrere Paare in Richtung Tanzfläche bewegten, deutete auch ihr Mann in die Richtung. »Wollen wir?«

Oh Gott, es machte wirklich Spaß, mit einem Mann zusammen zu sein, der so sicher und sexy war. Zu wissen, dass er sie genauso wollte wie sie ihn. Zu wissen, dass sie gut, ja sogar scharf genug war, um ihn sich zu angeln. Auch wenn es nur für eine Nacht war. Sie antwortete ihm auf seine Frage, indem sie eine Hand in die seine legte und ihren Drink auf dem Tresen abstellte.

Die Band spielte »Sexual Healing« von Marvin Gaye, als ihr Mann sie zu sich heranzog und seine Hände auf ihre Hüften legte. Wendy zuckte nicht zurück, sondern presste stattdessen ihren Busen gegen seine Brust. Sie hatte sich vorher durchaus gefragt, ob sie diesen Teil – also tatsächlichen Körperkontakt mit einem völlig Fremden – nicht doch zu schräg oder in gewisser Weise schwierig finden würde. Aber ihr scharfer, perfekter Mann mit den blauen Augen machte es ihr unglaublich leicht. So leicht, dass ihr ganzer Körper vor Freude bebte.

»Es ist mir sehr peinlich«, sagte er mit tiefer Stimme, »aber ich habe Sie bisher noch nicht mal nach Ihrem Namen gefragt.«

Aus irgendeinem Grund zog Wendy kurz in Erwägung, ihren eigentlichen Namen zu nennen – Gwendolyn. Er stand auf ihrer beruflichen Visitenkarte und auch in ihrem Lebenslauf, weil sie sich einbildete, damit erwachsener und ernsthafter zu wirken. Aber dann drängte sich sehr schnell die Frage auf, warum sie in diesem Moment erwachsen und ernsthafter wirken wollte. Das hier war ein One-Night-Stand und sie war die Bikini-Mieze. Schließlich war es das, was *er* wollte. Und auch das, was *sie* wollte. »Ich bin Wendy«, stellte sie sich also vor und dankte ihrem Glücksstern, dass sie einen Namen trug, der so frivol klang, er hätte auch zu einer x-beliebigen Stripperin oder einem Pornostar gepasst.

»Brandon«, erwiderte er voller Leichtigkeit.

Als Wendy beim Tanzen kurz auf einem ihrer Absätze umknickte, *entschied* sie, sich davon nicht in Verlegenheit bringen zu lassen. Der lüsternen Wendy, der Stripperin oder dem Pornostar würde so ein kleiner *Fauxpas* auch nicht peinlich sein. »Neue Schuhe«, erklärte sie stattdessen mit einem neckischen Kichern.

Brandon blickte nach unten, und Wendy drehte ihren Fuß ein wenig, damit er ihre nagelneuen Peek-Toe-Pumps bewundern konnte. »Wirklich scharf«, teilte er ihr mit einem hitzigen Grinsen mit. »Und einen kleinen Stolperer definitiv wert.«

Die Tanzbewegungen erzeugten eine aufregende Reibung zwischen ihren Körpern, so dass Wendy sich irgendwann langsam an ihn schmiegte. Sie hatte es nicht geplant, aber er tat auch nichts, um ihre Berührungen abzuwehren. Und, o Mann, Brandon wurde langsam aber sicher hart. Seine Erregung strich gegen ihre Hüfte und auch gegen ihren Hügel, sodass sie vor innerer Hitze am liebsten laut aufgestöhnt hätte. Wendy vergaß sogar ihre Schuhe und stolperte nicht noch einmal.

Als das Lied zu Ende war, beugte er sich zu ihr. »Noch mehr Sex on the Beach?«, fragte er mit flüsternder Stimme.

Noch immer voller Wagemut stellte Wendy sich auf die Zehenspitzen, um ihm mit einer geflüsterten Gegenfrage zu antworten. »Den Drink? Oder den wahren Sinn der Worte?«

Er trat einen kleinen Schritt zurück. Ihre Körper waren jetzt gerade weit genug voneinander entfernt, dass er einen lüsternen Blick in ihren Ausschnitt werfen konnte. »Warum machen wir nicht einen kleinen Spaziergang und sehen, wohin uns das führt?«

O Gott, jetzt passiert es wirklich und wahrhaftig.

»Könnte sein, dass ich für den Strand ein bisschen overdressed bin«, setzte sie den Flirt fort und klang dabei frech und sexy.

Er grinste. »Es ist schon dunkel draußen. Niemand wird dich sehen. Und dein Geheimnis ist bei mir in sicheren Händen.«

Wendy wusste, dass es wahrscheinlich verrückt war, tatsächlich mit einem völlig Fremden mitzugehen, um bedeutungslosen Sex mit ihm zu haben. Doch sie sagte sich, dass dies ihre einzige Chance sein könnte, mit einem wirklich scharfen Typen zu ficken, der sie bereits auf den ersten Blick feucht gemacht hatte. Sie wollte unbedingt wissen, wie es sich anfühlte, einfach nur mit dem Körper zu fühlen und allein um des Fickens willens gefickt zu werden.

Als sie Hand in Hand durch das Vergnügungsviertel gingen, kam Wendy sich wie eine Königin vor. Eine Sex-Königin. Da der Strand mehr als einen Kilometer entfernt lag, rechnete sie eigentlich damit, dass er sie zu der Haltestelle des Shuttles führte. Doch zu ihrer Überraschung ging Brandon auf eine Gruppe Golfmobile zu und zeigte auf eines davon. »Ihr Wagen, Milady.«

Wendy hatte völlig vergessen, dass man für einen geradezu astronomischen Preis auch Golfmobile leihen konnte, um das Resort zu durchstreifen. Ihr heißer Typ für eine Nacht hatte also nicht nur Köpfchen, sondern auch noch Kohle. Das spielte wegen der Einen-Nacht-Regel zwar nicht wirklich eine Rolle, aber erfreulich war es dennoch. Außerdem konnte sie sich so den Spaß gönnen, im Dunkeln durch das Resort zu brausen.

Brandon parkte das Golfmobil ganz in der Nähe vom Strand und führte sie dann zu einem Steg, der über die Dünen führte. Als sie die Stufen erreichten, die an den eigentlichen Strand führten, zeigte er mit einem Blick auf ihre Schuhe. »Die solltest du vielleicht hier lassen. Sand und Absätze vertragen sich nicht.«

Ein gutes Argument, das sie sehr zu schätzen wusste, denn der Wodka und die anderen Schnäpse hatten dafür gesorgt, dass ihr ganz schwindelig war und sie auch nicht mehr so klar denken konnte wie sonst. Aber als sie sich gegen das Holzgeländer lehnte, um ihre Schuhe auszuziehen, schaltete sich plötzlich Brandon ein. »Darf ich?«, fragte er und kniete sich direkt vor sie hin.

»Oh …«, hörte Wendy sich hauchen, als er einen ihrer Füße in die Hand nahm und ihren Schuh mit einer sanften Bewegung abzog. Dabei strichen seine Fingerspitzen über ihre Fußwölbung – eine einfache Berührung, die ein flatterndes Band aus Hitze ihr Bein hinaufschickte.

Als er ihr den anderen Schuh auszog, ließ er seinen Zeigefinger langsam über ihren Spann gleiten – eine Berührung, die sie bis in ihre Muschi spürte, und gleichzeitig hoffte sie, er würde ihr lustvolles Seufzen überhören und auch nicht bemerken, dass sie ihre Augen für eine Sekunde genießerisch schloss.

Als Wendy ihre bloßen Füße in den Sand stellte, fiel ihr zum ersten Mal auf, dass der Strand überraschend leer war. Und dunkel. Das Vergnügungsviertel *Bayside Village* musste wohl genug Zerstreuung bieten, um die Menschen fernzuhalten, die normalerweise vielleicht Lust auf einen Strandspaziergang nach Sonnenuntergang hatten. Eine warme Meeresbrise blies ihr das Haar aus dem Gesicht, als sie mit Brandon über die weite Fläche aus kühlem Sand auf den Strand zuging.

Das Mondlicht glitzerte auf den ruhigen Wellen, die beim Auftreffen auf den Strand nur ganz leicht brachen. Die sommerlichen Temperaturen sorgten dafür, dass das Wasser sich erfrischend, aber angenehm auf Wendys Füßen anfühlte. Der Gedanke, mit Brandon im Dunkeln ganz allein zu sein, gefiel ihr so sehr, dass das seidige Gefühl zwischen ihren Beinen sich immer feuchter anfühlte.

Er hielt ihre Hand, als sie durch die Brandung wateten. Zu ihrer Überraschung musste Wendy allerdings feststellen, dass er sie immer tiefer ins Wasser führte. Als eine der Wellen gegen ihre Knie schwappte, lachte sie. »Wo um alles in der Welt führst du mich denn hin?«, fragte sie ihn. Gegen eine kleine Mitternachtserfrischung im Meer war ja nichts einzuwenden, aber doch nicht in ihrem Kleid.

»Da«, erwiderte Brandon, »eine Sandbank. Siehst du?« Er zeigte auf einen kleinen Streifen nicht allzu weit vom Strand entfernt, über den das Wasser ruhig und ohne jede Wellenbildung glitt.

Doch Wendy lachte nur erneut auf. »Ich fürchte, da musst du wohl allein hingehen, Brandon.« Obwohl sie den ganzen, langen Tag äußerst erregt gewesen war, hätte Wendy vor dem Sex nichts gegen ein bisschen Geplansche am Strand einzuwenden gehabt. Aber sie hatte definitiv nicht vor, in einem Kleid, das höchstwahrscheinlich nicht besonders gut auf Salzwasser reagierte, zu einer im Meer versteckten Sandbank zu waten.

Ihr »Rendezvous« zuckte spielerisch mit den Schultern. »Wie du willst. Aber du weißt ja nicht, was du verpasst.« Mit diesen Worten ließ er ihre Hand los, rollte seine Cargo-Shorts so hoch es ging und stapfte weiter durch die Brandung.

»Was verpasse ich denn?«, rief sie ihm mit einem Lächeln nach, während die Entfernung zwischen den beiden immer größer wurde. Bisher hatte Wendy noch nie Gelegenheit gehabt, zu einer Sandbank zu waten, wusste daher auch nicht, was daran so toll sein sollte.

»Das habe ich als Kind schon immer gemacht«, rief er ihr über seine Schulter hinweg zu. »Das war immer lustig, denn von weitem sieht es aus, als würde man über Wasser laufen können.«

Genau in diesem Augenblick trat er aus dem Wasser heraus und stand plötzlich nur noch bis zu den Knöcheln im Meer – obwohl er fast zwanzig Meter vom Ufer entfernt war. Und es sah tatsächlich so aus, als würde er auf dem Wasser stehen. Brandon warf ihr ein unverkennbar jungenhaftes, ja fast stolzes Grinsen zu. »Selbst wenn niemand da ist, um es zu sehen, ist es irgendwie cool. Komm doch auch.« Er gab ihr mit einem Heranwinken zu verstehen, dass er sie neben sich haben wollte. »Ich bin ganz einsam hier draußen.«

Ach, zum Teufel. Selbst mit hochgerollten Shorts und dem Benehmen eines kleinen Jungen war der Mann einfach unglaublich verlockend. Und Wendy konnte nicht widerstehen. Wenn Brandon ein bisschen mit ihr auf einer Sandbank stehen wollte, warum sollte sie dazu nein sagen? Außerdem wollte sie ja schließlich lustig und unbeschwert sein und nicht vernünftig.

Sollte das Kleid dadurch ruiniert werden, dann wurde es eben ruiniert. Die Erinnerung würde ihr sowieso weitaus länger bleiben als das Kleid.

»Du musst ja gar nicht richtig tief reingehen«, versicherte er ihr, als sie die ersten zögerlichen Schritte durch das Wasser wagte. »Geh einfach da lang, wo das Wasser am ruhigsten ist. Das sind die flachsten Stellen.«

Wendy folgte seinen Anweisungen und zog ihr Kleid mit beiden Händen über die Hüften, während sie tiefer ins Meer watete. Erstaunlicherweise wurde ihre Muschi mit jedem Zentimeter, den das Wasser ihre Beine emporstieg, feuchter.

Als sie irgendwann bemerkte, dass sie die falsche Richtung eingeschlagen hatte und trotz der unmittelbaren Nähe der Sandbank tiefer im Wasser versank, als erwartet, blickte sie Brandon Hilfe suchend an. »Und was jetzt?«

Nachdem er sie ausgiebig im Mondlicht betrachtet hatte, veränderte sich sein Blick plötzlich, und auch sein Gesichtsausdruck nahm etwas Finsteres an. Wendy konnte nicht umhin, sich vorzustellen, wie sie wohl mit ihrem fast bis zum Schritt hochgezogenen Kleid aussah.

Brandons Lächeln war jetzt ganz verschwunden. »Ich sag' dir, was jetzt. Du wartest da und bewegst dich kein Stück. Ich komme zu dir.«

Seine Antwort verwirrte sie. »Was?«

Doch da hatte Brandon sich schon auf den Weg zu ihr gemacht. Auch er hatte gewisse Mühe, die flacheren Stellen zu finden, und stapfte in einer Art Halbkreis durch das Meer, um Wendy zu erreichen, ohne tiefer ins Wasser einzutauchen. Als er schließlich direkt vor ihr stand, sah er ihr tief in die Augen. »Ich muss echt verrückt sein, auf irgendwelchen Sandbänken rumzuspielen, wenn ich doch vielleicht … mit dir rumspielen könnte.«

Zu jeder anderen Zeit und von jedem anderen Mann hätte Wendy die Bemerkung als äußerst plump empfunden. Aber Brandons lustvoller Gesichtsausdruck machte seine Worte so scharf, dass sie die Erregung der jungen Frau um das Zehnfache verstärkten. Ihre Nippel waren hart wie Granit geworden und rieben gegen den Stoff des Kleides. Und ihr geschwollenes Fötzchen fühlte sich so bereit an wie nie zuvor.

»Komm mit, Bunny«, forderte er sie mit tiefer, verführerischer Stimme auf. Dann nahm er ihre Hand, die nicht damit beschäftigt war, das Kleid hochzuhalten, und führte sie zurück an den Strand.

Am Strand angelangt, drehte er sich so zu ihr um, dass ihre Körper sich fast schmerzhaft nah waren, ohne sich zu berühren. Dann hob er die Hände zu ihrem Gesicht und presste seine Lippen auf die ihren. Es war zwar kein harter Kuss, aber er hatte doch etwas Festes und Beherrschendes. *Mmmh, ja,* das war mal ein Mann, der wusste, wie man eine Frau verführt.

Als seine Zunge gegen ihre Lippen drückte, öffnete sie sofort ihren Mund, um ihr Einlass zu gewähren. Sie legte die Arme um seinen Hals, während seine Hände über ihre Hüften glitten und sie zu ihm heranzogen. O Gott, er war jetzt total steif, und seine Erektion presste sich bereits fest gegen ihren Kitzler. Sie spürte seine Zuwendungen einfach *überall* und ihr gesamter Körper spannte sich vor heißer, überbordender Lust an. Während ihre Küsse immer fester und inbrünstiger wurden, wanderten seine Hände zu ihrem Po, um ihn zu streicheln und zu kneten.

Und genau wie vorhin auf der Tanzfläche wartete Wendy darauf, dass irgendein seltsames Gefühl der Abscheu oder der Unstimmigkeit einsetzte, denn sie hatte bisher noch nie mit einem Fremden geschlafen. Noch nicht einmal auf einer Party hatte sie mit einem Fremden auch nur rumgemacht. Ihr einfaches Leben hatte so etwas bisher schlicht nicht zugelassen. Dabei kam sie sich eigentlich auch nicht besonders prüde vor. Aber vielleicht spiegelten ihre Taten eben nicht immer die Frau wider, die sie in Wirklichkeit war. Vielleicht hatte sie sich bisher nur von der Angst leiten lassen, unanständig zu wirken oder sich unangemessen zu verhalten.

Aber in dieser Nacht, in diesem Moment war sie ganz und gar bereit. Sie war bereit für *ihn.* Sie war bereit für ihren aufregenden Fremden. Und als er ihren Hals mit Küssen bedeckte und sein Schwanz zwischen ihre Beine drängte, flüsterte sie ihm etwas ins Ohr. »Ich bin so froh, dass du auf unanständige Mädchen stehst.« Denn genau das war sie. Zumindest heute Nacht. Und zumindest für ihn. Wendy hatte sich noch nie gieriger, unanständiger oder bereiter für schmutzigen Sex gefühlt.

Von daher schockierte es sie geradezu, als Brandon einen Schritt zurücktrat und ihr ein sexy, aber auch leicht vorwurfsvolles Grinsen zuwarf. »Du bist kein unanständiges Mädchen, Süße. Du bist ein liebes Mädchen.«

Verdammt, und ob sie ein unanständiges Mädchen war. Wie konnte er sie für ein liebes Mädchen halten, nachdem sie mit ihm geflirtet und ihm mit der klaren Absicht, Sex zu haben, an den Strand gefolgt war? Sie trat ebenfalls einen Schritt von ihm zurück und blickte an sich hinab. »Seit wann kleiden liebe Mädchen sich denn *so?*« Sie zeigte ihm, wie sehr das Kleid jede ihrer Kurven betonte und wie deutlich ihre Brüste darin zu sehen waren. »Und seit wann lernen liebe Mädchen einen Kerl in einer Bar kennen und verschwinden dann eine viertel Stunde später bereits mit ihm?«

Doch Brandon kicherte nur. Seine Hände ruhten noch immer auf ihren Hüften. »Es geht nicht darum, was du anhast. Das Geheimnis liegt in deinen Augen, deiner Stimme und der Art, wie du redest.« Er sah sie herausfordernd an. »Wenn du mich überzeugen willst, dass du ein unanständiges Mädchen bist, musst du es schon beweisen.«

Wendy atmete tief ein. Sie war durchaus bereit, ihm den Beweis für ihre Unanständigkeit zu liefern. Schließlich war sie nicht so weit gekommen und hatte so viele persönliche Risiken auf sich genommen, um sich von ihrem Traummann sagen zu lassen, sie sei sein liebes Mädchen. »Und wenn ich nun sagte ›Fick mich endlich‹?« Sie gab sich alle Mühe, die Worte so verkommen wie möglich klingen zu lassen.

Seine Augen glitzerten vor Lust, als er ihr mit tiefer Stimme antwortete. »Ich würde sagen, dein Wunsch ist mir Befehl, aber selbst liebe Mädchen ficken gern.«

Er wollte das Thema mit dem lieben Mädchen also nicht einfach so fallenlassen. Aber ihre Muschi war einfach zu geschwollen vor Lust, als dass sie sich darum weitere Gedanken hätte machen können. Also wandte sie sich dem zu, was im Moment am vordringlichsten war. Sie versuchte so schmutzig und fordernd wie möglich zu klingen, als sie sagte: »Dann fick mich jetzt! Und zwar sofort!«

Bis zu dem Moment wusste ich nicht, dass ich kurz davor stand, etwas Bedeutungsvolleres zu tun, als nur mit einem heißen Typen zu ficken. Ich wusste nicht, dass in meinem Inneren so viele Dinge versteckt waren, die unbedingt raus wollten. Aber Brandon war einfach der perfekte Mann, um es gemeinsam mit ihm rauszulassen, denn er war alles, was ich in meiner Fantasie je in einem Liebhaber gesucht hatte. Und ich wusste, noch bevor die Nacht vorüber war, würde ich es ihm beweisen. Und wenn nicht ihm, dann doch wenigstens mir selbst.

Ich bin ein unanständiges Mädchen.

Ich bin sogar ein sehr unanständiges Mädchen.

Kapitel 3

Brandon führte sie durch den weichen, weißen Sand hinauf zu den »Cabanas« genannten Umkleidehäuschen am Strand, die direkt vor dem Gebäude lagen, in dem er ein Penthouse im zweiundzwanzigsten Stockwerk bewohnte. Äußerst praktisch, denn er wusste zufällig, dass in diesen Hütten große Holzlehnstühle mit dicken gepolsterten Auflagen zur Verfügung standen. Er wählte die Cabana ganz am Ende, weil sie am schnellsten zu erreichen war, denn mit dem kleinen Schlenker über die Sandbank war es ihm gelungen, in einen Zustand der Ungeduld zu gelangen. Er liebte diesen Strand wie nichts anderes und genoss es einfach, dort zu »spielen«. Aber er wäre schon ein ziemlicher Narr, wenn er seine Zeit weiter im Wasser verschwenden würde. Zeit, die er auch in *ihr* verbringen konnte.

Der Blitz hatte eingeschlagen, als er in der Bar zu ihr aufgeschaut und diese wohlgeformten, schlanken Beine gesehen hatte. Ihr sexy Kleid flirtete geradezu mit ihren Schenkeln. Sie war schön und willig – auf was zum Teufel wartete er also noch?

Brandon drehte sich zu ihr um und küsste sie erneut. Als er diese süßen, feuchten Lippen schmeckte, ließ er sofort seine Zunge dazwischengleiten. Keiner von beiden wollte sich jetzt Zeit lassen – das wusste er. Also umfasste er ihren geilen, runden Po mit seinen Händen und presste seinen harten Schwanz direkt gegen ihren Schlitz. Selbst durch ihre Kleidung hindurch konnte er die leichte Spalte spüren, von der er wusste, dass sie in den Himmel führte.

Als er anfing, sich an ihr zu reiben, stöhnte sie ihm in den Mund. Die Lippen noch immer auf die ihren gepresst und mit ihrer warmen Zunge spielend, ließ er seine Hände über den nackten Teil ihres Rückens gleiten, der nicht von ihrem sexy Kleid bedeckt war. Danach wanderten seine Finger nach vorn zu ihren Brüsten. Sie stöhnten beide, als er sie in das weiche, formbare und in seinen Händen herrlich üppige Fleisch krallte und mit dem Daumen über einen ihrer steinharten Nippel fuhr.

Ohne groß darüber nachzudenken, kniff er ganz sachte in ihre Brustwarzen. Es gefiel ihm, wie hart sie sich schon jetzt anfühlten, und er hatte große Lust, sie noch härter zu zwirbeln. Wendy wimmerte und stöhnte erneut in seinen Mund. Als er seine Küsse schließlich von ihrem Hals bis hinunter zu der seidigen Haut ihrer Brüste wandern ließ, legte sie genießerisch den Kopf zurück. Oh verdammt, er liebte ihre Oberweite und ging schnell dazu über, eine Spur aus Küssen über die innere Wölbung einer ihrer weichen, vollen Brüste zu legen. Dabei hörte er deutlich, wie Wendys Atem immer schneller ging. Er wollte mehr von ihr.

Brandon hätte einfach hinter ihren Hals greifen und das Kleid dort öffnen können, wurde aber plötzlich sehr ungeduldig. Also schob er den Stoff mit einer Hand beiseite und setzte eine ihrer hinreißenden Titten dem Licht des Mondes aus. Dann ging er sofort dazu über, den verlockenden Ball zu massieren und zu streicheln. Er studierte den großen, rosafarbenen Warzenhof und die wunderbar langen, geschwollenen Nippel in der Mitte. Und dann dauerte es nur noch ein paar Sekunden, bis er sich einen davon in den Mund saugen musste.

Je länger er ihre herrlichen Brüste mit dem Mund liebkoste, desto lauter wurde Wendys Stöhnen. Erst fuhr er nur mit der Zunge über ihre Nippel, um zu spüren, wie fest und perlenartig sie sich anfühlten. Doch dann saugte er sie in seinen Mund, um sie noch länger und härter zu machen. Wendy hatte die Finger in sein Haar gekrallt, und ihr Atem strich immer wieder warm über seinen Hals. Brandon schob seine Hand jetzt unter den Stoff, der ihre andere Brust bedeckte und massierte das feste Fleisch im Einklang mit seinem Saugen.

Es ließ sich nicht leugnen, dass Brandon, wie die meisten Männer, Brüste liebte und eine lange Zeit einfach nur hätte dastehen können, um die ihren zu bewundern. Aber er spürte, dass Wendy es eiliger hatte. Und das nicht nur, weil sie ihn aufgefordert hatte, sie endlich zu ficken, sondern auch durch die Bewegungen ihres Körpers und die verzweifelten, kleinen Kiekser, die aus ihrer Kehle drangen. Und er wollte ihr gerne geben, was sie brauchte.

Aber *zu* schnell dann doch nicht. Nein, eine Frau, die so scharf war, musste genossen und ausgekostet werden.

Also entließ er ihren steifen Nippel zögerlich aus seinem Mund und zwang sich, ihren Körper loszulassen und ein paar Schritte zurückzutreten.

Wendy sah ihn überrascht an, bis er sie schließlich aufforderte: »Binde es auf und lass es dann zu Boden fallen.«

Ganz langsam und ohne ihn dabei aus den Augen zu lassen, griff sie hinter sich unter ihr Haar und zog an den Bändern des Kleides. Eine Sekunde später fiel das Oberteil hinab bis auf ihre Hüfte.

Das Stöhnen aus seinem Mund kam von ganz unten aus seinem Bauch. Er hatte keine Ahnung, warum der Anblick ihn derart erregte. Schließlich hatte er mit sechsunddreißig Jahren schon eine Menge Frauen oben ohne gesehen. Aber irgendetwas an Wendy war … sie sah einfach so umwerfend aus. So verletzlich und sexuell. So viele Dinge auf einmal. Ihre Titten waren nicht gerade von der Art, wie man sie in irgendwelchen Herrenmagazinen sah, aber sie waren echt. Rund. Groß. Und wunderschön. *Sie* war wunderschön.

»Leg dich hin«, sagte er schließlich und zeigte entschlossen auf den Sessel ein paar Meter entfernt.

Sie zögerte nicht, sondern stapfte durch den Sand, um sich auf dem dicken Polster niederzulassen. Wendy stützte sich auf die Ellenbogen und sah ihn mit feurigen Augen an.

»Und jetzt zieh dein Kleid hoch. Aber ganz langsam«, ergänzte er und dachte an den Anblick, der sich ihm geboten hatte, als sie im Meer auf ihn zugewatet war.

Sie gehorchte seinen Anweisungen schweigend, griff das Kleid am Saum und zog es dann ganz vorsichtig höher und höher.

»So ist's gut«, lobte er sie mit tiefer Stimme. Sein Herz klopfte so schnell, dass es fast in seiner Brust schmerzte. »Mach weiter.«

Sie tat, wie ihr geheißen, und zog den orangefarbenen Stoff noch ein Stückchen höher, bis schließlich ihr Höschen zu sehen war, dessen schwarze Spitze sich in einem dünnen Streifen um ihre Hüften legte und ihre Muschi nur äußerst spärlich bedeckte. Sie sah in der wunderbar knappen Wäsche und dem hochgezogenen Kleid faszinierend erotisch aus.

»Und jetzt spreiz deine Beine für mich.«

Wendy gehorchte erneut und stellte ihre Füße so neben den Sessel, dass ihre Schenkel weit offen standen. Und selbst im Dunkeln und durch das schwarze Höschen hindurch meinte Brandon erkennen zu können, wie geschwollen sie war. Er ging am Fußende des Sessels auf die Knie und war wild entschlossen, sich noch mehr von ihr zu nehmen.

Wendy versuchte, ihren Atem einigermaßen unter Kontrolle zu halten, aber es fiel ihr schwer. Noch nie in ihrem Leben war sie so erregt gewesen. Und noch nie in ihrem Leben war sie mit einem Mann zusammen gewesen, der sie aufgefordert hatte, die Beine für ihn zu spreizen. Schon diese Anweisung und ihre einwilligende Reaktion waren definitiv geneigt, ihr einen schnellen Orgasmus zu bescheren. Ihre Muschi fühlte sich schrecklich bedürftig an und war vor Gier klitschnass.

Als sie von oben betrachtete, wie Brandon sich vorbeugte, um sie durch ihren G-String hindurch zu küssen, begann ihr ganzer Körper heftig zu zittern.

Ihre unkontrollierte Reaktion machte Brandon ganz wild. Er öffnete seine Lippen und nahm so viel von ihr in den Mund, wie er nur kriegen konnte. Wendy schrie auf.

Seine auf sie gerichteten Augen glänzten lüstern im Licht des Mondes. Doch erst als sein Blick zu ihren Brüsten wanderte, fiel Wendy auf, dass sie ganz abwesend dazu übergegangen war, ihre Nippel zwischen Daumen und Zeigefinger zu zwirbeln, um ihre Erregung noch weiter zu verstärken. »O Mann, ist das geil!«, raunte er.

»Ich hab dir doch gesagt, dass ich ein unanständiges Mädchen bin.«

Er grinste nur – wenn auch ein bisschen frech. Als Brandon die Finger beider Hände unter den schmalen Spitzenstreifen direkt über ihrer Muschi geschoben hatte, zogen sich ihre Bauchmuskeln zusammen, und ihr ganzer Körper bebte vor Lust. »Anheben«, wies er sie an, und es gelang ihm, selbst aus diesem einen Wort, das erregenste Kommando zu machen, was sie je gehört hatte.

Nachdem sie die Beine wieder aufgestellt hatte, hob sie ihren Po an und wartete geduldig, bis er ihr winziges Höschen runtergezogen hatte. Als es auf dem Boden lag, zögerte sie nicht, ihre Zehen wieder in den Sand zu graben, die Beine erneut für ihn zu spreizen und ihm ihre frisch rasierte Fotze zu präsentieren.

Sein tiefes Stöhnen ließ sie ahnen, dass er den Anblick genoss. Und als eine salzige Brise über ihre mittlerweile höchst empfindliche Haut glitt und sie sah, wie Brandon sich ihren intimsten Stellen Stück für Stück näherte, da wusste sie, dass ihr Experiment kein Fehlschlag gewesen war. Im Gegenteil. Es hatte sie in das verwandelt, was sie so gern sein wollte: ein richtig unanständiges Mädchen.

Als Brandons Zunge zum ersten Mal über ihren Schlitz fuhr, begann Wendy erneut zu zittern und ein lautes Stöhnen drang aus ihrer Kehle. Dann setzte auch schon die nächste Brise ein und strich über die Stellen, die er noch feuchter gemacht hatte, als sie es ohnehin schon gewesen waren. Der Hauch von Wind jagte ein köstliches, unglaublich sinnliches Kitzeln durch ihren ganzen Körper.

Die Berührung seiner Zunge an ihren geöffneten Schamlippen und dem geschwollenen Kitzler brachten sie zum Schluchzen. Wieder und wieder stöhnte sie auf, als seine Bartstoppeln über die glatte Haut strichen, die sie erst Stunden zuvor rasiert hatte.

»Du schmeckst so gut, Baby«, keuchte er, den Mund gegen ihren Hügel gepresst. »Was für eine scharfe, kleine Muschi.«

»Ich will dich in ihr spüren«, stöhnte sie durch zusammengebissene Zähne. Wendy stützte sich wieder auf ihre Ellenbogen, um in sein schönes Gesicht zu blicken. »Hast du was zum …?«

»Natürlich.«

»Gib her.«

Normalerweise war Wendy beim Sex nicht so forsch. Aber normalerweise hatte sie auch keinen Sex mit Typen, die so wahnsinnig scharf waren wie Brandon. Als er sich erhob, um ein Kondom aus der Hosentasche zu fischen, setzte sie sich auf und presste ihre Handflächen auf den vorderen Teil seiner Shorts.

Beide stöhnten erneut auf. Noch nie in ihrem Leben hatte Wendy so etwas unglaublich Hartes gespürt. Und *groß* fühlte er sich an. Sie konnte einfach nicht anders, sie musste voller Gier auf seinen Schwanz den Reißverschluss seiner Hose öffnen. Als sie unter seinen Shorts Seiden-Boxer fühlte, zögerte sie keinen Moment, sondern griff in die kleine Öffnung im Schritt, um das zu befreien, was im Inneren auf sie wartete.

Als die erregte Frau nach unten blickte, sah sie, dass sie das beeindruckenste männliche Gemächt in der Hand hielt, das sie je gesehen hatte. Sein Schwanz war steinhart, kerzengerade und musste gut und gerne zwanzig Zentimeter lang sein. Die Breite seines Geschlechts füllte ihre Hand so sehr aus, dass sie die Finger gar nicht richtig darum schließen konnte. Als sich an seiner Eichel auch noch ein Lusttropfen zeigte, stöhnte sie vor schierer Ehrfurcht auf und ihre Brust schien sich vor purer Lust ein Stück zu weiten.

»Hier«, keuchte er und drückte ihr ein Kondom in ihre freie Hand. Wendy ließ seinen Schwanz los, merkte aber, dass ihre Hände fast zu sehr zitterten, um die Verpackung aufzureißen.

Ganz ruhig, Wendy. Jetzt raste hier mal nicht aus, sonst ruinierst du die Sache noch in letzter Minute.

Aber sie war so erregt, dass sie kaum mehr eine Sekunde warten konnte.

Mach es wie die Bikini-Mieze. Sei cool. Verführerisch. Entspannt. Auch du sollst für ihn die Geliebte seiner Fantasien sein.

Okay, das half. Zumindest konnte sie sich jetzt bremsen, und es gelang ihr, das Kondom zwischen ihre Finger zu nehmen, ohne es in den Sand fallen zu lassen. Wendy atmete tief ein, positionierte es auf seiner Eichel und rollte es langsam runter. Doch in diesem Moment spürte Wendy, dass sie – so sehr sie seine Kontrolle über sie auch genossen hatte – jetzt auch mal das Regiment übernehmen wollte. Und er hatte ihr Selbstbewusstsein so sehr gestärkt, dass sie dazu nun auch in der Lage war.

Jetzt, da sein Riemen verpackt war, presste sie ihre Handflächen gegen seine Brust und schubste ihn in den Sand, wo er auf dem Rücken liegen blieb. Brandon stöhnte kurz auf. Damit hatte er eindeutig nicht gerechnet. Aber Wendy entschuldigte sich nicht für ihre Tat, sondern setzte sich stattdessen rittlings auf seinen Bauch und riss ihm so wild das Hemd vom Leib, dass die Knöpfe nur so durch die Gegend flogen. »Mist« murmelte er, aber es klang trotzdem, als würde ihm die ungestüme Art seiner Gespielin gefallen. Es gefiel ihr, ihn zu überraschen.

Ohne eine weitere Sekunde zu verlieren, legte Wendy erneut eine Hand um seinen Schwanz und verpackte ihn diesmal in ihrer Möse. Ganz langsam ließ sie ihn in ihre warme, feuchte Höhle gleiten und nahm ihn bis zum Anschlag in sich auf.

O Gott! Zunächst fürchtete sie, einen Fehler gemacht zu haben. Seine ungeheure Größe machte es unmöglich für sie, sich mit ihrem ganzen Gewicht auf ihm niederzulassen, denn er füllte sie zu tief aus.

Aber als gleich beide seiner Hände zu ihren Brüsten wanderten und sie kneteten und massierten, wurde aus dem Schmerz langsam Lust. Tiefe, eindringliche Lust. Zwar war es immer noch eine echte Herausforderung, seine gesamte Länge in sich aufzunehmen, aber als sie ihren Körper ein wenig nach vorne und dann wieder nach hinten beugte, hatte sie schließlich die beste Position gefunden.

Brandon atmete tief unter ihr. »Okay?«

»Er ist so groß«, erwiderte sie mit schwacher Stimme.

»*Zu* groß?«

Wendy war eindeutig nicht das erste Mädchen, das ihr Tempo bei ihm an diesem Punkt verlangsamte. »Auf keinen Fall«, versicherte sie ihm. »Du füllst mich nur so völlig aus. Ich muss mich erst … ein bisschen dran gewöhnen.«

»Lass dir Zeit, Süße«, flüsterte er. »Ich will, dass du so richtig geil wirst. Ich will, dass es dir kommt.«

O Mann. Seine schmutzigen Worte sorgten irgendwie dafür,

dass ihre Möse sich weiter ausdehnte und ein ganzes Stück tiefer wurde. Sie gab ein aufgeheiztes, kleines »Oooh …« von sich und ihr Körper nahm schließlich die gesamte Länge seiner Erektion in sich auf.

»Ja, Baby, reit auf mir. Reite auf dem dicken Schwanz.« Seine Stimme klang immer noch tief und entspannt, und er versuchte, seinen Unterleib in kleinen Stößen zu bewegen. Erst dabei fiel Wendy auf, dass sie sich in rhythmischen Kreisen auf ihm bewegte und ihn fickte. Sie fickte ihn wie das unanständige Mädchen, das sie nun war. Und mit dieser Erkenntnis gefielen ihr seine schmutzigen Worte noch viel mehr, weil sie selbst ebenso schmutzig war.

Die Nummer fühlte sich so verdammt gut an. Und ganz schnell und ganz plötzlich raste die tiefe Lust durch ihren ganzen Körper und jedes ihrer Glieder schien ein zusätzliches Echo dieser Lust zu erzeugen – selbst ihr Kitzler wurde durch die sinnlichen Bewegungen mit ihm auf genau die richtige Weise stimuliert.

»O Gott«, stöhnte sie und die Worte schienen aus ihrem tiefsten Inneren zu dringen. »O Gott, ja.« Es würde nicht mehr lange dauern.

Das wusste er anscheinend auch. »Komm für mich, Süße. Lass es dir richtig schön kommen.«

Und dann explodierte Wendy in totaler Ekstase. »Oh! Oh … Gott! Gott!« Sie hörte, wie ihre orgiastischen Schreie immer lauter wurden und das Echo ihrer Schluchzer sich über den Strand ausbreitete, während die heftigsten Gefühle durch ihren Körper rasten. Es schien eine Ewigkeit zu dauern, bis ihr Höhepunkt langsam abflachte und sie nach und nach wieder zurück auf den Boden der Realität kam.

Dies hätte durchaus ein weiterer Schlüsselmoment sein können, wo sich alles wieder veränderte, wo sie Reue oder Leere spüren würde oder vielleicht sogar Zweifel. Aber nichts von alledem setzte ein. Nein, Wendy war nur auf herrlichste Weise befriedigt und gesättigt und fühlte sich auf seltsame Art und Weise femininer als jemals zuvor.

Als sie allerdings völlig erschöpft gegen seine nackte Brust sackte und spürte, wie er seine Arme um sie legte, empfand sie außerdem eine große Dankbarkeit an einen Mann geraten zu sein, der so ein *netter* Liebhaber war. Jemand, der sie nach ihrem Höhepunkt gern in den Arm nahm. Jemand, der sich ihrer Lust ebenso geduldig, geschickt und aufmerksam annahm wie der eigenen.

Wendy hob den Kopf von seiner Brust, strich mit einer Hand über Brandons stoppeliges Kinn und küsste ihn erst sanft, dann aber fester. Und während sie so rummachten, fiel ihr auf, dass er immer noch in ihr war und wie unglaublich schnell sie sich daran gewöhnt hatte.

»Ich will, dass du auf alle Viere gehst«, keuchte er irgendwann zwischen kurzen, heißen Küssen.

Aha, jetzt nahm *er* das Heft also wieder in die Hand. Das war Wendy nur recht, denn sie war mehr als bereit, die Kontrolle wieder abzugeben, um zu sehen, was mit ihr passieren würde.

Als sie sich erhob, spürte die junge Frau sofort die Leere zwischen ihren Beinen, verschwendete aber keine Zeit, die Position einzunehmen, die er gerade von ihr eingefordert hatte. Sie kroch zurück auf den gepolsterten Sessel und streckte ihren Hintern für ihn raus. Dabei musste sie sofort daran denken, wie sie sich selbst so im Spiegel gesehen hatte. Sie blickte über ihre Schulter. »Bitte fick mich hart durch«, forderte sie ihren Gespielen auf.

Die Bitte bescherte ihr einen tiefen, lüsternen Seufzer von Brandon. Und eine Sekunde später spürte sie erst seine Hände auf ihren nackten Hüften und dann seinen steifen Schwanz, der nach Einlass in ihre feuchte und bereite Muschi suchte. Sie hob ihr Hinterteil ein wenig höher, um seinen Riemen besser aufnehmen zu können, und empfand dabei eine Gier, die ihr bisher absolut fremd gewesen war.

Als er anfing, sein Geschlecht in ihre Mitte zu schieben, biss sie die Zähne zusammen, um das unglaubliche Gefühl des Ausgefülltseins irgendwie auszuhalten. Doch genau wie zuvor schien ihr Körper sich ihm sofort zu öffnen und sie konnte ihn mit einem Stoß eindringen lassen. Aus Wendys Kehle drang ein tiefes Keuchen. O Gott, er war so groß. Fast überwältigend groß. Es fühlte sich an, als würde sie förmlich aufgespießt werden. Aber auf eine Art und Weise, die sie mochte.

»Na, gefällt dir das?«, krächzte er lustheiser im Dunkeln.

»Und wie! Du bist unglaublich«, erwiderte sie fast schnurrend. Das war alles – alles, was sie je gewollt hatte. Ein scharfer Typ. Eine sanfte Meeresbrise. Toller Sex. Unendliche Freuden.

Dann begann Brandon, sie richtig zu ficken. Sie spürte jeden einzelnen seiner Stöße bis in die Finger- und Fußspitzen. »Ah! Ah! Ah!«, stöhnte sie bei jedem erneuten Eindringen. Sie konnte nichts anderes mehr spüren, nichts anderes mehr denken. Jetzt existierten nur noch die harten Fickstöße, die ihren Körper zum Beben brachten. In dieser Stellung hatte Wendy noch nie Sex gehabt, und sie war schockiert, dass sie seine Zuwendungen wirklich *überall* spürte.

»Fick mich«, hörte sie sich immer wieder betteln. Dabei tat er das ja bereits. Und zwar ziemlich gut. »Härter! Schneller!« Sie konnte einfach nicht genug kriegen und wollte so viel von ihm in sich aufnehmen wie möglich. Nicht eine Empfindung, die ihr Beach Lover zu geben hatte, wollte sie verpassen.

Brandon reagierte auf ihre Gier mit so harten Stößen, dass sie Angst hatte, er würde sie zerreißen. Stöße, die ihr gleichzeitig aber immer weiter ein geradezu hypnotisches Vergnügen bescherten. Ihr Schluchzen schallte durch die Nacht, bis sie sich irgendwann fragte, ob sie nicht mittlerweile ein Publikum angezogen hätten. Doch Wendy war viel zu trunken von ihrer Lust, als dass ihr das irgendwas ausgemacht hätte. Wenn sie jetzt aufgeschaut und eine stattliche Anzahl von Zuschauern entdeckt hätte, wäre ihre Lust davon kein bisschen gedämpft worden. Brandons Schnaufen wurde immer lauter, während er sie unbeirrt weiterstopfte.

»Au!«, brüllte sie auf einmal laut, als er ihr mit der flachen Hand auf den Po schlug. Und zwar richtig fest. Sein Schlag brannte – und schockierte sie.

Gleichzeitig fuhr der Schmerz aber unerwartet wohlig durch ihren ganzen Körper und erzeugte damit ein neues Gefühl, das es zu erfahren galt.

Er schlug erneut zu. Und gleich noch einmal. Wendy war erstaunt, dass ihre Lust durch den heißen, stechenden Schmerz immer größer wurde. Die bloße Vorstellung, dass er ihr tatsächlich den Hintern versohlte, erregte sie aus Gründen, die sie nicht begriff. Aber sie genoss es. Jeder schmutzige Klaps seiner Hand vibrierte durch ihre Nervenbahnen wie das Zupfen einer Harfensaite. Ein sehr *hartes* Zupfen natürlich. Das Ganze war wie das Sahnehäubchen auf einem sehr unanständigen Stück Torte. Und ehe sie es selbst begriff, konnte sie kaum mehr zwischen Lust und Schmerz unterscheiden. Sie wollte einfach immer nur mehr. Mehr Berührungen und mehr Gefühle – egal welcher Art.

Wendy keuchte, als seine Hand von hinten ihr Gesicht berührte und die Fingerspitzen über ihre Lippen glitten. Sie spürte, wie sie ihren Mund öffnete, seinen Mittelfinger in sich aufnahm und mit Zunge und Zähnen daran saugte. Zwar stand ihr sein ganzer Körper zur Verfügung, aber sie war schon unglaublich dankbar auch nur einen weiteren, kleinen Teil davon in sich zu spüren. Sie drehte sogar den Kopf, um ihn anschauen zu können. Dabei bemerkte sie, dass er ihr den Finger im selben Rhythmus in den Mund schob, wie er mit seinem Schwanz in ihre Möse stieß.

Am meisten erschrak sie allerdings, als er seinen Finger aus ihrem Mund zog und eine Sekunde später kreisförmige, kleine Bahnen um ihre Rosette damit zog. Das Gefühl brachte sie sofort an den Rand. Oh! O Gott, sie hatte doch noch nie … sie hatte ja keine Ahnung … wie sich das anfühlen konnte … es war so unglaublich gut!

Als seine Fingerspitze in ihr Poloch vordrang, hielt Wendy zunächst den Atem an, gab dann aber ein miauendes Stöhnen unverhohlener Lüsternheit von sich. Dabei hatte sie gerade noch gedacht, dass er ihr jetzt sicher keine neuen Gefühle mehr bescheren konnte. Oh Gott, es war so überwältigend. Und dann glitt sein Finger tiefer und tiefer. Wendy wimmerte leise vor sich hin und begann zu schwitzen. Jede Pore ihres Körpers reagierte auf diese neue, unerwartete Weise gefickt zu werden.

Ab einem gewissen Punkt gaben ihre Arme nach, aber Wendy hielt den Hintern tapfer hoch, während er ihr den herrlichsten Fick ihres gesamten bisherigen Lebens verabreichte. Das Lustgefühl war so eigenartig, so neu und so intensiv, dass sie schon Angst hatte, gleich den Verstand zu verlieren. Am liebsten hätte sie sich vorne selbst angefasst, sie hatte aber einfach nicht die Kraft dazu. Er hatte sie jeder Stärke beraubt.

»Bitte!«, flehte sie ihn ganz und gar unbewusst an. »Reib mich! Reib meine Muschi!«

»Ja, scharf«, murmelte Brandon hinter ihr, und Wendy wusste, dass ihm die Bitte gefiel. Und schon einen kurzen Moment später wanderte die Hand, die sich die ganze Zeit an ihre Hüften geklammert hatte, um ihren Schenkel zwischen ihre Beine, und verwöhnte sie genau da mit den Fingerspitzen, wo sie es am meisten brauchte.

»Oh, ja, ja, ja!« Mehr war nicht nötig. Mehr brauchte sie nicht. Nur dieses leichte Reiben an der richtigen Stelle. Sie schrie auf, als ein Orgasmus einsetzte, der so intensiv war, dass er ihren gesamten Körper zum Zittern brachte. Eine Zuckung, zwei Zuckungen, drei Zuckungen bevor die pulsierende Lust nach und nach ein wenig abebbte. Wendy hörte sich bei ihrem Höhepunkt schluchzen, ja fast weinen. Sie war noch nicht wieder in der Lage, zu begreifen, was da eben mit ihrem Körper passiert war. So etwas hatte sie zuvor noch nie erlebt. Sie fühlte sich betrunken, verrückt, befriedigt und gesättigt – und das alles auf einmal.

Brandons Stöße hatten nichts von ihrer Stärke eingebüßt, doch sie warf sich ihnen noch immer voller Begeisterung entgegen. Der Wunsch, ihm dieselben Freuden zu bereiten, die er ihr bereitet hatte, setzte einen Energieausbruch frei, der jenseits ihrer Vorstellungen lag. »Ja!«, feuerte sie ihn durch zusammengebissene Zähne an. »Fick mich! Fick mich!« Schmerzen gab es jetzt nicht mehr. Nur eine tiefe, heftige Lust in ihrem Inneren, mit der sie alles aufnahm, was er zu geben hatte.

Brandons Hände lagen jetzt wieder auf ihrem Hintern. Irgendwann holte er aus, um einen gezielten Schlag auf eine ihrer Pobacken zu setzen, und der stechende Schmerz setzte genau in dem Moment ein, als er sich ein weiteres Mal tief in ihrer Möse versenkte. Er begann zu stöhnen und atemlos zu fluchen. »O verdammt … Fuck … ja …« Und dann stieß er seinen Riemen so tief in sie hinein, dass ihre Knie fast nachgaben. »O ja, jetzt!« Wendy gab sich alle Mühe, ihre Stellung zu halten, während er wieder und wieder tief in sie hineinstieß, bis sie schließlich beide auf dem Polstersessel zusammenbrachen.

Sie lagen ein oder zwei Minuten einfach nur da. Lange genug, um sich zu fragen, ob er wohl eingeschlafen war. Lange genug, um langsam Reue zu empfinden – wenn sie denn Reue empfinden sollte. Aber das tat sie nicht. Überhaupt nicht. Im Gegenteil – Wendys Empfindung ließ sich am ehesten mit Hochgefühl beschreiben.

»Hey«, flüsterte er schließlich leise. »Alles okay?«

Sie drehte sich auf den Rücken und in seine Arme. »Mehr als okay.«

Er grinste sie amüsiert und vielleicht sogar ein bisschen selbstzufrieden an, bis sie schließlich fragte: »Was?«

»Entschuldige. Ich muss nur gerade daran denken, wie wir hier ankamen. Wie besorgt du da schienst, dass dein Kleid nass wird. Aber sieh es dir jetzt mal an.« Er erhob sich ein wenig, damit Wendy sehen konnte, wie das mandarinfarbene Kleid in einem zerknitterten Knäuel um ihre Hüften hing. Der Stoff war voller Sand – genau wie die Haut der beiden. Alles in allem ein herrlich geiles, klebriges Durcheinander.

Wendy konnte es sich nicht verkneifen, ihn frech anzulächeln. »Es gibt Dinge, die sind es wert, dass man dafür ein Kleid ruiniert.«

Der Blick, den sie zwischen sich und Brandon geworfen hatte – ihr Körper bis auf das zusammengeknüllte Kleid nackt; sein Schwanz noch immer eindrucksvoll hart; seine Brust, so breit und stark, wie sie erwartet hatte, und ebenfalls voller Sand – erinnerte sie an etwas. »Glaubst du mir jetzt, dass ich ein unanständiges Mädchen bin?«, fragte sie und sah zu ihm auf.

»Mh, vielleicht«, erwiderte er mit einem Schulterzucken.

»Wenn du mich nicht für ein unanständiges Mädchen halten würdest, hättest du mir wohl kaum so den Hintern versohlt.«

Diese Bemerkung ließ Brandon laut auflachen. Er blickte sie erneut an. »Was soll ich sagen? Ich bin eben manchmal ein bisschen versaut«, erklärte er mit tiefer Stimme.

Doch Wendy lächelte nur. Vielleicht bin ich das ja auch, dachte sie bei sich.

»Arbeitest du morgen?«, hörte Brandon sich fragen, während Wendy mit einem letzten Zupfen ihr Kleid richtete.

»Ich hab' nur morgens ein paar Meetings«, erwiderte sie und strich sich etwas Sand vom Arm. Ihr langes, kupferrotes Haar war total zersaust – wie das Haar einer Frau, die gerade gut gefickt worden war. Der Look gefiel Brandon definitiv.

Er nahm ihre Hand, als sie sich auf den Weg zurück zur Promenade machten. »Bist du morgen Nachmittag am Pool der *Shellside Towers*?« Sie hatte ihm gesagt, in welchem der Gebäude sie wohnte. »Oder am Strand?«

Wendy drehte den Kopf. Die Meeresbrise wehte immer wieder Haarsträhnen in ihr Gesicht. »Äh, ich weiß noch nicht so genau.«

Brandon ertappte sich dabei, wie er in den Sand starrte, während sie weitergingen. Er war nicht so ganz zufrieden damit, dass er ihr jetzt so nachstellte, aber ihre Antwort zwang ihm immerhin ein Grinsen ab. »Bist du unentschlossen oder zierst du dich einfach nur?«

»Das Erste. So ziemlich zumindest«, fügte sie hinzu und lachte.

»Tja …«, hob er an, war sich aber nicht ganz sicher, wie er jetzt weitermachen sollte. »Dann sehen wir uns ja vielleicht bald. Am Pool oder am Strand.« Dabei war Brandon es eigentlich nicht gewöhnt, dass er Frauen, mit denen er Sex gehabt hatte, ein zweites Mal sehen wollte. Und er war es verdammt noch mal auch nicht gewöhnt, dass eine Frau nicht klar sagte, ob sie ihn wieder sehen wollte oder nicht. Diese Nummer war genau das Gegenteil von dem, wie seine Eroberungen normalerweise endeten.

Wendy lächelte ihn im Mondlicht an und griff nach ihren Schuhen, die noch immer an derselben Stelle standen, wo sie sie ausgezogen hatte. »Wenigstens die hier haben den Abend unbeschadet überstanden«, sagte sie.

Themenwechsel. Mist – das war kein gutes Zeichen!

Brandon mochte sie. Er mochte es natürlich, mit ihr zu ficken. Aber abgesehen davon mochte er sie auch als Mensch. Er mochte alles. Von ihrer Bereitschaft, so offen über Sex zu sprechen, bis hin zu ihrem Beharren darauf, ein unanständiges Mädchen zu sein – auch wenn das wahrscheinlich hieß, dass sie tief im Inneren eben kein unanständiges Mädchen war. Es gefiel ihm, dass sie nicht nur schlau, sondern auch sexy war. Und es gefiel ihm, ihr den Hintern zu versohlen. Und alles dazwischen gefiel ihm auch.

Und verdammt, das Mädchen hatte wirklich einen hinreißenden Körper. Dabei war es natürlich gar nicht der Körper eines Mädchens, sondern der einer erwachsenen Frau mit überaus erwachsenen Kurven.

Er wollte mehr. Sowohl von ihrem Körper als auch von ihrem Geist. Das war normalerweise anders. Normalerweise bevorzugte er One-Night-Stands. Und die waren in einer von Touristen angefüllten Welt leicht zu finden. Es gab Frauen, die zusammen Urlaub machten, es gab Junggesellinnen-Trips und es gab die Semesterferien, in denen sich vergnügungssüchtige Studentinnen am Strand tummelten. Seine Arbeit war sein Leben. Seine Arbeit und dieser Strand, der ihn seit seiner Kindheit magisch angezogen hatte. Eigentlich war in seinem Leben kein Platz für eine Frau, die ihn *brauchte,* und für eine Beziehung, die ein gewisses Maß an Einsatz forderte. Brandon liebte sein Leben so, wie es war, und er hegte nicht den Wunsch, irgendetwas daran zu verändern. Und genau aus diesem Grund suchte er sich ausschließlich Frauen für nur eine Nacht. Für ihn hatte das Ganze auch nichts Verwerfliches an sich, sondern es ging einfach nur darum, dass zwei Menschen Spaß miteinander hatten und sich gegenseitig ihre körperlichen Bedürfnisse befriedigten.

Er war völlig verblüfft, als er sich fragen hörte, ob sie für morgen schon Pläne hätte. Und es hatte ihn noch weitaus mehr überrascht, dass er vielleicht gerade einen Korb bekommen hatte. Und das nach so einer Nummer. Nach keuchendem, lustschreiendem Sex. Doch er ließ sich seine Überraschung nicht anmerken. Was spielte es auch schon für eine Rolle? Wenn er One-Night-Stands mochte, warum sollte sie dann nicht auch darauf stehen?

Vielleicht hatte die Sache ja auch viel mehr mit seinen geschäftlichen Problemen zu tun. Sie hatte ihn abgelenkt. Und zwar die ganze Nacht. Vielleicht wollte er ja, dass sie ihn weiterhin ablenkte. Schließlich lag die Sache jetzt sowieso nicht mehr in seiner Hand. Er konnte nur abwarten. Doch während er abwartete, wäre es sicher angenehm, wenn Wendy ihn weiterhin ablenkte.

»Meinst du, das Kleid ist wieder hinzukriegen?«, fragte er, als sie über den hölzernen Steg gingen. Wendys bloße Füße waren noch immer ganz sandig.

Sein Herz schlug schneller, als sie wieder nach seiner Hand griff. In ihrem Gesicht stand immer noch das Versprechen von Sex geschrieben. »Ist egal. Ich sagte doch, es gibt Dinge, die sind es wert, dafür ein Kleid zu ruinieren.«

Ohne groß darüber zu sprechen, nahmen sie den Weg, der zu den *Shellside Towers* führte – obwohl seine Wohnung in genau entgegengesetzter Richtung lag. Sie gingen schweigend nebeneinander her. Er war müde und es reichte ihm vollauf, einfach nur in der Erinnerung ihrer heißen Strandnummer zu schwelgen. Und er nahm an, ihr ginge es genauso.

Als sie die Auffahrt zu den *Shellside Towers* erreichten, legte er seine Arme um ihre Taille und zog sie zu sich ran. Gut, dass es schon so spät war und niemand mehr zu sehen war. »Die Nacht mit dir war … einfach überwältigend«, sagte er mit leiser Stimme.

»Fand ich auch«, erwiderte Wendy. »Ich bin froh, dass ich dein Angebot für eine Aufzugfahrt angenommen habe.«

Brandon lachte leise. Das hatte er schon wieder ganz vergessen. Es hatte vorhin einfach nur seiner natürlichen Veranlagung entsprochen, mit einer hübschen Frau zu flirten. Dabei hatte er keine Ahnung gehabt, was daraus werden würde.

Irgendetwas an ihrer Begegnung veranlasste ihn schließlich dazu, es noch einmal zu versuchen. Er hielt sie noch immer in seinen Armen, und ihre Körper waren von der Brust bis zu den Schenkeln eng aneinander gepresst. »Weißt du noch, wie ich dir vorhin den Finger in den Po geschoben habe?«, fragte er sie flüsternd.

Sie zuckte instinktiv in seinen Armen zusammen, und er spürte, dass sie sich noch gut daran erinnerte. »Ja …«, antwortete sie, ohne ihn anzusehen.

»Das, äh … schien dir gefallen zu haben.«

Wendy zögerte etwas verlegen, doch dann spürte er auf seiner Brust, wie ihr Mund sich zu einem Lächeln verzog. »*Ja.*«

»Ich würde das gerne noch einmal wiederholen. Ich möchte alles noch einmal wiederholen. Und noch mehr.« Mit diesen Worten ließ er sie los und trat einen Schritt zurück. »Ich werde morgen am Strand nach dir Ausschau halten«, erklärte er mit einem Anflug von Arroganz in der Stimme. Dann verabschiedete er sich mit einem Zwinkern, drehte sich um und ging davon.

Vielleicht würde er sie niemals wiedersehen. Aber verdammt, er wollte sie wiedersehen! Vielleicht war sie ja genau wie er. Jemand, der One-Night-Stands bevorzugte, weil sie das Leben so einfach machten. Gleichzeitig hoffte er aber auch, seine schmutzige, kleine Herausforderung würde dafür sorgen, dass sie bei ihm eine Ausnahme machte.

Ich habe vierunddreißig Jahre in einer einengenden Kiste gelebt. Einer Kiste mit geraden Wänden und niedriger Decke. Und mit mir in dieser Kiste saß die Vorstellung, wie Sex zu sein hat. Versteht mich nicht falsch, die Kiste war keine schlechte Behausung. Ich habe Sex immer gemocht. Und ich hatte auch schon guten Sex. Kurzum, ich war mit meiner sexuellen Realität vollauf zufrieden.

Aber der Sex, den ich gestern Abend hatte … der kam nicht aus dieser Kiste. Als hätten die Wände der Kiste nachgegeben und ich konnte etwas völlig Neues in einer Welt finden, die ich sexuell bisher als recht zufriedenstellend bezeichnet hatte. Als hätte man sein ganzes Leben in einem wirklich schönen Haus gelebt, doch eines Tages war man dann mutig genug, um das Haus zu verlassen und zu sehen, was es draußen sonst noch so gibt. Und wenn man das Haus einmal verlassen hat, ist nichts mehr wie zuvor. Man mag vielleicht noch einmal in das Haus zurückkehren, aber bleiben möchte man dort nicht. Zumindest nicht ständig. Es geht einfach nicht. Wenn man die Sonne einmal gesehen und den Wind gespürt hat, dann braucht man diese Dinge auch. Man braucht sie wie die Luft zum Atmen.

Die Wahrheit ist … ich glaube, ein Teil von mir wollte sich einfach so leer fühlen. Ein Teil von mir wollte einfach mit einem Fremden so intim sein. Vielleicht wollte ich in gewisser Weise ja auch einen Beweis, dass Sex für mich mehr ist als nur das rein körperliche Vergnügen. Ich wollte tief in meinem Inneren erkennen, dass es um die Vereinigung geht. Um die Vereinigung und das Gefühl. Aber so war es nicht. So war es ganz und gar nicht. Stattdessen habe ich eine brandneue und ganz und gar erschreckende Seite an mir entdeckt. Und ich glaube, ich kann nie wieder zurück in diese Kiste.

Kapitel 4

Am nächsten Morgen um neun Uhr traf sich Wendy mit zwei der wichtigsten Entscheidungsträger des *Emerald Shores Resort.* Das Meeting fand im Firmenbüro statt. Der Raum war zwar recht professionell eingerichtet, doch die Verwendung von Teak- und Bambusholz, die eingetopften Palmen und die sandfarbenen Fliesen gaben dem Ganzen doch ein gewisses Strand-Feeling.

Nach dem gestrigen Abend war Wendy sich äußerst merkwürdig vorgekommen, in einem blassgelben Business-Anzug mit anderen professionell gekleideten Menschen zusammenzusitzen, um Gewinn- und Verlustberichte zu analysieren, sich auf die anvisierten Profite zu konzentrieren und komplizierte Finanzierungsberichte zu besprechen. Es gab sogar Momente, in denen sie sich fragte, ob die Erlebnisse der vergangenen Nacht wirklich real gewesen waren. Doch dann spürte sie erneut den Kitzel zwischen ihren Beinen, der ihr eindeutig verriet, dass die Sache sehr real gewesen war. Und es war nicht nur ein Kitzel des Verlangens, sondern das konkrete Gefühl, dass ihr Körper vor kurzem auf ganz spezielle Weise geöffnet worden war und sie einen Mann in sich gespürt hatte.

Von daher war es sehr schwer gewesen, sich zu konzentrieren. Immer wieder sah sie Brandons attraktives Gesicht vor sich – obwohl sie doch eigentlich Zahlen sehen sollte. Große Zahlen. Große Zahlen, die für viel Geld standen. Und das hieß, sie musste sich endlich zusammenreißen und aufpassen.

Und das tat sie dann auch die meiste Zeit. Aber ihre Tagträumereien erinnerten sie auch daran, wie ausgesprochen dumm es gewesen war, sich auf Brandon einzulassen, da sie doch eigentlich rein beruflich hier war. Wenn sie nun jemand aus diesem Büro gesehen hätte, wie sie in ihrem sexy Kleid mit Brandon über die Tanzfläche geschwebt war? Oder noch schlimmer, wenn jemand aus diesem Büro sie am Strand entdeckt hätte, während sie ihre Lust wie ein durchgedrehtes Tier herausgeschrien hatte?

Selbst jetzt, als sie Marian Kinders und Jay Anderon die Hand schüttelte, nachdem sie in einem schicken Resort-Café zu Mittag gegessen hatten, zitterte sie – sowohl wegen der Erinnerung an die letzte Nacht als auch beim bloßen Gedanken daran, wie vernichtend es doch gewesen wäre, wenn die falschen Menschen sie bei ihrem Treiben beobachtet hätten.

»Vielen Dank für das köstliche Mittagessen«, sagte sie und warf den beiden Geschäftsmännern auf der windumwehten Veranda des Meeres-Bistros ihr bezauberndstes Lächeln zu. »Danke, dass Sie sich heute Morgen die Zeit genommen und sich so gut vorbereitet haben. Es war mir ein Vergnügen, Sie beide kennenzulernen. Und Marian«, fügte sie hinzu und nahm auf ein Thema Bezug, über das man beim Mittagessen gesprochen hatte, »ich wünsche Ihnen viel Spaß auf ihrer Hawaii-Reise. Und es war mein Ernst, dass ich gern ein paar Fotos gemailt haben möchte, okay?«

Als Wendy mit klappernden Absätzen zu ihrem Hotel ging, wurde ihr mit einem Mal klar, dass sie gestern Abend nicht das geringste Risiko eingegangen war. Schließlich hatte gestern noch niemand hier gewusst, wie sie aussah. Andererseits hatte man sie bei der heutigen Vorstellungsrunde ja vielleicht erkannt. Das Meeting mit Marian und Jay hatte sie problemlos hinter sich gebracht, war dabei aber mindestens noch einem Dutzend anderer Menschen vorgestellt worden, die in der Buchhaltung, der Anlage- und der Entwicklungsabteilung arbeiteten. Und das hieß, sie hätte doch von jemandem erkannt werden können – man konnte nie wissen. Schon der bloße Gedanke sorgte dafür, dass sich ihr der Magen umdrehte.

Tu dir das nicht an! Das hätte schon ein unglaublicher Zufall sein müssen. Schließlich wohnten die Menschen, die hier arbeiteten, größtenteils woanders. Und sie gaben sich mit Sicherheit auch woanders ihren Gelüsten hin. *Du hattest eine fantastische Nacht, du hast deine wildesten Fantasien ausgelebt und du hast es geschafft, die Sache ohne großartiges Reuegefühl durchzuziehen. Im Gegenteil, du hast ein Gefühl von sinnlicher Freiheit erlebt, das du so noch nicht kanntest. Also genieß es, sei dankbar, sei froh und stolz.*

Eigentlich konnte sie so weit gehen, zu sagen, dass sie sich seit gestern Nacht wie ein anderer Mensch fühlte. Wendy hatte keine Ahnung, ob das Gefühl so bleiben würde – es konnte ja gut sein, dass es schnell wieder abklang. Aber hier und jetzt fühlte sie sich ausgesprochen sicher und stark und meinte, sich und ihr Leben vollkommen unter Kontrolle zu haben. Und auch über ihre Lust hatte sie allein das Kommando. Sie fühlte sich schön. Begehrenswert. Scharf. Sie fühlte sich ebenso feminin wie professionell – Adjektive, die sie normalerweise nicht in einem Atemzug verwendete, wenn sie über sich selbst nachdachte. Nein, normalerweise entsprach sie immer nur einer dieser beiden Eigenschaften auf einmal. Und in letzter Zeit war das Professionelle wesentlich präsenter gewesen als das Weibliche. Daher war es weitaus berauschender, als gedacht, sich mal wieder als richtige Frau zu fühlen.

Aber es ging sogar noch weiter. Wendy fühlte sich so weiblich und so begehrenswert, dass sie sich bei jedem auch nur halbwegs attraktiven Mann, der ihr begegnete, fragte, ob er sie wohl in dem Licht wahrnahm, in dem Brandon sie gesehen hatte.

Konnten andere Männer sie als Frau ansehen, die sexy war? Als Frau, die sinnlich war? Als Frau mit einer versteckten Leidenschaft, die förmlich danach schrie, aus ihr herauszuplatzen? Sie hatte sich dabei ertappt, wie sie den Anzugträgern in den Büros des Resorts weitaus direkter in die Augen schaute, als es sonst ihre Art war. Und aus keinem geringeren Grund als reiner Impulsivität hatte sie auch den niedlichen, etwa zwanzigjährigen Kellner im Resort-Café angelächelt. Wendy hatte nichts Unpassendes getan, sondern wurde sich lediglich mit jedem Atemzug, den sie heute tat, mehr und mehr ihrer eigenen Sinnlichkeit bewusst. Vielleicht war es ja dieses ausgeprägtere Bewusstsein für ihre eigene Person, das dafür sorgte, dass sie auch andere Menschen bewusster wahrnahm.

Und zwar nicht nur Männer. Und auch nicht nur in rein sexuellem Sinne. Zu jedem Menschen, der ihr entgegenkam, nahm sie mehr Kontakt auf, als sie es üblicherweise getan hätte. Ihr Interesse ging so weit, dass ihr sogar auffiel, was die Menschen für Kleidung trugen. Im Büro hatte sie einen Hauch von Marians Parfum gerochen, ihr war die Krawattennadel von Jay aufgefallen, und sie hatte sich sogar dafür interessiert, dass es sich um ein Weihnachtsgeschenk seiner Kinder handelte.

Und es ging tatsächlich noch ein Stückchen weiter. So sehr Wendy auch glaubte, dass die Offenbarungen der letzten Nacht etwas Gesundes und Positives gewesen waren, so sehr fragte sie sich auch, wie gesund und positiv ihre Erfahrungen wirklich waren, wenn sie jetzt schon wieder Lust hatte, das Ganze zu wiederholen?

Ihr Herz schlug schneller, als sie die kühle Eingangshalle ihres Gebäudes betrat und mit dem Fahrstuhl in ihr Apartment fuhr. Sie dachte an den letzten Bikini, den sie gekauft hatte. Und sie dachte an die letzten Worte, die Brandon an sie gerichtet hatte.

Tu es nicht, sagte eine Stimme in ihrem Inneren. *Wie gering das Risiko auch sein mag, es gibt hier Menschen, die dich jetzt kennen.* Und morgen sollte sie sich mit Mr Worth und Mr Penny, den Vorstandsvorsitzenden des *Emerald Shores Resort* treffen. Wendy stellte sich vor, wie sie ein luxuriöses Büro betrat, in dem zwei distinguierte, ältere Herren saßen, die ihr mitteilen würden, dass einige Angestellte sie am Strand beim Sex beobachtet hätten und sich verpflichtet fühlten, dieses Benehmen ihrem Chef zu melden. Sie hatte nicht die geringste Ahnung, ob es tatsächlich automatisch zu so etwas kommen würde, wollte es aber definitiv nicht ausprobieren. Das konnte sie sich auch gar nicht leisten. Schließlich ging es um ihren Job. Um einen Job, der gewisse Aufstiegschancen bot, und den sie liebte. Sie konnte einfach nicht riskieren, den aufs Spiel zu setzen.

Aber wenn sie das Risiko wirklich nicht eingehen konnte, warum griff sie in ihrem Apartment dann direkt in die niedliche, kleine Einkaufstüte vom *Beach Bazaar*, um die beiden Teile ihres Badeanzugs hervorzuholen?

Warum hielt sie die beiden Stoffstücke hoch und dachte daran, wie sie sich um ihren Körper geschmiegt hatten?

Warum brannte sie förmlich darauf, den Badeanzug wieder anzuziehen?

Ganz einfach. Weil Brandons Worte immer noch in ihren Ohren klangen. *Ich würde das gerne noch einmal wiederholen. Ich möchte alles noch einmal wiederholen. Und noch mehr.*

Wendy erkannte sich selbst nicht wieder, denn sie konnte nur noch an das *mehr* denken. Was konnte es denn noch an *mehr* geben?

Und wie sollte sie es ertragen, das nicht herauszufinden? Schließlich war sie endlich mal allein von zu Hause weg. Endlich hatte sie sich einen Mann gesucht, mit dem sie sich schamlos ihrem Vergnügen hingeben konnte. Von daher war es vielleicht nur vernünftig, die Sache fortzusetzen, um zu sehen, wohin die Reise ging.

Wenn du ausblenden kannst, dass dich jemand aus dem Resort dabei sehen könnte.

Wendy entschied sich ganz realistisch, dass sie das sehr wohl konnte.

Das Areal war riesig und beherbergte Tausende von Menschen. Und die Menschen, die hier arbeiteten, arbeiteten jetzt tatsächlich und hingen nicht während ihrer Dienstzeiten am Strand oder am Pool herum.

Aber dieser Ort war ein Spielplatz. Da war es doch nur angemessen, wenn man auch spielte. Und niemand aus den Firmenbüros würde sie sehen. Das war schon allein mathematisch betrachtet so gut wie ausgeschlossen. Selbst die Chancen, in der Lotterie zu gewinnen, waren größer.

Außerdem war die Versuchung, mehr von dem zu bekommen, was Brandon ihr gestern Abend gegeben hatte, viel zu groß, um ihr widerstehen zu können.

Und es dauerte keine zehn Minuten, da betrat Wendy auch schon den weichen weißen Sand. Sie trug ihren neuen, aufregenden schwarzen Bikini und den kurzen, ebenso aufregenden schwarzen Sarong, den sie dazu gekauft hatte. Über ihrer Schulter hing eine Strohtasche, in die sie ein Handtuch, Sonnencreme und ihr Journal gepackt hatte.

Obwohl es sie zunächst ein bisschen nervös machte, so knapp bekleidet ihr Apartment zu verlassen, fühlte sie sich doch grazil und sinnlich, als sie über den Strand zu ihrem Sitzplatz mit reserviertem Sonnenschirm stapfte. Sie hatte das Gefühl, alle Augen wären auf sie gerichtet – genau wie gestern Abend im Vergnügungsviertel. Und auch wenn die Blicke der Menschen nicht so extrem waren, wie die, die sie der Bikini-Mieze zugeworfen hatten, so wusste Wendy doch, dass sie auffiel. Und sie hatte sich noch nie so begehrenswert gefühlt.

Während sie so am Strand entlangschlenderte, hatten ihre Fragen und Hoffnungen von neulich eine wundervolle Antwort bekommen – ja, sie konnte es durchziehen! Das Kleid, der Bikini, die Frau zu sein, die sich hier und da ein Vergnügen gönnte, einfach *alles.* Es war eine Offenbarung. Als wäre sie nach einem langen Schlaf endlich erwacht. Als ob man in den Spiegel schaut und das erste Mal begreift, dass man schön ist.

Doch natürlich breiteten sich neue Zweifel aus, als sie sich ihrem Sonnenschirm näherte. Und zwar nicht Zweifel an ihrem Selbstbewusstsein, sondern Zweifel bezüglich Brandon. Würde er sie hier wirklich finden? Das Resort war riesengroß, der Strand war lang und ihr reservierter Sonnenschirm stand mehrere Gebäudelängen von dem Platz entfernt, an dem sie gestern Abend »gespielt« hatten.

Und als Wendy ihr Handtuch auf dem Sonnenstuhl ausbreitete und sich hinsetzte, fühlte sie sich unendlich dumm, ihn praktisch um ein Wiedersehen angebettelt zu haben, ohne dabei um einen genauen Treffpunkt auszumachen. Es hatte ihr gestern großen Spaß gemacht, sich zu zieren – wie er es ausgedrückt hatte. Bisher hatte sie sich noch nie in ihrem Leben geziert und war erstaunt gewesen, welches Gefühl von Macht diese Haltung mit sich brachte. Außerdem hielt sie unbeirrt an ihrem Plan fest, nur eine Nacht mit ihm zu verbringen. Und das auch nur zum reinen Sex. So würde es gar nicht darum gehen können, wann und ob man sich wiedersah, und sie konnte ihre momentane Aktion glaubwürdig auf eine postorgiastische Euphorie schieben.

Aber all das kam ihr jetzt schrecklich dumm vor. Sie hatte den verdammt besten Sex in ihrem Leben gehabt – verrückten, ausschweifenden, hemmungslosen Sex, den sie sich so niemals erträumt hatte. Warum sollte sie das Ganze also nicht wiederholen wollen? Es war genau so, wie sie gestern Abend geschrieben hatte, nachdem sie in ihr Apartment zurückgekehrt war: Sie konnte nicht zurück in die Kiste.

Vielleicht war ja ein kleiner Teil von ihr doch enttäuscht gewesen, dass sie tatsächlich in der Lage war, bedeutungslosen Sex zu haben. Aber da sie jetzt wusste, wie es sein konnte – einfach nur Spaß, einfach nur Vergnügen –, wollte sie unbedingt mehr davon. *Bitte lass ihn nach mir suchen!*

Als Wendy die spielenden Kinder am Strand sah und beobachtete, wie langsam die Flut einsetzte, entspannte sie sich ein wenig. Was immer hier passieren sollte, passierte auch. Was war schon so schlimm daran, wenn Brandon sie nicht fand? Verdammt, vielleicht hatte sich seine eigene orgiastische Euphorie ja bereits in Wohlgefallen aufgelöst, und er würde nicht mal nach ihr Ausschau halten. Auch das würde sie überleben. Zwar würde sie es durchaus schade finden, ihre neu gefundene sexuelle Freiheit nicht noch weiter mit ihm ausleben zu können, aber immerhin hatte sie eine neue Einstellung zu sich gefunden. Sie hatte sinnliche Geheimnisse über sich erfahren und ein neues Selbstbewusstsein gewonnen, das ihr niemand mehr nehmen konnte.

»Hi. Darf ich Ihnen einen Drink anbieten?«

Als Wendy nach oben schaute, sah sie einen Strandkellner in geblümtem Hemd. Es war derselbe wie gestern, nur dass er sie jetzt anders ansah. Sie spürte seine Bewunderung. Und sie spürte, wie viel er von ihrem Körper und ihren Brüsten sehen konnte. Ihre Muschi zuckte, als sie ihn frech anlächelte. »Ich hätte gern einen Mango Daiquiri.«

Er erwiderte ihr Lächeln und ließ seinen Blick von ihrer Brust hin zu ihrem Gesicht wandern. »Kommt sofort.«

Macht. Sie hatte plötzlich Macht über Männer. Unglaublich.

Aber natürlich suchte sie den Strand immer noch nach ihrem Gespielen der letzten Nacht ab. Bis schließlich ihr Drink kam. Bis sie einige praktische Notizen über das Resort in ihr Journal eingetragen hatte. Bis der Daiquiri halb leer und noch immer nichts von Brandon zu sehen war.

Vielleicht würde er ja wirklich nicht kommen.

Wendy ignorierte das alberne Gefühl von Enttäuschung, das sich langsam in ihrer Magengegend breitmachte. Sie brauchte ihn nicht. Sie brauchte rein gar nichts.

Außer vielleicht noch mehr Sex. Nach der gestrigen Nacht war sie so erregt gewesen wie… seit Jahren nicht mehr. Und auch wenn das durchaus beängstigend war, so hatte es doch auch etwas sehr Aufregendes. Wie sollte sie ohne Brandon schließlich an Sex kommen? Und wie sollte sie es schaffen, zurück in die Kiste zu kriechen?

Genau in diesem Moment kam ein tief gebräunter Mann mit windzersausten schwarzen Haaren den Strand entlangspaziert. Er trug halblange Schwimmshorts und ein T-Shirt. Sein längeres Haar war zum größten Teil zu einem Pferdeschwanz zurückgebunden, aber ein paar Strähnen flatterten doch in der Brise. Seine Muskeln zeichneten sich deutlich unter dem T-Shirt ab. Er war groß und breit und er lächelte nicht.

Wendys erster Gedanke war, dass der Mann ihr irgendwie bekannt vorkam, und sie war dankbar, dass es sich, seiner Aufmachung nach zu urteilen, höchstwahrscheinlich nicht um jemanden aus der Verwaltung des Resorts handelte. Ihr zweiter Gedanke galt seinem Aussehen. Er war scharf – und zwar auf eine unkonventionelle, etwas unordentliche und auch leicht beängstigende Art und Weise. Es handelte sich ganz einfach um genau die Sorte Mann, deren Haltung und Aussehen sie vor dem gestrigen Abend maßlos eingeschüchtert hätten. Er sah so selbstbewusst und entspannt aus, sie war sicher, dass er jede

Strand-Mieze haben konnte, die er wollte. Wahrscheinlich ging der Kerl ausschließlich mit Bikini-Models aus oder spielte in Pornofilmen mit oder so etwas.

Aber als er sie ansah, kurz stehen blieb und sie dann noch einmal genauer betrachtete, war sie alles andere als eingeschüchtert. Sein Blick fühlte sich einfach nur an wie der nächste seltsame, verwirrende Schritt ihres gewagten, kleinen Experiments. Seine Augen waren genauso blau wie die von Brandon und sie waren schön genug, um seinen strengen Gesichtsausdruck ein wenig abzumildern. Und als er vom Strand aus langsam näher kam, war Wendy nicht ein Mal versucht, wegzuschauen.

Sein kleines, mit einem fragenden Neigen des Kopfes verbundenes Lächeln war teuflisch sexy. »Sie … kommen mir bekannt vor. Sind wir uns schon einmal begegnet?«

Ihr neu gefundener Mut zum Risiko setzte ganz automatisch ein, als sie sein Lächeln erwiderte, und sie streckte instinktiv ihre Brüste vor. »Ich hab mich gerade genau dasselbe gefragt. Ich bin allerdings erst einen Tag hier. Von daher …«

Er kratzte sich spielerisch an seinem stoppeligen Kinn. »Also, ich weiß zwar nicht, woher ich Sie kenne, aber ich hätte sicher nichts dagegen, Sie noch besser kennenzulernen.«

Vielleicht war es nur ein ganz billiger Anmachspruch und vielleicht tat er auch nur so, als würde sie ihm bekannt vorkommen. Aber auch wenn es so sein sollte – Wendy hatte nicht das Geringste dagegen einzuwenden. »Ganz meinerseits«, erwiderte sie kokett, nahm einen Schluck von ihrem Drink und fragte sich dabei, ob durch den dünnen, schwarzen Stoff wohl ihre Nippel zu sehen waren.

»Gleitsegeln Sie gern?«

Sie schaute an ihm vorbei auf das große, bunte, fallschirmähnliche Gebilde, das gerade über dem Meer schwebte und dabei von einem Boot gezogen wurde. »Äh, das habe ich noch nie ausprobiert.«

Er bemerkte ihren Blick und zeigte auf das Boot. »Das Boot da draußen gehört mir. Neben zwei weiteren. Ich leite die Gleitschirm-Schule hier am Strand.« Das erklärte, weshalb er ein T-Shirt mit dem Aufdruck »Himmelspirat« trug. Aber auch sonst passte die ganze Piraten-Nummer ausgesprochen gut zu ihm. »Sie sollten es mal probieren. Das ginge natürlich auf Kosten des Hauses.«

Wendy zog eine Augenbraue hoch. »Warum nicht?«

Er zwinkerte ihr zu. »Betrachten Sie es einfach als einen der Vorteile, wenn man so gut aussieht wie Sie. Wenn Sie dabei sind, bildet sich nämlich garantiert ganz schnell eine kilometerlange Schlange von Männern vor meinem Laden.«

Obwohl ihr sein Flirten sehr gefiel, schien Gleitfliegen nicht gerade die beste Idee für sie zu sein. Wahrscheinlich würde sie das ganze Brimborium nervös machen. Und sie wollte vor diesem Mann nicht nervös wirken. Doch allein dieser Gedankengang reichte aus, um sie an ihr Experiment zu erinnern. *Sei mutig. Sei die neue, mutige, aggressive Wendy.* »Ich denk mal drüber nach«, sagte sie. »Aber was ist denn nun damit, dass Sie mich besser kennenlernen wollten?«

Auf dem Gesicht des Strandpiraten machte sich ein sinnliches Lächeln breit. »Also, wenn Sie mich so fragen, vergessen wir das Gleitschirmfliegen. Was schwebt Ihnen denn so vor, meine Schöne?«

Seine Frage brachte Wendy ziemlich aus dem Konzept. *Könnte ich während dieser Reise wirklich noch mit einem anderen Typen ficken? Könnte ich so schamlos sein? Könnte ich tatsächlich binnen weniger Tage mit mehr als einem Fremden Sex haben?*

Doch noch ehe sie eine Antwort geben konnte – ihm oder sich selbst –, hatte er seinen Kopf schon mit nachdenklichem

Blick zur anderen Seite gelegt. »Warten Sie mal. Ich glaube, ich weiß, wo ich Sie gesehen habe? Scharfes, orangefarbenes Kleid? Piano-Bar?«

O Mann. Sie neigte ihr Kinn ein wenig kokett nach unten und fragte sich dabei, *was* er wohl genau gesehen hatte. »Schuldig im Sinne der Anklage, Euer Ehren.«

Er kicherte leise, zeigte dann mit ausgestrecktem Finger auf sie und gab noch mehr seiner Erkenntnisse zum Besten. »Sie waren gestern Abend mit meinem Kumpel Brandon zusammen.«

Ach du heiliger Mist! Jetzt erinnerte sich auch Wendy an ihn. Er war einer der Männer in der Erdgeschoss-Bar gewesen, als sie Brandon zum ersten Mal sah. Er hatte sein Haar gestern offen getragen, sah heute also deutlich anders aus.

»Sie sind also ein Freund von Brandon?« Wendy war so verblüfft, dass ihr keine andere Entgegnung einfiel.

»Seit dem College«, ergänzte er nickend. Wendy beschlich das seltsame Gefühl, bei irgendetwas erwischt worden zu sein, aber dem Strandpiraten schien dieser Zufall nicht das Geringste auszumachen.

»Versuchst du, mir mein Strandhäschen wegzuschnappen, Faber?«

Der Klang von Brandons tiefer Stimme ließ Wendy zusammenzucken, und als sie sich blitzschnell umdrehte, sah sie, wie er sich von der anderen Seite ihrem Sonnenschirm näherte. Der Anblick ihres attraktiven Geliebten ließ Wendys Herz fast stillstehen. Er trug nichts weiter als schicke dunkelblaue Shorts mit weißen Streifen an den Seiten. Er war es wirklich! Er hatte sie gefunden! Ihre gemeinsamen Vergnügungen konnten weitergehen!

Wendy schnappte unbemerkt nach Luft und gab sich alle Mühe, cool zu wirken. »Strandhäschen?«, fragte sie und tat dabei so, als würde der Ausdruck sie ein bisschen beleidigen.

Brandon betrachtete sie so eindringlich von Kopf bis Fuß, dass ihre Brüste sofort zu schmerzen begannen und ihre Muschi ganz schwer wurde. »Wenn der Ausdruck passt, dann passt er nun mal, Schätzchen. Und in dem Bikini passt er definitiv zu dir.«

Ihr ganzer Körper wurde warm, und Wendy entschied, dass sie eigentlich nichts gegen den Spitznamen einzuwenden hatte. Um genau zu sein, gefiel er ihr sogar ganz gut. »Was denn nun? Schätzchen oder Häschen?«

»Wie wär's, wenn wir uns auf ›Bunny‹ einigen?«, schlug Brandon vor, und Wendy nickte mit einem leichten Augenrollen. Beide Männer lachten, und die junge Frau genoss es sehr, das Zentrum ihrer Aufmerksamkeit zu sein. Wer hätte das gedacht? *Sie* flirtete mit *zwei* scharfen Strandtypen gleichzeitig.

»Wie ich sehe, habt ihr beide euch auch schon kennengelernt«, stellte Brandon fest.

»Na ja, offiziell noch nicht«, wandte sie ein. »Wir haben uns nur darüber unterhalten, was wir, äh … was wir wohl gemeinsam haben.«

Brandons leicht besitzergreifendes Lächeln ging ihr durch Mark und Bein und erinnerte sie erneut an ihre hitzige Begegnung der vergangenen Nacht. »Dann übernehme ich jetzt mal die Ehre. Peter Faber, das ist Wendy …«

Selbst als Brandon kurz zögerte, machte Wendy keinerlei Anstalten, ihren Nachnamen zu nennen. Stattdessen richtete sie ihren Blick auf Piraten-Pete und hielt ihm ihre Hand entgegen. »Freut mich, Sie kennenzulernen, Pete.«

Er nahm sie, doch statt sie nur zu schütteln, beugte er sich vor, um ihr einen Handkuss zu geben. »Das Vergnügen ist ganz meinerseits«, erwiderte er mit verführerischer Stimme, die ihre Wirkung trotz Brandons gespielt genervtem Augenrollen nicht verfehlte. »Aber ich würde vorschlagen, dass wir uns gleich duzen«, ergänzte Peter.

Nachdem das klar war, informierte er Brandon darüber, dass er Wendy auf eine Runde Gleitsegeln eingeladen hatte. Aber Brandon grinste nur. »Vielleicht ein andermal. Im Moment hat sie andere Pläne.«

Wendy verlagerte ihre Position auf dem Stuhl. Sie genoss das sexuelle Adrenalin, das durch ihren Körper rauschte. »Ach, hab ich die?«, fragte sie mit hochgezogener Augenbraue.

Doch ihr Ton beeindruckte Brandon nicht im Geringsten. »Ja, Bunny«, sagte er schlicht. »Du verbringst den Nachmittag mit mir.«

Im Meer konnte Brandon nicht widerstehen, von hinten seine Arme um sie zu legen. Zum Glück war die Brandung heute nicht so stark, denn so konnte er im Wasser mit ihr spielen, ohne Angst haben zu müssen, dass eine Welle über sie hereinbrach. Verdammt, es fühlte sich so gut an, sie im Arm zu haben. Und wie scharf sie in diesem Bikini aussah! Er aalte sich noch immer in der männlichen Arroganz, sie tatsächlich am Strand entdeckt zu haben – und das auch noch an genau der Stelle, wo er sie vor ein paar Stunden hinbestellt hatte.

Unter der Oberfläche des klaren Wassers legte er seine gespreizten Finger auf ihren glatten Bauch und ließ dabei einen seiner Daumen immer wieder zu der Unterseite ihrer Brüste wandern. Brandon fragte sich, ob sie wohl spürte, dass sein gegen ihren Po gepresster Schwanz allein von diesen Berührungen langsam steif wurde.

»Mmmh«, seufzte sie und lehnte sich gegen ihn, während er mit offenem Mund ein paar sanfte Küsse auf ihren Hals und ihre Schultern drückte.

»Ich bin so froh, dass du heute an den Strand gekommen bist«, hauchte er ihr ins Ohr.

Wendy drehte den Kopf, ohne sich aus seiner Umarmung zu

lösen. »Und du glaubst sicher, dass ich nur deinetwegen gekommen bin?«

Er zuckte leicht mit den Schultern. »Ich glaube nur, dass du das willst, was ich dir gestern Nacht versprochen habe.«

»Und wenn es so ist?« Sie klang noch immer so cool und reserviert wie gestern, als er sie nach ihrem Fick zurück in ihr Apartment gebracht hatte.

Brandon verstärkte seinen Griff um ihre Taille und hob sie ein wenig aus dem Wasser, als eine kleine Welle gegen ihre Körper schwappte. »Dann wirst du ganz sicher nicht enttäuscht werden«, flüsterte er ihr ins Ohr.

Als er über ihre Schulter schaute, hatte er einen köstlichen Anblick. Ihre Nippel waren hart und rieben sich an dem schwarzen Lycrastoff ihres sexy Bikinioberteils, das fast ebenso viel ihrer Brüste zeigte wie es bedeckte. »Du hast herrliche Titten«, raunte er ihr zu, denn seit gestern Abend wusste er, dass sie genauso auf Dirty Talk stand wie er.

Wendy antwortete, indem sie ihm ihren Kopf erneut zuwandte, eine Hand auf seine Wange legte und ihn zu einem langen, warmen Zungenkuss zu sich heranzog, der seinen Schwanz noch steifer machte.

Ohne groß nachzudenken, folgte Brandon seinen Instinkten und ließ seine Handfläche weiter über ihren Bauch wandern, bis sie schließlich an der Vorderseite ihres Bikinihöschens angekommen war. Ihr kurzes Aufstöhnen ermutigte ihn und er ging dazu über, in kleinen Kreisen mit seinen Fingern über ihren Kitzler zu fahren. Dabei drang sein Zeigefinger selbst durch das Höschen hindurch recht tief in den Schlitz ihrer Möse.

»Oooh …« schnurrte sie und rieb sich abwechselnd an seinem Finger und seiner Erektion. »Oh … Gott.«

»Gefällt das meinem kleinen Bunny?«, fragte er mit tiefer Stimme.

»Brandon«, mahnte sie ihn mit atemloser Stimme. »Ich … wir … hier sind doch überall Menschen.«

Ah. Er wusste doch, dass sie eigentlich gar kein unanständiges Mädchen war. Einem wahrhaft schmutzigen Mädchen wäre das vollkommen egal gewesen. »Aber die sind doch alle weit weg.«

Sie sah hinüber zu den Schwimmern, die ihnen am nächsten waren. Ungefähr fünfundzwanzig Meter weiter rechts planschte ein Teenagerpärchen und – für sie etwas problematischer – ein paar Meter näher zum Strand hin spielte eine Familie mit zwei Kindern im Wasser. »Weit weg ist aber ein sehr relativer Begriff.«

Er lachte leise in sich hinein und streichelte unter Wasser weiter ihre Muschi. »Es schaut doch niemand her. Vertrau mir einfach.«

»Du hast das eindeutig schon öfter getan«, stellte sie über ihre Schulter hinweg fest.

Brandon konnte sich ein weiteres Kichern nicht verkneifen. »Eifersüchtig, Bunny?«

Wendy blinzelte. »Warum sollte ich eifersüchtig sein? Wir haben uns doch gerade erst kennengelernt. Um genau zu sein, bin ich sogar froh.«

Brandon zog eine Augenbraue hoch. »Froh?«

»Ich mag Männer, die wissen, was sie tun.« Mit diesen Worten drehte sie ihm erneut den Rücken zu, und er setzte seine Streicheleinheiten fort.

»Tja, da hast du wirklich Glück«, sagte er. »Ich weiß nämlich definitiv, was ich tue.« In diesem Moment rollte eine weitere, nicht allzu hohe Welle auf sie zu. Brandon hob sie leicht aus dem Wasser und betrachtete genießerisch, wie das kühle Nass über die sanften Kurven ihrer Brüste schwappte.

»Das merkt man«, hauchte sie und lehnte sich zurück gegen seinen Körper. Jetzt spürte sie seinen Schwanz noch intensiver.

Er kämpfte nicht gegen das Bedürfnis an, seine Finger gerade so weit aus ihrer Muschi herauszuziehen, dass er zwischen dem Stoff und ihren Schamlippen damit rauf- und wieder runterfahren konnte. Die Berührungen setzten bei beiden ein Stöhnen frei. »Ich kann das nicht, Brandon«, sagte Wendy, presste sich aber gleichzeitig gegen ihn und fickte seine Finger.

»Es fühlt sich aber an, als ob du es sehr wohl könntest«, neckte er sie. Dann versenkte er seine Finger erneut reibend in ihrer Mitte, passte sich ihrem Rhythmus an und brachte sie erneut zum Keuchen. Auch er selbst wurde immer geiler – das spürte er in seinem Bauch und natürlich auch etwas tiefer. »Ach verdammt, mein scharfes Bunny, ich möchte dich so gern ficken«, raunte er in ihr Ohr. »Ich möchte dir dein kleines, sexy Höschen runterziehen und dich auf der Stelle hier ficken.«

Brandon liebte das Geräusch ihres erregten Atems. Ihr Seufzen wurde immer lauter und ging langsam über in kleine, schmutzige Keuchlaute. Er knabberte an ihrem Hals und schob seinen Schwanz zwischen ihre Pobacken. Und während er sie vorne immer fester rieb, spürte er die Knospe ihres Kitzlers zwischen seinen Fingerspitzen. Auch sein Atem wurde immer rauer und Brandon fragte sich, ob er sie wirklich hier und jetzt im Wasser ficken könnte. Zwar stimmte es durchaus, was er gesagt hatte – niemand beobachtete sie –, aber diesmal mussten sie es langsam angehen lassen. Ganz langsam und nicht so stürmisch wie in der vergangenen Nacht.

Brandon hörte auf, sich zu bewegen, und stellte auch seine Liebkosungen ein. »Dreh dich um«, ordnete er stattdessen mit sanfter Stimme an.

»Was?«, fragte Wendy, obwohl sie bereits dabei war, sich im brusthohen Wasser zu ihrem Gespielen umzudrehen. Er legte seine Arme um ihre Taille, und sie schlang die ihren um seinen Hals.

Und als Brandon ihr in die Augen schaute, ihre Lust sah und wieder mal daran erinnert wurde, wie hübsch sie war, da wusste er – mehr als je zuvor –, dass Wendy wirklich nicht das unanständige Mädchen war, für das sie sich ständig ausgab. Sie wollte es vielleicht sein, aber es war noch mehr an ihr als nur Unanständigkeit. Und irgendetwas an diesem Geheimnis war einfach verdammt sexy.

»Ich will dir dein Höschen ausziehen. Und dann werde ich dich hochheben und du wirst deine Beine um mich schlingen und mich reiten«, teilte er ihr mit sanfter, aber tiefer Stimme mit.

Wendy sah atemlos aus. Sie war zwar etwas ängstlich, gleichzeitig aber auch sehr bereit. Sie schluckte einmal kurz und sah durch das Wasser hindurch an ihrem Körper hinab. »Wir dürfen meinen Bikini aber nicht einfach so ins Meer …«

»Keine Sorge«, unterbrach Brandon sie, denn er wusste genau, was sie sagen wollte. »Ich werde ihn um mein Handgelenk schlingen.« Dann presste er sich so eng an sie, dass er ihre Hitze selbst durch das Salzwasser hindurch spüren konnte. »Bist du bereit dafür?«, flüsterte er fragend in ihr Ohr. »Bis du bereit, mich noch einmal in dir zu spüren?«

Wendy sah noch immer nervös und etwas skeptisch aus, nickte aber.

Doch gerade als er seine Hand zu ihrem Po wandern ließ und seine Daumen in ihr Bikinihöschen stecken wollte, unterbrach ihn lautes Kinderlachen.

O verdammt! Gerade lief eine Gruppe junger Leute ins Wasser. Die meisten von ihnen waren wohl unter zwölf Jahre alt. Sie hatten bunte Schwimmwesten an, trugen Kindersurfbretter bei sich und beabsichtigten ganz offensichtlich, eine Zeit lang im Wasser zu bleiben.

Brandon und Wendy blieben beide stumm, bis sie sich irgendwann wieder in die Augen sahen. »Ich bring' dich um«, sagte sie mit sehr ruhiger, aber resoluter Stimme.

Ihre Worte überraschten ihn so sehr, dass er anfing zu lachen. »Was hab ich denn getan? Außer natürlich, dich zu beglücken, meine ich.«

»Genau das. Du hast mich ganz … na, du weißt schon. Und jetzt können wir nicht.«

»Geil gemacht, Bunny«, ergänzte er ihren Satz. »Es heißt ›geil gemacht‹.«

Wendy gab einen Seufzer von sich. Jetzt spürte Brandon, dass sie tatsächlich recht kraftlos und leicht zitternd in seinen Armen lag. »Tut mir leid«, sagte er ganz ernsthaft und nahm sie fester in seine Arme. Auch ihm gefiel es nicht, ihr keine Befriedigung verschafft zu haben.

»Lass uns doch zu mir gehen«, schlug sie mit hoffnungsvollem Blick vor. »Ist nur fünf Minuten von hier.«

Verdammt, er hasste es, sie zu enttäuschen. Und zwar mit jeder Sekunde mehr. Aber … »Ich wünschte, das ginge. Nur hab ich in ungefähr einer halben Stunde eine wichtige Telefonkonferenz.«

Wendy blinzelte. »Also dann weiß ich nicht, warum du jetzt noch hier im Meer mit mir rummachst. Du solltest los.«

Brandon musste lachen. »Dazu muss ich nicht ins Büro. Mein Handy liegt in meinem Rucksack unter deinem Sonnenschirm. Ich dachte mir, für ein bisschen Fummeln im Wasser reicht die Zeit gerade noch. Aber um zu dir zu gehen, das wird definitiv zu knapp. Erstmal müssten wir unsere Sachen zusammenpacken, dann müssten wir den Weg zu dir zurücklegen und danach noch auf den Aufzug warten. Aber ich will mich bei dir einfach nicht so hetzen. Verstehst du?«

Wendy seufzte verständnisvoll. Dann kam ihm plötzlich der Gedanke, dass man das Ganze auch als Vorteil für beide ansehen konnte. »Betrachte es doch mal so«, begann er und schaute in ihre Augen, die durch die Reflexion des smaragdfarbenen Wassers noch grüner wirkten, »wenn wir später zusammen schlafen, dann sind wir beide so bereit, dass wir die ganze Nacht durchhalten.«

Er sah, dass Wendy bei dem Versprechen sichtbar schluckte. »Später? Und wann wäre das?«

»Lass uns doch zusammen essen gehen. Später im Vergnügungsviertel. Es gibt da einen Laden namens *Sharky's*. Das ist direkt an der Bucht. Ganz ungezwungen und nett.« Dann fiel ihm ein, dass auch sie geschäftlich hier war. »Und jetzt sag mir bitte nicht, dass du heute Abend arbeiten musst.«

Wendy biss sich auf die Lippen, bevor ihr Gesicht von einem Lächeln aufgehellt wurde. »Nein, ich muss heute Abend nicht arbeiten.«

Seine Brust wurde von einem warmen Gefühl erfasst. »Dann steht die Verabredung also.«

Nachdem sie aus dem Meer gekommen waren, legten sie sich gemeinsam unter den Sonnenschirm. Es handelte sich bei Brandons beruflichen Verpflichtungen nicht nur um einen Anruf, sondern gleich um mehrere. Zwar ging es in den Gesprächen nur um ganz alltägliche Betriebsaufgaben und es wurden keine großen Probleme gewälzt, aber immerhin stellte er dabei fest, dass er auch dann gerne Zeit mit Wendy verbrachte, wenn kein Sex auf der Tagesordnung stand. Natürlich wusste er, dass es irgendwann im Laufe des Tages dazu kommen würde – und zwar mit wesentlich mehr Druck als in der gestrigen Nacht –, aber er hatte auch Spaß daran, einfach nur mit ihr am Strand rumzuliegen. Es gefiel ihm sehr, sie einzucremen, und er gab sich dabei alle Mühe, so viel von ihrem Körper zu berühren wie möglich – auch wenn sein Schwanz sich dabei fast schmerzhaft versteifte. Er liebte den Anblick ihrer glatten Haut in der Nachmittagssonne. Er liebte es, zu beobachten, wie sie nach ein paar Drinks am Strand ein bisschen beschwipst und dann sogar ein wenig müde wurde. Als sie schließlich tatsächlich mit halb offenem Mund einnickte, ertappte Brandon sich dabei, wie er sie einfach nur betrachtete. Sie kam ihm unglaublich erotisch vor. Und zwar auf eine andere Weise als noch vor kurzem. Sie sah einfach hinreißend, aber eben auch äußerst verletzbar aus. Sie war schön, ohne … zu glatt, zu künstlich oder zu perfekt zu sein.

Als seine Gespielin endlich wieder erwacht war und sich einen kleinen, erotischen Stoffstreifen um die Hüften gewickelt hatte, waren die beiden bereit, sich für ein paar Stunden zu trennen. Er zog sie zu sich heran. »Bist du jetzt über deine Geilheit im Wasser weg?«, konnte er nicht umhin, sie zu fragen.

Wendy sah ihn an und schien im Kopf ihre Antwort abzuwägen. »Keine Sorge, es geht schon«, erwiderte sie schließlich.

»Lügnerin«, sagte er mit einem frechen Grinsen.

»Gut«, gab sie schließlich mit einem niedlich-schuldbewussten Augenaufschlag zu. »Ich kann an nichts anderes mehr denken. Bin ich eigentlich kurz eingeschlafen? Ich habe nämlich das Gefühl, sogar davon geträumt zu haben.«

Brandon gab ein tiefes Stöhnen von sich. »Was hast du denn genau geträumt?«

»So ziemlich das, was fast passiert wäre. Ich habe dich im Wasser geritten.«

Sein Schwanz wurde sofort wieder hart – zum einen wegen der Vorstellung daran und zum anderen, weil er sie zu einem sonnendurchtränkten Traum inspiriert hatte. »Verdammt, Bunny, das ist echt scharf.« Er ließ seine Fingerspitzen leicht und spielerisch über die nackten Kurven ihrer Hüften gleiten.

»Scharf ist gar kein Ausdruck. Du hättest mal in meinem Traum dabei sein sollen.«

»Quälgeist«, lachte er.

»Nur bis heute Abend«, versprach sie.

»Aber nicht ohne mich kommen.«

»Hä?« Sie sah ihn mit verwirrten Augen an.

Der Alkohol und die Sonne schienen ihren normalerweise sehr klaren Verstand etwas umnebelt zu haben. Brandon tat einen kleinen Schritt zurück und sah ihr direkt zwischen die Beine. »Aber nicht ohne mich kommen«, wiederholte er.

Diesmal lächelte sie, und Brandon sah, dass ihr Blick erneut von einem lüsternen Flimmern erfasst wurde. »Oh, okay.« Sein Mund verzog sich zu einem Grinsen. Wendy nahm seine Worte eindeutig nicht für voll. »Ich meine es ernst. Ich will es dir besorgen. Also versprich mir, dass du wartest.«

Sie nickte mit immer noch müdem, aber auch verspieltem Blick. »Ich verspreche es.«

Und ich verspreche, dass du das Warten nicht bereuen wirst, dachte er bei sich, als er sie davongehen sah. Ihr Po wackelte dabei so einladend, dass er den Blick nicht von ihr wenden konnte. Brandon hatte eine Menge schmutziger Pläne für sein scharfes, kleines Strandhäschen.

Ich habe heute nach der Bikini-Mieze Ausschau gehalten. Warum, weiß ich nicht so recht. Vielleicht wollte ich mich bei ihr bedanken. Oder vielleicht wollte ich auch einfach nur sehen, ob sie mich jetzt weniger einschüchtert. Sollte sie heute am Strand an mir vorbeigegangen sein, habe ich sie allerdings verpasst. Ich war zu sehr damit beschäftigt … wie sie zu sein. Ich war meine eigene Version von ihr und habe jede seltsame, berauschende Minute davon genossen.

Schwer zu glauben, dass ich mein vergnügungssüchtiges, kleines Spiel erst vor 24 Stunden begonnen habe. Und vielleicht sogar noch schwerer zu glauben, dass es noch längst nicht vorbei ist. Dadurch fühlt sich das Ganze wie eine Art erotisches Monopoly an, bei dem man immer wieder das Spielbrett umkreist und dabei immer wieder über »Los« geht. Doch statt Besitztümer und Geld anzuhäufen, trage ich eine Sammlung erotischer Erfahrungen zusammen.

Aber ich übertreibe. Zwei erotische Erfahrungen – gestern Abend am Strand und heute Nachmittag im Meer – sind eigentlich noch keine Sammlung. Und doch habe ich schon jetzt das Gefühl, als würde ich an Schiller- und Goethestraße vorbei die dritte Ecke umrunden und erneut auf »Los« zusteuern. Und zwar heute Abend. Aber das Tollste am erotischen Monopoly ist die Tatsache, dass es keine Rolle spielt, ob ich nur einmal auf »Los« komme oder hundertmal. Denn was auch passiert, ich habe bereits gewonnen.

Jetzt bleibt nur noch die Frage, wie oft ich noch gewinnen werde.

Kapitel 5

Wendy war total aufgedreht. Aufgedreht vor sexueller Gier. Ihr Kopf wurde von erotischen Bildern förmlich überflutet. Erotische Bilder, die tatsächlich real waren. Bilder von Brandon, wie er sie gestern Abend in den Sand gedrückt und sich rittlings auf sie gesetzt hatte; Bilder, wie sie ihm auf allen Vieren ihren Po entgegengestreckt und dabei an seinem Finger gesaugt hatte; und schließlich im klaren Wasser des Meeres der Anblick seiner Hand zwischen ihren Beinen.

Und das Ganze würde auch noch weitergehen. Heute Abend.

Als er das *Sharky's* im Vergnügungsviertel vorschlug, hätte Wendy fast erwähnt, dass ein Blick in das Restaurant ausgesprochen gut für ihre beruflichen Ziele wäre. Schließlich sollte sie sich so viele angesagte Orte des Resorts ansehen wie möglich. Doch in letzter Sekunde hatte sie sich auf die Zunge gebissen und entschieden, dass sie Arbeit aus alledem raushalten wollte. Bisher war ihnen das gut gelungen. Warum sollte man also jetzt anfangen, die Fantasie mit der Realität zu verderben?

Wendy schälte sich aus ihrem Bikini und starrte in dem großen Badezimmerspiegel auf ihre wiederum völlig neuen Bräunungsstreifen. Die alten waren zwar immer noch sichtbar, aber da sie heute mehr Zeit in der Sonne verbracht hatte, waren die neuen weitaus prominenter. Als sie bemerkte, dass die Streifen ihrem Körper eine weit erotischere Kontur verliehen – die Bräune ging deutlich tiefer als bis zum Bauchnabel und schmiegte sich enger an die Kurven ihrer Brüste –, konnte sie nicht umhin, sich sexy zu finden. Sexy und schön. Wendy biss sich auf die Lippe und dachte an Brandons Hände auf genau diesen Kurven. Genau wie heute Morgen kam ihr das Erlebte geradezu irreal vor. Als wären die Stunden der vergangenen Nacht und des heutigen Nachmittags nichts weiter als äußerst lebensechte Fantasien. Sie fragte sich, ob sie heute Abend wohl Sex haben würden. Und wenn ja, dann hoffte sie inständig, dass es irgendwo dazu kommen würde, wo er ihren Körper sehen konnte. Und zwar richtig. Die Bräunungsstreifen, die Kurven, alles von ihr.

Als sie unter die kühle Dusche stieg, fühlte ihr Fötzchen sich bereits schwer und willig an. Und als sie ihre Gedanken zu Brandons Piraten-Freund Pete wandern ließ, zuckte ihre Muschi tatsächlich. Himmel, wo kam das denn auf einmal her?

Dabei wusste sie es ganz genau. Die Erregung stammte von den Gedanken, die kurz vor Brandons Auftauchen am Strand in ihr aufgestiegen waren. Sie hatte nämlich durchaus auch an den verdammten Pete gedacht.

Mit seinen langen Haaren und dem Strandfreak-Look sah er zwar nicht gerade wie die Sorte Mann aus, auf die sie normalerweise stand, aber irgendwie hatte es zwischen ihnen geknistert. Die Chemie stimmte auf jeden Fall, und sie fand seine robuste Piratenart ausgesprochen scharf.

Sie fuhr mit einem duftenden Seifenstück über ihren Körper, um die Kokos-Sonnenmilch abzuwaschen, und bildete sich ein, damit die frische Bräune besser zur Geltung zu bringen. Wendy konnte sich einfach nicht entscheiden, auf welchen Mann sie sich in genau diesem Moment konzentrieren sollte: auf den perfekten, attraktiven Strandhengst Brandon oder auf den rauen, dunkelhäutigen Piraten Pete. Es überraschte sie, dass die beiden befreundet waren, denn sie schienen äußerst verschieden zu sein. Aber Pete hatte erwähnt, dass die Freundschaft bis ins

College zurückreichte. Vielleicht waren es gerade die Unterschiede, die dafür sorgten, dass die Freundschaft so viele Jahre hielt.

Wendy hatte Brandon versprochen, dass sie ohne ihn nicht zum Höhepunkt kommen würde. Doch als sie unter der Dusche stand, fühlten die eigenen Berührungen sich einfach zu gut an, um ignoriert zu werden. Als Brandon sie vorhin unter Wasser gestreichelt hatte, vibrierte ihr ganzer Körper vor Lust – und sie spürte noch immer die Frustration, die diese unerfüllten Versprechen in ihr ausgelöst hatten.

Und dies war genau der Grund, weshalb sie warten und nicht ohne ihn kommen sollte. Trotzdem schlich sich eine ihrer Hände zwischen ihre Beine, nachdem sie mit den nassen Handflächen über ihre Brüste und ihren Bauch geglitten war.

Wendy zog den Atem kurz ein und hielt inne – sie staunte, wie seidig sich ihre rasierte Möse doch anfühlte. Ebenso erstaunt war sie darüber, wie frei sie sich gerade fühlte. Frei wie ein ungezähmtes, exotisches, nach Befriedigung suchendes Tier. Es lag allein bei ihr, sich zu berühren, während das Wasser über ihre Haut rann und damit jedes Gefühl in ihrem Körper noch verstärkte. Und ebenso lag es allein an ihr, sich Dinge vorzustellen, die sie sich zuvor noch nie vorgestellt hatte. Gedanken an zwei Männer auf einmal rasten durch ihren Kopf. Gedanken an einen Mann rechts von ihr und einen Mann links von ihr. Gedanken an zwei männliche Handpaare, die ihren Körper erforschten. Gedanken an zwei Männer, die sie auf den Mund, den Hals und auf die Brüste küssten. Gedanken an zwei harte Schwänze, die sie jeweils mit einer Faust umschlossen hielt. Und schließlich noch mehr Gedanken an diese beiden Schwänze, die sich damit abwechselten, sie zu ficken und ihre Mitte auszufüllen.

Wendy lehnte sich Halt suchend gegen die gekachelte Wand der Dusche, als es ihr kam. Die Intensität ihres Orgasmus überraschte sie selbst, denn die Zuckungen waren so überwältigend, dass sie sich schließlich einen Moment auf den Rand der Duschwanne setzen musste, weil ihre Knie weich wurden.

»O mein Gott«, hörte sie sich selbst stöhnen, als sie langsam wieder zu sich kam – und zwar nicht nur, weil der Höhepunkt so heftig gewesen war, sondern wegen der Gedanken, die ihn so heftig gemacht hatten. Hatte sie sich wirklich gerade vorgestellt, es mit zwei Männern auf einmal zu treiben? Die Erkenntnis ließ ihren Kopf fast ebenso pulsieren wie ihren Unterleib. Das sah ihr gar nicht ähnlich. Wendy wollte zwar wild sein und diese schmutzigen Gedanken auch ausleben, aber bisher hatte sie diese Grenze nicht einmal in ihrer Fantasie überschritten. Ja, sie hatte noch nicht einmal daran gedacht, diese Grenze zu überschreiten. Jedes Mal wenn sie so etwas gehört hatte, war es ihr unnatürlich, pervers und als der Gipfel der Verkommenheit vorgekommen. Doch hier und jetzt schien die Vorstellung eher eine Art verbotenes Vergnügen zu sein und rein gar nichts mit einer irgendwie gearteten Perversion zu tun zu haben.

Nicht, dass sie es jemals tun würde – oder gar tun könnte.

Einen Kerl mit einem Fick um den Verstand zu bringen, kurz nachdem sie ihn kennengelernt hatte, war eine Sache.

Ebenso wie die Entdeckung, dass sie eine direkte sexuelle Begegnung ohne romantische Gefühle, Verpflichtungen und Gedanken an die Zukunft genießen konnte. Mehr noch – sie konnte sie wertschätzen, davon schwärmen, sich danach verzehren oder sich einfach nur in der Erinnerung daran sonnen.

Es war sogar noch erträglich, ganz kurz mit dem Gedanken an eine Liaison mit einer Frau gespielt zu haben – nämlich in dem Moment, als Wendy sich gefragt hatte, ob die hübsche Verkäuferin des *Beach Bazaar* wohl mit ihr flirtete.

Aber das zu tun, was sie sich eben gerade vorgestellt hatte, das war einfach … undenkbar.

Abgesehen von der Tatsache, dass sie eben doch daran dachte.

Und der Himmel war trotzdem nicht über ihr eingestürzt, die Welt war nicht untergegangen, und das Leben ging tatsächlich weiter.

Und das machte die Sache – wie alles andere, was sie in den letzten vierundzwanzig Stunden erlebt hatte – auf geradezu schockierende Art befreiend. Einfach nur daran zu denken und mit dem Gedanken zu spielen. Nur ein kleines bisschen.

Als Wendy aus der Dusche trat und nach einem weichen Handtuch griff, sah sie im Spiegel, dass ihre Lippen von einem unanständigen, kleinen Lächeln umspielt wurden.

Es stimmte tatsächlich. Man konnte einfach nicht wieder in die Kiste zurück.

Sie trug ein einfaches, blumenbedrucktes Sommerkleid aus Baumwolle mit schmalen Trägerbändchen. Wendy hatte das gute Stück im letzten Jahr bei ihrem jährlichen Strandurlaub mit ihrer Schwester und ihren Nichten gekauft. Eigentlich war es eher hübsch als sexy, aber gestern beim Einkaufen hatte sie einfach nicht damit gerechnet, dass sie mehr als ein aufreizendes Kleid brauchen würde. Glücklicherweise war es recht eng und tief geschnitten, so dass sie wenigstens ein bisschen Ausschnitt zeigen konnte. Sonst hätte sie sich nach den Outfits, die sie zuletzt getragen hatte, in diesem Stück auch sehr unattraktiv gefunden.

Um Punkt sieben Uhr ging sie nach unten, um dort Brandon zu treffen. Ihre Brust bebte förmlich bei seinem Anblick. Wendy wusste zwar, dass er scharf aussah, aber ihr Hirn schien den Wow-Effekt, der immer erst dann einsetzte, wenn sie sich gegenüberstanden, einfach nicht abspeichern zu können. Mit den blauen blauen und nochmals blauen Augen, den dunklen Stoppeln an seinem Kinn und allem, was darunter kam, war er wohl der attraktivste Mann, den sie je kennengelernt hatte. Und auch wenn sie anfänglich durchaus Schwierigkeiten gehabt hatte, seinen ziemlich großen Schwanz in sich aufzunehmen, so brachte jetzt schon allein die Vorstellung, was sich in seiner Hose verbarg, ihre Möse zum Anschwellen.

Als er ihr ein anerkennendes Lächeln zuwarf, merkte sie sofort voller Dankbarkeit, dass das Outfit ihrem sexy Image keinerlei Abbruch zu tun schien. Doch als sie sich im Golfmobil neben ihn setzte, konnte sie sich eine Bemerkung zu ihrem Aufzug doch nicht verkneifen. »Ich hoffe, mein Kleid sieht nicht zu sehr nach Unschuldslamm aus.«

Brandon grinste nur. »Ich finde, du siehst in allem scharf aus. Und außerdem verlange ich von einem Kleid nur, dass ich ohne große Mühe drunterfassen kann. Und dafür ist das, was du anhast, bestens geeignet«, fügte er hinzu und wandte den Blick auf den befestigten Weg für das Golfmobil, der durch das gesamte Resort führte. Dann ließ er seine rechte Hand unter dem Kleid ganz langsam über ihr Knie und weiter hinauf zu ihren Schenkeln gleiten.

Die unerwartete Berührung schoss Wendy sofort zwischen die Beine. »Himmel«, keuchte sie.

»Was?«, fragte Brandon.

Sie drehte sich zu ihm, während das Golfmobil in gleichmäßigem Tempo weiterfuhr. »Du machst mich ganz feucht.«

»Hey!«, murmelte er erschrocken. »Willst du etwa, dass ich das Ding hier zu Schrott fahre?!«

»Selbst schuld«, urteilte sie mit einem leichten Lachen. »Warum fasst du mich auch sofort an?«

Brandon zuckte mit den Schultern. Um seine Lippen spielte ein kleines Lächeln. »Du hast ja recht. Erinnere ich mich doch daran, dass ich dich die nächsten paar Stunden nicht anfasse, damit wir zivilisiert zusammen essen gehen können, bevor ich dir dann das Hirn rausficke.«

Das Versprechen ließ Wendy regelrecht zittern. Sie warf ihm einen strengen Blick zu. »Dieses Gerede hilft nicht gerade. Wenn das so weitergeht, ist mein Höschen klitschnass, wenn wir im Restaurant ankommen.«

Er warf ihr einen anzüglichen Blick zu, bevor er sich wieder auf den Weg konzentrierte. »Dann wirst du es wohl ausziehen müssen.«

Ihr ganzer Körper vibrierte, als sie ihren Kopf nach unten senkte, um ihm einen möglichst koketten Blick zuzuwerfen. »Du bist wirklich unglaublich versaut.«

»Das ist allein deine Schuld, Bunny.«

Ihr Gang durch das Vergnügungsviertel fühlte sich vollkommen anders an als noch gestern Abend. Gestern war sie ganz offen auf der Jagd nach Sex mit einem Fremden gewesen und hatte etwas Neues und Gefährliches gebraucht. Aber heute Abend unterschied Wendy sich nicht allzu sehr von den anderen Besuchern. Sie war ähnlich angezogen wie die jungen Frauen und Mütter und hatte wie sie einen attraktiven Mann bei sich. Sie fühlte sich durchaus sicherer, war in gewisser Weise aber noch erregter als gestern. Denn heute Abend hatte sie keine Sorgen und keine Angst vor dem Unbekannten, sondern nur die köstliche Erwartung auf das, was noch kommen würde.

Als sie den im Freien stehenden Empfangstresen des *Sharky's* erreichten, schien das hübsche Mädchen, das dort arbeitete, völlig hingerissen von Brandon zu sein, denn trotz einer langen Warteliste, sagte man den beiden, sie würden den nächsten freien Tisch bekommen. Wendy blinzelte überrascht, als Brandon das Angebot ausschlug. »Sie müssen die Menschen, die vor uns hier waren, nicht noch länger warten lassen, als sie es ohnehin schon getan haben. Setzen Sie uns einfach auf die Liste, und wir kommen in einer halben Stunde noch mal wieder. Aber ein Tisch am

Wasser wäre natürlich ganz großartig«, fügte er mit einem Augenzwinkern hinzu.

»Aber natürlich, Sir«, versicherte ihm das Mädchen.

»Äh, was war das denn eben«, fragte Wendy, nachdem Brandon ihre Hand genommen und sie weitergezogen hatte.

Brandon schüttelte nur kurz den Kopf. »Ich komme einfach oft in den Laden, und man kennt mich. Das ist alles.«

Sie zog fragend eine Augenbraue hoch. Es gab auch eine Menge Läden, in die sie oft genug kam, ohne derartig hofiert zu werden.

»Ich gebe immer gutes Trinkgeld«, fügte er mit einem Lachen hinzu.

»Offensichtlich«, murmelte Wendy immer noch ganz erstaunt.

Aber ihre Gedanken wanderten schnell zu anderen Dingen. Zum Beispiel zu der Tatsache, dass Brandon ihre Hand hielt, als wären sie ein verliebtes Paar. Und es sah ihr so gar nicht ähnlich, dass ihr das auch noch gefiel. Um genau zu sein, gefiel es ihr schon, einfach nur mit ihm unterwegs zu sein. Sie genoss es, einige der Geschenk- und Souvenirläden mit ihm zu durchforsten. Dabei war sie durchaus dankbar, dass der Orgasmus unter der Dusche sie an ihre beruflichen Verpflichtungen bei dieser Reise erinnert hatte. Das bedeutete nun mal, das Resort genauestens unter die Lupe zu nehmen, und dazu war jetzt die beste Gelegenheit. Wie nett es doch war, als sie auf einem begrünten Platz eine Band entdeckten, die Pophits spielte, und von einer Bank aus beobachteten, wie Jugendliche zu der Musik tanzten. Brandon hielt die ganze Zeit ihre Hand, und irgendetwas daran gab ihr das Gefühl von … Ausgefülltsein. Nicht im sexuellen Sinne, sondern eher auf eine … zwischenmenschliche Art.

Wendy biss sich auf die Unterlippe und spürte ihren Empfindungen nach. *Die Sache ist rein sexuell, rein sexuell, rein sexuell.*

Und trotz eines kurzen Moments des Zweifelns war sie sicher, dass Brandon das genauso sah. Ein netter Abend in Gegenwart anderer Paare änderte gar nichts daran. Schließlich hatte sie schon mit zig Menschen nette Abende verbracht – von ihrer Mutter bis hin zu irgendwelchen Bekannten. Und ein netter Abend war eben einfach … ein netter Abend. Nicht mehr und nicht weniger.

Das *Sharky's* war genau das, was Brandon versprochen hatte – ein ungezwungenes Outdoor-Restaurant auf einer großen, überdachten Terrasse am Rande der Bucht. Eine Band aus Männern um die Vierzig spielte Standards wie »Brown-Eyed Girl« und »Suzy Q.«. Und während einige Menschen einfach nur aßen, amüsierten sich andere auf der Tanzfläche oder spazierten durch das Restaurant zu dem schmalen Pier, der zum Jachthafen führte. Ein typisches Restaurant, das mit Fischernetzen, Seesternen und diversen anderen Gegenständen dekoriert war, die irgendwas mit dem Thema Meer zu tun hatten. An einem der Dachsparren entdeckte Wendy sogar ein Paar Damenhöschen, die anscheinend auch als Dekoration gedacht waren. Aber glücklicherweise hingen sie dort oben so hoch, dass das Restaurant nicht Gefahr lief, seinen Ruf als familienfreundliches Unternehmen zu verlieren.

Ihr Tisch stand tatsächlich direkt neben der Holzreling am Wasser und unter der großen Markise wehte ein angenehmes Lüftchen. Sie bestellten beide Fisch und tranken sehr rumlastige Cocktails. Als Brandon sich erkundigte, wie es so mit ihrer Arbeit lief, entschied Wendy, auch weiterhin nur vage Angaben über ihre Tätigkeit zu machen. »Gut.«

»Waren deine heutigen Meetings erfolgreich?«

»Produktiv«, antwortete sie kurz.

»Arbeitest du vielleicht für die Mafia?«, fragte er lächelnd.

Sie erwiderte sein Lächeln – aber auf eine Weise, die ihm

zeigte, dass sie seine Bemerkung nicht allzu witzig fand. »Ich ziehe es einfach nur vor, das Angenehme eben nicht mit dem Beruflichen zu vermischen.«

Er nickte. »Das ist keine schlechte Regel. Ich selbst halte es ganz genauso.«

»Dann werde auch ich dir keine Fragen über deine Arbeit stellen. Aber jetzt erzähl mir mal, wie du Pete kennengelernt hast. Er sagte, er kennt dich seit dem College. Aber ihr zwei wirkt so … verschieden.«

Brandon legte den Kopf zurück und lachte. »Wir sind nicht auf dieselbe Schule gegangen, sondern haben uns erst auf dem College kennengelernt. Aber wir haben beide oft im Sommer hier gearbeitet. Gleich hier am Strand. Wir haben sämtliche Stühle und die Sonnenschirme morgens auf- und abends wieder abgebaut.«

Wendy zog eine Augenbraue hoch. »Das klingt ja echt öde.« Gleichzeitig dachte sie aber: Jetzt weiß ich wenigstens, wo ihr beide eure Muskeln herhabt.

»Es war zwar anstrengend, aber auch ein prima Spielplatz für den Sommer.«

»Das ist es heute immer noch«, ergänzte sie.

Er nickte. »Das Resort gab es damals natürlich noch nicht. Dieser Küstenstrich war längst nicht so weit erschlossen und die meisten Hotels und kleinen Resorts waren ein paar Kilometer weiter westlich. Dort haben wir auch gearbeitet. Und was unsere Unterschiedlichkeit angeht – klar, wir sind nicht gerade wie Zwillinge. Aber wir haben beide ein gewisses Arbeitsethos, eine unternehmerische Einstellung und … guten Geschmack bei Frauen.« Er senkte den Kopf auf leicht konspirative Weise. »Ich dachte heute Nachmittag schon, er wollte dich mir stehlen.«

Wendys Erwiderung bestand darin, dass sie einfach nur das Kinn auf ihre Faust stützte und ihm ein katzenähnliches Lächeln zuwarf. »Nun, sagen wir einfach, es war gut, dass du dann schließlich aufgetaucht bist.«

Die Band spielte während des gesamten Essens, und als die ersten Takte von »Heard It Through The Grapevine« ertönten, hielt Brandon ihr seine Hand entgegen. »Lass uns tanzen.«

Wendy konnte ihre Überraschung kaum verbergen. »Wirklich? Ich hätte nicht gedacht, dass du gerne tanzt.« Gestern Abend hatten sie zwar schon einen langsamen Engtanz aufs Parkett gelegt, aber das hier war etwas anderes.

Brandon zuckte mit den Schultern. »Ich bin ein bisschen betrunken. Und das Lied habe ich schon als Kind gemocht.«

Wendy war normalerweise auch nie die Erste, die auf das Parkett stürmte, aber seine Aufrichtigkeit war einfach zu süß, um ihm zu widerstehen. Dabei tanzten sie gar nicht richtig, sondern bewegten sich nur zu der Musik. Seine Hände ruhten auf ihren Hüften und sie hatte die Arme um seinen Hals gelegt. Das Ganze hätte eigentlich spielerisch und leicht sein sollen, aber Wendy stellte schnell fest, dass sie beim Tanzen nirgendwo anders hinschauen konnte, als in seine warmen, aber sehr aufregenden Augen. Doch während sie die Tiefen seiner Iris auslotete, drängten sich einige Fragen in Wendys Kopf. Was übte er denn nun für einen Beruf aus? War er wirklich Unternehmer, so wie er es angedeutet hatte? War er unsagbar reich? Sich die überteuerte Leihgebühr für ein Golfmobil leisten zu können, war eine Sache. Aber eine Sonderbehandlung in einem angesagten Restaurant schon eine ganz andere. Aus was für einer Familie er wohl stammte? Und wie war seine Kindheit verlaufen? Wie hatte seine Stimme wohl geklungen, bevor er sich den Südstaatenakzent abtrainiert hatte? Sie wusste, dass er den Strand liebte. Aber was liebte er außerdem? Seine Mutter? Welpen? James-Bond-Filme?

Jetzt hör schon auf! Du sollst ihn schließlich gar nicht richtig kennen. Er ist an diesem Abend dein Fremder. Dein Fick, der dir nichts außer körperlichen Freuden bescheren soll. Und so muss es auch bleiben. Grundgütiger, das *Letzte*, was sie jetzt brauchte, waren verknallte Grübeleien über ihren heißen Strandflirt.

Nach der heutigen Nacht wirst du ihn wahrscheinlich sowieso nie wiedersehen. Sicher, er hatte nach ihrer gestrigen Begegnung mehr gewollt – genau wie sie. Aber eine weitere, mit Sex angefüllte Nacht mit ihm würde sicher ausreichen, um jede Neugier im Keim zu ersticken. Und ganz sicher auch, um sich selbst zu beweisen, dass sie durchaus in der Lage war, heiße Typen aufzureißen, heißen Sex zu haben und ihre Träume auszuleben. *Wenn* sie es denn schaffen würde, ihm nicht mehr in die Augen zu schauen und mehr über ihn wissen zu wollen.

So war Wendy durchaus froh, als das Lied vorbei war und die Band eine kleine Pause ankündigte. Also nicht noch ein Tanz. Das war gut.

»Wollen wir ein bisschen am Pier spazierengehen?«, fragte Brandon und nahm erneut ihre Hand.

Na gut, ein Spaziergang am Pier war okay. Es war dunkel draußen, und das würde ihr vielleicht in Erinnerung rufen, weshalb sie eigentlich hier war: Sex, Sex, Sex.

Und tatsächlich – als sie in der Dunkelheit von der Meeresbrise umweht wurden und dabei ab und zu einem anderen Paar oder einer Familie begegneten, dachte sie ganz genau daran. Sie dachte an seinen und ihren Körper und daran, was heute Nachmittag im Meer begonnen hatte, aber nicht zu Ende geführt worden war.

Als das Pärchen an eine Kreuzung kam, wo der Pier sich teilte – ein Weg führte auf einen Damm des Jachthafens und der andere führte zu einem Aussichtspunkt über die Bucht –, hatte Wendy nichts dagegen einzuwenden, dass Brandon sie auf den unbelebteren Pier führte und erst an dessen Ende stehen blieb.

Sie lehnte sich gegen die Reling und genoss einfach nur den Moment. Sie hörte die Geräusche und sah die Lichter aus dem entfernten Restaurant. Die Jachten im Hafen gaben der Atmosphäre etwas Ruhiges und ausgesprochen Luxuriöses. Und vor ihr eine weite, offene Bucht, die das Gefühl in ihr weckte, alles wäre möglich.

Brandon hatte von hinten die Arme um sie gelegt, und sie spürte bereits, wie sein erigierter Schwanz sich gegen ihren Po presste – genau wie heute Nachmittag. Mmh, ja, es ging doch nichts über einen harten Knüppel, um ein Mädchen wieder richtig in Stimmung zu bringen. Wendy konnte nicht widerstehen, sich ein bisschen an ihm zu reiben. Es fühlte sich einfach zu gut an.

Während seine Hände ihren ganzen Körper liebkosten, beugte er sich vor, um ihr flüsternd eine Frage zu stellen. »Du bist doch nicht ohne mich gekommen, oder?«

Wendy dachte kurz darüber nach, ihn anzulügen. Schließlich war das Ganze nur ein Teil des Spiels und eigentlich nicht weiter wichtig. Aber irgendetwas in ihrem Inneren brachte sie dazu, seine Frage ehrlich zu beantworten. Merkwürdig, aber selbst, wenn sie bei ihm so tat, als wäre sie eine ganz andere, so war sie beim Thema Sex doch bisher völlig offen gewesen. Und so sollte es auch bleiben. Wendy blickte über ihre Schulter, hatte aber doch ein wenig Scheu, die Wahrheit auszusprechen. »Äh … doch.«

Brandon schien allerdings weder sonderlich überrascht noch besonders enttäuscht zu sein. »Wann?«, fragte er einfach nur.

Wendy biss sich auf die Unterlippe. »Unter der Dusche.«

Er neigte den Kopf und sah sie tadelnd, gleichzeitig aber auch amüsiert an. »Na, da hast du ja nicht allzu lange durchgehalten.«

Wendy drehte sich in seiner Umarmung, schaute ihm ins

Gesicht und legte ihre Handflächen auf seine Brust. »Das Wasser fühlte sich einfach so gut an und …« Sie verstummte. Zwar gefiel es ihr, dass sie sexuell so offen zu ihm sein konnte, doch im Moment befielen sie Zweifel, wie weit sie für sich selbst damit gehen wollte.

»Erzähl schon«, forderte er sie mit jetzt schon tieferer Stimme auf. »Erzähl mir mehr.«

Irgendetwas an seinem Wunsch ließ Wendy noch feuchter werden. Vielleicht lag es an seiner Aufforderung, sich völlig gehen zu lassen, nichts zurückzuhalten. Rein gar nichts. Die junge Frau rief sich ins Gedächtnis, was sie ihm ständig gesagt hatte: *Ich bin ein unanständiges Mädchen, ich bin ein unanständiges Mädchen! Nun sei auch dieses unanständige Mädchen. Für ihn. Mit jeder Faser deines Körpers.* »Das Wasser fühlte sich so gut an«, wiederholte sie schließlich und sah Brandon an. »Es war seifig und weich. Meine Muschi juckte und da …«

»O Mann«, murmelte er, und man konnte im Mondlicht deutlich erkennen, dass seine Augen vor Erregung glitzerten. »Woran hast du denn gedacht? An deinen Körper?«

»Nein.« Wendy schüttelte den Kopf. »An mehr.«

»Erzähl schon.«

Erzähl *es* ihm. Sie schluckte ein letztes Zögern herunter. »In erster Linie an dich. Vage Gedanken. Du, wie du mich beobachtest. Dann, wie du mich fickst. Und dann dein Freund Pete.« *O Gott, hab ich das gerade wirklich laut ausgesprochen?* Die erste Reaktion auf ihre eigenen Worte war totale Erstarrung. Doch es dauerte nur einen Augenblick, bis diese Versteinerung von einem weiteren Schub ihres neuen Freiheitsgefühls aufgelöst wurde. Sie zeigte sich ganz offen und war einfach nur ein ungebundenes, sexuelles Wesen. Oder etwa nicht? Wann hatte sie eigentlich damit angefangen, sich vor ihm zurückzuhalten? Und warum? Auf jeden Fall würde sie sofort damit aufhören!

»Das gibt's doch nicht, wirklich?«, fragte Brandon.

Wendy zog zischend ihren Atem ein. »Hätte ich dir das besser nicht erzählen sollen? Turnt dich das ab?«

»Quatsch! Ganz das Gegenteil! Die Vorstellung ist total geil! Was passierte denn in deiner Fantasie genau? Haben wir dich beide gefickt?«

Wendy seufzte erleichtert auf, denn sie wollte ihm jetzt unbedingt mehr erzählen. Alles wollte sie im berichten – egal, wie lüstern es auch sein mochte.

»So etwas in der Richtung. Ihr wart beide nackt mit mir unter der Dusche und habt euch sozusagen … abgewechselt. Aber es war alles ziemlich verschwommen. Ich hab am Strand 'ne Menge getrunken, falls du dich erinnerst?«

Sein tiefes Lachen verriet Wendy, dass er sich sehr wohl erinnerte. »Wow! Mein Bunny!«, sagte er schließlich mit tiefer Stimme.

Der Klang der Worte vibrierte in seinem Oberkörper und ließ ihre Brust schmerzen. »Glaubst du mir jetzt, dass ich ein unanständiges Mädchen bin?«, fragte sie ihn.

Doch Brandon zog nur eine Augenbraue hoch. »Langsam nimmt die Sache Fahrt auf.«

»Na, mal sehen, ob ich dich auch dazu bringen kann, in Fahrt zu kommen. Ich will deinen Schwanz so dringend lutschen, dass ich ihn förmlich schon schmecken kann.«

Er stöhnte laut auf, und Wendy liebte es. Sie liebte es, dass sie ihm von ihrer Duschfantasie berichtet hatte. Sie liebte es, wie sehr er sie anturnte. Und sie liebte die unglaubliche Direktheit, die er bei ihr provozierte. Und ganz plötzlich wollte sie unbedingt seinen Schwanz blasen. Gleich hier und jetzt. Seine Erektion presste sich immer fester gegen ihren Körper. Es fühlte sich fast an, als würde er eine große Granitsäule in seiner Hose verstecken. Wenn ihr nettes, gemeinsames Abendessen auch dafür gesorgt hatte, dass sie sich nicht mehr als rein sexuelles Wesen betrachten konnte, so hatten die letzten Minuten sie doch erneut darin bestärkt und sie wieder zu dem Tier gemacht, das sie gestern Abend gewesen war. Am liebsten wäre sie kopfüber in die Welt der Lust und der Sünde eingetaucht.

Brandon presste seine Lippen in einem fast strafenden Kuss auf ihren Mund. Und obwohl er sie damit ziemlich überfiel, gefiel die raue Art ihr doch sehr, und sie erwiderte den Kuss mit ebensolchem Druck. »Tu es«, hauchte er in ihren Mund.

»Ja, ist gut«, schnurrte sie zwischen zwei Küssen. »Sobald wir irgendwo für uns sind.«

Er nahm den Kopf gerade weit genug weg, um ihr ein weiteres, leicht tadelndes Lächeln zuzuwerfen.

»Aber wir sind hier doch für uns.«

Wendy konnte sich das Lachen nicht verkneifen. »So wie wir heute Nachmittag im Meer allein waren? Berühmte letzte Worte.«

Brandon sah über seine Schulter, während er sie gleichzeitig immer noch gegen die Reling drückte. »Hier ist wirklich niemand in der Nähe zu sehen. Die sind alle auf der Hauptpromenade zwischen dem *Sharky's* und dem Jachthafen unterwegs.«

Sie sah ihn einfach nur an. Der bisher gewagteste Ort, an dem sie jemandem den Schwanz geblasen hatte, war ein Auto gewesen. Und selbst dort hatte sie wirklich alles unternommen, um sicherzugehen, dass auch wirklich niemand auftauchen könnte.

Brandon spürte ihr Zögern und wechselte mit sanftem Druck die Position, sodass er jetzt mit dem Rücken zur Reling stand. »Ich verspreche dir, wenn irgendjemand in unsere Richtung kommt, sage ich dir Bescheid, bevor man uns sehen kann.« Mittlerweile war jede Amüsiertheit aus seinem Gesicht verschwunden, und er sah nur heiß, feurig und durch und durch verführerisch aus. »Und jetzt blas mich! Blas meinen Schwanz!« Seine Stimme war bei diesen Worten um eine Oktave gefallen.

Die Aufforderung schickte eine brennende Hitze durch ihren Körper. Sie sehnte sich nach ihm. Sie sehnte sich danach, seinen Schwanz in ihrem Mund zu spüren. Eigentlich hatte sie bisher gar nicht so auf Blow Jobs gestanden. Doch irgendetwas an diesem scharfen, selbst initiierten Spiel sorgte dafür, dass sie immer wieder neue Dinge an sich kennenlernte. Eine Zeit lang hatte Wendy befürchtet, die Stimmung zwischen ihnen würde langsam zu romantisch werden, und sie hatte es schon bereut, das geblümte Sommerkleid angezogen zu haben, in dem sie einfach zu sehr aussah wie sie eben immer aussah. Aber jetzt war alles zwischen ihnen wieder geil und hitzig, und Wendy war bereit für das gemeinsame Feuer.

Also ging sie auf die Knie – auch etwas, das sie noch nie zuvor bei einem Mann getan hatte – und ließ ihre Handflächen über seine Oberschenkel gleiten. Dabei konzentrierte sie sich ganz auf die Beule in seinen Khakis und lauschte auf die lustheißen Seufzer, die er weiter oben von sich gab. Nachdem sie erst Brandons Gürtel und dann auch seinen Reißverschluss geöffnet hatte, war sie höchst erfreut, dass sein steifer Schwanz, obgleich er noch immer in dunklen Seidenboxershorts steckte, aus seiner offenen Hose hervorstand.

Dann strich ihre flache Hand über die in Seide verpackte Erektion, und sie horchte erneut auf das tiefe Stöhnen ihres Gespielen. Sie wollte ihn über alle Maßen erfreuen. Sie wollte ihn erregen, wie sie noch nie zuvor einen Mann erregt hatte. Ja, das Kleid war ein Fehler gewesen. Jedwedes Zögern von ihrer Seite war ein Fehler gewesen. Wendy wollte wild für ihn sein. Sie wollte ihm und sich selbst beweisen, dass sie genauso unanständig war, wie sie behauptete.

Nachdem sie in den Schlitz seiner Seidenshorts gegriffen hatte, umfasste sie seine Stahlstange mit der Hand und holte den zuckenden Schwanz heraus. O Gott, allein der Anblick brachte ihren Busen zum Zucken, und ihr Herz schlug schneller. Aus dieser Perspektive sah er sogar noch größer aus. Der harte Stab war von schmalen Venen durchzogen und aus dem runden Eichelpilz traten bereits die ersten Lusttropfen aus. Erhaben und wundervoll. Wendy spürte immer noch, wie Brandon ihn gestern Nacht in sie hineingestoßen hatte, und mit der Erinnerung daran, wurde ihr Atem immer flacher.

Während sie sein Organ drückte und streichelte, war die junge Frau sich sehr wohl der Musik und des Gelächters aus der Entfernung bewusst. Gleichzeitig hatte sie aber auch das beruhigende Gefühl, völlig von der Dunkelheit eingeschlossen zu sein. »Er ist so hart«, flüsterte sie in die Brise des Meeres hinein. Dann leckte sie seinen Riemen vom Ansatz bis zur Spitze genüsslich ab. Als sie an der Eichel angelangt war, sah sie zu Brandon auf und schleckte dann begierig den Vorsaft auf, der sich dort gesammelt hatte. Sie spürte die Auswirkungen ihres lüsternen Leckens bis in ihre Muschi, und sein tiefes Keuchen verstärkte dieses Gefühl noch.

Brandons Fingerspitzen streichelten über ihre Wangen und er fuhr ihr immer wieder durchs Haar, während er auf sie hinabblickte. »Na los, Baby«, drängte er, »nimm ihn endlich ganz in den Mund.«

Wendy hätte niemals in ihrem Leben damit gerechnet, dass eine derart unterwürfige Position ihr eine solche Lust bereiten könnte. Bisher hatte sie von Männern noch nie gern Befehle entgegengenommen, aber für die Frau, die sie in diesem Spiel geworden war, sah das ganz anders aus.

Sie öffnete den Mund so weit es ging, presste ihre Zunge flach gegen die Unterlippe und stülpte ihre Lippen dann über seine pralle Eichel. Das Gefühl, ihn so in sich aufzunehmen, raste wie ein Stromstoß durch ihren Hals, durch ihre Brust, ja durch ihren ganzen Körper. Und ihr Höschen wurde auch immer feuchter. Über ihr drang gerade ein gepresstes Stöhnen durch Brandons Lippen, während er immer wieder durch ihre Haare strich. »Ja, Baby, ja«, keuchte er.

Wendy schloss einfach nur die Augen und fickte ihn mit ihrem Mund. Rauf und runter, wieder und wieder, tiefer und tiefer. Sein Gemächt war jetzt so feucht von ihrem Speichel, dass ihre Lippen wesentlich leichter über die zarte Haut seines Schwanzes glitten. Gleichzeitig packte sie seinen Schwanz bei der Wurzel und streichelte dabei seine Eier. Er füllte ihren Mund auf herrliche Weise aus. Und die Tatsache, dass sie in der Lage war, ihm derartige Freuden zu bereiten, erfüllte auch sie mit einer Lust, die sie bei dieser Sex-Variante noch nie empfunden hatte.

Wendy neigte den Kopf so weit nach hinten wie es eben ging. Er sollte sie anschauen. Sie wollte obszön und hungrig für ihn aussehen. Sein Stöhnen war wie ein heißes Elixier, das sie immer weiter in den Zustand leidenschaftlicher Selbstvergessenheit trieb. Als Brandon anfing, mit etwas mehr Druck in ihren Mund zu stoßen, wollte sie sofort mehr. Also sah sie erneut zu ihm auf und hoffte, er würde die Gier in ihren Augen lesen können.

Ihre Macht über seine Lust berauschte Wendy zusehends mehr. Noch immer war sie geradezu erstaunt über die Größe seines Gehänges – und noch erstaunter, dass sie so viel davon in sich aufnehmen konnte. Auf einmal hatte alles um sie herum etwas Erotisches. Selbst die Luft schien angefüllt davon. Das Lachen und die Musik aus der Ferne vibrierten davon. Und sogar die Tatsache, dass die Holzplanken nach und nach ihre Knie aufschubberten, hatte etwas zutiefst Erregendes.

»Ja, Baby, gut«, keuchte er über ihr. »Du lutschst mir so schön den Schwanz.«

Wendy war jetzt sogar begeistert davon, dass er ihren Kopf in Position hielt und sie seiner Erektion auch dann nicht hätte ausweichen können, wenn sie gewollt hätte. Er hatte sie jetzt im wahrsten Sinne des Wortes unter Kontrolle. Und das Bewusstsein, dass ihr dieser eigentümliche Zustand tatsächlich auch noch gefiel, erfüllte ihre Brust mit einem seltsamen, berauschenden Wohlgefühl … einer gewissen Selbsterkenntnis … einer gewissen Selbstakzeptanz … und einer gierigen Lust, die ihr vollkommen neu war.

Sein Atem über ihr wurde immer schwerer, und Wendy war so entrückt von den immer härteren und tieferen Stößen in ihren Mund, dass sie gar nicht anders konnte, als sie willkommen zu heißen. Jeder einzelne Nerv in ihrem Körper reagierte auf ihn. Sie schloss erneut die Augen und gab sich voller Wonne dem herrlichen Mundfick ihres Gespielen hin. »O Gott …«, murmelte er. »Das ist so verdammt gut! So weich, so feucht … ja, o ja!«

Wendy war so trunken von ihrem Spiel, dass sie keinen klaren Gedanken mehr fassen konnte. Doch plötzlich legte Brandon seine Hände auf ihre Schultern und zog sie abrupt auf die Beine. »Mist!«, zischte er durch zusammengebissene Zähne. »Da kommt jemand!«

Nach einer kurzen Schwindelattacke durch das schnelle Aufstehen drehte Wendy sich um und sah, dass zwei junge Paare den Pier auf sie zukamen. Sie unterhielten sich, machten Scherze und schienen Brandon und Wendy gar nicht zu bemerken. Sie lehnte sich gegen ihren Geliebten, um das Gleichgewicht nicht zu verlieren. Brandon legte sofort die Arme um sie und zog sie dicht zu sich heran – eine tröstliche Geste nach dem ersten Schock.

Nachdem Wendy sich einigermaßen gefangen hatte, sah sie, dass sein herrlicher Schwanz noch immer aufrecht zwischen ihnen stand. »Wie war das?«, fragte sie an dieser etwas unpassenden Stelle.

»Ich war kurz davor, dir in den Mund zu spritzen«, erwiderte er mit atemloser Stimme.

»Das hätte mir sehr gefallen«, sagte sie ohne das geringste Zögern – auch wenn sie bisher noch nicht unbedingt scharf darauf gewesen war und es auch noch keinem Mann erlaubt hatte.

»Ich musste einfach aufhören, sonst hätte ich dich hier draußen ja völlig eingesaut«, erklärte er ihr. »Aber verdammt, Bunny, du bläst wirklich unglaublich gut.«

In ihrer Brust machte sich ein Kribbeln breit. Noch nie hatte sie sich so geschmeichelt gefühlt. Und so weit sie sich erinnern konnte, hatte ihr bisher noch kein Mann ein derartiges Kompliment gemacht. Aber andererseits war sie bisher auch noch nie mit solchem Feuer bei der Sache gewesen.

»Lass uns irgendwo anders hingehen«, schlug sie vor. Die beiden Pärchen waren stehen geblieben, um vom Pier aufs Wasser zu schauen, und würden wahrscheinlich bald wieder verschwinden. Aber Wendy war es leid, ständig unterbrochen zu werden. »Irgendwohin, wo wir unsere Ruhe haben. Wo wir uns Zeit lassen können und nicht immer wieder aufhören müssen.«

Brandon lächelte sie hitzig an. »Zu mir?«

»Wer als erster am Golfmobil ist.«

Nachdem sie ein paar Schritte Hand in Hand gegangen waren, blieb Wendy plötzlich stehen.

»Was?«, fragte er.

Sie schaute hinab auf seine offene Hose. »Vielleicht solltest du den Reißverschluss besser zumachen, Schätzchen.«

»Verdammt«, murmelte er und griff nach unten, um seinen Schwanz zurück in die Hose zu schieben und den Reißverschluss zu schließen – eine Aufgabe, die bei der Größe seines

Organs recht schwierig zu sein schien. Als er seine Hose wieder gerichtet hatte, nahm er erneut ihre Hand. »Ich glaube, bei dir muss ich mich wirklich vorsehen. Du bringst mich noch so weit, dass ich nicht mehr klar denken kann.«

»Je eher du mich zu dir bringst, desto eher müssen wir uns gar keine Gedanken mehr machen. Und jetzt komm. Ich möchte heute noch Dinge mit dir tun, die ich …« Doch sie verstummte und sprach den Rest des Satzes nicht aus.

Er warf ihr ein neugieriges, sexy Lächeln zu. »Die du …?«

Schluss mit der Schüchternheit! Keine Zurückhaltung mehr! »Dinge, die ich noch nie zuvor getan habe.«

Normalerweise war das Golfmobil für Brandon das beste Fortbewegungsmittel im Resort, aber jetzt kam ihm das verdammte Ding schrecklich langsam vor. O Mann, Wendy konnte einen wirklich ganz schön wild machen. Schlimm genug, dass sie ihn heute Nachmittag schon im Wasser so scharf gemacht hatte, ohne dass es ihm gekommen war. Jetzt wäre er auch noch fast in ihrem Mund explodiert und hatte in letzter Sekunde aufhören müssen. Langsam teilte er ihre Meinung, dass sie besser nicht an Orten rummachen sollten, an denen sie entdeckt werden konnten. Und genau aus diesem Grund raste er jetzt förmlich zu dem Penthouse – so weit man bei dem Golfmobil überhaupt von Rasen sprechen konnte. Sein Schwanz zuckte wie wild in seiner Hose.

Auch Wendy neben ihm hatte ganz rote Wangen, und ihre erwartungsvoll lüsternen Augen machten Brandon nur noch schärfer. War sie nun ein anständiges oder ein unanständiges Mädchen? Brandon hatte das Rätsel bisher immer noch nicht gelöst. Normalerweise unterteilte er seine Mädels nicht unbedingt in Kategorien. Aber das hatte sich mit Wendy gründlich geändert.

Das Kleid war das eines anständigen Mädchens. Aber der

Blow Job sagte ihm eindeutig, dass sie ein unanständiges Mädchen war. Gestern Abend allerdings war das Kleid unanständig, aber irgendetwas in ihren Augen eher anständig gewesen. Und heute am Strand hatte es sich ähnlich verhalten. Wendy hatte den Bikini eines unanständigen Mädchens getragen, hatte andererseits aber verdammt unschuldig ausgesehen, wie sie da so in der Sonne schlief.

Brandon hatte gegen das Anständige in ihr zwar überhaupt nichts einzuwenden, aber im Moment lag ihm das Unanständige weitaus näher. Oder zumindest ihr Wille, unanständig zu sein. Vielleicht war ein Mädchen, das unanständig sein wollte, sogar noch viel schärfer als ein wahrhaft unanständiges Mädchen. Ein Mädchen, das unanständig sein wollte, musste erstmal lernen, sich gehen zu lassen. Sie musste ihre Hemmungen über Bord werfen und ganz tief in sich gehen, um den neuen, unanständigen Teil von sich zu finden und dann rauszulassen.

Als sie das Gebäude erreichten, in dem sich Brandons Penthouse befand, führte er sie schnellen Schrittes zum Aufzug. Sie waren allein und Brandon konnte nicht umhin, sie in seine Arme zu ziehen und bis zum Eintreffen des Fahrstuhls zu liebkosen. Verdammt, war es wirklich nötig, dass ihre Zungenküsse ihn noch härter machten, als er es ohnehin schon war? »Ich will dich so sehr«, flüsterte er ihr ins Ohr und streichelte ihre Brüste.

»Und ich kann es kaum erwarten, bis du mich endlich nimmst«, schnurrte sie zurück.

O ja, das unanständige Mädchen gefiel ihm sehr.

Als die beiden aber schließlich das Penthouse betraten, wurde die aufgeheizte Stimmung zunächst wieder etwas ruhiger. Verdammt! Er hätte es wissen müssen, als ihre Augen sich begeistert weiteten. »Wow! Schicke Wohnung!«, sagte sie und sah sich neugierig um.

Vielleicht hätte Brandon sie vorwarnen sollen. Aber wie sagt man jemandem: *Mach dich auf was gefasst. Ich bin zufälligerweise stinkreich, und meine Wohnung sieht aus wie ein Showroom?* Das war auch einer der Gründe, weshalb er selten Frauen mit in sein Domizil nahm. Doch bei ihr hatte er gar nicht weiter darüber nachgedacht.

»Danke schön«, sagte er.

Wendy drehte sich um und warf ihm ein neckisches Lächeln zu. »Arbeitest *du* vielleicht für die Mafia?«, griff sie seine Frage von vorhin wieder auf.

Brandon lachte spontan. »Ich dachte, wir wollten das Berufliche außen vor lassen.«

»Ich weiß. Aber das hier …«, sie zeigte auf die luxuriöse Einrichtung des sehr offenen und luftigen Penthouses, »das verdient doch wohl eine Erklärung, findest du nicht auch? Wie schafft es jemand von der Aushilfe, der Sonnenschirme aufstellt, bis in solch eine Wohnung?«

Brandon legte den Kopf zur Seite und grinste sie an. »Sagen wir einfach, ich … ich habe in meinem Leben bisher ganz gute Entscheidungen getroffen.«

Wendy quittierte seine vage Erklärung mit einem leicht höhnischen Blick. »Ja. Ich bin sicher, die Mafia zahlt gut.«

Ihre Bemerkung entlockte ihm ein kurzes Kichern. »Dabei hast du das Beste ja noch gar nicht gesehen. Komm mit«, forderte er sie auf und ging in Richtung Balkon.

Tagsüber konnte man durch die Fensterreihen des Penthouses, die zur Seeseite lagen, den ganzen Strand überblicken, aber nachts musste man schon hinausgehen, um irgendwas erkennen zu können. Als Wendy durch die Balkontür trat, legte Brandon instinktiv eine Hand auf ihren Po.

»Ach du lieber Himmel«, murmelte sie fast schockiert, als sie an der Brüstung standen. »Das ist ja unglaublich! Und … aaah, die Brise fühlt sich wirklich herrlich an.«

Ihre Direktheit brachte Brandon zum Lachen, und er schlang von hinten die Arme um sie. Dann legte er seinen Kopf auf ihre Schulter und atmete ebenfalls die salzige Seeluft ein. »Ob du's glaubst oder nicht, so sehr ich die Wohnung mag, das hier ist der Hauptgrund, weshalb ich hier wohne. Dieser Blick.«

»Ich wette bei Tageslicht kann man ewig weit gucken.«

Brandon nickte, seine Wange immer noch gegen die ihre gepresst. Eine seiner Hände lag auf ihrer Hüfte, die andere streichelte über ihre Brüste. »Wenn ich hier rausschaue, komme ich mir immer irgendwie … gleichzeitig ganz groß und ganz klein vor. Da liegt diese riesige, wunderschöne Welt vor einem, die zu groß ist, um sie jemals vollständig zu erkunden oder zu kontrollieren, aber gleichzeitig …«, er konnte nicht umhin, ein klein wenig über sich selbst zu lachen, »gleichzeitig habe ich immer das Gefühl, ich wäre der König der Welt, wenn ich hier rausschaue.«

Wendy lachte ebenfalls leise, aber als seine Handflächen hinab zu ihren Schenkeln wanderten, verstummte sie. Stattdessen zog sie zischend ihren Atem ein, als Brandon sie auf den Hals küsste. Sein Schwanz presste sich bereits steinhart in die Furche ihrer Pobacken. Bisher hatte er hier draußen noch nie jemanden gefickt. Als aber seine Hand unter dem Kleid über ihre sanfte Haut strich, dämmerte ihm langsam, dass es höchste Zeit dafür wurde.

Seine Finger glitten auf der seidenweichen Haut ihrer Beine ganz langsam höher, bis sie schließlich an der seidigsten Stelle zwischen ihren Schenkeln angelangt waren. Als er mit dem Zeigefinger über ihren Schlitz fuhr, ließ ihr süßes Aufkeuchen ihn noch geiler werden. Wendy legte den Kopf nach hinten, um ihn zu weiteren Küssen auf ihren Hals und ihre Schultern zu animieren.

Als Brandon schließlich seine Finger unter das Spitzenbündchen ihres Slips steckte, sorgte allein die Berührung ihres weiblichen Fleisches für einen Hitzerausch in seinem Körper. Seine Finger versanken in ihrer feuchten Höhle und er seufzte tief auf. »Weich und feucht«, murmelte er mit tiefer Stimme.

»Ich hab dir doch gesagt, dass du mein Höschen feucht machst.«

Er schmunzelte – auch wenn sie es nicht sehen konnte – und seine Brust schwoll vor männlicher Arroganz, die er einfach nicht verbergen konnte. »Dann sollten wir dein Höschen auf jeden Fall ausziehen«, erklärte er und steckte seine Daumen seitlich in das Höschen, um es mit einem Ruck herunterzuziehen.

Nachdem Wendy kurz aufgestöhnt hatte, sah sie ihn über die Schulter hinweg in der Dunkelheit an. Und er zeigte ihr sein lüsternstes Schmunzeln. Sie biss sich auf die Unterlippe und sah so wollüstig und schwach aus – wie eine Frau, die unbedingt gefickt werden musste. Und Brandon kam diesem Verlangen nur allzu gerne nach.

Es bedurfte nur einer Hand, um seinen Reißverschluss zu öffnen und seinen Schwanz rauszuholen. Mit der anderen hob er von hinten ihr Kleid an und betrachtete, wie sie ihren Hintern erwartungsvoll herausstreckte.

Brandon packte sie mit beiden Händen bei den Hüften und stupste mit seiner strammen Eichel gegen ihre feuchte Öffnung. Ein scharfes, kleines Stöhnen aus ihrem Mund zeigte ihm deutlich, dass er weitermachen sollte. Also schob er seinen Riemen ganz langsam so tief in ihre Mitte, bis er vollständig in ihrer Wärme versunken war.

»O Gott«, hauchte sie.

Genau wie gestern Abend fürchtete Brandon, dass er vielleicht zu groß für sie sein könnte. Eigentlich schien die ganze Welt felsenfest zu glauben, große Schwänze wären etwas Tolles, aber es hatte schon genug Gelegenheiten gegeben, die zeigten, dass sein Gemächt für einige Frauen einfach zu viel war. »Alles okay, Bunny?«, fragte er flüsternd.

Wendy gab ein lang gezogenes Keuchen von sich. »Mhmh«, war alles, was sie von sich geben konnte.

»Bist du sicher? Ich will dir nämlich nicht wehtun.«

»Er ist so … groß!«

»Soll ich ihn wieder rausziehen? Wäre es vielleicht besser, wenn wir uns hinlegen?« Er wusste genau, dass es zumindest für sie leichter wäre, wenn sie sich aufs Bett legten.

Aber stattdessen: »Nein. Ich will, dass du mich richtig hart fickst.«

Oh. Na gut. Sein versautes, kleines Strandhäschen gewöhnte sich also langsam an die Größe seines Riemens. *Was für ein Glück!* Sich jetzt aus ihrer Mitte zurückzuziehen wäre glatt einer Folter gleichgekommen.

»Sag das noch mal«, forderte er sie auf. Brandon musste einfach sichergehen, dass es ihr ernst damit war. Außerdem wollte er die Worte noch einmal über ihre Lippen kommen hören.

»Fick mich richtig hart durch, Brandon! Bitte!«

Das war Aufforderung genug, den Griff um ihre Hüften noch zu verstärken und mit tiefen Stößen ihre enge, warme Möse zu verwöhnen. O Mann, war das gut. Der Akt erfüllte ihn genauso sehr, wie er sie ausfüllte. Wendy stöhnte bei jedem seiner Stöße laut auf, streckte ihren Po immer weiter heraus und klammerte sich so verzweifelt an die Brüstung, als hinge ihr Leben daran.

Und er wurde immer schneller und grober. Sein Schwanz bearbeitete ihr herrliches Fleisch mit aller Macht. Brandon fickte sie so hart, wie sie es beide wollten. Und der herbeigesehnte Orgasmus, der ihn schließlich überfiel, fühlte sich an wie ein herrlicher Regen nach einer besonders langen Dürrezeit. Natürlich konnte von einer sexuellen Dürre bei ihm nicht die Rede sein. Als er aber mit einem letzten Stoß all seine Lust in sie hineinspritzte, fühlte es sich genauso an.

Als der Höhepunkt langsam abklang, klammerte er sich noch fester an ihren Körper und brach förmlich über ihr zusammen. »O Mann, Baby! Du hast mich wirklich leer gemolken.«

Wendy keuchte die eigene Erschöpfung heraus und warf ihm dann über die Schulter einen müden, aber immer noch recht schmutzigen Blick zu. »Das war einfach nur gut.«

Es gelang ihm, ihr schwaches Lächeln zu erwidern. »Und wir haben ja gerade erst angefangen.«

Mit diesen Worten sammelte er all seine verbliebenen Kräfte, hob sie kurzerhand hoch und trug sie in sein Penthouse.

Es gibt Momente in seiner Gegenwart, in denen vergesse ich völlig, wer ich hier zu sein versuche und wer ich in seiner Gegenwart bin. Es gibt Momente da bin ich einfach nur … ich. Es gibt Momente, in denen sehne ich mich danach, ihn besser zu kennen – besser, als ich ihn vielleicht kennen sollte. Besser als einen Mann, mit dem man nur bedeutungslosen Sex hat. Dieser Teil überrascht mich immer wieder. Ich meine, als ich ihn zuerst sah, hätte ich das Ganze nie für möglich gehalten. Der Mann war einfach zu schön und potentiell zu arrogant und zu überlegen.

Aber andererseits hätte ich auch niemals damit gerechnet, dass aus einer Nacht zwei Nächte werden würden.

Aber wenn es zwischen uns knistert, vergesse ich diese Zweifel glücklicherweise. Zumindest fast.

Doch meistens kommt es mit ihm zu dem, was ich von Anfang an von ihm wollte: heißer, wilder, bring-mich-zum-Schreien-mach-mich-verrückt-Sex. Und das ist dann auch alles, woran ich denken kann. Alles, was wichtig ist. Über Los gehen. Und nicht wieder in die Kiste kriechen.

Kapitel 6

Wendy schlang die Arme um seinen Hals und küsste ihn. Ihr Höschen hing an einem ihrer Handgelenke, als er sie ins Innere des Penthouses trug. Sie war sich nur vage bewusst, dass er die Balkontür offen gelassen hatte, sodass die Meeresbrise sie immer noch umwehte. Die dünnen weißen Vorhänge flatterten und verliehen dem ganzen Szenario etwas Traumhaftes.

Wie überhaupt alles ihr wie ein Traum erschien – immer noch.

Der Sex.

Der Mann.

Die Frau, die sie mit ihm geworden war.

Er legte sie auf ein Kingsize-Bett mit Blick auf die Fenster. »Zieh dein Kleid aus. Ich will dich nackt«, forderte er sie auf.

Brandon stand einfach nur da und beobachtete seine Gespielin dabei, wie sie seiner Anweisung folgte. Wendy spürte deutlich, dass ihre Säfte bereits über die Oberschenkel rannen, hatte aber zum ersten Mal in ihrem Leben nichts gegen die vermeintliche Schmutzigkeit einzuwenden. Während Brandon sie anstarrte, knöpfte er sein Hemd auf, ließ seine Hose fallen und stieg aus seiner Unterwäsche, sodass jetzt auch er nackt vor ihr stand, in seiner ganzen Schönheit.

Sein Anblick war fast unwirklich. Sie hatte gestern Abend viel zu wenig von seinen herrlichen Muskeln gesehen. Am liebsten hätte sie seinen harten, männlichen Körper berührt und wäre mit den Fingerspitzen über die Furchen und Täler seiner Haut gefahren. Und – o Gott! – sein Schwanz wurde schon wieder hart. Und selbst in halbschlaffem Zustand war sein Organ größer als eine volle Erektion bei den meisten ihrer bisherigen Männerbekanntschaften.

Und zu alledem präsentierte er diesen makellosen Körper auch noch vor dem perfekten Hintergrund – einer ganzen Wand aus Fenstern, die den Ozean und den Himmel zu einem Teil seines Heimes machten. Die blassgelben Wände und Decken bekamen durch die schummrige Beleuchtung etwas Warmes und Goldenes, reflektierten tagsüber aber wahrscheinlich das Sonnenlicht und machten den Raum strahlend hell. Das große Penthouse hatte nur eine kleine, eingezogene Wand, die lediglich dem Zweck diente, den Schlaf- vom Wohnbereich und der großen, modernen Küche zu trennen. Die ganze Wohnung war so offen wie der Strand selbst. Brandon passte ebenso gut in diese Umgebung wie an den Strand, und Wendy hätte sich keine passendere Wohnung für ihn vorstellen können.

»Leg dich hin«, wies er sie an und wartete, bis sie sich zurückgelehnt hatte. Für einen Mann, der die meiste Zeit freundlich und locker wirkte, nahm er beim Sex ziemlich streng das Zepter in die Hand. Normalerweise mochte Wendy keine herrischen Männer, aber bei Brandon war das anders. Bei ihm vertraute sie instinktiv darauf, dass er schon wissen würde, was gut für sie beide war.

Als er sich mit noch größer und härter gewordenem Schwanz rittlings auf ihre Hüften setzte, dachte sie eigentlich, er würde sie jetzt erneut ficken, und sie versuchte, unter ihm die Beine zu spreizen. Aber als er mit beiden Händen hinter sich griff, um ihre Schenkel wieder zu schließen und dann kurz aber bestimmt den Kopf schüttelte, da wusste sie, dass ihm der Sinn nach etwas anderem stand.

Als Nächstes beugte er sich vor, um seine Zunge einmal von

oben bis unten über eine ihrer Brüste wandern zu lassen – auch über den geschwollenen Nippel. In dem Moment als er von ihr abließ, wurden die Vorhänge von einer Brise hochgeweht, die angenehm kühl über ihre feuchten, rosafarbenen Knospen strich und sie vor Lust schaudern ließ. Aus Wendys Kehle drang ein tiefes Stöhnen und sie sah, wie sich eine große Befriedigung auf seinem Gesicht ausbreitete.

Dann beugte Brandon sich zu der anderen Brust hinab. Doch diesmal schleckte er nicht nur über ihren perlförmigen Nippel, sondern saugte ihn hart und tief in seinen Mund. Wendy schrie kurz auf, denn die plötzliche Rauheit der Berührung erschreckte sie. Sein kleiner Biss schmerzte ein wenig, aber sie spürte das Echo seiner Zuwendungen auf köstlichste Weise in ihrem ganzen Körper.

Während er weiter an ihrer Brustwarze saugte, ließ Wendy ihre Hände erst durch sein Haar und dann über die Schultern wandern. Irgendwann wurde ihr Atem immer schneller – fast als hätte sie ein gutes Stück von einem Langstreckenlauf hinter sich – und ihre Möse pulsierte vor Gier. »Weiter!«, hörte sie sich betteln.

Weiter mit was? Sie wusste es nicht einmal mehr.

Brandon reagierte, indem er ihre Brust aus seinem Mund entließ, sich wieder aufrichtete und dann so weit vorrutschte, dass sie seine Schenkel seitlich von ihren Titten spürte. Sein Schwanz war steinhart und sah aus ihrer Perspektive unglaublich groß aus.

Schließlich nahm Brandon seinen steifen Knüppel in die Hand und fing langsam an, ihn ihr in den Mund zu schieben.

»Aaah …« hörte Wendy sich keuchen. Doch sie öffnete den Mund nicht nur um zu stöhnen, sondern auch, um ihn in voller Bereitschaft in sich aufzunehmen. Er beugte sich vor und schob mehrere Zentimeter seines Schwanzes zwischen ihre Lippen, sodass Wendy noch schmecken konnte, dass er eben auf dem Balkon in ihr gesteckt hatte.

Sie dachte daran, wie sie gestern Abend am Strand und auch vorhin am Pier besonders obszön für ihn hatte aussehen wollen. Und genauso sah sie jetzt auch aus – nur bei besserer Beleuchtung. Als sie ihm in die Augen schaute, hoffte sie inständig, er könnte ihre Gedanken lesen. Ich will es. Ich will diese Erfahrung machen. Ich will deinen Schwanz. Ich will wissen, wie es ist, das Leben so richtig auszukosten. Wie es ist, jedes Gefühl und jede Art von Sex zu kennen. Und zwar jeden einzelnen, schmutzigen Aspekt. Wenn ich neunzig bin und die Menschen mich für eine liebe, sanfte, alte Dame halten, werde ich an diesen Moment zurückdenken, leise vor mich hinlächeln und wissen, dass ich nichts ausgelassen habe.

Natürlich war es abwegig zu glauben, dass er all diese Gedanken lesen könnte. Aber vielleicht reichte es ja auch schon aus, dass sie selbst es so empfand. Vielleicht reichte ja das Wissen, ihre Sexualität endlich in die eigene Hand genommen zu haben und dass sie zumindest bei diesem Aspekt ihres Lebens nichts zu bereuen haben würde. Niemals würde sich ein »was wäre gewesen, wenn« oder sonst ein Zweifel in ihren Kopf schleichen, und sie würde niemals irgendwelchen schmutzigen Fantasien nachhängen müssen, die sie nicht in die Tat umgesetzt hätte.

Er fickte sie langsam und tief in den Mund. Manchmal schaute sie ihn dabei an, manchmal schloss sie aber auch die Augen und spürte einfach nur dem geradezu überwältigenden Gefühl nach. Brandon schob seinen Schwanz nie zu tief in ihren Mund und schien instinktiv zu wissen, was sie vertragen konnte.

Als er sich schließlich aus ihr zurückzog, fühlte ihr Mund sich gedehnt, benutzt und ein bisschen wund an. Und wenn eine Frau schon einen wunden Mund haben musste, dann war dies dafür der beste Grund, der ihr einfiel.

Wendy hatte keine Ahnung, was wohl als Nächstes kommen und was für neue Freuden er ihr bereiten würde. Sie wartete einfach voller Vertrauen ab und hatte das Gefühl, einfach mitgezogen zu werden – als würde sie mit ihm als Reiseführer durch ein fremdes Land fahren.

Ihr nächster Halt auf der Reise waren … erneut ihre Brüste. Er legte seinen immer noch leicht feuchten Riemen zwischen ihre Brüste, presste das weiche Fleisch gegen seinen Steifen und fickte ihre Titten.

»Oh … O Gott«, hörte sie sich stöhnen. Genau wie eben, als er sie in den Mund gefickt hatte, fühlte sich auch diese Variante an, als sollte sie nur ihm Vergnügen bereiten. Doch auch diese Spielart erfüllte sie mit einer derartigen Lust und Befriedigung, dass sie sich kaum beherrschen konnte. Das bloße Gefühl, sein härtestes Fleisch an ihrem weichsten zu spüren. Das reibungslose Dazwischengleiten. Der obszöne Anblick seiner Eichel, die immer wieder zwischen ihren Brüsten auftauchte. Die Feuchtigkeit, die sich zwischen ihren Globen sammelte, je mehr Vorsaft aus seinem Schwanz austrat, und die den Fick noch glitschiger machte.

Ohne weiter darüber nachzudenken, legte Wendy ihre Hände auf die seinen, um ihre Brüste noch fester gegen seinen Schwanz zu pressen. Er ließ ihr Fleisch prompt los und überließ seiner Gespielin das Kommando. Dann stützte er sich mit den Händen an dem Kopfteil des Bettes ab und stieß so fest zu, als würde er ihre Muschi ficken. Jeder seiner Stöße wurde von einem tiefen Stöhnen begleitet.

Er hielt sich nicht zurück, das spürte sie deutlich. Er fickte ihre Titten so hart es ging und würde sicher bald kommen. Wendys Körper war mittlerweile völlig willenlos und kannte nur noch das Bedürfnis, ihn zu erfreuen. Aber war das nicht eigentlich schon den ganzen Abend so gewesen? Erst hatte sie ihn auf dem Pier geblasen und dann hatte er sie auf dem Balkon gefickt – beides ohne dass es ihr gekommen war. Und auch wenn sie vielleicht langsam anfangen sollte, an sich selbst und ihren Körper zu denken, sie tat es einfach nicht. Wendy war überzeugt, dass Brandon schon alles richtig machen und sie zu guter Letzt für ihre Bereitschaft belohnen würde. Im Moment aalte sie sich immer noch in der einfachen und doch tief empfundenen Freude über diese Erfahrung. Sie erlebte Dinge mit ihm, die ihr zuvor noch nicht einmal im Traum erschienen waren. Und nicht nur ihr Körper reagierte positiv auf diese Empfindungen, sondern auch ihr Kopf schien ganz und gar einverstanden damit zu sein.

»Verdammt!«, keuchte er und zog seinen Schwanz aus dem Tunnel ihrer zusammengepressten Brüste. »Ich komme gleich. Drück deine Titten weiter zusammen!«

Wendy tat, wie ihr geheißen. Sie beobachtete, wie er seinen Schwanz auf ihre Brüste richtete und wie ein Geysir einen Schwall aus weißem Saft darauf spritzte. Sie zuckte ob der Stärke seiner Entladung ein wenig zurück und war gleichzeitig erstaunt, wie unglaublich schön und erotisch der Teil ihres Körpers nun dekoriert war, der ihn so weit gebracht hatte. Drei, nein vier heiße Spritzer lang stöhnte Brandon seinen Höhepunkt heraus. Dann ersetzte er ihre Hände durch die seinen und massierte seinen Lustsaft in ihre Haut ein – genau wie er es heute Nachmittag mit der Sonnencreme getan hatte.

»Ablecken!« Er hielt ihr seinen Zeigefinger vor den Mund.

Als sie den Finger im Mund hatte, wollte sie sofort mehr. Also griff sie blitzschnell nach seinem Schwanz, steckte ihn sich in den Mund und lutschte ihn ganz aus. Zwar schmeckte sie nur noch ein bisschen von ihm – lieblich, eigen und salzig –, aber das Gefühl machte sie noch schärfer, als sie es ohnehin schon gewesen war.

»Du bist *unglaublich*, Bunny!«, sagte er, und zum ersten Mal seit Beginn ihres Aktes zeigte sich so etwas wie ein Lächeln auf seinem attraktiven Gesicht.

»Leg dich zu mir«, forderte sie ihn auf.

Da Brandon seinen Höhepunkt jetzt hinter sich hatte, war er auf einmal gar nicht mehr so herrisch und folgte der Aufforderung willig. Doch erst beugte er sich über sie und gab ihr einen sanften Kuss.

Und in diesem Moment fiel es ihr auf. *Kein Kondom!* Draußen auf dem Balkon! Sie hatten kein Kondom benutzt! »Kein Kondom«, entfuhr es Wendy ohne Vorwarnung.

Brandon sah genauso überrascht aus, wie sie sich fühlte. Seine Augen weiteten sich, aber nur um gleich darauf voller Reue zuzuklappen. »Verdammt! Tut mir leid, Bunny. Ich weiß auch nicht, wo ich mit meinen Gedanken war.«

»Dabei, dass du unbedingt in mir kommen wolltest?«

Er stöhnte. »So was in der Art. Aber normalerweise bin ich viel vorsichtiger.«

»Na, das ist ja mal beruhigend.« Das meinte sie ganz aufrichtig. Wer wusste denn, mit wie viel Frauen er schon zusammen gewesen war? Sie war sicher, dass es schon einige gewesen waren.

»Und was ist mit dir?«, fragte er. »Bist du normalerweise auch vorsichtiger?«

Ich habe normalerweise nicht gerade viel Sex. Zumindest nicht in letzter Zeit. Aber wenn sie denn welchen hatte … »Ja, das bin ich.«

Brandon seufzte neben ihr erleichtert auf. »Dann ist das Ganze ja vielleicht doch keine totale Katastrophe.«

»Ich schätze wohl nicht«, stimmte sie ihm zu. »Solange du ganz sicher bist, dass du aufgepasst hast.« Sie drehte den Kopf zu ihm und schaute ihn an.

»Pfadfinderehrenwort«, erklärte er feierlich, machte eine beschwörende Geste mit seinen Fingern und brachte sie mit der Vorstellung, dass er einmal Pfadfinder gewesen sein könnte, tatsächlich zum Lachen.

»Ich glaube nämlich, dass ich nicht das einzige Strandhäschen bin, mit dem du schon mal Strandlaken-Bingo gespielt hast.«

Auf Brandons Gesicht machte sich ein bestätigendes, aber auch leicht verlegenes Schmunzeln breit. »Aber du bist die Einzige, die bisher dafür gesorgt hat, dass ich den ganzen Tag mit steifem Schwanz rumlaufen musste.«

Gut zu wissen. Aber nicht, dass es eine große Rolle spielte. »Ist doch deine eigene Schuld«, erklärte sie. »Du warst es doch, der an einem Ort fummeln wollte, wo wir eigentlich gar nicht fummeln konnten. Und ich kann schließlich nichts dafür, dass du dich nicht schon unter der Dusche um deine Geilheit gekümmert hast – so wie ich.«

Brandon zog eine Augenbraue hoch. »Willst du etwa, dass ich schon wieder hart werde? So kommt es nämlich, wenn du mich an die ganze Geschichte mit der Dusche und deine schmutzige, kleine Fantasie erinnerst. *Verdammt!*«

»Tut mir leid«, sagte sie, meinte es aber nicht ernst. »Aber ja. Ich hätte tatsächlich nichts dagegen. Ich meine, äh …«

Diesmal warf er ihr ein breites Lachen zu. »Keine Sorge. Ich bin mir durchaus bewusst, dass ich dir noch ein oder zwei Orgasmen schuldig bin. Du warst sehr selbstlos, und ich bin fest entschlossen, das wiedergutzumachen.«

»Gut«, sagte sie. »Wie denn?«

Er lachte, gab dann aber ein leicht tadelndes Geräusch von sich. »Geduld, Geduld, mein versautes, kleines Bunny.«

»Du hast leicht reden. Schließlich bist du schon zweimal gekommen.«

Brandon zuckte mit den Schultern. »Stimmt. Aber du musst

mir einfach vertrauen.« Und mit diesen Worten setzte er sich auf und stieg aus dem Bett.

»Wo willst du denn hin?«

»Ins Badezimmer«, erklärte er. »Ich bin gleich wieder da. Bleib, wo du bist.«

Als ob sie woanders sein wollte. Selbst wenn er sie dafür bezahlen würde, in diesem Moment hätte sie das Bett auf keinen Fall verlassen. Und zwar nicht nur, weil sie so erregt war, sondern auch, weil er irgendetwas an sich hatte. Sie beide hatten irgendetwas an sich, wenn sie zusammen waren. Wendy hatte unbedingt sehen wollen, ob sie sexy genug war, um sich solch einen Mann zu angeln. Aber jetzt ging es um weitaus mehr als nur das. Zwar wusste sie, dass der Sex mit einem Mann, dessen bloßer Anblick sie schon scharf machte, sicher toll sein würde, aber der Sex mit Brandon übertraf einfach alle Vorstellungen. Der Sex mit Brandon erweiterte ihren Horizont immer mehr und ließ sie immer wieder um das Monopoly-Brett herumrasen, bis ihr richtig schwindelig wurde. Und dieses Schwindelgefühl wollte sie unbedingt noch verstärken.

Während sie auf dem Rücken dalag und sich in dem riesigen Raum umsah, fragte sie sich erneut, wie reich Brandon wohl tatsächlich war? Zwar spielte das aus mehreren Gründen eigentlich gar keine Rolle, aber der Anblick seiner Wohnung ließ doch vermuten, dass er stinkreich war. Wohnungen mit Blick aufs Meer waren schon teuer genug, aber ein Penthouse in einem der schönsten Gebäude eines schicken Strand-Resorts? Wendy konnte sich nicht einmal vorstellen, welche Zahlen wohl auf dem Preisschild gestanden hatten – obwohl sie bei den Aufgaben, die diese Woche noch vor ihr lagen, sicher herausfinden konnte, wie teuer seine Wohnung wirklich gewesen war.

Der Mann musste vom Glück gesegnet sein. Genau wie die Bikini-Mieze. Menschen wie diese beiden wussten einfach nicht, wie es sich anfühlt, ganz durchschnittlich zu sein und ein durchschnittliches Leben zu führen. Sie hielt ihm das keineswegs vor. Aber die Erkenntnis machte es noch mal weitaus unwirklicher, ein Teil seiner Welt zu sein. Auch wenn es nur vorübergehend war.

»Weißt du eigentlich, wie bezaubernd du bist?«

Wendys Augen waren zugefallen, sie öffnete sie bei seinen Worten. Sie lächelte ihn an. Sein Kompliment erinnerte sie daran, dass sie es tatsächlich geschafft hatte. Oder etwa nicht? Selbst ohne den Bikini oder das sexy Kleid fand er sie scharf. Es erschien ihr nach wie vor mehr als erstaunlich, dass ein Mann wie er sie als »würdige« Gespielin ansah. Noch nie hatte Wendy sich schöner gefühlt als in diesem Moment, in dem sie nackt und mit sinnlich hinter dem Kopf verschränkten Armen in seiner zerknüllten Bettwäsche dalag – Bettwäsche, die zweifellos aus ägyptischer Baumwolle war.

»Ja«, hörte sie sich antworten. Nicht aus Arroganz, sondern weil sie es in diesem Augenblick einfach selbst glaubte. Und wenn er fand, dass sie hinreißend war, dann musste es wohl auch so sein.

»Gut«, erwiderte er und setzte sich zu ihr aufs Bett. »Eine so schöne Frau wie du sollte das unbedingt wissen.«

Wendy würde ihm auf keinen Fall erzählen, wie sie sich vor wenigen Tagen noch alles andere als attraktiv gefühlt hatte, und ihre neue Sicht auf sich selbst allein ihm zu verdanken war. Sie wollte, dass er sie weiter so sah, wie sie die Bikini-Mieze sah. Und er sollte glauben, dass sie immer so selbstbewusst war und so bereit, sich zu vergnügen.

Brandon rutschte ein wenig zum Ende des Bettes, legte eine Hand hinter ihre Wade, die andere unter ihren nackten Fuß und führte ihn zu seinem Mund, um ihr einen Kuss auf die Zehen zu drücken. Die liebevolle Geste kroch sofort hoch zu ihren Schenkeln und ihrem Fötzchen und erinnerte sie daran, dass er ihren Füßen bereits gestern Abend einiges an Aufmerksamkeit geschenkt hatte, als sie am Strand ankamen.

»Mmmh«, schnurrte sie genießerisch und sah und fühlte voller Freude, wie er seine Spur aus Küssen an den Innenseiten ihrer Schenkel hinaufführte.

Er saß zwischen ihren Beinen und bedeckte ihre Waden und Knie mit sanften Küssen. Ihre Beine klappten wie von selbst auseinander. Als er schließlich einen weiteren Kuss auf ihre zarte Haut setzte, fiel sein Blick auf ihren Schlitz. »Ich find's total scharf, dass du deine Muschi rasierst«, murmelte er.

Wendy biss sich auf die Unterlippe. Sie war sich bewusst, dass seine Augen auf ihren intimsten Körperteil gerichtet waren. »Dann stehst du wohl nicht auf dichte Büsche ?« Ihre Stimme klang dünn und verträumt – vor Lust, wie sie annahm.

Brandon kicherte leise. »Gegen einen schönen Busch habe ich nichts einzuwenden. Aber ich find's noch schärfer, wenn ich jeden Zentimeter von deinem schönen Fötzchen sehen kann.«

Seine Worte raubten ihr den Atem und machten sie schon wieder feucht. Welch ein Glück, dass sie ein bisschen mit dem Rasierer experimentiert hatte.

Je mehr sich seine Küsse ihrer Muschi näherten, desto mehr zuckte sie. Schwer und gierig fühlte sie sich an. Hätte sich nicht eigentlich ein gewisses Gefühl, nicht mehr gemeint zu sein, ein Gefühl von einer gewissen Beliebigkeit einschleichen müssen, weil er sich so ausschließlich auf ihr Geschlecht konzentrierte? Aber nein, eigentlich war eher das Gegenteil der Fall. Sie fühlte sich wie ein Pornostar. Der Pornostar, der sie im realen Leben nie sein konnte. Und auch gar nicht sein wollte. Ihr reichte es, sich begehrenswert und als ganz und gar sexuelles Wesen zu fühlen. Und wenn es auch nur für eine Nacht war. Oder auch für zwei, wie sich gerade herausstellte.

Der erste Kuss auf den zartesten Zonen ihres Körpers galt der blassen, rasierten Haut links neben ihrem Schlitz. Brandons Augen waren geöffnet, als er auch die andere Seite mit einem Kuss bedachte, doch er sah ihr nicht ins Gesicht, sondern direkt auf ihre Fotze. Wendy spreizte die Beine instinktiv so weit sie konnte. *Sieh mich an.* Sie wollte unbedingt, dass er die Stelle dort unten genauso schön fand wie den Rest von ihr. Schließlich war ihre Muschi auch ein Teil von ihr. Ein überaus wichtiger Teil, jetzt, wie ihr nun mehr denn je bewusst wurde.

Doch er erkundete sie nicht nur mit seinem Mund, sondern auch mit seinen Fingern. Zunächst waren es nur sehr sanfte Berührungen. Er glitt mit einer Fingerspitze über den Rand ihrer Möse, streichelte dann mit zwei Fingern über ihre Schamlippen und rieb schließlich sachte über ihren Kitzler. Als er gleichzeitig auch noch seine Zunge dort einsetzte, begann Wendy lüstern zu wimmern.

Es dauerte nicht lange, und Brandon hatte zwei Finger in ihren feuchten Schlitz geschoben, hielt ihn mit der anderen Hand geöffnet und leckte mehrfach kurz und schnell über ihre geschwollene Lustknospe. Und dabei waren seine Augen die ganze Zeit auf das eigene Tun gerichtet. Er studierte ihre Fotze, als wäre er ein Wissenschaftler, der ein wichtiges Experiment durchführt, oder ein Archäologe, der ein gerade entdecktes Artefakt untersucht.

»Leg dich zurück und mach die Augen zu, Bunny«, forderte er sie auf. Wendy hatte sich auf die Ellenbogen gestützt, um ihn dabei zu betrachten … wie er sie betrachtete.

Sie zögerte. Doch dann fiel ihr ein, dass sie sich bei Brandon, ihrem temporären Traumlover, in keiner Weise zurückhalten musste. Schließlich war es bei ihm so, dass totale Aufrichtigkeit keinerlei Konsequenzen nach sich zog. »Vielleicht möchte ich ja gerne zusehen.«

Er grinste sie an. »Dann haben wir etwas gemeinsam. Aber du musst dich entspannen.«

Wendy zog die Augenbrauen hoch. »Du klingst wie ein Arzt, der gleich irgendeine unangenehme Untersuchung an mir vornehmen wird.«

Brandon lachte laut auf. »Keine Sorge, Baby. Ich will dir nicht wehtun. Im Gegenteil, ich will dir gut tun. Und jetzt sei ein braves Mädchen und entspann dich für mich.«

Sicher, der Mann wusste, wie er ihr Vergnügen bereiten konnte. Er wusste ihr durch Mittel Vergnügen zu bereiten, von denen sie niemals gedacht hätte, dass sie dafür geeignet wären. Also legte sie sich zurück und schloss die Augen.

Sie spürte, wie seine Finger in ihre feuchte Mitte eindrangen und wie er ihren Kitzler küsste und leckte. Seine Zuwendungen waren so intensiv, dass sie sich keuchend auf dem Bett wand, nach und nach aber den richtigen Rhythmus fand, um sich dem Druck seiner Liebkosungen anzupassen. Und dann spürte sie … *O Gott!* Wo eben noch seine Finger gewesen waren, spürte sie etwas Großes und Hartes. »Ah …«, konnte sie nur noch stöhnen. Für einen kurzen Moment dachte sie, es wäre sein Schwanz. Aber da sie noch immer seinen Atem zwischen ihren Beinen spürte, war das wohl kaum möglich.

Als der geheimnisvolle Eindringling tiefer in sie hineinstieß, öffnete sie die Augen und stützte sich wieder auf die Ellenbogen. »Was ist das?« Wendy gab sich alle Mühe zu erkennen, was er da in der Hand hatte. War das etwa eine …?

»Eine Salatgurke«, erwiderte er, als wäre es die normalste Sache von der Welt.

Wendy blinzelte. Sie hatte gar nicht gemerkt, dass er das Gemüse mit ans Bett gebracht hatte. »Was machst du denn mit einer Salatgurke?«

Er erhob sein Gesicht von ihrer Körpermitte hin zu ihren

Augen. »Normalerweise zerschnipple ich sie gern und tue sie in einen Salat. Was sollte ich sonst damit machen?« Dann grinste er. »Aber im Moment möchte ich sie am liebsten in dich reinstecken.«

Herrgott! Sie zog erschrocken den Atem ein. »Warum das denn?«

Er gab einen seiner kleinen, sexy Brandon-Lacher von sich. »Na ja, ich nehme an, einen Vibrator willst du im Moment bestimmt nicht in dir haben. Und ich möchte gerne sehen, wie etwas in dich eindringt. Etwas, das größer ist als meine Finger. Ich will sehen, wie deine Muschi es aufnimmt, sich dafür öffnet und schließlich auch darum schließt.«

O Mann! Seine Worte raubten ihr buchstäblich den Atem. Als es den beiden irgendwie gelungen war, genau das zu tun, was er wollte, und die Gurke tief in ihrer Muschi steckte, gab Wendy ein tiefes Stöhnen von sich. »O Gott!« Doch zu ihrer Überraschung fühlte sich das Ganze … äußerst gut an.

Noch immer auf die Ellenbogen gestützt, konnte sie nicht umhin, Brandon bei seinem Treiben zuzusehen – diesmal noch erstaunter als den ganzen Abend zuvor. Sicher, Wendy hatte schon den ein oder anderen Scherz über Salatgurken gehört und war auch schon mal auf einer Party gewesen, wo eines der Spiele darin bestanden hatte, wer wohl am schnellsten ein Kondom über die Gurke ziehen konnte. Aber sie hatte bisher nie daran gedacht, sich selbst solch eine Gurke einzuführen. Und doch rammte Brandon das Gemüse mit jedem Stoß tiefer in ihre Mitte. Wendys Stöhnen wurde immer lauter, denn das Gemüse füllte sie auf ebenso befriedigende Art und Weise aus wie ein Schwanz.

»Oh, Bunny, deine Muschi sieht dabei so verdammt scharf aus.«

Ein Schauer der Erregung fuhr durch ihren Körper. Trotzdem

musste sie ihrer Irritation irgendwie Ausdruck verleihen. »Aber das Gefühl ist doch irgendwie …«

»Was?«, fragte er, den Blick immer noch auf die Spalte zwischen ihren Beinen gerichtet, wo ihre Vagina das Gemüse förmlich zu verschlucken schien.

»… seltsam«, vollendete sie ihren Satz.

Erst jetzt schaute Brandon ihr wieder ins Gesicht. »Das Wort, nach dem du suchst, ist *versaut.* Ich habe dir gestern Abend ja gesagt, dass ich manchmal ziemlich versaut sein kann.«

Versaut. Versaut war tatsächlich besser als seltsam. Versaut war irgendwie … scharf. Und während das Wort durch ihren Kopf waberte, nahm ihre Muschi die Salatgurke sogar noch ein wenig tiefer in sich auf.

Sein tiefes Stöhnen verriet ihr, dass Brandon das sehr wohl bemerkt hatte, und er nutzte sofort die Gelegenheit, die ersten schnelleren Fickbewegungen mit der Gurke zu imitieren. Das Gefühl war so heftig, dass ihr Atem noch schwerer wurde. Und wieder fühlte es sich fast genauso an, als würde ein Schwanz in ihr stecken. Auch ein Vibrator musste diese Wirkung haben. Sie hatte allerdings noch nie einen besessen oder auch nur benutzt, denn bisher war Wendy immer der Ansicht gewesen, dass es auch ihre Hand tun würde, wenn sie sich denn unbedingt selbst befriedigen musste. Und so war es normalerweise auch gewesen. Das Erstaunen blieb also, dass so ein Fremdkörper in ihrer Mitte sich so verdammt gut anfühlen konnte.

»Fick dich damit, Bunny«, wies er sie an.

Er wollte, dass sie sich der Gurke entgegenpresste, und wollte ihre Muschi so in Aktion sehen. Sie gehorchte und versuchte, einfach nur zu fühlen – und zu vergessen. Aber dieser Teil war schon etwas schwieriger. »Ich kann nicht glauben, dass eine Gurke mir derartige Freuden bereitet«, erklärte sie keuchend.

Ihr Gespiele lachte. »Es ist ja auch nicht die Gurke, die dir diese Freuden bereitet«, klärte er sie auf, »ich bin es, der dir diese Freuden bereitet. Aber selbst wenn es die Gurke wäre? Na und?« Brandon warf ihr ein freches Grinsen zu. »Und übrigens, ein unanständiges Mädchen würde nicht mal mit der Wimper zucken, wenn man ihr mit einer Gurke Freuden bereitet.«

Obwohl er während seiner Worte immer wieder die Gurke in ihr versenkte, musste Wendy grinsen. »Klugscheißer.«

»Ich sage nur, wie ich es sehe. Und wer sich den Schuh anzieht …«

Sie schnappte nach Luft. »Oh, bitte! Du glaubst vielleicht nicht, dass ich ein unanständiges Mädchen bin. Aber bei allem, was wir in den letzten zwei Nächten getan haben, kannst du mich doch wohl kaum für einen Engel halten.«

»Stimmt allerdings.« Brandon zuckte mit den Schultern und fuhr fort, sie mit dem zum Sexspielzeug entfremdeten Gemüse zu bearbeiten.

»Ich werde dir schon noch beweisen, dass ich das unanständigste Mädchen bin, das du je kennengelernt hast.«

Er grinste – und schob die Gurke noch ein Stückchen tiefer in ihr Fötzchen. »Und jetzt fick dich selbst mit der Gurke«, forderte er sie mit einer Stimme auf, aus der alles Scherzhafte gewichen war.

Und das tat sie. Aber diesmal legte sie sich so richtig ins Zeug. Sie hörte auf zu denken, und als das Gefühl fast zu massiv und fast zu überwältigend wurde, schloss sie die Augen und ging für ihn völlig in der Rolle des versauten, unanständigen Mädchens auf. Und auch wenn sie nicht mehr hinschaute, genoss sie das Wissen, dass er genau beobachtete, was in ihrer Körpermitte vor sich ging. All das machte sie noch heißer und noch feuchter, bis sie an den Geräuschen des Eindringens sogar hören konnte, wie nass sie war.

Aber Brandon setzte noch einen drauf und verstärkte ihre unfassbare Lust noch, indem er sich vorbeugte, um fest an ihrem Kitzler zu saugen. Jetzt, da etwas in ihr steckte, fühlten sich die Liebkosungen seines Mundes völlig anders und viel stärker an. Seine Zungenschläge verdoppelten das Vergnügen. Etwas, das ein einzelner Mann normalerweise nicht schaffte. Ein Mann konnte ficken, und ein Mann konnte lecken. Beides auf einmal – das schaffte kein Mann. Aber dieser Mann tat es. Und die Freuden, die sie dabei empfand, waren unbeschreiblich wild und durchdringend. Sie warf sich wie betäubt seinem Mund entgegen und fickte sich gleichzeitig mit der Gurke in seiner Hand.

Irgendwann schrie Wendy laut auf. Die Gurke steckte jetzt so tief in ihrer Möse, dass sie sich mit geballten Fäusten an der Bettdecke festkrallen musste. Dann riss sie die Arme hoch und presste ihre Handflächen gegen das Kopfteil des Bettes. Und als Brandon ihren Kitzler schließlich ganz in seinen Mund saugte, explodierte sie in einem Orgasmus, der durch sie hindurchraste wie ein Güterzug. »Oh ja! Ja! Ja!, schrie sie, während die Zuckungen ihren ganzen Körper erfassten.

Verdammt! Sie hatte gerade eine Gurke gefickt! So fühlte es sich also an, total versaut zu sein, wenn der Höhepunkt hinter einem lag. Doch als Brandon die Gurke langsam aus ihrer Mitte zog, einen zärtlichen Kuss knapp über ihrem Schlitz platzierte und ihr ein »Das war unglaublich geil, Bunny« zuraunte, war alles wieder okay.

Wendy lag einen Moment einfach nur still da, um sich etwas zu erholen. Dann blickte sie an sich hinab und stellte eine seltsame Frage, die ihr gerade in den Kopf gekommen war. »Wirst du diese Gurke eigentlich noch essen?«

Er grinste sie mit blitzenden Augen an. »Klar«, versicherte er ihr. »In gewisser Weise ist das so ähnlich, als würde ich dich lecken.«

Wendy hob die Hand, um ein Grinsen darüber zu verbergen,

wie schmutzig ihr Gespiele doch sein konnte. Und wenn sie grinste, konnte das eigentlich nur heißen, dass auch sie in der Lage war, ziemlich schmutzig zu sein. *Jetzt bin ich wirklich ein unanständiges Mädchen. Und zwar durch und durch.*

Er betrachtete sie eindringlich, während sie in der zerknüllten Bettwäsche schlief. Ihre wunderschönen Nippel blieben sogar im Schlaf steif. Er mochte ihren Körper. Nein, mehr als das. Brandon hatte schon viele nackte Frauen gesehen, aber allein Wendy beim Schlafen zu beobachten, faszinierte ihn mehr, als jede andere Begegnung mit einer Frau, an die er sich erinnern konnte. Irgendetwas an ihr war … so natürlich, so echt. Die meisten seiner Frauen zogen immer eine Riesenschau ab oder waren hübsch, aber dumm. Vielleicht war es also mehr als ihr nackter Körper, der ihn so faszinierte. Doch im Moment war es zumindest das, was seine Aufmerksamkeit am meisten erregte.

Sie lag auf dem Rücken. Ihre Titten waren zur Seite gerutscht, aber das störte ihn nicht. Auch hier wurde ihre Natürlichkeit auf einmal zu etwas Wunderschönem. Sie hatte eine kleine Narbe unter einer ihrer Brüste und Brandon fragte sich, woher sie wohl rührte. Ihr Bauchnabel bildete eine kleine ovale Vertiefung über ihrem kleinen, aber durchaus sichtbaren Bauch. Und auch das machte sie, wie alles andere, umso reizender und realer. Sie war eine echte Frau, die nichts Falsches oder irgendwie künstlich Geformtes an sich hatte.

Aber war sie auch ein unanständiges Mädchen? Diese Frage würde er immer noch mit nein beantworten. Wie er auch schon zu ihr gesagt hatte, ein unanständiges Mädchen wäre bei der Sache mit der Gurke wesentlich cooler geblieben. Andererseits hatte sie ihm bereits kurz nach ihrem Kennenlernen die Bereitschaft zu verstehen gegeben, unverbindlichen Sex mit ihm zu haben. Warum nur? War sie einsam? Eine Schönheit wie sie mit so einem tollen Charakter? Unsinn! Das konnte einfach nicht sein. Versuchte sie über eine schmerzhafte Trennung hinwegzukommen? Vielleicht war sie aber auch das, was er von Anfang an vermutet hatte: eine Frau, die Sex genauso sehr mochte wie er und sich ihrer Lust vollkommen hingeben wollte.

Doch seitdem war er zu oft Zeuge geworden, wie schockiert sie über gewisse Dinge gewesen war. Darüber an Orten zu fummeln, wo sie gesehen werden konnten. Über Gurken. Dennoch schien sie sehr erfahren und zu allem bereit. Obwohl Brandon auch manchmal das Gefühl hatte, sie an Dinge heranzuführen, die sie bisher noch nicht kennengelernt hatte.

Ach, was soll's. Vielleicht sollte er sich diese Fragen besser gar nicht stellen. Normalerweise kümmerte er sich herzlich wenig darum, weshalb eine Frau mit ihm ficken wollte – solange sie nur mit ihm ficken wollte. Wie jede andere Frau vor ihr würde auch Wendy schon sehr bald aus seinem Leben verschwinden, und es würde nur noch die Erinnerung daran bleiben, dass man sich gegenseitig ein wenig Vergnügen bereitet hatte. Okay, ein verdammt geiles Vergnügen. Aber trotzdem – langfristig gesehen spielte seine Neugier eigentlich keine Rolle. Um genau zu sein, war sie sogar verschwendet.

Genau in diesem Moment drehte Wendy sich auf ihren Bauch, one knee bent out beside her. Und wie jeden anderen Anblick, den sie bot – das eine Bein ausgestreckt, das andere angewinkelt –, fand er auch dieses Bild wunderschön. Gut, sie würde zwar bald aus seinem Leben verschwunden sein, aber schon jetzt ertappte Brandon sich dabei, dass er sie gern in Erinnerung behalten würde. Und zwar mehr als die anderen. Wenn er sie doch nur fotografieren könnte, um diesen Moment festzuhalten. Aber dieser Wunsch brachte ihn sofort dazu, in sich hineinzugrinsen. Wenn er das vorschlüge, würde sein sexy Strandhäschen sicher komplett ausrasten. Ein weiterer Beweis dafür, dass sie eben kein wirklich unanständiges Mädchen sein könnte.

Brandon war zwar bereits zweimal gekommen, wurde bei ihrem Anblick aber schon wieder hart. Sie sah im Schlaf einfach zu hübsch und verlockend aus, um sie … weiter schlafen zu lassen.

Und so schmiegte er sich von hinten an ihren Körper und ließ eine Hand langsam von ihrer Schulter über die Rundung ihrer Taille bis hin zu ihrem himmlischen Po gleiten. Er musste unwillkürlich daran denken, wie sie gestern Abend ausgesehen hatte, als sie auf Händen und Knien gesessen und er sich hinter ihr aufgebaut hatte, um sie von hinten zu nehmen. Verdammt, vielleicht war die Kleine ja doch ein unanständiges Mädchen? Und wie zum Teufel sollte man diesen Begriff überhaupt definieren? Eigentlich hatte Brandon immer gedacht, er wüsste, was ein unanständiges Mädchen wäre, aber er stellte fest, dass seine Sichtweise sich nach und nach änderte. Sein versautes, kleines Strandhäschen passte jedenfalls in keine der beiden Kategorien.

Als er seine Hand reibend und in kleinen Kreisen über ihr Hinterteil fahren ließ, zuckte Wendy erst ein wenig, blickte ihn dann aber lächelnd über ihre Schulter hinweg an. »Hab ich lange geschlafen?«

Er schüttelte den Kopf. »Nur ein paar Minuten.«

»O gut. Ich will nämlich keine Minute mit dir verpassen.«

Ihre Erwiderung entlockte ihm ein Grinsen. »Keine Sorge, Bunny. Wenn ich irgendwas getan hätte, was du auf keinen Fall verpassen solltest, wärst du ganz bestimmt aufgewacht.«

Wendy leckte sich die Lippen. »Das fühlt sich gut an«, murmelte sie mit noch immer schlaftrunkener Stimme.

Sie meinte seine Hände auf ihrem Po. »Da gibt es noch Steigerungspotential«, versprach er und setzte dann beide Hände ein, um ihr Hinterteil kräftig zu massieren.

»Mmmh«, schnurrte sie genießerisch. Der wohlige Klang ihrer Stimme fuhr direkt in Brandons Schwanz und machte ihn noch härter.

Während er Wendys scharfen, knackigen und mittlerweile leicht rausgestreckten Hintern weiter bearbeitete, betrachtete er das Ziel seiner Zuwendungen ganz genauso, wie er zuvor ihre Muschi betrachtet hatte. Am liebsten hätte er sich sofort mit der Zunge über sie hergemacht. Doch dann fiel ihm etwas ein. Sein Versprechen der vergangenen Nacht. Sein durch und durch *versautes* Versprechen. Und mit dem Blick auf ihren köstlichen Hintern gerichtet, überkam ihn große Lust, dieses Versprechen sofort einzulösen.

Als er also ihre weiche Haut massierte, spreizte er nach und nach die Finger und richtete dabei beide Daumen nach innen, sodass sie genau auf ihre Rosette zeigten.

Wendys Reaktion ließ nicht lange auf sich warten und sie gab sofort ein leises, genüssliches Stöhnen von sich. Brandon lächelte in sich hinein, und seine Brust weitete sich vor Lust. Wirklich scharf, dass sie auch auf Po-Spiele stand.

Nach und nach wurde sein knetender Griff fester. Brandon setzte jetzt auch immer mehr die Daumen ein, um sie dort zu stimulieren, wo es nötig war. Seine Belohnung bestand aus einem weiteren, aufgegeilten Stöhnen und angestrengtem Atmen. *Ja, Baby. Das tut so gut.*

Als einer seiner Daumen über ihr Poloch strich, zuckte Wendys Rosette reflexhaft zusammen. Sie gab ein zischendes, kleines Keuchen von sich und begann dann, leicht zu zittern. Brandon konnte nicht widerstehen, sich ein wenig vorzubeugen, um ein paar Küsse auf die zarte Haut ihres Pos zu setzen. Er war äußerst angetan, dass sie dort genauso empfänglich zu sein schien wie an anderen Schlüsselstellen ihres Körpers.

Als er schließlich mit seinem Mittelfinger unter sie griff, um an ihre Möse zu gelangen, stellte er fest, dass sie herrlich feucht war. Und eben diese Feuchtigkeit stellte ein fantastisches Gleitmittel dar. Als sein Finger ölig genug war, fuhr er damit kreisend über die heiße Spalte ihres Hinterteils.

Wendys Atem wurde noch schwerer und erregter. Die Augen waren geschlossen, und durch ihre geöffneten Lippen drangen immer wieder leise Lustlaute.

»Fühlt sich das gut an, Bunny?«, fragte Brandon mit sanfter Stimme.

»Ja«, presste sie ihre Antwort zwischen zwei schweren Atemzügen heraus. »Und wie.«

»Gut«, flüsterte er und drückte dann recht plötzlich seine Fingerspitze in ihre Rosette.

Der kleine, tiefe Seufzer aus ihrer Kehle machte Brandons Schwanz noch härter, und er stieß seinen Finger wieder und wieder in ihr enges, kleines Poloch. Dabei ahmte er den Rhythmus nach, den er normalerweise mit seinem Schwanz einhalten würde, und drang mit jedem Mal tiefer in sie ein. Wendy hatte sich mittlerweile keuchend am Kissen festgekrallt, und Brandon wurde sofort klar, dass sie mehr als einen Finger in sich brauchte. Wie auch die rasende Lust, die bei ihrem Anblick durch seinen Körper jagte, nach mehr verlangte.

Während er sie weiter mit seinem Finger fickte und durch ihre heißen, wimmernden Lustlaute noch weiter aufgeheizt wurde, beugte er sich zu dem Nachttisch vor. Er öffnete die Schublade mit seiner freien Hand und holte einen kleinen Topf Vaseline hervor, den er immer in der Nähe des Bettes aufbewahrte.

Als er seinen Finger aus ihrem Po zog, zuckte seine Gespielin kurz zusammen. »War das schon alles?« Hinreißend, wie unschuldig und wahrhaft enttäuscht sie klang.

»Aber nicht doch, Bunny«, versicherte er ihr, öffnete das

Vaselinetöpfchen und steckte zwei Finger in die glitschige Masse.

Er verteilte die gelige Substanz in ihrer Pospalte und drang dann mit zwei dick beschmierten Fingern erneut in ihr Poloch. Wendy schrie zunächst erschrocken auf, doch ihre Lustlaute wurden schnell wieder zu dem genüsslichen Stöhnen, das seine Behandlung bisher bei ihr ausgelöst hatte. Dann presste Brandon seine Finger ganz tief in sie hinein. Doch anstatt sie immer stoßend rein- und rausgleiten zu lassen, ging er jetzt dazu über, sie kreisförmig in ihrem Inneren zu bewegen, um ihren engen Hintereingang mehr zu weiten.

»Entspann dich, Baby«, forderte er sie mit tiefer Stimme auf, als sie mit stockendem Atem zu zucken begann. »Entspann dich und genieß es.«

»Ich glaube, ich könnte sofort kommen. Allein schon davon«, keuchte Wendy mit zittriger Stimme.

»Nein. Jedenfalls jetzt noch nicht«, ermahnte Brandon sie lächelnd.

»Warum nicht?«

»Weil noch mehr kommt.«

Wendy war begeistert von den seltsamen Wellen der Leidenschaft, die da durch ihren Körper schwappten. Genau wie gestern Abend war sie auch heute erstaunt, dass anale Penetration ihr derartige Lustgefühle bereiten konnte. Und zwar sehr intensive und völlig andere Lustgefühle, als die, die sie bisher kannte. Wie eine Rauchwolke schienen sie durch ihren Körper zu wabern. Nein, nicht wie eine Rauchwolke, denn es fühlte sich massiver und härter als bloßer Rauch an. Es schien eher, als hätte man ein Stahlseil um sie geschlungen. Um ihren Oberkörper, über ihre Schultern, um ihren Hals, ja sogar um ihre Arme. Das merkwürdige Gefühl war einfach überall.

Doch dann waren seine Finger auf einmal nicht mehr da, und

Wendy fragte sich, was jetzt wohl kommen würde. Als schließlich etwas viel Größeres an der Tür zu ihrem Hintereingang pochte, schwante ihr etwas. »Was hast du da?«, fragte sie noch und drehte den Kopf, um über ihre Schulter nach hinten zu schauen. Doch der Blickwinkel ließ nicht zu, dass sie erkennen konnte, was er jetzt vorhatte.

»Die Gurke«, teilte er ihr kurz mit.

Wendy drehte sich noch ein bisschen mehr, um ihm ins Gesicht sehen zu können. »Ist das dein Ernst?«

Er sah sie verblüfft an, als hätte sie ihn irgendeiner Sache beschuldigt. »Aber die ist doch nicht mal so dick wie mein Freudenspender.«

»Aber sie ist weitaus dicker als deine Finger.«

Er lachte leise. »So soll es ja auch sein«, erklärte er ihr kopfschüttelnd. »Oder möchtest du nicht?«

Es war das erste Mal, dass er sie heute Abend vor die freie Wahl stellte. Und sie hatte das Gefühl, ihn zu enttäuschen, wenn sie seinem Wunsch nicht nachgab. Doch nicht nur das. Irgendwie fürchtete Wendy auch, selbst etwas zu verpassen. Sie zögerte.

Brandon neigte den Kopf. »Es geht leichter, als du glaubst, Baby. Ich versprech's.«

»Okay«, stimmte sie schließlich zu. Einfach so. Grundgütiger, war sie jetzt verrückt geworden?

»Entspann dich einfach und heb deinen hinreißenden Po für mich an.«

Wendy legte sich wieder flach auf den Bauch und verschränkte die Arme unter dem Kissen. Sie dachte daran, dass seine Zuwendungen ihr Vergnügen und keine Schmerzen bereiten sollten. Bis jetzt waren sie jedenfalls definitiv vergnüglich gewesen. Sie schloss die Augen und biss sich auf die Lippen, als der erste Druck einsetzte. Aber sie wollte es. Sie wollte es unbedingt.

Und auch wenn es jetzt um einen völlig anderen Teil ihres Körpers ging, wollte sie die Gurke genauso dringend in ihrem Po spüren, wie sie einen Schwanz in ihrer Muschi hatte spüren wollen.

Als Brandon das Gemüse schließlich einführte, stieg ein Stöhnen aus tiefsten Tiefen in ihr auf. Ihr erster Gedanke war, dass er recht gehabt hatte. Es ging tatsächlich leichter, als sie es sich vorgestellt hatte. Und der zweite Gedanke: O Gott, ich tue es wirklich! Ich lasse mich in den Arsch ficken! Und zwar von einer dicken Gurke – aber diesen Teil versuchte sie auszublenden.

Ihr Po fühlte sich völlig ausgefüllt und gestopft an. Und das auf angenehmste, herrlichste Weise.

Dann ging Brandon dazu über, die Gurke rein- und rausgleiten zu lassen.

Himmel! Wendy schrie auf. Das Gefühl trieb sie fast in den Wahnsinn. Wenn sie schon glaubte, seine Finger überall gespürt zu haben … O Mann, das hier spürte sie in ihren Händen, ihren Füßen, ihrem Gesicht, ja sogar in den Lippen. Sie hörte sich keuchen. »Das ist so gut, Baby«, raunte Brandon ihr zu. »Du lässt es dir so schön von mir besorgen. Sag mir bitte, dass es sich gut anfühlt.«

»Ja«, gelang es ihr keuchend zu erwidern. Sprechen war jetzt durchaus schwierig, ja selbst klar zu denken, stellte ein Problem dar. Es ging nur noch darum, was er mit ihr tat. Und das war so überwältigend, dass sie mit jeder Faser ihres Körpers darauf reagierte.

»O Bunny, das ist so verdammt geil. Wenn du doch nur sehen könntest, wie du aussiehst.«

»Obszön?«, fragte sie mit letzter Kraft.

»Ja«, erwiderte er mit ernster Stimme. »Und wunderschön.«

Seine Worte machten Wendy immer schärfer. Sie leckte sich

die Oberlippe und streckte ihm ihren Hintern noch etwas höher entgegen.

Wieder und wieder ließ Brandon die Gurke rein- und rausgleiten. Und nach seinem Atem zu urteilen, machte ihn das ganz genauso scharf wie sie.

Doch dann war die Gurke auf einmal verschwunden. Wendy wusste nicht, ob sie glücklich oder traurig darüber sein sollte. Auf jeden Fall fühlte sich ihre Mitte auf einmal seltsam leer an – bis der Druck schließlich zurückkehrte. Brandon hatte eine Hand auf ihre Hüfte gelegt und die Wärme seiner Schenkel vermischte sich mit ihrer eigenen Hitze. Und als er schließlich erneut etwas in ihr Poloch einführte, da wurde ihr klar, dass er sie jetzt wirklich in den Arsch fickte. *Er, mit seinem Schwanz. Seinem verdammt riesigen Schwanz!*

»O Gott, o Gott, o Gott«, hörte sie sich selbst stöhnen, als er sich langsam in ihrer Rosette versenkte.

»O verdammt«, fluchte er keuchend. Brandon war eindeutig genauso entflammt wie sie selbst. »Sag mir, dass es sich gut anfühlt, Baby«, flüsterte er ihr ins Ohr. »Sag mir, dass es geil für dich ist.«

Aber Wendy konnte noch nicht sagen, was sie von diesem ganz neuen Gefühl halten sollte. Sie war einfach nur erfüllt vom eigenen Ausgefülltsein. »Ich weiß nicht recht. Er ist so groß. Geht das denn überhaupt?«

»Mit Gleitmittel geht eine Menge.« Sie sah sein Lächeln zwar nicht, spürte es aber in seinen Worten.

»Offensichtlich«, gelang es ihr herauszustöhnen.

Brandon hatte die Arme jetzt fest um sie geschlungen. Eine Hand strich kreisend um ihren Bauch, die andere umfasste eine ihrer Brüste. Sein Atem wärmte ihr Ohr.

Und sie spürte … »Das tut ja gar nicht weh.« Die Worte kamen mit einem Seufzer der Erleichterung über ihre Lippen.

»Es fühlt sich zwar immer noch äußerst seltsam an, aber es tut nicht weh.«

»Mmm, Bunny, das tut so gut«, raunte er ihr zu und gab ihr einen Kuss auf die Wange.

Und dann begann er, sich zu bewegen. In ihrem Po.

Zunächst ging er ganz langsam vor und zog seinen Schwanz jeweils nur ein kleines Stückchen wieder raus. Die Lust, die Wendy dabei empfand, war so groß, dass sie alles um sich herum vergaß und nur noch fühlte.

Sie hörte sich wimmern und stöhnen, und ihre Lippen bebten. Genau wie zuvor spürte sie die Stöße überall, fast als würde sein Schwanz durch ihren ganzen Körper gehen und jeden Zentimeter ihres Fleisches stimulieren.

Und als sein Atem genauso schnell ging wie der ihre und er immer härter und tiefer zustieß, da konnte auch ihr Kopf nichts weiter mehr verarbeiten als das reine Gefühl. In ihrem Inneren machte sich eine unglaubliche Hitze breit, und sie schwitzte heftig am ganzen Körper.

Brandon hielt sie noch immer fest umschlungen, und die Stöße seines Schwanzes sorgten dafür, dass die beiden sich wie ein Wesen bewegten. Immer wieder drangen Stöhnlaute durch seine zusammengebissenen Zähne. Wendy schluchzte. Es war unglaublich. Es war unmöglich. Noch nie in ihrem Leben war sie so erregt gewesen. Sie war jetzt eine Gefangene ihrer eigenen Lust, die sie kontrollierte und die gleichzeitig das überwältigendste Gefühl darstellte, was die junge Frau je empfunden hatte. Dabei wusste Wendy, dass sie bei dieser Praktik eigentlich nicht kommen konnte. Zumindest meinte sie, es zu wissen. Denn auch als ihr das Gegenteil bewiesen und sie ohne Vorwarnung von einem gewaltigen Orgasmus ergriffen wurde, konnte sie daraus nur schließen, dass sie ihren Kitzler einfach nur fest genug an dem Bettlaken unter ihr gerieben hatte.

Nicht, dass es eine große Rolle spielte, wodurch sie gekommen war. Dies war wahrhaftig nicht der richtige Zeitpunkt für irgendwelche Analysen. Es war vielmehr der richtige Zeitpunkt, um zu schreien, zu stöhnen, zu wimmern und zitternd in den Armen ihres Liebhabers zu liegen. Es war der richtige Zeitpunkt für eine völlig neue Form der sexuellen Lust. »O ja!«, stöhnte Brandon auf einmal hinter ihr, umschlang sie noch fester und ergoss sich mit einem letzten Stoß in ihrem Poloch.

Als er sich aus ihr zurückzog, fühlte ihr Körper – ihr Anus – sich auf seltsame und unangenehme Weise geweitet an. Doch es dauerte nur ein paar Sekunden, bis ihre Rosette sich wieder zusammengezogen hatte und das Gefühl der Dehnung verschwunden war. Sie spürte, wie Brandon sich hinter ihr auf den Rücken rollte, war aber selbst viel zu erschöpft, um sich zu bewegen.

»Alles okay?« Seine Stimme klang so schwach, wie sie sich fühlte.

»Mhmh.« Wendy konnte immer noch kaum sprechen.

Einen Moment lang lagen sie einfach nur still da. »Tut mir leid, Bunny, aber die Gurke werde ich jetzt wohl doch nicht mehr essen.«

Aus ihrer Kehle stieg ein unbändiges Lachen, und auch Brandon musste losprusten. Wendy drehte sich um, damit sie ihm ins Gesicht schauen konnte.

Ihre Blicke trafen sich.

»Das war dein erstes Mal.« Er meinte eindeutig Analsex.

»Schrecklich, dass das so offensichtlich ist.«

»Ich find's scharf, dass du so willig bist.«

»Ich auch.« Sie schenkte ihm ein lüsternes Lächeln, das nur auf dem Wissen beruhte, etwas vermeintlich Verbotenes getan zu haben. Wendy war sich noch nie so verwegen vorgekommen.

Als sie nach ein paar Minuten wieder zu Kräften gekommen

war, erhob sie sich ein wenig, um Brandon einen langen, sinnlichen Zungenkuss zu geben. Dann entdeckte sie auf dem Nachttisch ein paar Taschentücher, tupfte sich ab und beugte sich über den Rand des Bettes, um ihr Höschen aufzuheben.

Nachdem sie hineingeschlüpft war, griff sie nach dem Kleid, das achtlos auf dem Boden gelandet war. »Du musst jetzt nicht mehr gehen. Es ist doch schon so spät«, meldete sich Brandon.

Sie warf ihm ein kleines Lächeln zu und fühlte sich mit einem Mal stärker und beherrschter als je zuvor. »Und genau deshalb muss ich eben doch gehen. Ich habe morgen früh ein Meeting.«

Brandon seufzte. Es hatte etwas verlockend Gemütliches und gleichzeitig Erregendes, wie er mit bis zur Brust hochgezogener Decke auf dem weichen Kopfkissen lag. »Ich habe morgen früh auch ein Meeting – jetzt, da du's erwähnst.«

»Und ich fing schon an zu glauben, dein Leben besteht nur aus Freizeit«, erklärte sie mit hochgezogener Augenbraue.

Brandon grinste frech. »Nein. Aber normalerweise kann ich meinen Terminplan selbst bestimmen und mir frei nehmen, wann ich will.«

»Da hab ich aber Glück.«

»Nein«, erwiderte er mit einem Kopfschütteln auf dem weißen Kissen. »Ich habe Glück. Apropos, wie sieht's denn heute Nachmittag bei dir aus?«

Sie versuchte, ein Grinsen zu unterdrücken. Es würde also weitergehen. Noch einen Tag? Noch eine Nacht? »Da bin ich völlig frei.«

»Gut. Dann gehen wir Gleitsegeln.«

»Noch etwas, was ich noch nie zuvor getan habe«, gestand sie.

»Und noch etwas, was ich dir sehr gern zeigen möchte. Aber«, fügte er mit einem Zwinkern hinzu, »ganz sicher nicht so sehr, wie ich das eben genossen habe.«

Wer bin ich?

Bin ich noch die Frau, die ich bei meiner Ankunft hier war? Die Frau, die schlichte Unterwäsche und vernünftiges Schuhwerk trägt und mit durchschnittlichen Männern ausgeht (wenn sie denn überhaupt ausgeht)?

Oder bin ich jetzt wirklich das unanständige Mädchen? Das unanständige Mädchen, zu dem ich immer dann werde, wenn ich mit ihm zusammen bin? Blase ich Männern in aller Öffentlichkeit den Schwanz, bettle darum, gefickt zu werden, und finde Freude daran, für einen völlig Fremden den persönlichen Pornostar zu spielen?

Welche dieser Frauen ist real? Beide? Keine von beiden? Ich vermag es nicht mehr zu sagen.

Wenn man so tut, als wäre man jemand anders, kann man dann wirklich zu dieser Person werden? Einfach nur, weil man so tut, als ob? Geht das so einfach? Und so schnell?

Und wenn ich wieder nach Hause fahre, wer werde ich dann sein?

Kapitel 7

Als Wendy am nächsten Morgen ihr Apartment verließ, hatte sie das Gefühl, es mit der ganzen Welt aufnehmen zu können. Die Sonne schien, die Möwen kreischten am Himmel – ein wunderschöner Tag mitten im Paradies. Und ihre Laune wurde durch das fröhliche Orange ihres Business-Outfits noch zusätzlich verstärkt.

Genau wie gestern registrierte sie auch heute mehr Details in ihrer Umgebung und es fiel ihr wesentlich leichter, einen echten Kontakt zu den Menschen herzustellen, denen sie begegnete. Beim Frühstück in einem kleinen Delikatessen-Imbiss in der Nähe ihres Apartments hatte sie dem jungen Mädchen hinter dem Tresen ein Kompliment über ihre Ohrringe gemacht. Die aufrichtige Freude des Mädchens über die netten Worte ließ Wendy erkennen, dass die reichen Kunden, die sie sonst bediente, sich bestimmt selten die Zeit für ein wenig Freundlichkeit nahmen. Und als sie später das Gebäude betrat, in dem die Verwaltungszentrale des Resorts untergebracht war, hatte sie die Rezeptionistin in der großen Empfangshalle mit einem freundlichen Lächeln begrüßt. »Diese herrlich blühenden Büsche, die hier überall wachsen, sind einfach wunderschön!«, erklärte Wendy bei einem kurzen Gespräch über den Empfangstresen. »Die mit den pinkfarbenen Blüten. Wie heißen die eigentlich?«

»Bougainvillea«, antwortete die Frau mit einem Lächeln. »Wenn es nicht zu kalt wird, blühen sie hier das ganze Jahr über.

Ich nehme an, Sie haben heute Morgen einen Termin mit Mr Worth und Mr Penny?«

Wendy nickte. Und wo sie vor ein paar Tagen in Anbetracht eines Treffens mit den Chefs dieses riesigen Luxus-Resorts noch recht nervös gewesen wäre, fühlte sie sich heute völlig sicher und entspannt. Schon erstaunlich, was ein bisschen abenteuerlicher Sex doch aus einem Mädchen alles rausholen konnte!

Schon ein paar Minuten später wurde Wendy von einer sehr gepflegten Mittfünfzigerin abgeholt, die sich als Joanna, Mr Worths, Assistentin, vorstellte. Auf ihrer gemeinsamen Fahrstuhlfahrt in den ersten Stock erklärte sie Wendy, dass die Geschäftsführer alle im obersten Stockwerk residierten.

Das Gebäude war nicht so groß wie das, in dem Brandon wohnte, und es lag auch nicht direkt am Meer. Dennoch ließ die Erinnerung an den herrlichen Blick von seinem Penthouse sie sagen: »Von da oben hat man bestimmt eine traumhafte Aussicht.«

Joanna lächelte. »Atemberaubend. Das muss man schon sagen. Es entspannt einen ungemein, ein wenig dort rauszuschauen, wenn es im Job mal stressig wird. Die gesamte Seite zum Meer hin ist verglast. Man hat also immer das Gefühl, ganz nah am Wasser zu sein.«

»Wow! Das klingt fantastisch.«

»Mr Worth bestand darauf, als das Gebäude entworfen wurde. Er hat das *Emerald Shores Resort* als junger Mann aus dem Nichts geschaffen.«

»Wow«, konnte Wendy nur erneut sagen. Diesmal, weil sie nicht gedacht hatte, dass nur eine einzige Person hinter dem ganzen Resort steckte. Nein, sie hatte sich vorgestellt, das Ganze wäre von einem riesigen Team aus Architekten und Konstrukteuren erdacht worden. »Ich freue mich schon darauf, ihn kennenzulernen«, fügte sie noch hinzu. *Solange er mir nicht erzählt, jemand hätte gesehen, wie ich »Sex on the Beach« hatte – die Aktion, nicht den Drink – und dass ich deshalb hochkant rausfliegen würde.*

Als die beiden Frauen schließlich aus dem Fahrstuhl traten, konnte Wendy hinter der Glasfront zu ihrer Rechten einen kurzen Blick auf die Bucht werfen.

»Das ist mein Arbeitsplatz«, erklärte Joanna und zeigte auf einen der zwei Schreibtische vor den Fenstern. Der andere Schreibtisch war im Moment zwar unbesetzt, aber Wendy war ziemlich sicher, dass dort normalerweise Mr Pennys Assistentin saß.

»Ich bin offiziell neidisch«, entgegnete Wendy. »Ich liebe meinen Job, aber von meinem Schreibtisch aus guckt man einfach nur auf ein anderes Hochhaus.«

»Hier entlang«, forderte Joanna sie mit einem tröstenden Lächeln auf. »Mr Worth und Mr Penny warten bereits in Mr. Worths Büro auf Sie.« Dann öffnete sie eine Doppeltür und führte Wendy hinein.

Als Erstes stellte Wendy fest, dass Mr Worth ein wirklich eindrucksvolles Büro hatte, das es von der Größe her locker mit ihrer Wohnung daheim aufnehmen konnte. Die Einrichtung bestand aus einem prächtigen, sehr breiten Schreibtisch, einer ganzen Reihe von Bücherregalen aus dunklem Holz, einer Bar, einem großen Aquarium voller bunter Fische und einem großen Konferenztisch mit Glasplatte, der an der Fensterseite des Raumes stand.

Und als sie zwei Männer an dem Konferenztisch stehen sah, war es auch schon Zeit für die zweite Feststellung. Dabei war es eigentlich eher so etwas wie eine Erkenntnis. Es handelte sich bei Mr Worth nämlich tatsächlich um … Brandon?

Gut, vielleicht war er auch Mr Penny. Aber so oder so, einer der beiden Männer, die jetzt aufstanden, um sie zu begrüßen, war tatsächlich der Mann, der sie gestern Abend in so ziemlich jede Körperöffnung gefickt hatte! Wie zum Teufel konnte das nur sein?

Ihr Mund klappte auf, und als ihre Blicke sich trafen, gab Wendy sich alle Mühe, ihre Augen nicht zu weit aufzureißen. Schließlich war noch ein weiterer Mann im Raum, und der musste nun wirklich nichts von den Fickstößen in jede Körperöffnung erfahren. Um genau zu sein, musste er gar nichts von irgendwelchen Fickstößen erfahren.

Wendy erkannte an Brandons Gesichtsausdruck, dass er ebenso schockiert war wie sie und ebenso versuchte, sich seine Überraschung nicht anmerken zu lassen.

Wie konnte das nur möglich sein? Er war einer der Geschäftsführer des *Emerald Shores Resort*? Zwar konnte sie sich an keinen der Vornamen der beiden Männer erinnern, aber sie wusste, dass keiner von ihnen Brandon hieß.

Da kam Brandon auch schon in seinem makellosen schwarzgrauen Anzug auf sie zu und schüttelte ihr die Hand. »Ich bin Brandon Worth«, stellte er sich mit professionellem Lächeln vor. Doch der Blick, den er ihr dabei zuwarf, war weitaus persönlicher. »*James* Brandon Worth«, ergänzte er.

Und in diesem Moment fiel Wendy ein, dass sie diesen Namen schon auf mehreren Dokumenten gelesen hatte: James B. Worth, Geschäftsführer.

»Und das ist mein Geschäftspartner, Charles Penny.«

Wendy hatte immer noch große Mühe, sich von der Überraschung zu erholen und schüttelte auch Mr Penny mit einer gewissen Taubheit die Hand. Der Mann war ein kräftig gebauter, aber gut angezogener Kerl ungefähr in Brandons Alter – also Mitte dreißig wie sie selbst.

Nicht, dass Mr Penny sie auch nur im Geringsten interessiert hätte. Dazu war sie immer noch zu sehr damit beschäftigt, die

Überraschung mit Mr Worth zu verdauen. *Sie hatte Sex mit dem obersten Geschäftsführer des Emerald Shores Resort gehabt!*

»Und Sie sind …«, begann Brandon etwas unsicher, »Gwendolyn Carnes.«

Sie versuchte zu lächeln, als ihre Blicke sich erneut trafen. »Aber meistens werde ich einfach nur Wendy genannt«, erklärte sie und Brandon legte den Kopf zu einem »Ah« zurück.

O Mann! Das war ja echt durchgeknallt! Und zwar total durchgeknallt!

In diesem Moment fiel beiden auf, dass Mr Penny sie neugierig ansah.

»Wie sich herausstellt, kennen Miss Carnes und ich uns bereits«, erklärte Brandon. »Wir haben uns vor ein paar Tagen im Vergnügungsviertel kennengelernt.«

»Nennen Sie mich doch Wendy«, warf sie schnell ein. Oder *Bunny.*

Als Joanna hereinkam, um Kaffee und einen Teller mit Croissants anzubieten, hatte Wendy endlich Gelegenheit, sich mit der Situation anzufreunden. Na ja, zumindest ein wenig.

Kein Wunder, dass Brandon so reich wirkte. Er *war* reich. Stinkreich. Und er hatte dieses ganze Areal selbst aus dem Boden gestampft?

Aber sie musste dringend aufhören, jetzt weiter darüber nachzudenken.

Na los, komm schon, setz dein Business-Gesicht auf. Sex und Schock beiseite – dies ist ein überaus wichtiges Treffen. Walter zählt auf dich. Du musst professionell sein. Und unnachgiebig. Walter soll stolz auf dich sein. Es geht hier schließlich um Millionen von Dollar, die Walter hier investieren will. Also konzentrier dich!

Das war natürlich leichter gesagt als getan. Wenn sie Brandon über den Tisch hinweg anblickte, sah sie nämlich nicht nur einen attraktiven, jungen Geschäftsführer, sondern auch ihren

Liebhaber. Den Mann mit dem hinreißenden Schwanz. Und Mund. Und Händen. Und den Mann, der gut mit einer Salatgurke umgehen konnte – auch wenn ihr das immer noch ein bisschen peinlich war. Während Charles Penny also etwas über die großen Zukunftspläne für das Resort erzählte, kroch ihr ganz langsam die Röte ins Gesicht, weil sie an Gurken und nicht an die Expansion des Unternehmens dachte. Sie betete, dass er nichts davon bemerkte. *Hör schon auf damit! Hör dem Mann gefälligst zu!*

Nachdem sowohl Brandon als auch sein Kollege ihre flammenden Reden über die Luxuriösität des Resorts nach den bescheidenen Anfängen vor zehn Jahren und über die hervorragenden Zukunftsperspektiven die Walter Investition ihnen allen bescheren würden, beendet hatten, sah Brandon sie lächelnd an. »Wendy, uns interessiert jetzt natürlich sehr, was Sie von unserem kleinen Paradies hier halten und was Sie Walter darüber berichten, beziehungsweise ihm raten werden.« Natürlich siezte er sie vor seinem Kollegen.

Konzentrier dich. Sieh ihn nicht an. Also richtete Wendy den Blick auf ihre Unterlagen. Und wenn sie den Blick doch heben musste, um interessiert und professionell zu wirken, sah sie entweder Mr Penny an oder sie schaute ganz knapp an Brandons Gesicht vorbei und auf den blassen Meereshorizont hinter ihm.

»Ich muss wahrscheinlich gar nicht erst betonen, wie beeindruckt ich von dem Resort bin. Sie haben hier ein tropisches Paradies geschaffen, das wirklich keine Wünsche offen lässt. Das *Emerald Shores Resort* bietet ein einmaliges, exklusives Erlebnis, das für jeden Urlauber etwas bietet – ob nun für lässigen Urlaub oder High-Society-Events.«

Auch wenn Wendy Brandons Gesichtsausdruck nur aus den Augenwinkeln erkennen konnte, sahen beide Männer doch recht zufrieden aus. Sie war gespannt, ob sie nach ihren weiteren Ausführungen immer noch so entspannt bleiben würden.

»Perfektion«, fuhr sie fort, »liegt allerdings im Detail. Also bin ich, nachdem ich gesehen habe, was das *Emerald Shores Resort* für ein Juwel ist, natürlich losgezogen, um irgendwelche Makel zu finden. Und ich glaube, damit dieses Resort sein volles Potential ausschöpfen kann, muss über ein paar kleine, aber überaus relevante Änderungen nachgedacht werden.«

Wendy warf einen Blick in die Runde, um auf den Gesichtern der Männer irgendeine Reaktion ablesen zu können. Sie sahen beide immer noch recht entspannt aus. Schließlich ergriff Charles Penny das Wort: »Mr Carlisle hat uns seine Strategien bereits erklärt. Wir waren uns also klar darüber, dass derartige Verbesserungsvorschläge kommen würden. Jetzt sind wir natürlich sehr neugierig, worum es Ihnen im Einzelnen geht.« Die beiden Männer warfen sich einen Blick zu, der deutlich erkennen ließ, wie stolz sie auf das Resort waren und nicht recht glauben konnten, dass es noch Raum für Verbesserungen gäbe.

Tja, tut mir leid, Jungs, aber los geht's. Und so rappelte Wendy eine Liste mit Veränderungen runter, von denen sie glaubte, dass das Resort davon profitieren würde.

Sie wusste, dass beide Männer bei jeder Pause ihres Redeschwalls dachten, sie wäre am Ende der Liste angekommen, aber Wendy fuhr jeweils unbeirrt fort. Irgendwann kam sie allerdings wirklich zu den letzten Punkten. »Die Imbisse und die Bars sollten früher öffnen. Besonders in den Sommermonaten ist es schon morgens sehr heiß am Strand, und die Urlauber müssen etwas trinken können. Sie haben also weniger Umsatz und stressen Ihre Kunden. Außerdem sollten nicht alle Sonnenschirme und Strandkörbe schon im Vorfeld vermietet werden. Ich habe mehrere Paare und Familien beobachtet, die an ihrem ersten Tag hier sehr überrascht und verärgert waren, weil sie keinen Sonnenschirm mehr bekamen. Die Golfmobile sind vom Konzept her zwar ganz großartig, aber viel zu teuer. Zu einem günstigeren Preis hätten sie eine weitaus bessere Auslastung. Das würde auch das Shuttle-System entlasten – und das könnte übrigens auch mal überarbeitet und verbessert werden. Die Taktung des Fahrplans ist noch zu langsam und obendrein nicht gerade verlässlich. An den Outdoor-Pools sollten Lautsprecher installiert werden. Ein paar Calypso-Rhythmen tragen deutlich zu einer tropisch-paradiesischen Atmosphäre bei und rufen den Menschen ins Gedächtnis, dass sie ihren Luxusurlaub an einem ganz besonderen Ort verbringen. Außerdem müssen an den Pools bessere Erfrischungen gereicht werden.«

Als Wendy ihren Vortrag beendet hatte, schwiegen die Männer einen kurzen Moment. »Bei allem Respekt, Wendy«, meldete sich schließlich Brandon zu Wort, »aber ist das nicht alles eher … Erbsenzählerei?«

Jetzt sah sie ihm doch ins Gesicht, denn seine provozierende Frage machte es aus irgendeinem Grund leichter, ihn direkt anzuschauen. Oder vielleicht hatte sie sich auch nur endlich an den Gedanken gewöhnt, mit wem sie da gefickt hatte. So oder so, Wendy setzte ihr professionellestes Lächeln auf und erwiderte: »Für mich sind das eher Partygürkchen, Brandon.«

Er schaute sie perplex an, und auch Charles Penny sah recht verdaddert aus. »Partygürkchen?«, fragte Brandon nach.

»Jede für sich betrachtet mag klein wirken. Aber wenn man sie alle zusammennimmt, dann hat man doch etwas von der Größe … einer dicken Salatgurke. Wenn Sie verstehen, was ich meine.«

Brandon musste sich ein Grinsen verkneifen, das war deutlich zu erkennen. »Allerdings. Zählt man die kleinen Dinge zusammen, werden sie zu einer großen Sache. Aber bei all den … Makeln, wie Sie sie genannt haben, hoffe ich doch, dass Sie in unserem Resort auch etwas entdeckt haben, das Ihnen gefällt.«

Diesmal zögerte Wendy nicht, ihm ein sehr breites Lächeln zu schenken. »Keine Sorge. Alles in allem fand ich meinen Aufenthalt hier bisher äußerst angenehm.« Diese Worte und die damit einhergehenden Erinnerungen reichten aus, um ihr Höschen nass werden zu lassen.

»Nun«, mischte Mr Penny sich ein und zog ihren Blick wieder auf ihn, »wir werden über ihre Vorschläge nachdenken. Das muss natürlich alles erstmal durchgesprochen werden. Wir melden uns dann bei Ihnen. Aber behalten Sie bitte im Hinterkopf, dass unser Hauptaugenmerk auf *neuen* Projekten liegt. Zumindest für den Rest dieses Jahres. Bis dahin hoffe ich aber, dass wir mit ihrer Fürsprache bei Mr Carlisle rechnen können.«

»Ich fürchte, bevor ich Mr Carlisle zu irgendetwas raten kann, brauche ich eine feste Zusage, zu welchen Änderungen Sie bereit sind und wann. Ihre Expansionspläne klingen großartig, aber dabei dürfen die bisherigen Einrichtungen nicht vernachlässigt werden. Ich habe hier einen Ausdruck der Liste, die ich Ihnen eben erörtert habe«, erklärte sie und schob eine Mappe über den Schreibtisch.

Mr Penny nickte feierlich. Der Mann war eindeutig ein wenig beunruhigt darüber, dass sie tatsächlich *Forderungen* stellte. Brandon dagegen sah weiterhin einfach nur erschüttert aus – ob nun von ihren Forderungen oder ihrer bloßen Anwesenheit vermochte sie allerdings nicht zu sagen.

»Ich bin noch drei Tage hier und habe mir noch eine Menge anzusehen. Ich melde mich, wenn ich meiner Liste noch etwas hinzuzufügen habe. Es war mir jedenfalls ein ausgesprochenes Vergnügen, Sie beide kennenzulernen.«

Beide Männer erwiderten die höfliche Verabschiedung, und

als sie aufstand, eilte Brandon um den Tisch herum. »Ich bringe Sie noch raus.«

Er begleitete sie bis zu der Flügeltür, die ein wenig um die Ecke lag und vom Konferenztisch nicht einzusehen war. Dort angekommen beugte er sich mit verführerischem Lächeln zu ihrem Ohr. »Hast du eine Ahnung, wie hart ich jetzt gerade bin?«

»Lass mal fühlen«, erwiderte sie, legte eine flache Hand auf seine Hose und spürte einen stahlharten Knüppel, der ihre Muschi zum Beben brachte.

»Mmmh«, schnurrte sie. »Wir sehen uns dann ja beim Gleitschirmfliegen, Mr Worth.«

Brandon stand am Strand und schaute zu, wie eines von Petes Booten am Horizont über das Wasser glitt und einen breiten, gelben Fallschirm hinter sich her durch die Luft zog. Dann wandte er den Blick auf die Promenade hinter sich, um nach Wendy Ausschau zu halten.

Er konnte es immer noch nicht fassen. Einfach unglaublich. Von allen Frauen hier im Resort … welch ein unfassbarer Zufall?

Nicht, dass es eine Rolle spielte. Brandon war ziemlich sicher, dass sie beide in der Lage waren, das Geschäftliche vom Vergnügen zu trennen. Er hatte nur noch nie mit einer Frau gefickt, die tatsächlich Einfluss auf seine Existenzgrundlage hatte.

Das Gute war nur, dass sie vielleicht gar nicht *wusste*, dass es bei der Sache um seine Existenz ging. Wahrscheinlich hatte sie keine Ahnung, dass Walter eine ihrer letzten Chancen war, an neues Geld zu kommen. Natürlich konnte man immer an irgendwelche Investoren herantreten, aber die Uhr tickte. Das Resort hatte am Ende des zweiten Quartals einige große Rechnungen zu bezahlen, und dieser Zeitpunkt rückte immer näher.

Brandon hatte sich so gut es ging bemüht, nicht daran zu

denken, und wollte sich stattdessen durch sein Beach Bunny von seinen Sorgen ablenken lassen. Und er hoffte, dass sie das auch weiterhin tun würde – solange er vergessen konnte, wie sehr seine Zukunft von ihr abhing.

Vielleicht war es auch der Aspekt der Ablenkung gewesen, der ihn letzte Nacht dazu gebracht hatte, sie zum Bleiben zu bewegen. Er verstand allerdings immer noch nicht so ganz, weshalb er sich dazu hatte hinreißen lassen. Vor sich selbst hatte er seine Einladung damit erklärt, dass er sie so spät nicht noch allein nach Hause gehen lassen wollte. Dabei sah es in Wahrheit so aus, dass er die Nacht mit ihr hatte verbringen *wollen.* Er hatte am nächsten Morgen neben ihr aufwachen *wollen.* Mist! Nur weil er sie in den Arsch gefickt hatte? Nein. Denn für ihn war das weiß Gott nicht das erste Mal gewesen. Und wenn er ganz ehrlich war, ging es auch nicht wirklich um die nette Ablenkung, die sie ihm bot.

Tatsache war, dass er irgendwie … eine echte Verbindung zu ihr spürte. Und zwar mehr als eine rein sexuelle Verbindung. Er spürte ihr Vertrauen, ihre Offenheit, und er hatte das Gefühl, dass sie nichts vor ihm verbarg.

»Hey.«

Der fröhliche Klang ihrer Stimme ließ Brandon aufschauen. »Hey.« Er grinste sie an und sie schüttelten beide lachend den Kopf über den gemeinsamen Schock, den sie vor ein paar Stunden in der Firmenzentrale des Resorts erlebt hatten.

Als sie sich wieder einigermaßen erholt hatten, konnte er nicht widerstehen, sie von oben bis unten zu betrachten. Verdammt, dieser Bikini stand ihr wirklich gut. Jede ihrer Kurven sah darin verlockend aus und schien förmlich nach Berührung zu schreien. »Würde ich dich nicht kennen, hätte ich nie vermutet, dass unter dem hübschen Outfit von heute Morgen *dieser* Körper steckt, Bunny.«

Wendy zog bei der Bemerkung nur eine Augenbraue hoch. »Und ich hätte nie gedacht, dass hinter dieser Fassade des lockeren Typen *dieser* Job steckt.«

»Tja, das Leben ist eben voller Überraschungen, hab ich recht?«, sagte er mit einem Zwinkern. »Das ist doch aber kein Problem für dich, oder? Ich meine, das ändert doch nichts zwischen uns, dass wir dahintergekommen sind, was wir beide eigentlich beruflich machen?« *Und dass du meine Zukunft gerade in Händen hältst, selbst wenn du es nicht weißt.*

»Wenn es für dich kein Problem darstellt, ist es auch für mich keines. Ich hatte noch nie Gelegenheit, na ja, die Arbeit mit dem Vergnügen zu verbinden. Aber ich sehe keinen Grund, weshalb das Auswirkungen auf unser Zusammensein hier haben sollte.«

»Ganz meine Meinung«, sagte er, schüttelte ihr aber nicht wie heute Morgen die Hand, sondern gab ihr einen Kuss.

Ein paar Minuten später landete die *Sky Pirate II* am Strand und setzte eine Gruppe hübscher College-Schülerinnen in knappen Bikinis ab, die scheinbar alle großen Gefallen daran gefunden hatten, mit Pete zu flirten. Und umgekehrt, wie Brandon vermutete. Obwohl sein Kumpel durchaus Angestellte hatte, fuhr er seine Boote oft selbst, weil er einfach Spaß daran hatte.

Vor langer Zeit, als die Idee für das Resort sich langsam in Brandons Kopf entwickelte, hatte er Pete gefragt, ob sie nicht Geschäftspartner werden wollten. Aber Pete hatte abgelehnt, weil er längst ein Auge auf das Gleitschirmfliegen und die damit einhergehenden geschäftlichen Möglichkeiten geworfen hatte. Das erschien Brandons Freund damals sicherer als irgendeine Idee, die seinem Kumpel nur im Kopf herumspukte. Letzten Endes hatte es keiner von beiden bereut, dachte Brandon mit einer gewissen Befriedigung und beobachtete, wie sein Freund über den Rand seines großen Speedbootes hechtete, auf dem sein Name stand und über den Strand auf sie zukam.

Genau wie gestern küsste Pete Wendy zur Begrüßung die Hand. Brandon schüttelte nur den Kopf und lachte. Doch dann fiel ihm auf einmal Wendys Fantasie bezüglich eines Dreiers mit den beiden ein – und sein Schwanz wurde tatsächlich ein bisschen hart, als man sich gemeinsam auf den Weg zur *Sky Pirate II* machte.

»Ich hoffe, der Typ hier kümmert sich gut um dich?«, fragte Pete, während sie durch die Wellen stapften.

Wendy warf Brandon einen Blick von der Seite zu, der ihn noch härter werden ließ. »Sehr gut«, sagte sie.

Pete grinste frech. »Denn wenn er das nicht tut, kannst du dich gern vertrauensvoll an mich wenden, Süße. Dann kümmere ich mich nämlich um dich.«

»Das werde ich definitiv im Hinterkopf behalten«, versicherte sie offen flirtend und warf ihrem eigentlichen Liebhaber einen provozierenden Blick zu.

Zehn Minuten später war Pete mit ihnen in tiefere Gewässer gefahren und hatte sie mit Rettungswesten versorgt. Er erklärte Wendy wie der Tandem-Lift funktionierte, mit dem sie und Brandon in einem gemeinsamen Gurtwerk in die Lüfte steigen konnten. Sie saßen fertig ausgerüstet und voller Spannung nebeneinander. Wenn Pete das Boot genug beschleunigte, würde der Gleitschirm sich durch den Wind aufblähen und die beiden mit sich nach oben ziehen.

»Nervös?«, fragte Brandon, als Pete die Startplattform am hinteren Teil des Bootes verließ.

Wendy sah ihn einfach nur an. »Nach gestern Abend und heute Morgen ist das hier das reinste Kinderspiel.«

Und er glaubte ihr. Irgendetwas veränderte sich in Wendy. Zwar hatte er sie schon bei ihrem Kennenlernen für durchaus selbstbewusst gehalten, aber das hier war anders. Es ging tiefer, und sie schien noch mehr als zuvor für alles bereit zu sein.

Nur Sekunden später raste das Boot über das blaugrüne Wasser des Meeres, bis Pete sich schließlich auf seinem Fahrersitz umdrehte, um die Sicherung des Gleitschirms zu lösen und Brandon und Wendy so nach oben zu befördern. Sie gab ein kleines Keuchen von sich, als sie abhoben, hielt sich dann aber einfach nur an dem Gurt fest und genoss die Aussicht.

Als sie erstmal ganz oben waren, nutzte Brandon die Gelegenheit, sie auf verschiedene Bereiche des Resorts und einige Wahrzeichen in der Nähe aufmerksam zu machen.

»Mein Gott, es ist so friedlich hier oben«, sagte Wendy. »So hatte ich mir das gar nicht vorgestellt. Man bekommt so einen anderen Blick auf die Dinge.« Dann wandte sie ihren Blick von der sich ausbreitenden Landschaft ab und drehte sich mit einem verschmitzten Lächeln zu ihm.«

»Was?«, fragte Brandon.

»Mir ist gerade wieder eingefallen, dass du ja Mr *Emerald Shores* bist. Warum hast du das eigentlich nie erwähnt? Schließlich wusstest du doch gar nicht, wer ich war.«

»Ich wollte dich nicht in die Irre führen. Ich erwähne das nie, wenn ich eine Frau kennenlerne.«

Wendy legte ihren Kopf in einer verständnisvollen Geste zurück. »Vorsichtsmaßnahmen gegen Goldgräberinnen?«

Er zuckte nur mit den Schultern. »Nicht unbedingt. Es ist nur einfach nicht gerade förderlich, wenn man … na ja, wenn es so richtig schmutzig zur Sache gehen soll. Und dann ist da auch immer die Angst vor Erpressung.«

Wendy schaute ihn skeptisch an. »Hast du Angst, dass ich der hiesigen Presse berichten werde, dass du dich mit einer Salatgurke an mir vergangen hast?«

Er versuchte zu lächeln, hatte aber die Vermutung, dass sich dabei nur sein Mund verzog und das Lächeln nicht in seinen Augen zu sehen war.

Wendy missverstand sein Verhalten und wurde ernster. »Keine Sorge. Das würde ich niemals tun.«

»Das weiß ich doch. Aber es gab vor ein paar Jahren tatsächlich mal eine Frau, die der hiesigen Presse dann einige Dinge erzählte, die wir so getrieben hatten. Das Ganze wuchs sich zu einem ziemlichen Skandal aus und hat auch einige meiner Investoren verschreckt. Seitdem bin ich sehr vorsichtig geworden.«

Brandon sah das Verständnis in ihren Augen – und war ein wenig von sich selbst überrascht, dass er so freimütig von der Episode sprach, denn eigentlich war das nicht unbedingt sein Plan gewesen. »Tut mir leid«, versicherte Wendy ihm mit sanfter Stimme. »Ich vertrete ja grundsätzlich die alte Regel, was sich im Schlafzimmer abspielt – oder am Strand oder am Pier – geht niemanden etwas an. Du musst dir also keine Sorgen machen, dass irgendwas über uns an die Öffentlichkeit dringt.«

»Danke. Die Frau, die ich da erwähnte … also, die erinnert mich schon daran, dass nicht alle so nett sind wie du.«

Wendy verdrehte mit ihm in der Luft schwebend entrüstet die Augen. »Du hältst mich immer noch für nett? Ich lasse mir von dir so eine blöde Salatgurke in den Hintern schieben, und du findest mich immer noch nett?«

Brandon musste lachen. Und zwar über die ganze Situation. »Tut mir leid, dass ich es bin, der dir das sagen muss. Aber ja, du bist nett. Damit musst du wohl leben, Bunny.«

»Weißt du«, sagte sie, »nachdem wir Sex am Strand hatten, bekam ich sofort Angst, dass uns jemand aus der Verwaltung des Resorts gesehen haben könnte und ich deshalb meinen Job verlieren würde. Und dann stellt sich heraus, dass ich mit dem Geschäftsführer gefickt habe!«

»Hey, auch Geschäftsführer brauchen Sex.«

»Und zwar eindeutig eine Menge Sex.« Diesmal lachten beide. Doch dann warf Wendy ihm einen weiteren von ihren inquisitorischen Blicken zu. »Was?«, fragte Brandon.

»Ich schätze, ich bin wohl einfach … beeindruckt von dir. Wie um alles in der Welt hast du es nur vom Sonnenschirm-Jungen zum Geschäftsführer von all dem hier gebracht?« Sie zeigte auf die Küste mit den bunten Putzfassaden, die eine Skyline geschaffen hatten, wo vorher gar keine gewesen war. Brandon genoss ihre Bewunderung. Sogar sehr. Aber er versuchte immer, seine Errungenschaften möglichst bescheiden zu sehen, denn er wusste genau, wie oft Erfolg allein mit Glück zu tun hatte. Daher zuckte er nur mit den Schultern. »Ich hatte einfach eine Idee. Eine Idee für einen fantastischen Ort. Einen Ort, der ein Urlaubsziel oder auch ein Zuhause sein kann, den man aber nie verlassen muss, wenn man nicht will. Quasi *Disney World* für Strandliebhaber. Also habe ich nach dem College einen Businessplan aufgestellt, mit meinen Ersparnissen einen Ingenieur und einen Architekten beauftragt, aus meinen Ideen ein realistisches Modell zu bauen, und das habe ich dann Entwicklern und Investoren vorgestellt. Und das Ergebnis hat … meine Erwartungen bei weitem übertroffen.«

»Und welche Rolle spielt Charles Penny dabei?«

»Ein Freund vom College, der ein Händchen fürs Geschäftliche hat. Ich bin eher der kreative Kopf, aber er sorgt dafür, dass die Dinge auch gut laufen. Ich hatte damals auch Pete mit der Idee angesprochen, aber der hatte schon ein Auge auf ein … eher einfaches Strandleben geworfen. Nicht, dass ich seinen Erfolg kleinreden will. Sein Geschäft läuft sehr gut. Wir wollten einfach beide hier leben und arbeiten. Wir wollten für den Rest unseres Lebens den Strand genießen und aus dieser Leidenschaft etwas machen. Und es hat ja auch ziemlich gut funktioniert.«

»Scheint wohl so«, sagte sie und warf ihm ein aufrichtiges Lächeln zu. »Hast du es ihm erzählt? Mr Penny, meine ich? Woher du mich kennst?«

Brandon schüttelte den Kopf. »So eine Art von Freundschaft hatten wir nie. Bei uns geht's in erster Linie ums Geschäft.«

»Ah.«

»Küss mich«, forderte er sie auf, ohne es vorher geplant zu haben. Er war nicht mal sicher, weshalb er den Wunsch äußerte, aber genau wie bei ihren vorherigen Begegnungen war er auch diesmal wieder erstaunt, wie sehr er ihre Anwesenheit genoss.

Aus einem Kuss wurden zwei. Heiße, sinnliche Zungenküsse, die seinen Appetit auf mehr anstachelten. Und als ihre Münder sich öffneten, waren auch Wendys Augen ganz schillernd vor Lust. »Ich habe noch nie mit einem Mann rumgemacht, mit dem ich gerade am Himmel schwebe«, erklärte sie und schwelgte erneut in dem paradiesischen Panorama.

»Dann hast du es also noch nie in einem Flugzeug getan?«

»Also das meinte ich eigentlich nicht mit ›am Himmel schweben‹. Aber nein, ich habe es noch nie in einem Flugzeug getan, wenn du es unbedingt wissen musst.«

»Wie schade, dass wir keine Gelegenheit haben, mal zusammen ein Flugzeug zu besteigen«, sagte er, hätte sich aber am liebsten sofort für diese Äußerung getreten. Klang es doch, als würde er einen gemeinsamen Urlaub oder so etwas vorschlagen. Und wenn man nicht gerade eine Beziehung hatte, tat man so etwas eigentlich nicht. Mist! Was war nur los mit ihm?

Aber Wendy schien seine Worte nicht so verstanden zu haben, wie er befürchtete. Stattdessen hatte sie es genauso verstanden, wie er es gemeint hatte. »Keine Sorge«, erklärte sie, »ich bin noch ein paar Tage hier, und ich nehme an, dass es auch sonst eine Menge neuer Dinge gibt, die wir noch gemeinsam tun können. Zumindest Dinge, die für mich neu sind.«

»Gefällt mir, was du da sagst. Willst du heute Abend zum Essen zu mir kommen? Ich koche.«

»Gern«, erwiderte sie mit warmer Stimme. »Aber, äh … bitte nichts, wofür man Salatgurken braucht.«

Das ruhige Gleiten am Himmel hatte Wendy in Hochstimmung versetzt – wie alles bisher an diesem Tag. Nach einer Nacht mit Brandon hatte sie sich … wertvoll gefühlt. Wie ein wertvolles, sexuelles Wesen. Aber nach der zweiten Nacht hatte sie einfach nur Lust auf mehr. Die eine Nacht hatte die Wände des Schranks eingerissen, in dem sie sich bisher versteckt hatte. Aber die zweite Nacht hatte ihr das Gefühl gegeben, eine Art Kriegerin zu sein, die bereit war, all das unerforschte Neuland zu erobern, das sie außerhalb ihrer eigenen, kleinen Welt entdeckt hatte.

Als sie nach dem Mittagessen in ihren Bikini schlüpfte, überkam sie ein Gefühl, das man in gewisser Weise als Wiedergeburt bezeichnen konnte. Auch wenn sie nach der ersten Nacht mit Brandon schon ein wenig mutiger geworden war, hatte sie sich gestern in dem Bikini nicht unbedingt wohlgefühlt. Sie hatte fast das Gefühl gehabt, sich als eine Frau verkleidet zu haben, die … na ja, die so einen Bikini eben wie selbstverständlich trug. Aber heute, heute war sie wirklich die Frau, die so einen Bikini eben wie selbstverständlich trug.

Ob es an den Dingen lag, die sie mit Brandon getan hatte? An der weiblichen Freiheit, die sie bei ihm gefunden hatte? Oder war es die Tatsache, dass sie heute Morgen bei dem Meeting einfach das Ruder in die Hand genommen hatte? Oder lag es doch an dem mehr als unwahrscheinlichen Zufall, dass sie ausgerechnet mit dem Geschäftsführer des Resorts fickte? Wendy wusste es nicht, fand sich in dem Bikini aber wunderschön und fragte sich auch nicht mehr, ob sie damit durchkommen würde. Heute stand sie zu diesem Bikini. Und sie war stolz darauf, wie sie darin aussah und wie sie sich darin fühlte. Die kleinen Stofffetzen waren zu einer natürlichen, sinnlichen Erweiterung ihres Körpers geworden – wie etwas, für das sie geradezu geboren war, es zu tragen.

Irgendwann landeten die beiden wieder sanft auf dem Boot. Pete stellte den Motor ab und kam nach hinten, um ihnen aus den Gurten zu helfen. Als er Wendy fragte, wie es ihr gefallen hätte, platzte es nur so aus ihr heraus. Bisher hatten alle Ereignisse dieses Tages dafür gesorgt, dass sie vor Selbstbewusstsein förmlich übersprudelte. Und dieses Gefühl wurde mit jeder Stunde intensiver.

»Es war unglaublich! Ich fand's großartig! Ich hab mich da oben frei wie ein Vogel gefühlt!«

»Der erotischste Vogel, den ich je gesehen habe«, erklärte Pete locker, ohne sie dabei anzusehen. Er öffnete gerade irgendeinen Verschluss an ihrer Hüfte, und als sein gebräunter Arm über ihr Bein strich, schoß ihr sofort eine Hitzewelle zwischen die Beine. Wendy blickte runter auf seinen dunklen, tiefsitzenden Pferdeschwanz, aus dem sich wieder ein paar Strähnen gelöst hatten. Und als sie seinen warmen Atem auf ihrem Arm spürte, musste sie sofort an ihre Fantasie unter der Dusche denken.

Dieser Gedanke reichte aus, um ihre Möse zum Pulsieren zu bringen.

Dabei war ihr das Ganze gestern noch völlig unmöglich erschienen.

Aber heute schien ein Dreier zumindest … na ja, zumindest nicht ganz so abwegig zu sein.

»Und was habt ihr beide heute noch so vor?«, fragte Pete und richtete sich endlich auf, um sie beide anzusehen.

»Wir werden wahrscheinlich erstmal ein bisschen an den Strand gehen«, antwortete Brandon, »und später essen wir dann bei mir zu Abend.«

Pete schreckte spielerisch zurück und sah dann Wendy an. »Du lässt ihn kochen? Das ist verminites Gelände, Schätzchen.«

»Aber du hast so sicher geklungen«, wandte Wendy sich an Brandon. »Ich hab natürlich angenommen, dass du ein echter Meisterkoch bist oder so etwas.«

Brandon lachte jungenhaft. »Ich bin ganz gut. Aber Pete hier… Du wirst es nicht glauben, er ist am Grill der reinste Zauberer.«

»Tatsächlich?«, fragte Wendy und schaute Pete an.

Der braungebrannte Strandpirat zuckte nur mit den Schultern. »Das ist eine Gabe.«

»Warum kommst du nicht auch?«, fragte Wendy. Und das, ohne auch nur einen Moment zu zögern. Sie sprach die Worte einfach so aus, wie sie ihr in den Sinn kamen.

Brandon reagierte überrascht. Aber Petes Grinsen verriet ihr, dass die beiden ganz sicher einen unausgesprochenen Wettbewerb am Laufen hatten, wer von beiden die meisten Mädchen rumkriegen konnte.

»Es sei denn, du hast was dagegen«, wandte sie sich an ihren eigentlichen Liebhaber.

Der lachte nur. »Warum nicht? So können wir wenigstens sicher sein, dass wir was Anständiges zu essen kriegen.«

Nachdem sie das Boot verlassen hatten und Pete bereits damit beschäftigt war, die nächsten Gleitschirmflieger auf ihren Flug vorzubereiten, nahm Brandon ihre Hand und sah ihr lächelnd in die Augen. »Was sollte das denn eben?«

Wendy musste gar nicht erst fragen, was er meinte. Die Einladung. Eine Einladung, um ihr eigentlich intimes Essen ein bisschen weniger intim zu gestalten.

Um genau zu sein, hatte sie sich die Frage seit diesem Vorschlag an Pete auch schon wiederholt gestellt. Wenn man bedachte, was sie und Brandon letzte Nacht so getrieben und wie wunderbar verändert sie sich danach gefühlt hatte, schien diese Einladung wirklich recht seltsam.

Wendy zuckte mit den Schultern und versuchte, das Ganze runterzuspielen. Dann warf sie ihrem Gespielen ein provozierendes Lächeln zu. »Vielleicht mag ich es ja nur einfach, wenn gleich zwei attraktive Männer auf einmal mit mir flirten.«

Als sie Hand in Hand über den von Frisbeespielern und Kindern mit Plastikschaufeln und Eimerchen übersäten Strand spazierten, wurde Brandons Gesichtsausdruck auf einmal ganz wissend und verschlagen. »Ich glaube, du willst, dass zwei attraktive Männer mehr mit dir tun, als nur zu flirten, Bunny.«

Wendy blieb wie angewurzelt stehen, und ihre Füße versanken ein Stückchen in dem nassen Sand. »Was meinst du damit?«

Sein verschlagener Blick wurde zu einem frechen Grinsen. »Du willst deine scharfe, kleine Duschfantasie in die Tat umsetzen. Du willst, dass wir dich beide ficken.«

Seine Worte sorgten dafür, dass sich ihr der Magen umdrehte. »Nein«, versicherte sie ihm kopfschüttelnd, während sie zwei sehr hübschen Mädchen in knappen Bikinis auswichen, die direkt am Ufer in ihren Liegestühlen saßen. Aber trotz der Verneinung spürte Wendy, wie sie rot wurde und hoffte inständig, dass er die veränderte Farbe in ihrem Gesicht auf die starke Sonne zurückführen würde.

Als sie ihn wieder ansah, verrieten seine hochgezogenen Augenbrauen, dass er ihrem Protest keinen rechten Glauben schenkte. Sicher, sie hatte sich in der Tat vorgestellt, es mit beiden Männern gleichzeitig zu tun. Und es stimmte auch, dass sie Pete zu etwas eingeladen hatte, was zuvor ein Rendezvous für zwei sein sollte und jetzt ganz sicher mit noch mehr schmutzigem Sex enden würde. Aber selbst wenn sie kurz der Gedanke beschlichen hatte, die Vorstellung eines Dreiers mit Pete wäre jetzt nicht mehr ganz so verrückt, wie sie zunächst angenommen hatte, so blieb die Umsetzung der Fantasie in die Realität doch noch etwas ganz anderes.

»Hör zu«, fing sie an, »es war ein reiner Impuls, dass ich ihn eingeladen habe. Aber es ist doch ein großer Unterschied, ob man sich etwas nur vorstellt oder ob man es tatsächlich tut. Wenn du also glaubst, dass ich es darauf abgesehen habe, dann muss ich dich leider enttäuschen. Du irrst dich nämlich.«

Zu Wendys Überraschung veränderte sich Brandons Gesichtsausdruck kein bisschen. »Wenn du es sagst, dann muss es ja wohl stimmen, Bunny«, erwiderte er, glaubte ihr aber offensichtlich kein Wort.

Und das warf die Frage auf, wie es denn um sie selbst stand. Glaubte sie denn ihren eigenen Worten?

Wollte sie einfach nur erleben, wie sich heute Abend zwei sexy Männer um sie kümmerten? Oder wollte sie insgeheim – und zwar so insgeheim, dass sie es sich nicht mal selbst eingestehen konnte – den härteren, raueren Spaß erleben, wie sich zwei sexy Männer auf weitaus unanständigere Weise um sie kümmerten?

Nein!, sagte sie sich immer noch selbst. Das wollte sie *nicht!* Denn einen scharfen Fremden – Brandon – zu ficken, war eine Sache. Es war vielleicht ein bisschen nuttig, aber nicht unbedingt schockierend. Schließlich schliefen Frauen im Urlaub ständig mit irgendwelchen Männern. Aber eine Frau, die gleich mit zwei Kerlen auf einmal fickte? So eine Frau kannte sie gar nicht, hatte sie nie kennengelernt. Eine Frau, deren Bedürfnisse, Sehnsüchte und Einstellungen sie nicht verstehen konnte. Bis jetzt war allein der Gedanke an einen solchen Akt für sie absolut unvorstellbar gewesen. So etwas passierte vielleicht in Pornofilmen, aber doch nicht im realen Leben.

Zwei Männer auf einmal. Zwei Männer auf einmal. Der Satz hallte wie ein Echo durch ihren Kopf, während sie ihren

Strandspaziergang fortsetzten. Ihr Herz schlug schneller, und sie schwitzte. Aber Wendy wusste genau, dass beides genauso wenig auf die Sonne zurückzuführen war wie die Röte in ihrem Gesicht. Konnte sie das wirklich tun? Würde sie es wirklich tun? Nein. Nein, natürlich nicht.

Aber später, als sie und Brandon im Wasser planschten, rieb er sich von hinten an ihr. Und als sie sich in seinen Armen umdrehte, warf er ihr den schärfsten, lüsternsten Blick zu, mit dem er sie jemals angeschaut hatte. »Ich muss ständig an den Moment denken, als du heute Morgen in mein Büro marschiert bist. An den Moment, als mir klar wurde, dass Walter Carlisles Assistentin dieselbe Frau ist, die ich wie verrückt gefickt habe. Ich bin sofort steif geworden. Und auch jetzt macht mich der Gedanke total hart, Bunny.

Und genau wie bei allem anderen, was Brandon so tat und sagte, wurden auch jetzt ihre Nippel steif und ihre Muschi zuckte vor Erregung. Und jetzt fiel ihr auch wieder ein, dass sie sein Pornostar sein *wollte.* Sie liebte es, ihn zu erregen. Sie liebte es, sich selbst zu erregen.

Und dann stiegen neue Fragen in ihr auf.

Wie weit wirst du gehen, Wendy?

Wer bist du jetzt?

WER BIST DU JETZT?

Langsam habe ich das Gefühl, in einer Geisterbahn auf dem Jahrmarkt zu sitzen. Nichts scheint mehr real zu sein. Und doch rollt der Wagen planlos weiter. Immer wieder erhasche ich in irgendwelchen Spiegeln ein Bild von mir, auf dem ich völlig anders aussehe als zuvor. Zwar erkenne ich mich durchaus noch wieder, habe mich aber dennoch in etwas Neues verwandelt. Der Boden neigt sich, die Wände krümmen sich, und ich passe mich den Wegen an, die der Wagen vorgibt. Und mit jeder Kurve werde ich in eine neue Rich-

tung geschleudert. Fast als würde ein Bild von Picasso zum Leben erweckt werden – und diese Bild wäre auf einmal mein Leben.

In der Ecke des Gemäldes steht ein Stundenglas. Oder vielleicht auch eine von Dalis verrückten, schmelzenden Uhren. Wenn die sprichwörtliche Uhr nicht tickte und der Sand nicht unaufhörlich durch das Stundenglas liefe, würde ich meine Schritte vielleicht langsamer setzen. Aber es ist, als könnte ich den Sand schneller und schneller durch die Uhr laufen spüren.

Wie Aschenputtel habe ich nur begrenzt Zeit, auf dem Ball zu bleiben. Und vielleicht ist das auch der Grund, weshalb ich mich auf dieser Reise so leicht forttragen lasse. Er ist eine wahr gewordene Fantasie. Ich bin eine wahr gewordene Fantasie. Muss ich da nicht so viel wie möglich von dieser Fantasie durchleben? Und zwar so lange es noch geht?

Am Anfang dieses Spiels stand meine Suche nach Vergnügen, Macht und Kontrolle. Muss ich denn nicht so viel davon greifen wie möglich, bevor der Sand verronnen und das Spiel beendet ist?

Kapitel 8

Wendy leitete den dritten Abend ihrer wilden, verrückten Affäre mit Brandon damit ein, sich sexy Unterwäsche und ein kokettes, tief geschnittenes, enges Kleid anzuziehen, das nur bis zur Mitte ihrer Schenkel reichte. Dann vervollständigte sie das Outfit mit neuen Schuhen, die sie heute zusammen mit dem Kleid gekauft hatte. Wären die Riemchenschuhe mit den Plattform-Absätzen nicht in einem fröhlichen Frühlingsgelb gehalten gewesen, man hätte sie glatt für die Schuhe einer Stripperin halten können. Aber durch die zurückhaltende Farbe passten sie einfach nur gut zu ihrem Kleid.

Wie angenehm, dass die Shoppingtrips, die sie in dieser Woche im *Emerald Shores Resort* gemacht hatte, tatsächlich Teil ihrer Arbeit waren. Wendy hatte kurz überlegt, wieder in den *Beach Bazaar* zu gehen. Und zwar nicht nur, um dort nach einem Kleid zu schauen, sondern auch um zu sehen, ob ihre kleine asiatische Freundin da war. Aber letzten Endes war sie doch zu dem Schluss gekommen, dass das Ganze nur als Arbeit durchging, wenn sie neue Geschäfte erkundete. Also war sie in die etwas teurere *Sanddollar*-Boutique im Vergnügungsviertel gegangen, um sich das Kleid zu kaufen, in dem sie sich jetzt im Bad bewunderte. Die Schuhe stammten aus einem süßen Lädchen namens *Schuhe wie Sand am Meer*.

Als sie in ihrem Apartment vorm Spiegel stand, sich schminkte und mit den Fingern durchs Haar fuhr, sah sie eigentlich nicht mehr sich selbst. Oder zumindest nicht das, was sie normalerweise von ihrem Spiegelbild gewöhnt war. Drehte sie jetzt durch oder sah irgendetwas an ihr wirklich völlig anders aus? War es ihr Gesichtsausdruck? Oder vielleicht ihre Augen? Wahrscheinlich war niemand sonst in der Lage, den Unterschied zu sehen – aber *sie* konnte ihn sehen. Ein neues Selbstbewusstsein. Ein neues Strahlen. Ein neues Gefühl für ihre eigene weibliche Macht.

Was die Frage anging, die über dem gesamten Abend schwebte – und zwar nur, weil Brandon sie vorhin aufgeworfen hatte – lehnte Wendy es ab, weiter darüber nachzudenken. Jedes Mal wenn der Gedanke sich in ihren Kopf schlich, verdrängte sie ihn sofort. Vielleicht lag es daran, dass sie der Sache einfach nicht zustimmen wollte. Aber nein sagen wollte sie andererseits auch nicht.

Es entsprach einfach nicht ihrer Natur, diese Art von Frau zu sein, die mit zwei Männern ficken konnte, die sie kaum kannte und die ihr auch nicht viel bedeuteten. Wenn sie an diese Art von Frau dachte, stieg nicht gerade das rosigste Bild vor ihrem geistigen Auge auf. Auf jeden Fall war es nicht die Art von Frau, die sie kennenlernen wollte oder besonders respektieren konnte. Und da sie normalerweise eben nicht diese Frau war, wie würde sie sich dann wohl danach fühlen? Könnte sie sich überhaupt noch selbst im Spiegel anschauen? Würde sie es bereuen und sich jedes Mal schmutzig vorkommen, wenn sie auch nur daran dachte?

Und dennoch blitzten immer wieder Bilder der Dusch-Fantasie in ihrem Kopf auf. Als sie den geschlungenen Weg zu dem Block mit Brandons Penthouse entlangging, hörte sie über sich die Palmwedel rauschen. Eine warme Brise strich über ihre Haut, und die Erinnerung an ihre wilden Fantasien ließ ihre Brüste schwer und ihre Möse feucht werden.

Ein Teil von Wendy wollte unbedingt alle Hemmungen ablegen, alle Warnungen in den Wind schlagen und sich sagen, dass nichts von dem, was im *Emerald Shores Resort* passierte, jemals nach außen dringen würde. Aber es war natürlich albern zu glauben, dass ein Dreier keine Konsequenzen nach sich ziehen würde. Schließlich musste man auch danach irgendwie mit dem eigenen Verhalten leben. Wendy hatte aus dem Zusammensein mit Brandon eins gelernt: sich etwas in der Fantasie vorzustellen, war eine Sache, es aber wirklich in die Tat umzusetzen, eine völlig andere. Wenn eine Fantasie zur Realität würde, dann wäre sie eben genau das. Sie wäre real und präsent und heftiger, als sie sich das jemals vorstellen konnte. Man konnte zum Schluss nicht einfach die Augen schließen und sagen, dass es damit getan wäre.

Als sie also das Gebäude erreichte, in dem Brandons Penthouse war, und auf die Klingel drückte, beschloss sie, dass ihre Aussage vorhin am Strand ganz und gar der Wahrheit entsprach. Sie hatte Pete nur zum Spaß zum Essen eingeladen. Einfacher, ungezwungener, schäkernder Spaß. Ihr gefiel die Vorstellung, dass Brandons ebenso scharfer Freund sich offensichtlich zu ihr hingezogen fühlte. Sie genoss es, dem kleinen, scherzenden Schlagabtausch der beiden Männer zuzuhören. Und sie genoss es zu wissen, dass sie beide haben konnte, wenn sie denn beide haben wollte. Aber das war auch schon alles.

Als Brandon sie an der Tür begrüßte, betrachtete er sie von oben bis unten. »Teufel, Bunny, du siehst ja unglaublich gut aus«, sagte er und zog sie in eine Umarmung, die ihr Höschen noch feuchter werden ließ. Er legte seine Hände leicht auf ihren Po und tätschelte ihn, während sein bereits halbsteifer Schwanz sich gegen ihren Bauch presste.

»Mmmh, und du fühlst dich unglaublich gut an«, erklärte sie und war immer noch ein bisschen überrascht, dass sie, ohne sich groß Mühe zu geben, so seidig und verführerisch klingen konnte. Wenn sie mit ihm zusammen war, wurde sie sofort zu einem sexuelleren Menschen.

Doch es dauerte nicht lange und sie warf einen prüfenden Blick über seine breiten Schultern, um neugierig Ausschau zu halten, ob Pete vielleicht schon da war.

»Dein anderer Freund ist auf dem Balkon«, informierte Brandon sie mit einem Grinsen. Scheinbar hatte sie ihren suchenden Blick nicht allzu geschickt verschleiert.

Sie verdrehte die Augen, aber ihre Muschi zuckte immer noch. »Hör schon auf! Er ist nicht mein anderer Freund.« *Und macht diese Bemerkung dich vielleicht zu meinem Hauptfreund?* Aber diese Frage stellte sie sich nur selbst.

»Wenn du es sagst, dann muss es ja wohl stimmen«, wiederholte er seinen Satz von heute Nachmittag am Strand. »Ich hoffe, du magst Schweinekotelett«, fuhr er fort. »Das hat unser Grillmeister nämlich mitgebracht. Wir haben da so eine Art Abmachung. Er grillt, wenn ich Lust drauf habe, aber er darf das Grillgut aussuchen.«

»Das klingt fair«, kommentierte sie und war überaus froh, dass das Thema Sex erstmal abgehakt zu sein schien.

Doch als sie Brandon dabei beobachtete, wie er Töpfe auf dem Herd hin- und herschob und ihr dann etwas zu trinken brachte, wurde ihr klar, dass sie das Thema um ihres Seelenwillens wenigstens kurz wieder anschneiden musste. »Du hast ihm doch nichts erzählt, oder?«, fragte sie ihn. »Ich meine, über deine Vermutungen, die du so bei mir hast?«

Über Brandons Gesicht huschte ein Schmunzeln, das eindeutig immer noch etwas vermutete. »Nein. Warum? Hätte ich das tun sollen?«

Wendy ärgerte sich fast darüber, dass Brandon immer noch darauf zu beharren schien, sie hätte irgendwelche niederen Motive. Also musste sie ihm einfach ein für alle mal klarmachen, was hier Sache war. »Ich meine es wirklich ernst«, teilte sie ihm mit und umfasste eines seiner Handgelenke, um die Wichtigkeit ihres Anliegens zu unterstreichen. »Ich habe ganz ehrlich nichts von dem vor, was du da vorhin angedeutet hast.« Sie sah ihm eindringlich in die Augen. »Und ich werde den Verdacht nicht los, dass du mir das nicht abnimmst.«

Brandons Gesichtszüge wurden weicher, und auch sein Blick und die Stimme wurden freundlicher. Er legte seine freie Hand auf die ihre. »Ich glaube dir ja, Bunny.« Aber gerade, als sich ein gewisses Gefühl der Erleichterung bei Wendy einstellen wollte, bekam sein Gesichtsausdruck erneut etwas anzüglich Wissendes. »Aber es läuft im Leben nun mal nicht immer so, wie man es geplant hat. Manchmal … siegt die Leidenschaft über die guten Absichten.«

Ungeachtet der Tatsache, dass Brandons Worte sie doch ein bisschen nervös gemacht hatten, erwies das Abendessen sich als angenehm und entspannt – genau wie Wendy es sich erhofft hatte. Das Gespräch verlief locker und war von kleinen Flirtereien durchsetzt, die dafür sorgten, dass sie sich weiterhin sexy und attraktiv fühlte. Der Wein floss und das Essen – marinierte Koteletts mit Knoblauch-Kartoffelbrei und einem Bohnensoufflé, das Brandon nach einem Familienrezept zubereitet hatte – war einfach köstlich. Obwohl Wendy die Unterschiedlichkeit der beiden Männer durchaus schätzte – der clevere, attraktive Geschäftsführer im Gegensatz zu dem braungebrannten Piraten der Lüfte –, gefiel Pete ihr überaus gut, und sie erkannte genug Ähnlichkeit zwischen den beiden, um ihre langjährige Freundschaft besser begreifen zu können.

Sie erfuhr, dass Petes Vater bei der Luftwaffe gewesen und seine Kindheit deshalb recht unstet gewesen war. Ihre letzte, gemeinsame Station, kurz vor Petes High-School-Abschluss, war der *Eglin*-Luftwaffenstützpunkt gewesen. »Dort habe ich mich dann entschieden, endlich ein paar Wurzeln zu schlagen und nie wieder woanders hinzuziehen«, erklärte er ihr. »Und mir die Haare endlich so lang wachsen zu lassen, wie ich wollte«, fügte er grinsend hinzu.

»Und wie fand dein Vater das? Das mit den Haaren, meine ich«, fragte Wendy mit einem Lächeln. Sie schloss aus Petes Worten, dass sein Vater aufgrund seiner militärischen Tätigkeit recht streng gewesen war.

»Das hat er ganz cool gesehen«, versicherte Pete. »Alles in allem ist er schon ein guter Kerl. Er wollte mir einfach nur ein paar Werte mitgeben. Aber als er mitkriegte, dass ich durchaus Ambitionen hatte und nicht einfach nur am Strand rumgammeln wollte, hat er mich mein Ding so ziemlich durchziehen lassen.«

»Und was ist mit dir?«, fragte Brandon und sah Wendy auffordernd an. Er saß zwischen ihr und Pete an dem runden Tisch auf dem Balkon. Im Westen versank bereits die Sonne und versah den Himmel über dem Meer mit so leuchtenden pink- und purpurfarbenen Streifen, dass die Szenerie langsam etwas Unwirkliches bekam.

»Was soll mit mir sein?«, fragte sie.

»Na ja, du weißt jetzt, wie ich hier gelandet bin, und du weißt, wie Pete hier gelandet ist. Und da ich heute Morgen auf so interessante Weise erfahren habe, womit du deinen Lebensunterhalt verdienst, interessiert es mich doch sehr, wie du in diese Branche gekommen bist.« Selbst der coole Pirat Pete war total überrascht gewesen, als sie ihm ein paar Minuten zuvor von dem Zufall berichtet hatten, dessen sie sich erst heute Morgen in Brandons Büro bewusst geworden waren.

»Also meine Geschichte ist nicht so toll oder beeindruckend wie eure«, erklärte sie. »Ich habe in Chicago bei einer Investmentgesellschaft gearbeitet. Ich war dort für Beratung und Verkauf von Versicherungen zuständig. Die Atmosphäre in dem Büro und der Druck, dem man dort ausgesetzt war, gefielen mir allerdings nicht so besonders. Walter Carlisle war ein Kunde von uns. Und als ich eines Tages mit ihm über sein Portfolio sprach, erwähnte er, dass er auf der Suche nach einer neuen Assistentin sei. Ich hatte mich schon öfter mit ihm unterhalten und mochte seine unkomplizierte Art. Man erkannte durchaus, dass er ein reicher Mann war, der sich in seiner Branche auskannte. Aber er hat das nie raushängen lassen und ist auch nicht mit seinen Erfolgen hausieren gegangen. Tja, ich habe ihm dann eine Bewerbung geschickt, und der Rest ist Geschichte.«

»Und bist du zufrieden mit dem Job?«, fragte Pete.

Wendy nickte und leerte ihr zweites Glas Merlot. »Die Atmosphäre ist viel entspannter, aber die Arbeit ist trotzdem interessant und fordernd. Und ich kann eine Menge von Walter lernen.«

Brandon grinste und zog eine Augenbraue hoch. »Star-Beraterin in spe?!«

Wendy zog kurz in Erwägung, die Augen zu verdrehen und gegen seine Worte zu protestieren. Normalerweise hätte sie das auf jeden Fall getan, denn in dieser Rolle sah sie sich eigentlich nie. Aber vielleicht veränderte sich bei ihr ja mehr, als nur ihr Sinn für Sexualität und Weiblichkeit. Walter hatte genug Vertrauen, um ihr die Bewertung des *Emerald Shores Resort* anzuvertrauen und an die Geschäftsführer entsprechende Forderungen zu stellen. Wer wusste denn, wohin das eines Tages führen würde? »Könnte sein«, entgegnete sie also und lächelte einfach nur.

Die äußerst interessante und irgendwie auch abwegige Entwicklung der Dinge ließ Wendy innerlich lächeln. Wie hatte es nur dazu kommen können, dass sie mit einem der Geschäftsführer des Resorts eine heiße, schmutzige Affäre angefangen hatte? Die Tatsache war trotz der üblichen Konversation beim Essen ständig präsent – zumindest für sie. Die Anwesenheit so geballter Männlichkeit um sie herum gefiel Wendy sehr, und sie stellte fest, dass sie es sehr genoss, die einzige Frau an einem Tisch mit mehr als einem Mann zu sein. Besonders wenn es sich um Männer handelte, die so testosterongeladen waren wie diese beiden Exemplare.

Als Brandon ihr den letzten Schluck der zweiten Flasche Wein einschenkte, musste Wendy einfach eine Bemerkung zu dem umwerfenden Sonnenuntergang machen. »Wenn man als Star-Beraterin einen derartigen Ausblick hat, dann wäre das schon eine echte Motivation für mich.«

»Ja, Kumpel«, schaltete Pete sich ein, »ich muss zugeben, dass ich es ab und zu schon bereue, dein Angebot von damals abgelehnt zu haben. Man muss sich ja nur mal umsehen. Ein Penthouse mit einer Wahnsinnsaussicht und die heißeste Mieze vom Strand auf deiner Terrasse. Und smart ist sie auch noch. Du hast es echt geschafft, Mann.« Er unterstrich seine Worte mit einem Zwinkern in Wendys Richtung, das ihre Muschi zum Beben brachte und das sie mit einem koketten Lächeln erwiderte.

Aber Brandon lachte nur. »Was redest du denn da, Alter?« Dann drehte er sich in Wendys Richtung. »Du solltest mal das Haus von dem Kerl hier sehen.«

Wendy zog die Augenbrauen hoch und gab sich alle Mühe, nicht zu überrascht auszusehen. Sie wusste zwar, dass Pete durchaus erfolgreich war, hätte aber nicht gedacht, dass sein Zuhause es irgendwie mit dem von Brandon aufnehmen konnte. »Ach?«, war daher ihre einzige Reaktion.

Doch Pete zuckte nur mit den Schultern. »Ich habe ein ganz nettes Häuschen. Ein paar Straßen weiter in Destin.«

»Eine nette, kleine Minivilla mit Swimmingpool und Whirlpool und das auch noch in einer der teuersten Gegenden hier«, ergänzte Brandon trocken.

»Wow«, entfuhr es Wendy. »Ich bin offiziell beeindruckt.«

Doch wieder zog Pete nur die Schultern hoch. »Ihr müsst mich mal besuchen kommen. Stacy kommt morgen Abend zum Essen. Wie wär's, wenn Ihr auch dazustoßt?«

Wendy lächelte. »Wer ist denn Stacy? Deine Freundin?« Bis zu diesem Moment war sie eigentlich felsenfest davon überzeugt gewesen, dass sie mit Pete im Bett gelandet wäre, wenn Brandon sie nicht gestern am Strand entdeckt hätte. Aber vielleicht war dem ja gar nicht so.

Doch Pete beeilte sich, ihre Befürchtungen zu zerstreuen. »Nur ein Mädchen, das ich schon Ewigkeiten kenne. Aber wir haben uns jetzt entschieden, es mal mit einer richtigen Verabredung zu probieren. Und wir beginnen mit einem Abendessen bei mir.«

Und wieder zog Wendy die Augenbrauen hoch. »Du lädst uns also zu eurer ersten richtigen Verabredung ein?«

Er schüttelte den Kopf und lachte. »Keine Sorge. Zwischen mir und Stacy geht's total lässig zu. Keine große Sache.«

»Bist du da auch sicher? Könnte ja durchaus sein, dass sie das anders sieht.«

Jetzt mischte Brandon sich ein. »Nein. Stacy ist wirklich das entspannteste Mädchen, das man sich vorstellen kann. Und es ist ja schließlich nicht so, dass die beiden noch nie …« Er verstummte, hatte aber Wendys Neugier zusätzlich angestachelt.

»Nie was?«

»Na ja, die beiden sind sozusagen das beste Beispiel für den Begriff ›Freunde mit dem gewissen Etwas‹«.

»Ah.« Wendy begriff langsam, was für ein Arrangement die beiden am Laufen hatten, und nahm gleichzeitig zur Kenntnis, dass Pete die Sache nicht im Geringsten peinlich zu sein schien.

Wendy stellte sich sofort vor, wie Pete sich keuchend, stöhnend und verschwitzt in einem sexy Mädchen versenkte. Doch das Bild tauchte nur für den Bruchteil einer Sekunde vor ihrem geistigen Auge auf, bevor sie es schleunigst wieder verdrängte. Schließlich war ihre Muschi schon feucht genug. Und schließlich hatte sie einen eigenen Kerl für heißen, verschwitzten Sex. Und der war nun wirklich nicht zu verachten. »Also wenn du sicher bist, dass das nicht irgendwie komisch wird, und sie nichts dagegen hat.«

Sie hatte den Satz noch nicht mal zu Ende gesprochen, da schüttelte Pete schon den Kopf. »Das wird schon nicht komisch. Und sie freut sich bestimmt, dich kennenzulernen. Bei ihr gilt, je mehr, desto besser. Stacy ist ein richtiges Party-Girl.«

»Apropos Party, wir brauchen mehr Wein«, schaltete Brandon sich ein.

Doch gerade als er sich erheben wollte, legte Wendy ihre Hand auf die seine. »Ich hole den Wein. Ich muss sowieso mal Pipi machen.«

Und als sie aufstand – und bei sich dachte, *hab ich da gerade wirklich* Pipi machen *gesagt* – stellte sie fest, dass sie höchstwahrscheinlich schon mehr als genug Wein getrunken hatte. Hoffentlich würde sie ihr sexy Image nicht ruinieren, indem sie auf ihren hochhackigen Quasi-Stripper-Schuhen umknickte.

»Bin gleich wieder da«, hörte sie sich sagen, warf einen Blick auf die zwei Männer und eilte dann durch die Tür.

Nachdem sie leicht schwankend das Badezimmer erreicht hatte, hoffte sie inständig, dass das Pinkeln sie wieder etwas nüchterner machen würde. Bei dem plötzlichen Aufstehen vom Tisch hatte sie sich nämlich schrecklich betrunken gefühlt. Und nicht nur das. War sie sich während des gesamten Essens noch auf angenehme Weise ihres Körpers bewusst gewesen, so hatte dieser Vorgang das Gefühl doch irgendwie … eskalieren lassen.

Auf dem Weg zum Badezimmer hatten sich nicht nur ihre Brüste schwer vor Lust angefühlt, sondern auch ihre Möse. Der Stoff ihres Höschens rieb leicht gegen ihren Schritt und der Bügel in ihrem neuen BH drückte ihre Titten angenehm stramm nach oben. Aber vielleicht würde sie ihre Körperreaktionen ja eher unter Kontrolle bringen, wenn sie erstmal im Bad gewesen war und eine neue Flasche Merlot entkorkt hatte.

Aber so war es nicht.

Ein paar Momente später fand Wendy sich am Küchentresen wieder, wo sie sich vorsichtig mit einem Korkenzieher ans Werk machte. Aber jede noch so kleine Bewegung sorgte dafür, dass sie sich ihres Körpers immer bewusster wurde. Der dünne Stoff ihres Kleides schien ihre Haut zu streicheln wie eine Meeresbrise, und ihre Brüste bewegten sich mit jeder Drehung des Korkenziehers leicht auf und ab.

Plötzlich wünschte sie, Pete würde gehen, damit sie endlich über Brandon herfallen könnte. Wendy musste daran denken, wie sie ihn an ihrem ersten gemeinsamen Abend in den Sand gedrückt hatte, und war ganz begierig darauf, dieses Gefühl der Kontrolle erneut zu erleben. Sie wollte nicht mehr warten. Sie wollte sich *jetzt* vergnügen! Sie wollte *jetzt* seinen dicken Schwanz! Sie wollte *jetzt* seine Hände und seinen Mund auf ihrem Körper spüren!

Doch dann wurde ihr klar, dass es sich bei dem, was sie wollte, gar nicht um ein Gefühl von Kontrolle handelte. Eigentlich fand sie es nämlich viel besser, wenn Brandon das Heft in die Hand nahm. Nein, das große Thema war für Wendy im Moment das Timing. Sie wollte es jetzt, jetzt, jetzt. Ihr Körper schien bereit zu sein, und das erfüllte auch ihren Kopf mit einer sofortigen Ungeduld.

Aber gleichzeitig wollte sie gar nicht, dass Pete ging. Er war doch so muskulös und sexy. Wendy konnte sich nicht erinnern, jemals einen Mann getroffen zu haben, der allein in T-Shirt und Jeans so gut aussah. Ihr war auch die Tätowierung auf seinem Arm aufgefallen – die Ärmel an den T-Shirts, die er bisher getragen hatte, mussten wohl länger gewesen sein – und sie fragte sich, was es wohl darstellte. Aus irgendeinem Grund hätte sie es am liebsten berührt. Das war nämlich das erste Mal, dass sie einen Kerl mit einer Tätowierung kennenlernte.

Irgendwann hatte sie den Wein schließlich entkorkt und es wurde Zeit, auf den Balkon zurückzukehren. Die kalte, feuchte Flasche fühlte sich gut in ihrer Hand an, als sie mit immer noch überempfindlichem Fötzchen und vor Lust förmlich brummender Haut durch die Tür zur Terrasse schritt. *Wenn du erstmal sitzt, geht es dir bestimmt gleich besser.* Schließlich hatte sie sich vorm Aufstehen gut und weitaus normaler gefühlt. *Du hast einfach nur ein bisschen viel Wein getrunken.* Um genau zu sein, sollte sie sich von jetzt an besser zurückhalten. *Das wird schon. Du setzt dich einfach noch ein bisschen zu den beiden, unterhältst dich ein bisschen mit ihnen und dann wird Pete sicher bald nach Hause gehen. Mag sein, dass es dir irgendwie leid tun wird, wenn er weg ist, aber wenigstens kannst du dann wie ein wildes Tier über Brandon herfallen, wenn dir danach ist. Du kannst all deine Lust auf beide Männer an ihm auslassen. Er wird begeistert sein, und ihr werdet wie die Unersättlichen wieder und wieder kommen.*

»Und wie hast du es angestellt, das ganze Resort in nur ein paar Tagen so genau unter die Lupe zu nehmen?«, fragte Pete, als sie wieder an den Tisch trat.

»Na ja, ich war am Strand, dann hab ich ein paar Restaurants ausprobiert und war natürlich shoppen«, erklärte sie spielerisch und riss die Augen mädchenhaft weit auf.

»Frauen und Einkaufen – eine gefährliche Kombination«, erklärte er, während Wendy sich zwischen die beiden Männer stellte, um ihre Gläser aufzufüllen. »Irgendwas erstanden?«

»Äh, diese Schuhe«, erklärte sie und trat einen Schritt zurück, um ihre Neuerwerbung in wirkungsvoller Pose zu präsentieren.

»O Mann«, entfuhr es Pete mit einem bewundernden Blick auf die Schuhe. »Die sind aber verdammt sexy.«

»Und ob du es glaubst oder nicht«, fügte sie neckisch hinzu, »ich verdiene mein Geld nicht in irgendwelchen Stripschuppen.«

»Könntest du aber.«

Ihr Blick wanderte zu Petes Augen, und Wendy wusste, dass ihr Höschen jetzt offiziell durchnässt war.

Aber sie musste sich zusammenreißen und füllte Petes fast leeres Glas. »Jetzt da ich drüber nachdenke, habe ich alles, was ich heute Abend trage, hier vor Ort gekauft. Bis hin zu meinen Short-Höschen.« O Gott. Hatte sie das wirklich gerade gesagt? Hatte sie wirklich über ihr Höschen gesprochen?

Wendy gab sich alle Mühe, nicht zu verlegen zu wirken. Und wenn man bedachte, dass sie gerade über Freunde mit dem gewissen Extra gesprochen hatten, war die Bemerkung ja vielleicht auch gar nicht so schlimm gewesen.

»Short-Höschen?« Pete zog eine Augenbraue hoch. »Was ist das denn? Das klingt …«

»Hässlich, ich weiß«, ergänzte sie mit einem leisen Kichern. »Aber die sind wirklich sexy.« *Um Himmels willen, jetzt hör schon endlich auf, über deine Unterwäsche zu reden!*

Brandon schüttelte den Kopf und schaute ebenfalls recht perplex drein. »Ich habe auch keine Ahnung, wie so was aussieht. Hab ich dich, äh, schon mal darin gesehen?«

Wendy war jetzt soweit, dass sie bei seiner Frage nicht mal mehr rot wurde. Nein, die Hitze, die in ihrem Körper aufstieg, wurde durch etwas ganz anderes ausgelöst. Und zwar durch die Tatsache, dass die beiden vor Pete über ihr Sexleben sprachen – wenn auch in noch recht harmloser Form. Ob ihre Unterhaltung dafür sorgte, dass sich jetzt gewisse Bilder in Petes Kopf brannten, so wie es bei ihr gewesen war, als Wendy etwas über *sein* Sexleben erfahren hatte? Stellte Pete sich gerade vor, wie Brandon seinen Schwanz in ihre Mitte stieß? Hörte er ihr Wimmern und Stöhnen? »Nein, hast du nicht«, antwortete sie schließlich auf die Frage ihres Liebhabers.

»Und ... wie sehen die Dinger dann aus?«

Eigentlich hatte sie gerade zu ihrem Stuhl zurückkehren und sich setzen wollen. Doch stattdessen stellte Wendy die Weinflasche auf dem Tisch ab und versuchte mit den Händen die leichte V-Form des weiten Höschens nachzuzeichnen. »Sie sind zwar recht weit geschnitten, schmiegen sich aber sehr sexy an den Körper.«

»Zeig doch einfach mal«, schlug Brandon vor.

Als sie ihn ansah, da wusste oder vielmehr spürte sie, dass er sie provozierte. Er wollte ihr sagen, dass ihre Lust stärker war als ihre Vorsätze.

Hatte er recht?

Ein Teil von ihr wollte nein sagen und ihm zeigen, dass es ihr wirklich ernst damit war, nicht mit beiden Männern rumzumachen. Denn genau so war es. Wirklich.

Aber ein anderer Teil von Wendy sehnte sich immer mehr danach, die Wilde und den persönlichen Pornostar für ihn zu geben. Und genau dieser Teil in ihr spürte auch die laufende Uhr, über die sie vor kurzem in ihrem Journal geschrieben hatte. Der Sand, der durch das imaginäre Stundenglas rann, erinnerte sie daran, dass sie sich vielleicht nie wieder so lustvoll fühlen würde oder sich ihr derart sinnliche, sexuelle Gelegenheiten bieten würden. Und es war auch dieser Teil von ihr gewesen, der ihr Höschen unglaublich sexy fand, als sie sich vor ein paar Stunden im Spiegel darin betrachtet hatte. Und jetzt war da tatsächlich dieser Drang ... dieses Höschen auch zu zeigen.

Wendy hatte sich noch nie so mutig und frei gefühlt, als sie einen Schritt zurücktrat, und ihren Rock mit beiden Händen am Saum griff. Sie ließ sich alle Zeit der Welt und ging langsam, ganz langsam ans Werk. Ihre Schenkel bebten, und ihr Fötzchen war schon ganz schwer vor Erregung, während sie den Rock Stück für Stück höher zog, bis schließlich ihr pinkfarbenes Spitzenhöschen zu sehen war. Und nicht nur das – es könnte durchaus möglich sein, dass durch den hauchdünnen, zarten Stoff auch ihre Möse zu sehen war.

Brandon und Pete starrten beide ungeniert und mit lustglasigen Augen zwischen ihre Beine. Wendys Gesicht wurde immer heißer. Genau wie ihr Körper.

»Mann«, murmelte Pete keuchend.

Brandon sah sie einfach nur an. »Du siehst so wunderschön aus, Baby«, sagte er irgendwann mit einer Stimme, die so leidenschaftlich klang, dass es Wendy fast die Luft raubte.

Sie atmete tief ein und spürte, wie ein geradezu vibrierendes Lustgefühl ihre Schenkel hochkroch. Wendy fand es unglaublich erregend, sich vor den beiden derart zur Schau zu stellen.

»Und von hinten?«, fragte Brandon mit vor Hitze schwelender Stimme, die ihr verriet, wie aufgeheizt er war. Weder sein Blick noch sein Tonfall hatten jetzt noch etwas Provozierendes, und es kam auch kein *Ich hab's ja gewusst, dass du uns beide willst!* Stattdessen spürte sie von seiner Seite nur noch mächtiges, pures Verlangen.

Sie holte erneut tief Luft und drehte sich langsam um. Als sie schließlich das Meer im Blick hatte, streckte sie ihren Po heraus, als wollte sie sich zum Ficken anbieten. Dann ließ sie beide Hände nach hinten wandern und hob ihr Kleid an der Rückseite hoch.

Wendy wusste genau, welchen Anblick ihr Höschen aus dieser Perspektive betrachtet bot. Es schmiegte sich an jede Kontur ihres Körpers und erlaubte freie Sicht auf die unteren Kurven ihrer Hinterbacken. Gleichzeitig machte es durch den Schnitt ihre Hüften schlanker und verdeckte ein paar Unvollkommenheiten. Alles in allem fühlte sie sich darin einfach nur teuflisch sexy.

»O Mann, Bunny«, krächzte Brandon.

Als Wendy sich bewusst wurde, dass von Pete keinerlei Reaktion kam, überraschte sie sich selbst – nichts Neues in dieser Woche –, indem sie über die Schulter blickte und ihr Kinn ein wenig senkte. »Gefällt *dir* das Höschen auch, Pete?«, fragte sie mit der sinnlichsten Stimme, zu der sie fähig war.

Seine Augen schossen sofort von ihrem Hintern rauf zu ihrem Gesicht. Pete schien sich völlig in seiner Lüsternheit verloren zu haben, und sein Blick sorgte dafür, dass ihre Nippel noch steifer wurden, als sie es ohnehin schon waren. »Geiler Hintern, Kleines. Allein der Anblick lässt mich total steif werden.«

Mmmh. Ihre Muschi wurde immer feuchter. Und ihr Bauch schmerzte geradezu vor Lust.

Und es wurde noch schlimmer – oder auch besser, je nachdem, wie man es betrachtete –, als Brandon erneut das Wort ergriff. »Warum ziehst du das Kleid nicht einfach aus, Baby?«

Ihre Kehle zog sich zusammen. Noch nie hatte sie einen Moment erlebt, in dem es so offensichtlich war, dass es jetzt kein Zurück mehr für sie gab. *Wenn du es tust, wird es tatsächlich passieren. Eine Ménage à trois. Wenn du das tust, wirst du für immer eine andere Frau sein.*

Aber war es bei diesem Spiel ohnehin nicht die ganze Zeit um Veränderung gegangen? Erregung? Den schärfsten Sex? Die Bikini-Mieze würde in so einer Situation sicher nicht einen Moment zögern. Also tat Wendy es ihr gleich.

Sie griff hinter sich, um langsam den Reißverschluss herunterzuziehen. Dann klemmte sie die Daumen unter die Träger ihres Outfits, schob sie über die Schultern und ließ das Kleid auf den Fußboden der Terrasse fallen. Dann drehte sie sich um.

Obenrum trug Wendy einen blassgelben BH mit halben Körbchen und pinkfarbenen Trägern. Die Körbchen waren mit pinkfarbenen Blümchen bestickt und zwischen ihren Brüsten war ein kleines, ebenfalls pinkfarbenes Schleifchen befestigt. Die Drahtbügel des BHs hoben ihre Brüste eindrucksvoll an, und die nackte Haut der oberen Rundung war ein echter Hingucker. Wendy wusste aus dem Blick in ihren Spiegel daheim, dass ihre Bälle groß, rund und üppig darin aussahen.

»Du raubst mir wirklich den Atem, Bunny«, flüsterte Brandon in die nahende Dämmerung hinein.

»Gut«, flüsterte Wendy zurück.

»Komm her«, forderte er sie auf und griff nach ihr.

Er legte seine heißen Hände auf ihre Hüften und gab ihr dann knapp über ihrem Slip einen Kuss auf den Bauchnabel, der sie noch feuchter werden ließ. »Dreh dich um«, raunte Brandon ihr dann zu. Wendy tat, wie ihr geheißen, und drehte sich auf ihren sexy Absätzen vorsichtig um, bis seine Hände auf ihren Pobacken lagen und sie langsam massierten. Die knetenden Bewegungen gingen ihr durch und durch und sie stützte sich automatisch mit einer Hand auf dem Tisch ab, um ihr Hinterteil rauszustrecken.

Als sie in dieser vornüber gebeugten Haltung direkt in Petes Gesicht sah, bemerkte Wendy zum ersten Mal, wie groß und blau die Augen ihres Gegenübers waren. Doch ihr Gegenüber verschwendete keine Zeit und ließ seinen Blick direkt zu ihren Brüsten wandern. Das gefiel ihr, fühlte sein Blick sich doch wie eine Berührung an, die ihre Brüste vor Lust noch mehr anschwellen ließ. Mittlerweile brummte ihr ganzer Körper vor Leidenschaft. Einer Leidenschaft, die tatsächlich ganz schnell und auf verrückte Weise ihre guten Vorsätze über den Haufen geworfen hatte.

Während Brandon ihren Po weiter massierte und dabei wiederholt mit den Daumen über ihre Rosette strich, wurde Wendys Keuchen heftiger. Sie streckte ihren Po noch weiter heraus, so dass ihre Brüste sich mittlerweile direkt vor Petes Gesicht erhoben, der sie gierig anstarrte.

»Er scheint …«, murmelte sie Pete atemlos zu, »was für meinen Hintern übrig zu haben.«

»Und ich glaube … ich habe was für deine scharfen Titten übrig«, erwiderte Pete und machte sich dabei nicht mal die Mühe, seinen Blick von ihren Brüsten zu wenden.

»Oh …« Seine Worte flossen wie heißes Öl durch sie hindurch und brachten ihr Fötzchen zum Zucken. Wendy nahm mit einem lustvollen Stöhnen den Kopf zurück und bot Pete ihre Brüste feil.

Pete zögerte nicht lange, sondern legte eine Handfläche auf die Außenseite einer ihrer Titten. Und mit dieser Berührung wurde plötzlich alles anders.

Wendy wurde zu der Art Frau, die sie vorher nie verstanden hatte.

Sie verlor die Fähigkeit, ihr Tun zu analysieren oder auch nur klar zu denken.

Sie spürte, wie ihr Urteils- und Entscheidungsvermögen immer mehr nachließ, bis sie es schließlich ganz anheimgab. Sie brauchte es hier nicht mehr. Es würde ihr nur im Wege stehen.

Alles, was jetzt folgte, hatte nur noch mit Instinkten und Lust zu tun. Düstere, verbotene und durch und durch berauschende Lust.

Es gibt Momente, in denen habe ich Schuldgefühle. Nicht wegen der Sache mit dem Sex, sondern wegen Walter. Was würde er nur sagen, wenn er wüsste, was ich hier neben der Bewertung des Resorts noch so treibe? Wäre er enttäuscht? Schockiert? Entsetzt? Alles auf einmal – könnte ich mir vorstellen.

Aber schließlich hatte er mir gesagt, ich solle mich gut amüsieren und nicht zu hart arbeiten – daran muss ich auch denken. Ich weiß zwar nicht genau, ob er das so gemeint hat, wie ich es schließlich getan habe, aber letzten Endes ist es wohl so … dass ich so etwas noch nie in meinem Leben getan habe. Und zwar nicht nur das mit dem Sex. Ich habe mich noch nie zuvor einer Pflicht entzogen, habe mich noch nie unprofessionell verhalten und habe im Job auch noch nie rumgemacht.

Dies ist mein … Neuanfang. Meine Wiedergeburt. Mein Revival.

So etwas kann durch vielerlei Dinge ausgelöst werden. Durch einen Job, durch Kunst und durch weniger arbeiten. Und mehr noch durch neue Freunde oder Hobbys – alles, was einem das Gefühl gibt, ein neuer Mensch zu sein. Aber für meine persönliche Wiedergeburt ist nun mal der Sex verantwortlich.

Und ob nun sexuell oder anderweitig – verdient nicht jeder mindestens einmal im Leben eine Wiedergeburt?

Statt also über Schuldgefühlen zu brüten, habe ich mich entschlossen, Walter insgeheim zu danken. Und dieses Journal scheint die beste – und eigentlich einzige – Möglichkeit, das zu tun. Also danke, Walter, dass du mir geholfen hast, neue Dinge in mir zu entdecken, von denen ich nie gedacht hätte, dass ich sie in mir habe. Danke, danke, danke.

Kapitel 9

Als Pete mit dem Daumen über ihren Nippel strich, stöhnte Wendy laut auf und zuckte unter den Zuwendungen der beiden Männer. Hinter ihr verwöhnte Brandon immer noch ihren Hintern. Seine Berührungen hatten etwas Elektrisierendes und machten Wendy bewusst, wie wenig sie bisher über die Empfänglichkeit ihres Hinterteils gewusst hatte. Als Pete ihre Brüste schließlich massierend und knetend in beide Hände nahm, ließ sie ihre Finger durch sein dichtes, dunkles Piratenhaar gleiten und öffnete ihre Lippen zu einem Kuss. Herrlich, wie seine Zunge sofort in ihre Mundhöhle drang und sie dabei die rauen Stoppeln seines Bartes auf der Haut spürte.

Als sie plötzlich spürte, wie ihr BH sich lockerte, wurde ihr klar, dass Brandon den Verschluss geöffnet hatte. Sie bewegte ihre Schulter, um sich davon zu befreien, und es dauerte nicht lange, und er lag neben dem Kleid auf dem Fußboden der Terrasse. Ihre Titten hingen jetzt direkt vor Petes Gesicht. Er gab ein tiefes Stöhnen von sich und ließ von ihrem Mund ab, um ihre Bälle genauer zu betrachten. Nachdem er sich satt gesehen zu haben schien, setzte er das lüsterne, energische Kneten fort – diesmal Haut auf Haut.

Die Hände von gleich zwei Männern zu spüren, war das Berauschendste und Wundervollste, was Wendy sich nur vorstellen konnte. Die Berührungen erfassten immer mehr Bereiche ihres Körpers, bis die junge Frau nur noch aus Lust zu bestehen schien. Und sie wollte immer noch mehr. Viel mehr.

Brandon schien ihre Gedanken zu lesen. »Steh auf, Baby«, wies er sie an und packte sie bei den Hüften, um ihr zu helfen. Als sie seiner Aufforderung nachkam und die heiße Aktion für einen Moment unterbrach, um wirklich zu spüren, wie es sich anfühlte, nur in einem Höschen und Fick-mich-Schuhen zwischen zwei scharfen Männern zu stehen, war das ein geradezu unwirkliches Erlebnis. Wendy fühlte sich auf köstliche Weise zur Schau gestellt und war so geil auf mehr, dass sie es förmlich schmecken konnte.

Brandon stand hinter ihr. Sein unglaublich harter Schwanz drückte gegen die Spalte ihres Hinterns, während er seine Finger von vorne in ihr Höschen schob, um ihre feuchte Möse zu streicheln und sie so zum Stöhnen zu bringen. Pete, der immer noch vor ihr stand, beugte sich nun vor, um an ihren Titten zu saugen.

Wendy war sich der wimmernden und stöhnenden Geräusche, die sie von sich gab, nur halb bewusst. Ihr ganzer Körper fühlte sich an, als wäre er unter Strom gesetzt worden. Sie spreizte die Schenkel und bewegte sich im Rhythmus von Brandons Zuwendungen. Gleichzeitig beobachtete sie, wie Pete an ihren steifen Nippeln saugte und setzte dem Sog seines Mundes bis tief in sich hinein keinerlei Widerstand entgegen. Ihre Beine wurden immer schwächer. Gleichzeitig hatte sie das Gefühl, noch mehr zu brauchen, und sie griff nach unten, um Petes Reißverschluss zu öffnen.

O Mann, der Knüppel in seinen Jeans war wirklich steinhart. Nun gab es für Wendy kein Halten mehr. Sie konnte es gar nicht abwarten, an seine pulsierende Erektion zu kommen.

Sie spürte Petes schweren Atem auf ihren Brüsten, als sie die Hose öffnete und dann endlich schamlos in seine Jeans griff, um seinen Schwanz herauszuholen. Aufgrund ihrer Position konnte sie ihn zwar noch nicht sehen, aber als sie anfing, ihn zu drücken und zu wichsen, fühlte er sich in ihrer Faust herrlich dick und hart an. »O Gott«, raunte er und hauchte seinen Atem heiß auf ihre Titten.

Schließlich stand er auf, legte seine Hand bestimmend und mit einem Ausdruck roher Gier im Gesicht in ihren Nacken und drückte ihr den gröbsten Kuss auf die Lippen, den sie je von einem Mann bekommen hatte. Es war wie Funken, die wild aus einem Feuer stoben und die erst in den tiefsten Tiefen ihres Leibes langsam verglühten.

Wendy musste jetzt auch unbedingt an Brandons Prügel gelangen. Sie wollte jetzt dringend die Schwänze beider Männer vor sich haben, um damit zu tun, was immer ihr beliebte. Also drehte sie sich zu Brandon um und machte sich auch an seiner Hose zu schaffen. Er half ihr zwar, aber die Zungenküsse, die dabei ausgetauscht wurden, verlangsamten die Aktion etwas. Doch irgendwann sprang sein majestätischer Luststab schließlich aus der Khakihose hervor.

Wendy schloss sofort beide Hände um sein Gemächt. Und wie die Male zuvor war sie auch jetzt wieder erstaunt, wie unglaublich groß sein Schwanz doch war. Er fühlte sich auch sofort vertrauter an als Petes Riemen und war durch die Größe in gewisser Weise auch leichter zu packen. Aber das spielte in diesem Moment keine Rolle. Jetzt zählte nur, dass sie gleich zwei davon hatte. Und zwar ganz für sich allein.

Nachdem sie sich dem Geländer der Terrasse mit dem Meer dahinter zugewandt hatte, nahm sie Petes Schwanz in die eine und Brandons Schwanz in die andere Hand. Oh, das Machtgefühl, das durch ihren Körper strömte, war einfach unglaublich. Ein harter Penis war schon beachtlich genug, aber gleich zwei … Allein das Gefühl, die beiden Organe zu halten und sie in ihren zu Fäusten geballten Händen zu spüren, war einfach überwältigend.

Und es war genau dieses Gefühl von Stärke, das sie weiter vorantrieb.

Also folgte Wendy ihrem nächsten Instinkt und kniete sich, ohne ihre Schwänze loszulassen, zwischen den beiden Männern auf den Boden. Als Erstes stülpte sie ihren Mund über Brandons Organ und nahm ihn tief in sich auf.

Das unsagbar tiefe Stöhnen ihres Liebhabers über ihr spornte Wendy ungemein an. Und auch dem Dritten im Bunde schien der Anblick der blasenden Wendy zu gefallen, denn Pete gab immer wieder ein keuchendes »O ja« von sich.

Es war unglaublich, ihn einfach in den Mund zu nehmen – und das nicht nur, während ein anderer Mann dabei zusah, sondern weil sie obendrein auch den Schwanz dieses Mannes in ihrer Hand hielt. Auf und ab bearbeitete sie Brandons steinharte Erektion und legte sich dabei sehr ins Zeug. Sie wollte wild für ihn sein. Sie wollte wild für beide sein. Und sie wollte wild für sich selbst sein.

Als sie Brandons Prügel ein paar Minuten später aus ihrem Mund entließ, war er so feucht, dass er in dem schwachen Licht aus dem Wohnzimmer des Penthouse förmlich glänzte. Jetzt hatte sie Zeit für den anderen, wartenden Luststab. *Mmmh, ja.* Petes Schwanz war zwar nicht ganz so riesig wie der von Brandon, stand aber lang, leicht gebogen und äußerst einladend vor ihrem Mund. In ihrem augenblicklichen Zustand gab es für Wendy nur eine Devise: *keine Hemmungen!* Also leckte sie einmal mit der Zunge über seine Eichel, um einen Lusttropfen abzunehmen, und nahm seinen Prügel dann ganz in den Mund.

Pete gab ein tiefes, äußerst männlich klingendes Seufzen von sich, das Wendy ein sofortiges Gefühl der Befriedigung bescherte. Und auch wenn man diese Nummer ohne Weiteres als zu viel auf einmal hätte betrachten können, fühlte es sich für Wendy einfach nur großartig, befreiend und perfekt an.

Jetzt war sie das vollkommene Sexspielzeug der beiden Männer. Oder vielleicht waren sie auch ihr Spielzeug – da war

Wendy sich nicht so sicher. Aber eigentlich erregten sie beide Möglichkeiten. Also lutschte und lutschte sie und nahm Pete so tief in sich auf, wie sie nur konnte. Wendy war von allem um sie herum begeistert. Von ihrer eigenen Nacktheit. Den zwei mächtigen Schwänzen zu ihren Seiten. Den zwei scharfen Männern, zu denen die Schwänze gehörten. Von den Augen, die auf sie gerichtet waren, und den tiefen Lustlauten, die ihre Gespielen von sich gaben. Sie aalte sich förmlich in dem hedonistischen Vergnügen.

Wendy wechselte zwischen Brandon und Pete hin und her, bis ihr Mund sich so lüstern und köstlich gedehnt anfühlte, dass sie einfach nicht mehr konnte.

Als Wendy sich zwischen den beiden Männern langsam aufrichtete, fühlte sie sich geradezu unverschämt schön. Sie sah von einem zum andern und hoffte, dass sie irgendwie spüren würden, wie geschwollen und benutzt sich ihre Lippen anfühlten.

»Wollen wir vielleicht lieber reingehen?«, schlug Brandon mit sanfter Stimme vor. Doch sie hörte die Frage, die er *wirklich* stellte. *Willst du weitermachen?*

Keine Hemmungen! »Ja. Bitte. Ich will euch beide«, erklärte sie. Dann nahm sie die Hände der beiden Männer und führte sie durch die breite, offene Tür.

Wendy führte ihre beiden Liebhaber direkt zu Brandons Bett. Dort angekommen zog Brandon sie sofort in eine Umarmung. »Sag mir, was du willst, Baby«, forderte er sie mit tiefer Stimme auf. Und wieder schwangen in seinen Worten unausgesprochene Fragen mit. *Bist du sicher? Wie weit willst du wirklich gehen?*

Er hielt sie irgendwie noch immer für ein braves Mädchen, aber sie war sich in ihrem Leben noch nie weniger »brav« vorgekommen. Nein, die Spuren jener Person waren völlig verschwunden – zumindest in diesem Moment.

Wendy sah ihm in die Augen. Sie wollte, dass auch er es sah.

Sie wollte, dass er sie so sah, wie noch nie zuvor. »Ich will alles«, gestand sie ihm mit sanfter, aber sehr überzeugter Stimme. »Ich will, dass ihr mir beide das Hirn aus dem Kopf fickt. Ich will kommen und kommen und kommen. Ich will alles.«

Brandons Augen wurden starr vor Lust. Einer Lust, die sie kannte und die ihr eigenes Verlangen noch größer werden ließ. »Dann kriegst du auch alles.«

Danach stellte er keine weiteren Fragen mehr.

Jetzt ging es nur noch um den heißen, lüsternen Sex, den sie so sehr herbeisehnte.

Brandon küsste sie hart und grob und sorgte so dafür, dass ihr Mund sich erneut genauso benutzt anfühlte wie nach dem Blasen von Petes Schwanz. Er massierte ihre Brüste, nahm ihre steifen Nippel zwischen seine Fingerspitzen und brachte sie mit dieser Mischung aus Lust und Schmerz zum Stöhnen. »Deine Titten sind so geil«, raunte Brandon, bevor er eine davon hart und tief in seinen Mund saugte. Nein, an dieser Nummer war so gar nichts Weiches. Und das wollte sie auch gar nicht.

Hinter ihr machte sich jetzt auch Pete an ihr zu schaffen. Er streichelte ihre Hüften und ihren Po, küsste ihren Hals – den sie für ihn krümmte – und ließ seine Hand dann in ihr Höschen zu ihrer hungrigen Möse gleiten. »Gott, bist du feucht«, keuchte er. Wendy hörte und spürte wie klitschnass sie war, und die Vorstellung ihres Saftes auf seiner Hand brachte sie schon jetzt an den Rand eines Höhepunktes.

»Ihr beide macht mich so feucht«, keuchte sie atemlos vor Leidenschaft. »Ich will euch nackt haben. Ich will, dass ihr mich fickt.«

Mehr war nicht nötig, um dafür zu sorgen, dass die Jungs sich blitzschnell die Kleidung vom Leib rissen, um dann ihre Berührungen, ihr Reiben und Pressen fortzusetzen. Wendys Hand glitt über männliche Hinterteile, breite Schultern und harte

Brustmuskeln. Sie sah Petes Tätowierung, die erwartungsgemäß die Flagge eines Piratenschiffes mit Totenschädel und gekreuzten Knochen darstellte. Gleichzeitig bearbeitete sie die unglaublichen Riemen der Männer weiter mit ihren Händen. Wendy hatte das Gefühl verschluckt zu werden – als würde man sie in eine große, weiche Decke aus Berührungen einpacken, die jeden Zentimeter ihrer Haut bedeckte. Doch es gab keine Decke, es gab nur zwei Männer.

Als sie sich aufs Bett begaben – die beiden Männer zu ihren Seiten knieend – beugte Wendy sich vor, um ihre Schuhe auszuziehen. »O nein, das lässt du schön bleiben«, hielt Brandon sie davon ab. »Die Schuhe behälst du an.«

Als Wendy schließlich auf dem weichen Bett lag, wanderte ihr Blick zwischen den beiden Männern hin und her. »Was ist damit?«, fragte sie frech und machte eine Kopfbewegung in Richtung ihres Höschens. »Bleibt das auch an?«

»Dein Slip ist echt scharf. Ich wünschte fast, du könntest ihn anbehalten«, meinte Pete.

»Aber er muss runter«, bestimmte Brandon und steckte seine Daumen unter das Bündchen. »Heb den Po an, Bunny«, forderte er sie auf und zog das Höschen langsam die Beine runter und über ihre sexy High Heels.

Wendy spürte sofort, wie Petes Blick zwischen ihre Beine schnellte. Sie hatte ihre Spalte heute frisch rasiert und ein neues, männliches Augenpaar darauf zu spüren, ließ sie so rasend geil werden, es fühlte sich an, als würde eine Flipperkugel durch ihren Körper jagen.

Sie sah zu Pete auf. »Willst du sehen, wie nass und geschwollen ich bin?« *Keine Hemmungen!*

Nach Petes Gesichtsausdruck zu schließen, hätte man meinen können, dass er allein durch diese eine Frage hätte kommen können. »Oh ja. Zeig es mir, Süße.«

Wendy spreizte die Beine, um die rosa Fältchen ihrer Möse zu zeigen. Ihre Instinkte und die Gier, endlich etwas in ihrer Mitte aufzunehmen, sorgten dafür, dass sie die Schenkel so weit spreizte, wie sie nur konnte.

»O verdammt!«, hörte sie Pete flüstern, und dann wanderte auch Brandons Blick zwischen ihre Beine.

Im nächsten Moment ließ Brandon auch schon zwei kreisende Fingerspitzen über ihren Kitzler gleiten und rief ihr damit erneut in Erinnerung, dass er genau wusste, wie man eine Frau berühren muss. Und Pete zögerte nicht lange und ließ zwei seiner Finger in ihre Spalte gleiten. *Mmmh, ja.*

Die Luft war erfüllt von ihren Lustlauten. Und ein Großteil dieser Lust speiste sich nicht aus den körperlichen Gefühlen, sondern auch aus den visuellen Aspekten dieser Nummer. Denn als Wendy kurz aufschaute, sah sie zwei unglaublich attraktive Männer, die sich gleichzeitig um ihre gierige Fotze kümmerten.

»Was für eine herrliche Möse«, raunte Pete, und sie warf sich den Berührungen seiner Finger entgegen, um sich gleichzeitig völlig geistesabwesend die eigenen Brüste zu kneten. »Bevor ich dich mit meinem Schwanz ficke, will ich dich erst mit meiner Zunge ficken«, sagte er.

Wendy protestierte nicht.

Und Pete verschwendete keine Zeit, seine Ankündigung in die Tat umzusetzen. Nachdem Brandon seine Hand weggezogen hatte, platzierte Pete sich zwischen ihre Beine und leckte mit seiner Zunge einmal über ihren Schlitz. Wendy schnappte nach Luft. Nur dieser eine Zungenschlag fühlte sich an, als würde ihr ganzer Körper von innen beleuchtet werden.

Und dann tat er genau das, was er versprochen hatte: Er fickte sie mit seiner Zunge. Ganz tief schob er sie in ihre Mitte, und auch wenn die Zunge eines Mannes im Vergleich zu seinen Fingern oder seinem Schwanz eher kurz ist, fühlte es sich doch total geil an – besonders das Rein- und Rausfahren. Wendy keuchte im Rhythmus mit seinen Zungenschlägen, während Brandon ihr immer wieder Küsse auf die Brüste, die Schultern und die Lippen drückte. Und schließlich stieß auch Brandons Zunge zu. Sie presste sich in ihren Mund, wo sie sofort von Wendys Zunge begrüßt wurde. Noch nie zuvor hatte die junge Frau sich so sehr in einem Gefühl verloren – dem Gefühl im Mittelpunkt der Aufmerksamkeit dieser beiden umwerfend attraktiven Männer zu stehen.

Während Pete immer wieder über ihren feuchten Schlitz leckte und dabei jedes einzelne Mal auch ihren Kitzler streifte, machte Wendy weiter mit Brandon rum. Irgendwann ertappte sie sich dabei, wie sie sich gierig an seinem Schwanz zu schaffen machte. Ohne wirklich zu begreifen, was sie eigentlich wollte, zog sie ihn immer wieder zu sich hoch. »Willst du ihn wieder in deinem Mund haben?«, flüsterte Brandon ihr schließlich mit schweren Lidern zu.

»Ja«, hauchte sie nur und wartete dann geduldig, bis er sich neben ihrem Kopf hingekniet hatte, um ihr seinen Riemen in den Mund zu schieben. Nachdem sie seine dicke Eichel zwischen die Lippen genommen hatte, führte er auch den Rest seines Schaftes tief in ihren Mund ein. O Gott, wie herrlich ausgefüllt sie sich jetzt fühlte. Und genau wie zuvor fand Wendy die Vorstellung auch diesmal äußerst reizvoll, wie wunderbar obszön sie jetzt aus seiner Perspektive aussehen musste.

Sie stöhnte leise vor sich hin, während sie Brandon lutschte, und genoss gleichzeitig die Hitze, die Petes Zuwendungen ihrem Körper bescherten und die sie ihrem Höhepunkt immer näher brachten. So nahe, dass Wendy sich seiner Zunge immer heftiger entgegenpresste, während er unnachgiebig ihren Kitzler bearbeitete. Tiefer und tiefer schien sie in einem Strudel aus

Wollust zu versinken, bis der ersehnte Orgasmus schließlich wie eine gigantische Welle über sie schwappte.

Obwohl sie Brandons Schwanz noch immer im Mund hatte, stieß Wendy kleine Schreie aus und warf sich wild zuckend Petes Gesicht entgegen. Doch irgendwann ließen die Zuckungen nach, hörten schließlich ganz auf, und Wendy lag ganz still auf dem Bett.

Und in den wenigen Sekunden, nachdem es ihr gekommen war, kehrte auch die Vernunft wieder zurück – die Fähigkeit zu denken, klar zu sein und etwas anderes zu tun, als nur zu *fühlen.*

Sieh nur, was du hier tust. Und das gleich mit zwei Männern. Das war jetzt dein erster offizieller Dreier.

Wendy fühlte sich an den ersten Abend mit Brandon erinnert. Nachdem es ihr dort am Strand gekommen war, hatte sie auch auf das Einsetzen irgendeines Schuldgefühls oder eventuell sogar Reue gewartet. Aber diese Gefühle waren nicht gekommen. Genauso wenig wie jetzt.

Stattdessen spürte sie etwas, das sich eher wie eine gewisse Feierlichkeit anfühlte. Wendy lächelte beide Männer an und teilte ihnen mit, dass ihr Orgasmus unglaublich mächtig und wahnsinnig schön gewesen sei. Und sie sagte ihnen auch, dass sie mehr davon wollte. Viel mehr. »Fickt mich«, bettelte sie förmlich. »Bitte fickt mich.«

»Keine Sorge, Baby«, versicherte ihr Brandon, »du kriegst schon noch genug Schwänze in deine Muschi.«

Hätten seine Worte ihr Angst machen oder sie in irgendeiner Weise abturnen sollen? Nein, sie erfüllten Wendy mit einer fast verzweifelten Geilheit.

»Geh auf alle Viere«, wies Brandon sie schließlich an, und Wendy zögerte nicht, sich in die geforderte Position zu begeben. Denn genau in dieser Stellung fühlte sie sich am schmutzigsten.

»Wirst du mir wieder den Hintern versohlen?«, fragte sie hoffnungsvoll über ihre Schulter hinweg.

Brandon zog nur eine Augenbraue hoch und versuchte eindeutig, ein teuflisches Grinsen zu unterdrücken. »Nur wenn du ein ganz unanständiges Mädchen bist.«

»Ich werde mit jeder Stunde unanständiger«, versicherte sie ihm und gab sich keine Mühe, ein laszives Lächeln zu verbergen.

»Das sehe ich. Und es gefällt mir sehr.«

Schon einen kurzen Moment später spürte Wendy seine warmen Hände auf ihren Hüften und seinen tief in sie eindringenden Schwanz. Der erste Stoß ließ sie aufschreien, aber sie war so feucht, dass Brandons großer Prügel recht mühelos seinen Weg fand. Wie immer raubte ihr das Gefühl, so vollständig ausgefüllt zu sein, fast den Atem, und sie gab ein zischendes Keuchen von sich.

Als Brandon schließlich dazu überging, so hart in sie hineinzustoßen, wie sie es gern hatte, stöhnte sie ihre Erregung völlig ungehemmt und laut heraus. Pete, der neben ihm auf dem Bett kniete, fasste unter sie, um ihre schwingenden Brüste zu kneten und mit ihren mittlerweile überempfindlichen Nippeln zu spielen. Und Wendy zögerte nicht, auch ihren nächsten Wunsch auszusprechen. »Gib mir deinen herrlichen Schwanz, Pete. Steck ihn mir in den Mund.« Sie war ganz und gar verwegen und war sich ihrer Sache total sicher. Die Königin der Lust.

Wendys Aufforderung ließ Pete vor Lust aufstöhnen und er sprang sofort auf die Füße. Ihre Hände klammerten sich an den Rand des Bettes, und Pete baute sich mit seinem Schwanz in der Hand vor ihr auf, um ihr seinen Riemen so zwischen die Lippen zu schieben, wie Brandon es vorhin getan hatte.

Das Gefühl ließ sich nur als überbordendes Glück beschreiben. Es war so unbeschreiblich scharf, gleich zwei Schwänze in sich zu spüren, dass Wendy sich nur noch ihrer Ekstase hingeben konnte. Als sie Pete eben aufgefordert hatte, sich ihrem Mund zu widmen, war sie sich noch nicht bewusst gewesen, dass sie damit zum ersten Mal zwei harte, männliche Organe in sich haben würde. Aber als Petes Erektion schließlich in ihren Mund drang, war sie umso überwältigter, wie unglaublich ausgefüllt sie jetzt war. Ausgefüllt auf unnatürliche und auf äußerst obszöne Art und Weise.

Brandon fickte ihr Fötzchen, während Pete sie in den Mund fickte. Wendy schluchzte vor Vergnügen und verlor sich völlig in ihrer unanständigen Lust. Sie hatte keine Ahnung, wie lange sie so gefickt hatten – zwei Minuten, fünf, zehn? – aber irgendwann ließ Brandon tatsächlich eine Hand auf ihrem Po niedergehen. Und das grunzende Stöhnen, das er bei jedem seiner Hiebe ausstieß, ließ die ganze Nummer noch versauter und unanständiger werden.

Genau wie zuvor konnte Wendy nicht mehr klar denken und hörte irgendwann auch auf, es zu versuchen. Ihre ganze Aufmerksamkeit galt jetzt ausschließlich ihrem Gefühl.

Als sie die Stellung schließlich nicht mehr halten konnte, zog sie den Kopf ein wenig zurück, um Petes Schwanz aus ihrem Mund zu entlassen. Dann lächelte sie ihn an und teilte dem Piraten mit, dass sie jetzt *ihn* in ihrer Muschi spüren wollte. Petes Erwiderung bestand aus einem Stöhnen. Dann strich er mit seinem Daumen über ihre leicht geschwollene Unterlippe und warf ihr einen Blick zu, der besagte, dass auch er sie für die Königin der Lust hielt.

Während Pete dann in seiner Jeans nach einem Kondom suchte, ruhte Wendy sich kurz auf dem zerknüllten Laken aus. Ihr Körper fühlte sich durch und durch benutzt, aber immer noch hungrig an. Brandon lag mit dem Gesicht zu ihr gewandt neben Wendy und ließ seine Finger erst über ihr Haar und dann über ihre Brüste gleiten. Dabei sagte er ihr immer wieder, wie scharf und wie schön sie war.

Das bin doch nicht mehr ich, dachte Wendy in diesem Moment. *Das bin ich einfach nicht mehr.* In gewisser Weise war sie natürlich immer noch sie selbst. Und dennoch würde jetzt nichts mehr so sein wie zuvor. Und das wollte sie auch gar nicht.

Nachdem Pete sich den Gummi übergezogen hatte, legte er sich hinter sie und fuhr mit der Hand über die Außenseite ihrer Schenkel. Das Tempo war sehr viel langsamer geworden. Und obwohl Wendy es zuvor hart und schnell haben wollte, war sie jetzt etwas müde und empfand das langsamere Spiel als willkommene Abwechslung.

»Bist du bereit für mich, Süße?«, flüsterte er ihr mit tiefer, erregender Stimme ins Ohr.

»Ja, und wie«, keuchte Wendy. »Mach es mir von hinten. Dann kann ich weiter mit Brandon rummachen, während du mich fickst.« Und wieder war sie völlig selbstbewusst und angstfrei. Sie nahm sich, was sie wollte, und machte beiden Männern unmissverständlich klar, wie die Nummer abzulaufen hatte.

Obgleich Wendy gerade Brandons dicken Riemen in sich gehabt hatte, sorgte das köstliche Gefühl, von dem harten Schwanz eines Mannes aufgespießt zu werden, doch dafür, dass sie ein tiefes Stöhnen von sich gab, als Pete in sie eindrang. *Mmmh, wie herrlich.*

Während Pete sich langsam in ihr bewegte, und sie sich seinen Stößen nach und nach immer mehr entgegenwarf, sah sie Brandon direkt in die Augen – *keine Hemmungen!* – und schenkte ihm ihren lüsternsten Blick. Gab es etwas Intimeres als einen Mann und eine Frau, die sich intensiv ansahen, während ein anderer Mann die Frau fickte? Wendy fiel nichts ein. Stattdessen genoss sie nur einfach diese seltsame und einmalige Verbindung zwischen zwei Menschen. Gleichzeitig rief sie sich aber auch in Erinnerung, dass dieser Mann nicht dazu geeignet war, sich zu sehr auf ihn einzulassen. Egal wie großzügig er sexuell betrachtet auch war. Egal wie liebe- und respektvoll er auch war. Und egal wie viel Spaß es machte, einfach nur mit ihm zusammen zu sein.

Abgesehen davon, dass er ihre … Eroberung, ihre ganz persönliche »Fahrkarte in die Freiheit« war, so hatte er sich doch gleichzeitig auch als ein Geschäftspartner entpuppt – so merkwürdig ihr das auch vorkam. Und wenn das hier vorbei war, würde sie wahrscheinlich auch auf geschäftlicher Basis keinen direkten Kontakt mehr mit ihm haben. Aber wenn Walter tatsächlich ins *Emerald Shores Resort* investierte, würde er doch zumindest eine entfernte Rolle in ihrem Leben spielen. Und Wendy wollte ihn auf keinen Fall aus der Entfernung anschmachten. Wenn sie seinen Namen auf einem Dokument oder auf dem Computerbildschirm lesen würde, wollte sie in Erinnerung an diesen Moment, diese Woche und all die Freuden, die er ihr eröffnet hatte, voller Wärme an ihn denken. Sie wollte keine Traurigkeit, keine Einsamkeit und auch sonst keines der Gefühle empfinden, die automatisch immer dann kommen, wenn man sich an einen Mann hängt, der nicht bereit ist, eine Bindung einzugehen.

»Fühlt sich das gut an?«, fragte Brandon irgendwann.

Wendy hatte ein ganz flaues Gefühl in der Magengegend, so gut fühlte es sich an. »Sehr gut. Glaubst du mir jetzt, dass ich ein unanständiges Mädchen bin?«

»Mm-mh«, brummte er zustimmend und klang dabei endlich völlig überzeugt. Dann zwirbelte er vorsichtig einen ihrer Nippel mit den Fingerspitzen und beugte sich vor, um sie zu küssen.

Seine langen, intensiven Zungenküsse machten sie genauso scharf wie die Stöße von Petes Schwanz. Am Eingang zu ihrer Muschi presste sich Brandons immer noch steifer und feuchter

Schwanz gegen ihren Schlitz. Und mit jedem von Petes Stößen rieb sich ihr Kitzler an Brandons harter Erektion.

»Oooh«, hörte Wendy sich in seinen Mund stöhnen und schlang instinktiv ein Bein um seine Hüfte, damit sie diese Reibung noch intensivieren konnte. Dabei stieß Pete immer weiter zu und verwöhnte mit seinen Zuwendungen genau die Stelle, an der sie ihren G-Punkt vermutete.

Brandon setzte seine Küsse fort, während er gleichzeitig ihre Brüste massierte und anfing, sich im selben Rhythmus wie sie und Pete zu bewegen. Wie wogende Ozeanwellen rollten die drei Leiber aufeinander zu, trafen immer wieder zuckend aufeinander und erzeugten so eine Reibung, die von allen Seiten zu kommen schien. Die Luft war erfüllt von einem Stöhnen, das aus drei Kehlen drang.

Wendy hätte einiges darum gegeben, die ineinander verschlungenen Körper von oben sehen zu können. Mit der einen Hand rieb sie über Brandons Brust und mit der anderen griff sie hinter sich, um Petes festen Hintern zu packen und ihn noch tiefer in sich hineinzuziehen. *Das perfekte Vergnügen.* Genau diese Worte waberten durch ihren Kopf. Sie hatte das perfekte Vergnügen gefunden und suhlte sich im wahrsten Sinne des Wortes darin.

Die Küsse zwischen ihr und Brandon gingen zwar weiter, aber ab und zu drehte Wendy auch ihren Kopf, um Pete ihre Lippen auf den Mund zu pressen. Dieser setzte zwischen den Begegnungen mit Wendys Lippen immer wieder kleine Schmatzer auf ihre nackten Schultern und die Arme. Mit einem Schwanz in und einem zweiten an ihrem Körper fühlte sich ihre Muschi geschwollener und stimulierter an, als sie es je gewesen war.

Als Pete von hinten ihre Brüste umfasste, schaute die junge Frau nach unten und sah, dass seine Hand jetzt auch immer wieder gegen Brandons Brust stieß. Und als Brandons Mund sich von dem ihren löste, um an ihren Titten zu saugen, fragte sie sich, ob sein Mund jetzt wohl Petes Hand berührte. Ob die Beine der beiden Männer jetzt wohl auch übereinanderstrichen? Wie gern hätte sie gesehen, dass ihre beiden Männer auch eine Art von Körperkontakt hatten.

Wendy war allerdings ziemlich sicher, dass ihre beiden großen, maskulinen Kerle sicher ausrasten würden, wenn sie etwas Derartiges vorschlüge, und sie wollte diesen Moment auf keinen Fall ruinieren. Doch während die drei sich synchron zum lüsternen Spiel ihrer Leiber bewegten, tauchte vor ihrem geistigen Auge immer wieder die Vorstellung auf, dass ihre Beine sich *doch* berührten und dass die beiden auf einer gewissen Ebene ebenso viel Spaß aneinander, wie mit ihr hatten.

Wendy war die Erste, die von einem Orgasmus erfasst wurde. Die Bilder in ihrem Kopf, wie die beiden Männer sich berührten, gaben dem ohnehin schon herrlichen Vergnügen einen zusätzlichen Kick, der sie schließlich kommen ließ. Während die pulsierenden Zuckungen durch ihren Körper rasten und sie ekstatische Lustlaute herauskeuchte, schlang sie Halt suchend einen Arm um Brandons Hals und griff gleichzeitig nach Petes Hüfte, um ihn zu noch tieferen Fickstößen zu animieren, während sie bereits explodierte. Ihr Höhepunkt schien Ewigkeiten zu dauern, und sie genoss jede einzelne Sekunde.

Als Nächster war Pete dran. »Ja, jetzt«, ächzte er durch zusammengebissene Zähne und versenkte sich mit seinen letzten Stößen hart und tief in ihrer Mitte. Wendy nahm ihn dankbar in sich auf und war begeistert, dass sie es war, die ihn zu diesem gewaltigen Orgasmus gebracht hatte.

Noch bevor Pete richtig fertig war, meldete sich auch schon Brandon: »O ja! Ich auch!« Damit hatte Wendy nun gar nicht gerechnet, war sie doch davon ausgegangen, dass er in dieser Stellung ganz sicher nicht kommen konnte. Aber weit gefehlt.

Er spritzte seinen weißen und geradezu schockierend heißen Saft in hohem Bogen auf die Bäuche seiner beiden Mitspieler.

Nachdem Pete sich aus ihrer Mitte zurückgezogen hatte, rollte Wendy sich zwischen den zwei Männern auf den Rücken. Beide rieben sofort Brandons Sperma auf ihren Körper und boten Wendy damit den erotischsten Anblick, den sie je gesehen hatte. Brandon war ganz darauf konzentriert, seinen Saft in das Fleisch ihres Fötzchens einzumassieren, während Pete ihn mit beiden Händen auf ihren Brüsten verteilte, als wäre er eine Körperlotion.

Und dann schliefen sie nebeneinander ein. Noch nie in ihrem Leben hatte Wendy sich so erschöpft und gleichzeitig so befriedigt gefühlt.

Himmel, die Frau war einfach unglaublich. Niemals hätte er gedacht, dass sie sich dazu bereit erklären würde. Oder selbst wenn, dass sie dann weitaus ... na ja, schüchterner gewesen wäre und ihm die Führung überlassen hätte.

Es war nicht das erste Mal, dass Brandon sich eine Frau mit Pete teilte. Es war auch nicht das zweite oder dritte Mal. Die beiden Männer kannten sich jetzt seit Ewigkeiten und hatten das ausgesprochene Glück an einem Ort zu leben, an dem recht viele Frauen bereit dazu waren, sich auf solch eine Liaison einzulassen.

Aber es war das erste Mal, dass Brandon einen derart intensiven Orgasmus erlebt oder die Frau zugetextet hatte, wie wunderschön sie doch sei, während Pete dabei war. Er hatte nicht gelogen – Wendy hatte ihn jetzt so ziemlich überzeugt, dass sie ein durch und durch unanständiges Mädchen sein konnte. Aber gleichzeitig wusste er auch, dass an ihr weitaus mehr war. Sie war klug, ehrgeizig und hatte auch noch Humor.

Vielleicht ... vielleicht bedeutete ihm diese Frau ja langsam wirklich etwas. Oder vielleicht hatte er auch einfach nur mehr Zeit mit ihr verbracht als mit jedem anderen Mädchen vor ihr, und diese Tatsache allein war für seine Gefühle verantwortlich. Aber andererseits hatte er eigentlich von Anfang an so für sie empfunden. Oder nicht? Bereits nach dem ersten gemeinsamen Abend am Strand hatte er mehr von ihr gewollt und irgendwie befürchtet, dass er es nicht bekommen würde.

Er beobachtete sie im Schlaf. Ihre Lippen waren leicht geöffnet, und ihre Nippel waren auch jetzt noch etwas steif. Pete lag auf der anderen Seite neben ihr. Auch er war nackt und einer seiner sonnengebräunten Arme ruhte auf ihrem nicht ganz so gebräunten Bauch.

Brandon hatte sie nicht nur aus purer Versautheit mit Pete geteilt. Nein, es war bei ihrem Dreier vielmehr darum gegangen, einen kleinen Vogel aus dem Nest zu locken. Das mochte ein alberner – und viel zu harmloser – Vergleich sein, aber genau dieses Bild kam ihm als Erstes in den Sinn. Er brachte ihr bei, unanständig zu sein. Und zwar nicht nur um seiner, sondern auch um ihrer selbst willen. Er sah Wendy als Schmetterling, der zum ersten Mal die Flügel ausbreitete. Doch plötzlich hätte er sich am liebsten selbst getreten. Seit wann war er eigentlich so rührselig? Und das bei einem Mädchen? Oder beim Thema Sex, um Himmels willen!

Und dennoch, wie er so dalag und betrachtete, wie der Arm seines Kumpels auf ihrem Körper ruhte, fühlte sich das anders an, als jemals zuvor. Brandon spürte eine merkwürdige Verbindung zu ihr, die er sich selbst nicht recht erklären konnte. Sie mit Pete zu teilen, hatte eine neue Art Verbindung zwischen ihnen geschaffen. Ihm war klar, dass Wendy sich gerade sexuell ausprobierte, und er wollte ihr einfach so viele Erfahrungen ermöglichen, wie er nur konnte. Merkwürdig war nur, dass er bei ihr mit jeder Faser seiner Seele dabei war. Er wollte ihr gewisse Dinge ermöglichen. Er wollte ihr Leben reicher machen, als es war, bevor sie ihn kennenlernte.

Genau in diesem Moment schlug Wendy die Augen auf.

»Hey, Bunny«, flüsterte er.

Sie lächelte.

»Alles gut?«, fragte er aus dem echten Bedürfnis heraus, sich ihrer Befindlichkeit zu versichern.

Sie grinste ihn mit einem niedlichen Lächeln an. »Gut? So gut wie sich vor mir bestimmt noch kein unanständiges Mädchen gefühlt hat.«

Er erwiderte ihr Lächeln. »Das liegt sicher daran, dass du das unanständigste Mädchen von allen bist.«

Als Wendy sich auf dem Bett etwas zur Seite drehte, zuckte Pete kurz und öffnete dann auch die Augen. Und eine Sekunde später schien ihm auch wieder einzufallen, wo er war und was sie da gerade zu dritt getan hatten. »Mann«, stieß er hervor, »das war ja vielleicht geil!«

Brandon sah sofort in Wendys Augen wie sehr sein unanständiger, kleiner Strandhase sich über die Bemerkung freute – und er wurde auch sofort wieder ein bisschen steif.

Wendy sah schön aus wie die Sünde. Sie biss sich auf die Lippen und griff dann nach den Handgelenken beider Männer, um sie beide zu ihrer Möse zu führen. Sie lag noch immer auf dem Rücken, sodass ihre großen Brüste schwer zu beiden Seiten hinabfielen. Sie sah auf so natürliche Weise schön aus, dass Brandon dieses Bild am liebsten festgehalten hätte. Genau wie letzte Nacht hätte er es am liebsten in eine Flasche oder eine Schublade gepackt, um es für einen späteren Moment festzuhalten, wenn sie nicht mehr bei ihm wäre. Für ihn war sie die perfekte Mischung aus Reinheit und Sünde, die alle Grenzen dieser beiden Extreme vermischte. Und das machte seine Gefühle für sie nicht mehr ganz so angsteinflößend, wie sie es wahrscheinlich hätten sein sollen.

»Ich will, dass ihr mich beide anfasst. Zusammen und zur selben Zeit.«

Wie forsch sein Bunny doch war. Na ja, eigentlich war sie ja von Anfang an recht forsch gewesen. Aber je versauter ihre Begegnungen geworden waren, umso zurückhaltender hatte sie sich am Anfang noch gegeben. Bis zum heutigen Abend. Bis sie es mit beiden Männern aufgenommen und sie dabei ganz schön rumkommandiert hatte. Der Gedanke sorgte bei Brandon nicht nur für ein leises Lächeln, sondern auch für ein weiteres Anschwellen seiner Erektion.

Er wusste, wie sehr es ihr gefiel, wenn er ihren Kitzler rieb, denn das merkte man nur allzu deutlich. Und da er zufälligerweise eine besondere Begabung für diese Art der Stimulation hatte, nahm er sich, wie vorhin auch, genau dieser Stelle an, während Pete seine Finger tiefer unten zwischen ihren Beinen einsetzte. Wendy spreizte unbewusst die Schenkel und gab dann einen weiteren Befehl von sich. »Ich will abwechselnd eure Schwänze lutschen, während ihr mich anfasst«, sagte sie. »Also dreht Euch jetzt beide um, legt Eure Köpfe hierhin« – sie zeigte auf ihren Schritt – »und betrachtet meine Muschi, während ihr daran herumspielt.«

Mann o Mann, sie überraschte ihn doch immer wieder. Die Frau wurde wirklich mit jedem Mal unanständiger.

Und Brandon hatte nicht vor, einer Frau zu widersprechen, die so eindeutig wusste, was sie wollte. Da es Pete genauso zu gehen schien, legten sich beide Männer so hin, wie sie es befohlen hatte. »Du kannst meinen Schwanz lutschen so lange du willst, Süße«, sagte Pete.

Brandon fand es zunächst äußerst merkwürdig, dass sein Gesicht dem von Pete so nahe war, während die beiden Männer sie verwöhnten. Normalerweise brachten die Stellungen, die sie bisher bei gemeinsamen Dreiern eingenommen hatten, es nicht mit sich, dass man sich *so* nahe kam.

Aber es dauerte nicht lange, bis beide Männer sich ausschließlich auf Wendys köstlich frei gelegtes Fötzchen konzentrierten, dessen Fleisch selbst nach ihrem Höhepunkt noch leicht aufgequollen war. Und als ihre rosafarbenen inneren Schamlippen sich teilten, sah man, dass auch der Kitzler immer noch geschwollen war. Brandon konnte ihre Erregung riechen – und das obwohl der ganze Raum nach Sex zu duften schien.

»Sieh dir nur diese schöne, kleine Muschi an«, sagte Pete, und Brandon beobachtete seinen Freund dabei, wie er zwei seiner großen, langen Finger in Wendys Mitte schob. Ihre Säfte tropften neben den Fingern heraus, und Brandon hätte seinen Schwanz am liebsten sofort in ihrer nassen Möse versenkt. Als Pete seine Finger rein- und wieder rausfahren ließ, konnte man hören, wie feucht sie war.

Über ihnen ging Wendys Atem immer stockender und schwerer, und ihre Stimme klang ganz heiser vor Lust. »Küss mich da unten, Brandon. Küss mich dort, während Pete mich anfasst.«

Brandon sah sie nur an. Auch sein Atem wurde immer schwerer. Und das verstärkte sich noch durch ihre nächste Aufforderung: »Und du, Pete, dehn mich mit deiner anderen Hand schön auf, damit er mich besser lecken kann.«

Beide Männer zögerten, aber Wendy hatte sich längst wartend und beobachtend auf die Ellenbogen gestützt. Und selbst wenn dieser sehr nahe und intime Kontakt mit Pete ihrem eigentlichen Liebhaber ein wenig seltsam erschien, wollte doch keiner von ihnen die heiße und perfekte Harmonie dieser Nacht zerstören

Als Pete also mit zwei Fingern den oberen Teil ihrer Muschi öffnete, beugte Brandon sich vor, um sie zu lecken. Dabei gab er sich alle Mühe, mit seiner Zunge nicht womöglich Petes Hand zu berühren – obwohl es durchaus schwierig war, nicht mit dem Kinn dagegen zu stupsen. Und auch Petes andere

Hand lief ständig Gefahr gegen Brandons Nase zu stoßen. Doch als das schließlich unausweichlich passierte, zuckte keiner von den beiden Männern auch nur mit der Wimper. Schließlich wollte die Dame es so haben, und sowohl Brandon als auch Pete waren entschlossen, ihr genau das zu geben, was sie wollte.

Und selbst als sein scharfer Strandhase anfing, beide Schwänze zu wichsen, sah sie immer noch weiter zu. Wendy schien fasziniert von dem Anblick zweier Männer, die sich beide um ihre Muschi kümmerten. Und diese offensichtliche Faszination sorgte dafür, dass Brandons Zungenschläge immer fester wurden. Er tauchte förmlich in sie ein, schmeckte sie und leckte dabei immer wieder über die Knospe ihres Kitzlers. Mittlerweile war es Brandon auch völlig egal, ob er dabei mit den Fingern des anderen Mannes in Berührung kam. Petes andere Hand widmete sich währenddessen dem unteren Teil ihrer Möse. Er streichelte sie, dehnte sie und fickte sie mit seinen Fingern. Diese Bilder in Nahaufnahme zu sehen, machte Brandon noch geiler. Und je mehr es ihn erregte, sie zusammen mit Pete zu verwöhnen, desto weniger machte er sich Gedanken darüber, ob er seinen Freund dabei nun mit dem Mund oder irgendeinem anderen Körperteil berührte. Verdammt, er kannte den Kerl jetzt fast zwanzig Jahre – was war schon dabei?

Einen Moment später löste Wendy schließlich endlich ihr Versprechen ein und nahm seinen Schwanz in den Mund. *O ja, geil.* So warm, so feucht. Brandon sah von ihrem Fötzchen auf, um zu betrachten, wie sie seinen Riemen lutschte.

Dabei begriff er eigentlich nicht so recht, wie Frauen überhaupt in der Lage waren, einen Schwanz von diesem Umfang in ihren Mund zu kriegen. Wendy überraschte ihn da noch mehr als ohnehin schon und ihre hemmungslose Begeisterung fürs Schwanzlutschen raubte ihm fast den Atem. Die Kleine wurde immer unanständiger. Sein unanständiges Bunny.

Brandon stöhnte gegen ihren Kitzler, als sie ihn tiefer in den Mund nahm und ihre freie Hand gleichzeitig Petes Schwanz wichste. O Mann, sie war so scharf. Geradezu schockierend scharf. Nach und nach wurde Brandon von einer Lust ergriffen, die durch seinen ganzen Körper strömte – von der Brust bis hin zum Schwanz – und die Zuwendungen seines Mundes wurden noch vehementer. Als er schließlich mit Macht ihren Kitzler in seinen Mund saugte, stieß sie einen lauten Schrei aus und warf sich seinem Mund und Petes Fingern entgegen.

Doch irgendwann entließ sie Brandons Schwanz, drehte den Kopf und gewährte Pete Einlass in ihre feuchte Mundhöhle. »O ja!«, raunte Pete neben Brandons Ohr und erinnerte seinen Freund damit an die ungeheure, räumliche Nähe. Und wieder beobachtete Brandon, wie Petes gebräunte Finger in ihr Loch stießen und dabei jedes Mal feucht glänzten, wenn er sie wieder herauszog.

Als Brandon irgendwann spürte, wie ihre Titten sich um seine Erektion schlossen, wurde ihm klar, dass es Wendy irgendwie gelungen war, seinen Schwanz dort zu positionieren, während sie Pete lutschte. Sie stöhnte begeistert auf, und Brandon konnte sich nicht erinnern, jemals einen geileren, schmutzigeren Laut gehört zu haben. Sein unanständiges Bunny liebte es, an zwei Schwänzen gleichzeitig rumzuspielen. Daran bestand kein Zweifel. Er leckte sie noch fester, während er anfing, ihre Titten zu ficken. Sein Schwanz war noch immer feucht von den Zuwendungen ihres Mundes und das machte seine Stöße in das weiche Tal ihrer Brüste noch glitschiger und heißer.

So ging es eine ganze Weile weiter. Alle keuchten und stöhnten, aber Wendy war dabei eindeutig am lautesten. Brandon hatte das Gefühl, dass seine Gespielin vor Lust ganz außer sich war. Ab und zu entzog sie seinem Schwanz den Druck ihrer Brüste und strich stattdessen damit über einen ihrer wunderschönen Nippel. Oder sie entließ Petes Schwanz aus ihrem Mund, tauschte ihn gegen Brandons Prügel und rieb mit Petes Organ über die rosa Spitze.

Wie schon vorhin zuckten ihre Leiber in erregtem Einklang wie eine gut eingestellte Sexmaschine. Immer wieder stießen die drei Körper stöhnend gegeneinander und verschafften sich gegenseitig die größtmögliche Lust.

Wendys immer stärker werdende Erregung machte auch Brandon immer geiler. Seine Gespielin hatte jetzt keinen der Schwänze mehr im Mund, sondern rieb mit beiden steifen Organen immer wieder über ihre üppigen Brüste.

Brandon wusste, dass es ihr schon sehr bald kommen würde. Da bemerkte er plötzlich fasziniert, aber auch sehr erschrocken, dass sein Schwanz jetzt an mehr rieb, als nur an ihren Titten – er rieb auch an Petes Schwanz. Und dafür war Wendy verantwortlich, denn sie hatte die beiden Stangen über ihren Brüsten zusammengeführt, die Eicheln gegeneinander gepresst und leckte jetzt an beiden Prügeln.

Du lieber Gott! Ein Teil von Brandon wollte sofort aufhören. Das konnte er doch nicht tun. Schließlich war er weder schwul noch bisexuell und hatte auch nie den Wunsch verspürt, einen Mann in seinem Leben zu haben.

Aber er gebot ihr keinen Einhalt. Sie war so wild und so versaut und so kurz davor, in seinem Mund zu explodieren.

Also leckte er weiter ihren Kitzler und saugte Wendys Lust förmlich in sich auf. Dabei versuchte er zunächst noch zu verdrängen, dass ein Teil dieser Lust von Petes Schwanz herrührte. Aber dann begriff Brandon, dass es gar keinen Sinn machte, weiter darüber nachzudenken. Und diese Erkenntnis sorgte dafür, dass er irgendwann nur noch fühlte. Fühlte, wie die Lust immer stärker wurde und langsam anfing, ihn zu verzehren.

Als er zwischendurch kurz zu Pete hinübersah, stellte Brandon voller Erleichterung fest, dass dessen Augen geschlossen waren.

Und das hieß, er konnte die Sache genießen, ohne dass Pete etwas bemerkte.

Mist, er genoss diese Stellung wirklich. Wie zum Teufel war das nur möglich?

Brandon leckte weiter die geschwollene Knospe seines unanständigen Bunnys. Seine Zungenschläge wurden noch härter und fester, bis Wendy sich schließlich laut stöhnend und noch vehementer gegen sein Gesicht und Petes Finger presste. Ihr Orgasmus war so gewaltig, dass er fast auch Brandons Körper ergriff. Er knabberte an ihrem Kitzler, als es ihr kam, und nahm ihn so zwischen seine Zähne, dass sie während ihres Aufbäumens förmlich daran zog.

»O Gott, o Gott, o Gott …«, stöhnte Wendy, und ihre Entladung schoss wie heiße Flüssigkeit durch Brandon hindurch. Es dauerte eine ganze Zeit, bis sie langsam wieder runterkam. Und als sie mit einem geschnurrten »Das war so gut« ihre Befriedigung äußerte, dachte Brandon eigentlich, dass man jetzt aufhören oder zumindest die Stellung wechseln sollte. *Irgendwas.*

Aber das taten sie nicht. Im Gegenteil. Ihre Körper rieben und stießen weiter gegeneinander, bis Brandon schließlich merkte, dass es in diesem Moment eigentlich keine Rolle spielte, an was er sich da rieb. So lange es nur Haut und Fleisch war, so lange bescherte es auch Lust.

Petes Schwanz presste sich hart gegen den seinen, und es erregte ihn. Dabei war er eigentlich die Zartheit eines Frauenkörpers gewohnt und nicht die Härte eines Mannes. Er bewegte sich weiter, fickte ihre Titten und manchmal auch ihre Hand, kam dabei gleichzeitig aber immer wieder mit dem anderen steifen Schwanz im Bett in Berührung. Sein Magen zog sich zusammen.

Als Pete schließlich endlich die Augen öffnete und auf die

Schwänze blickte, die sich da berührten, sah Brandon, dass auch sein Freund äußerst erstaunt war. Dann meldete sich auf einmal Wendy, die eindeutig auch gesehen hatte, was da vor sich ging. »Bitte hört nicht auf«, flehte sie. »Sie sehen zusammen so wunderschön aus. Das ist so geil, so verdammt geil.«

Und keiner der beiden Männer ließ von ihr ab.

Sie sagten kein Wort und sahen sich auch nicht an, stellten aber auch ihre Bewegungen, ihre Stöße und ihr Reiben nicht ein.

Es fühlte sich so gut an. Zu gut. Ihre Titten fühlten sich wie ein Kissen für die Schwänze an, und Wendy war dazu übergegangen, sie direkt aneinander zu reiben. Schwanz an Schwanz.

Brandon konnte nicht fassen, was sie da tat und worauf er sich einließ.

Aber er versuchte immer noch, nicht weiter darüber nachzudenken. Stattdessen versuchte er, Wendys Lust zu erleben und zu verdrängen, dass er auch Spaß dabei hatte.

Es würde ihm bald kommen. Und zwar davon, dass sein Schwanz an dem von Pete rieb.

Nein, nicht allein davon, sondern von allem.

Ja, das war schon besser. Wenn er es so betrachtete, konnte er sich dieser Lust auch ganz hingeben.

Ein Teil von ihm – der »Ich-bin-nicht-schwul«-Teil – wollte nicht, dass Pete etwas von seinen Reaktionen mitbekam. Aber Brandon konnte sein schweres Atmen einfach nicht unterdrücken. Und als er bemerkte, dass er gleich explodieren würde, konnte er sich auch ein »O ja, jetzt!« nicht verkneifen.

Sein heißer Saft spritzte in hohem Bogen über Wendys Titten und auf ihren Bauch. Brandon hörte sein eigenes Stöhnen. Er musste es einfach rauslassen. Und was machte es jetzt schon noch für einen Unterschied, wenn er seine Lustlaute unterdrückte?

Und doch befriedigte es ihn sehr, als auch Petes Orgasmus

einsetzte und dieser sich mit einem »O ja, ich auch!« auf Brandons Schwanz und Brandons Bauch entlud.

Und endlich lagen sie alle drei still da.

Brandon schlug die Augen auf, um einen Blick auf sein zersaustes Bunny zu werfen. Im Gegensatz zu den anderen Malen rieb er sein Sperma nicht in ihren Körper ein, sondern ergötzte sich daran, welch schönen Anblick der sich vereinigende Saft von ihm und Pete doch bot – für sie. Und es sah sogar noch schöner aus, als Wendy ihn sich selbst in die Brüste einmassierte und sich dabei selbst beobachtete. Wie gern hätte er jetzt seinen Körper um sie geschlungen.

Aber zunächst musste er sich um Dinge kümmern, die etwas seltsamerer Natur waren. »Darüber werden wir niemals ein weiteres Wort verlieren«, stellte er zu Pete gewandt fest.

Die Blicke der beiden Männer trafen sich nur für einen kurzen Moment. »Auf keinen Fall«, stimmte Pete zu, stand auf und fing an, sich anzuziehen.

Sein Rückzug bot Brandon die Gelegenheit, sich im Bett an Wendy anzuschmiegen. Aber erschüttert war er immer noch. Das hätte ich keiner anderen Frau zuliebe jemals getan, dachte er. Er hatte natürlich nicht vorgehabt, es so weit kommen zu lassen, war aber immer noch schockiert und konnte nicht abstreiten, dass … es sich äußerst gut angefühlt hatte.

Er war scheinbar nicht der Einzige, der Menschen aus ihrem Schneckenhaus holen konnte. Nein, es gab anscheinend auch Dinge, die sie aus ihm rausholen konnte. Dinge, die er sich bisher noch nicht einmal vorgestellt hatte.

Wendy lag mit Brandon im Bett. Pete war weg, und sie war erstaunt – über sich selbst. Ihre Brüste glänzten noch von dem Saft ihres Liebhabers. Von dem Saft ihrer beiden Liebhaber. O Mann, wie weit war es nur mit ihr gekommen?

Dabei kannte sie die Antwort bereits. Sie hatte die Lust, das Selbstvertrauen und die Freiheit kennengelernt. Und das hatte sie alles dem Mann zu verdanken, der jetzt neben ihr lag.

Obwohl man das natürlich nie so genau wusste. Hätte sie Brandon nicht entdeckt, hätte sie an dem Abend im Vergnügungsviertel vielleicht einen anderen Mann gefunden. Irgendeinen Mann, der ebenfalls scharf und klug und lieb und sexuell äußerst großzügig war. Oder vielleicht hätte sie am nächsten Tag auch etwas mit Pete klargemacht und etwas ähnlich Gutes und Forsches erlebt. Aber andererseits war Pete ja auf sie zugekommen, weil er sie am Abend zuvor mit Brandon gesehen hatte und sie ihm deshalb so bekannt vorgekommen war. Wahrscheinlich wäre Pete also doch nur ein weiterer scharfer Typ in Badehose geblieben, der an diesem Tag an ihr vorbeigelaufen wäre und ihr Blut in Wallung gebracht hätte – alles ohne Ergebnis.

Wendy konnte es kaum fassen, was Brandon da heute Nacht getan hatte. Er hatte sie nicht nur mit Pete geteilt und sie dazu ermutigt, sondern er hatte sich für sie auch auf die Berührungen eines anderen Mannes eingelassen.

Bisher hatte sie die Vorstellung, zwei Männer gleichzeitig zu haben, nie sonderlich erregt. Aber nachdem sie einmal zwei Schwänze zum Spielen gehabt hatte, war ihr klar, wie scharf es sie machte, wenn diese Schwänze sich berührten. Allein der Gedanke ließ ihre Brust zucken.

Plötzlich wurde Wendy allerdings von einem recht unangenehmen, irgendwie morbiden Gedanken überrascht. »Du hast das doch alles auch gewollt, oder?«, fragte sie Brandon.

Er blinzelte und sah sie dann an. »Hä?«

»Das, was wir heute Nacht getan haben, das hatte doch nichts mit … na ja, mit dem Geschäft zu tun, oder? Weil du willst, dass ich dich bei Walter unterstütze?«

Brandon spitzte die Lippen und stützte sich dann auf einen

Ellenbogen. »Natürlich will ich deine Unterstützung bei Walter. Aber ich dachte, wir wären uns einig gewesen, dass wir das Geschäft nicht mit dem Privaten vermischen. Und eines will ich jetzt mal klarstellen, Bunny: Wenn es um Sex geht, mache ich sowieso, was ich will. Nicht mehr und nicht weniger.«

»Das, äh … das, was du da mit Pete gemacht hast, hast du also wirklich nur … für mich, für dich und nicht für das Resort getan?«

Brandon blinzelte erneut, sah diesmal aber ein bisschen verlegen aus. »Müssen wir unbedingt darüber sprechen?«

»Ich will nur eine Antwort.«

Er seufzte. »Es ging nicht um das Resort, okay? Glaub mir, das Resort war das Letzte, woran ich dabei gedacht habe.«

»Okay«, erwiderte Wendy und entspannte sich ein wenig.

Brandon legte sich wieder zurück und starrte auf den Ventilator über dem Bett. »Andererseits habe ich nicht vor, das zu wiederholen. Es erschüttert mich ganz schön, dass es überhaupt dazu gekommen ist. Insofern möchte ich nicht weiter darüber reden.«

Wendy konnte sich ein Lächeln nicht verkneifen. »Ich fand dich auch ziemlich versaut«, neckte sie ihn.

»Betonung auf *ziemlich*, Bunny. Es besteht ein großer Unterschied zwischen einfacher Versautheit und auf andere Kerle zu stehen.«

Bei allem, was sie sich in den letzten paar Tagen getraut hatte, konnte Wendy gar nicht fassen, wie besorgt er klang. »Komm schon, entspann dich. Ist doch alles halb so wild«, versicherte sie ihm. »Sieh es doch mal so, wenigstens habe ich nicht versucht, dir eine Gurke in den Hintern zu schieben.«

Brandon musste laut über ihre Bemerkung lachen und schaute ihr dann grinsend ins Gesicht.

»Aber ich danke dir«, fügte sie hinzu. »Du weißt schon, dafür, dass du weitergemacht hast.«

»Ich habe es einfach nicht über mich gebracht, dir den Spaß zu verderben.«

Wendy biss sich auf die Unterlippe. »Also es gibt bestimmt nicht viele Männer, die so sehr auf meinen Spaß bedacht gewesen wären.«

»Was soll ich sagen? Ich bin eben ein durch und durch guter Kerl.«

Sie kicherte leise, wurde dann aber schnell wieder ernst. Der Mann war wirklich unglaublich großzügig. Also folgte sie einem weiteren Instinkt an diesem Abend, beugte sich zu ihm rüber und gab ihm einen Kuss auf die Wange.

Ihre Blicke trafen sich und sie spürte, wie sich etwas zwischen ihnen bewegte – etwas Gutes, etwas Liebevolles. Wendy wusste, dass ihre Seelen in diesem Moment eine Verbindung zueinander gefunden hatten.

Aber nur vorübergehend. So etwas war durchaus möglich. Man kann eine tiefe Verbindung zu Menschen spüren, ohne dass daraus eine dauerhafte Beziehung entsteht.

Ob die Bikini-Mieze jemals solch eine Verbindung zu einem ihrer Liebhaber gespürt hatte? Wendy bezweifelte es stark. Sie seufzte, verbot sich aber streng, zu starke Gefühle für Brandon zu entwickeln. Und zwar aus den Gründen, die bereits vor ihrem Treiben präsent waren – es würde in ihrer Firma sicher nicht als großer Erfolg angesehen werden, wenn sie sich in einen heißen Typen verknallte – und auch aus den Gründen, die sich erst vor kurzem ergeben hatten. Es war einfach nicht gesund, sich in einen Geschäftspartner zu verlieben. Besonders, wenn es dabei um Millionen von Dollar ging.

»Ich sollte jetzt mal verschwinden«, sagte sie, setzte sich auf und hielt nach ihrem Höschen Ausschau. Der Rest ihrer Sachen lag immer noch draußen auf der Terrasse.

Doch Brandon packte sie am Handgelenk. »Bleib doch. Es ist

schon spät und es gibt doch nun wirklich keinen Grund, weshalb du im Dunkeln noch nach Hause laufen solltest. Außerdem weiß ich, dass du morgen früh keine Termine hast.« Er zwinkerte ihr zu.

»Aber arbeiten muss ich trotzdem.«

»Was steht denn auf deinem Terminplan?«

»Nun, man kann auf dem Gelände Golf, Tennis, Basketball, Minigolf und Shuffleboard spielen. Außerdem kann man sich Fahrräder ausleihen. Und da ich mir noch nicht eines dieser Angebote näher angesehen habe, wollte ich das eigentlich morgen tun.«

»Spielst du Golf?«

»Ein bisschen. Nicht gerade gut, aber ich weiß schon, wann man ein Holz und wann man ein Eisen benutzen muss.«

»Super. Dann gehen wir morgen früh Golf spielen. Ich zeige dir unseren Golfplatz. Er gehörte im letzten Jahr zu den zwanzig besten im Land.«

Erstaunlicherweise gefiel ihr die Idee – auch wenn sie überzeugt war, dass es sicher schlauer wäre, wenn man sich morgen am Tage nicht sehen würde. Wendy wusste bereits, dass sie ihn morgen Abend sehen würde, denn Pete hatte sie im Gehen noch einmal daran erinnert, dass man abends bei ihm essen würde. Die junge Frau mochte gar nicht daran denken, wie es wohl sein würde, Pete nach dem heutigen Abend wiederzusehen und auch seine Freundin kennenzulernen. Und das nach dem, was sie mit ihm getrieben hatte. Eines wusste sie jedoch ganz genau: Es war einfach nicht klug, immer mehr Zeit mit Brandon zu verbringen.

»Das Problem ist nur, wenn ich mit dir unterwegs bin, kriege ich nichts davon mit, wie der ganz normale Kunde hier behandelt wird«, erklärte sie ihm. »So wie im *Sharky's*.«

Brandon zuckte mit den Schultern, sah aber nicht allzu überzeugt aus. »Stimmt. Aber wie wär's damit? Du spielst morgens mit mir Golf und kannst dann den Rest des Tages inkognito rumziehen.«

Wendy seufzte. »Gut.« Aber es war nicht wirklich gut. Denn das hieß offensichtlich, dass sie die Nacht mit ihm verbringen würde und damit riskierte, noch stärkere Gefühle für ihn zu entwickeln. Und wenn sie dann morgens auch noch gemeinsam Golf spielten, würden die Gefühle sicher immer mächtiger werden. *Von jetzt an musst du in erster Linie daran denken, dass es hier nur um Sex geht. Sex, Sex, Sex. Nicht mehr. Keine Emotionen.*

Ihr Plan lautete also … ihn weiter mit ihrem Sex um den Verstand zu bringen.

Und wenn sie die Sache so betrachtete, klang das Ganze gar nicht mehr so schwierig.

Ich hatte zwei Männer auf einmal in mir.

Ich habe zwei Schwänze begehrt.

Ich habe gespürt, wie sie sich wie heiße Lava auf mir ergossen, und ich habe ihr vermengtes Sperma in meine Haut massiert.

Ich hatte keine Ahnung, wie sehr ich mich nach solchen Dingen sehnte und wie schmutzig ich sein kann.

Existiert das »Verbotene« eigentlich nur in unseren Köpfen? Ich habe gestern Abend mit zwei Männern gefickt, und die Welt ist nicht untergegangen. Ich bin heute Morgen trotzdem aufgewacht und habe gefrühstückt. Mein Leben wird weitergehen.

Ist es wirklich so einfach? Wenn man sich entscheidet, dass etwas nicht mehr verboten ist, ist es dann wirklich erlaubt?

Kapitel 10

Als Wendy und Brandon am nächsten Morgen gemeinsam duschten, stützte sie sich irgendwann mit den Händen an der gekachelten Wand ab, um sich von hinten seinen Schwanz in die Möse schieben zu lassen. All das natürlich nur unter der Prämisse, dass ihre Beziehung eine reine sexuelle Verbindung war – selbst beim Baden.

Nachdem sie noch in Wendys Apartment vorbeigefahren waren, damit sie in ein Paar Shorts und Turnschuhe wechseln konnte, fuhren sie zum Frühstücken in ein zauberhaftes Lokal auf dem Resort-Gelände, das sich schlichtweg *Das Rührei* nannte.

Während sie sich an dem köstlichen Angebot des Ladens gütlich taten, erzählte Brandon ihr noch ein bisschen mehr über seine Kindheit in einer Kleinstadt in Alabama. Die Beschreibungen seines Geburtsortes klangen idyllisch und pittoresk. Und da Wendy bisher immer in Großstädten gelebt hatte, ertappte sie sich mehrfach dabei, wie sie ihn fast um seine Kleinstadt-Jugend beneidete.

»Und warum bist du da weg?«, fragte sie.

»Ich sagte dir doch schon, der Strand liegt mir im Blut. Das war schon immer so. So weit ich zurückdenken kann.«

Wendy verstand voll und ganz, was er meinte. Der Strand hatte irgendetwas, das perfekt zu ihm passte. Er gehörte einfach hierher.

»Aber meine Familie wohnt noch dort«, fügte er hinzu. »An

wichtigen Feiertagen fahre ich also immer nach Hause. Und auch, wenn meine Mom Geburtstag hat.«

»Irgendwelche Brüder und Schwestern?«, fragte Wendy und nahm einen Schluck Kaffee.

»Von jeder Sorte eins. Und ich bin der Jüngste.«

»Und der Erfolgreichste, möchte ich wetten.«

Er grinste. »Na ja, die Leutchen zu Hause machen schon einen ziemlichen Wind um das, was ich tue. Aber ich habe mit den Jahren festgestellt, dass Erfolg auch immer im Auge des Betrachters liegt. Mein Bruder hat ein Futtermittelgeschäft und fünf Kinder. Er könnte gar nicht glücklicher sein. Und meine Schwester träumte schon immer davon, in der High School Englisch zu unterrichten. Und da sie das jetzt tut, ist auch sie sehr zufrieden.«

Als Wendy Brandon kennengelernt hatte – und auch gestern, als er so geschniegelt und attraktiv in diesem riesigen Büro saß –, wäre ihr nie in den Sinn gekommen, dass sein Charakter auch über so etwas wie Bescheidenheit verfügen könnte. Und doch war sie bei diesem Thema deutlich zu spüren. Und das fand sie überaus anziehend.

Danach sprachen die beiden auch ein wenig über Wendy, die mit ihren Eltern und einer älteren Schwester in einem geschäftigen Vorort von Chicago aufgewachsen war. »Wo ich eine ganz und gar durchschnittliche Mittelschicht-Kindheit verbrachte. Mit Pfadfinderinnen, Klavierstunden und dergleichen.

Brandons Blick wanderte von seiner Kaffeetasse hin zu ihren Augen. »An dir ist wirklich rein gar nichts durchschnittlich, Bunny.«

Da sie sich bisher immer ausgesprochen durchschnittlich gefühlt hatte – zwar zufrieden, aber eben doch durchschnittlich –, berührte seine Bemerkung sie sehr. Und sie sorgte auch dafür, dass ihr Höschen feucht wurde, denn seine Sicht auf sie hatte zumindest zum Teil mit ihrem leidenschaftlichen Sex zu tun.

Als sie Hand in Hand den Pro-Shop beim Golfplatz betraten, lächelte der ältere Herr hinter dem Verkaufstresen sie freundlich an – und das noch bevor er erkannte, dass es sich bei der Kundschaft um Brandon Worth handelte. In diesem Moment wurde Wendy genau das klar, was sie die ganze Zeit befürchtet hatte. Sie und Brandon wurden hier langsam ein bisschen zu häuslich und wirkten mittlerweile wie ein verliebtes Paar.

Du musst dafür sorgen, dass der Sex wieder im Mittelpunkt steht. Und zwar nur der Sex.

»Wir spielen nur die ersten neun Löcher«,teilte Brandon ihr mit und zeigte auf einen riesigen Plan des Golfplatzes, der in einem breiten Holzrahmen an der Wand des Ladens hing. »Um diese Jahreszeit wird es schon früh sehr heiß, und die Golfer hier fangen gerne schon im Morgengrauen an zu spielen. Das heißt, sie liegen alle vor uns und wir können uns so richtig Zeit lassen.«

»Klingt gut«, erwiderte Wendy abwesend und fragte sich dabei, wie sie das Thema Golf zu etwas Sexuellem machen könnte.

Genau in diesem Moment fiel ihr Blick auf einen Ständer mit Golfbekleidung für Frauen. Um genau zu sein, entdeckte sie einen kleinen weißen Rock, der unter normalen Umständen viel zu kurz gewesen wäre, aber perfekt zum Golf oder Tennisspielen geeignet war. Sie wusste zwar nicht, weshalb es okay war, bei diesen Sportarten einen zu kurzen Rock zu tragen, aber sie wusste, *dass* es so war. Sie hatte eigentlich recht schicke Shorts an, sie wirkten aber in keiner Weise sexy – ganz im Gegensatz zu dem aufreizenden weißen Röckchen.

Nachdem sie sich die passende Größe ausgesucht hatte, entdeckte sie auch noch einen pinkfarbenen, recht eng sitzenden Pullover, den sie ebenfalls mit in die Umkleidekabine nahm.

»Ich probier mal schnell was an«, rief sie Brandon zu, der immer noch am Tresen stand.

Er lachte nur. »Du bist wirklich shoppingsüchtig, was?«

Normalerweise nicht. Aber so langsam gewöhne ich mich dran. Bisher hatte Wendy sich nicht so wahnsinnig viel aus Klamotten gemacht, aber seitdem sie Kleidung trug, in der sie heiß aussah, hatte sich das gründlich geändert.

Die Kombination passte wie angegossen und machte Wendy zumindest in ihren Augen zu einer scharfen Golferin. Sie riss die Preisschilder ab, um sie dem Mann hinter dem Verkaufstresen zu bringen, und behielt den Pullover und den Rock gleich an.

Doch kurz bevor sie die Tür zur Umkleidekabine aufstieß, folgte sie einem weiteren Instinkt. Sie griff sich unter den Rock, zog ihr Höschen aus und stopfte es in ihre Handtasche.

Gewagt? Auf jeden Fall. Aber sie wollte sichergehen, dass Brandon heute ausschließlich an Sex dachte und nicht auf irgendwelche romantischen Ideen kam.

Als ihr Begleiter sie sah, betrachtete er sie wohlwollend von oben bis unten. »Wie zum Teufel soll ich mich denn so auf das Golfen konzentrieren«, raunte er ihr leise zu, sodass der Verkäufer ihn auf keinen Fall hören konnte.

Gar nicht. Mission erfüllt. Oder zumindest vorerst.

Wendys Golfspiel war sogar noch schlechter als sonst, denn wie sich herausstellte, war es ziemlich erregend, einen kurzen, knappen Rock ohne Höschen zu tragen. So war sie bereits am vierten Loch feucht und geschwollen. Brandon hatte davon keine Ahnung. Er schien sich völlig auf das Spiel zu konzentrieren, war viel zu sehr damit beschäftigt, ihr Tipps zu geben, und schien ernsthaft zu glauben, dass sie sich für den Punktestand interessierte.

Bei ein paar Dingen hatte Brandon übrigens durchaus richtig gelegen. Dass es morgens schon sehr heiß draußen war, wusste sie bereits von ihren Strandspaziergängen. Aber hier wehte nicht einmal die kleinste Brise, die für irgendwelche Abkühlung hätte sorgen können. Und abgesehen von ihr und Brandon war der Golfplatz tatsächlich leer. Wendy hätte nicht gedacht, dass tatsächlich kein Mensch um diese Zeit Golf spielte und fragte Brandon nach den Gründen dafür. »Die meisten Menschen, die hier Golf spielen, nehmen den Sport sehr ernst. Und sie wissen auch, wie das Wetter hier ist. Zum Frühlingsbeginn und im Herbst ist das was anderes, aber um diese Jahreszeit ist es hier nach halb zehn wie ausgestorben.«

Wenn hier niemand ist, der etwas mitbekommen könnte, wird es umso einfacher für mich sein, deine Gedanken auf das Thema Sex zu lenken. Als Wendy ihr Höschen auszog, hatte sie eigentlich vorgehabt, irgendwann nur kurz ihren Rock vor ihm zu heben oder vielleicht seine Hand zwischen ihre Beine zu führen, wenn sie im Golfwagen saßen. Aber jetzt konnte sie weitaus forscher vorgehen. Und je mehr sie mit diesem Gedanken spielte, desto besser gefiel er ihr.

Als sie am siebten Loch angelangt waren, das an einer besonders schönen, üppig grünen und abgelegenen Stelle lag, die von hohen Bäumen umstanden war, entschied Wendy, dass dies vielleicht ein guter Ort für ihren ersten Zug sein könnte.

Doch bevor sie endgültig entschied, wie dieser Zug eigentlich aussehen sollte, griff sie in die mitgebrachte Kühltasche und zog eine Flasche Wasser heraus. Vor Hitze schmachtend hielt sie sich die eiskalte Flasche erst an den Hals und führte sie dann zu dem V-Ausschnitt ihres Oberteils. Wendy seufzte inbrünstig, als sie spürte, wie die eisige Feuchtigkeit ein wenig Erfrischung brachte.

»Lass das lieber sein, Bunny«, warnte Brandon sie mit tadelndem Schmunzeln. »Du siehst so feucht einfach zu gut aus. Ich krieg gleich 'n Steifen.«

»Wäre das ein Problem?«, fragte sie und blickte erwartungsvoll in seine Richtung.

»In diesem Moment?« Er sah amüsiert aus. »Allerdings. Ich spiele schließlich gerade Golf.«

Wendy legte den Kopf etwas schief. »Du möchtest jetzt also lieber Golf spielen als mich zu ficken?«

»Ich nehme mein Spiel ziemlich ernst«, erklärte er mit einem Grinsen, meinte es aber offensichtlich doch sehr ernst. Schon beim ersten Loch war Wendy aufgefallen, dass dieser Sport etwas war, dem er sich nicht halbherzig widmete. Und jetzt, da sie darüber nachdachte, fiel ihr eigentlich nichts ein, was Brandon halbherzig tat. Das musste wohl das Geheimnis seines Erfolges sein.

Und dennoch konnte Wendy nicht umhin, ihr Vorhaben als Herausforderung zu betrachten. Als sich beide wieder vor ihre Bälle stellten – beide noch auf dem Grün und ein gutes Stück vom Loch entfernt –, beugte sie sich leicht vor, um ihren Ball korrekt zu platzieren und streckte dabei ihren Hintern direkt in Brandons Richtung aus. Sie wusste genau, dass er in dieser Haltung einen guten Blick auf ihre feuchte Muschi haben musste.

Sie wartete auf eine Reaktion, aber die kam nicht. Und als sie schließlich aufschaute, stellte sie fest, dass Brandons Aufmerksamkeit immer noch voll und ganz seinem Golfball galt. Verflixt noch mal, er tat wirklich nichts weiter, als seinen nächsten Schlag vorzubereiten.

Wendy hatte nicht damit gerechnet, dass ihr Vorhaben sich als derart schwierig erweisen würde. Sie erhob sich wieder, holte den passenden Schläger aus ihrer geliehenen Golftasche und schlug auf ihren Ball ein. Das Ding flog nicht ganz so geradeaus, wie sie sich das vorgestellt hatte, blieb aber dennoch in der Nähe des mit einer roten Fahne markierten Loches liegen.

»Guter Schlag, Bunny«, lobte Brandon. »Und jetzt loch ihn ein.«

Nachdem Wendy die Fahne rausgezogen und den Ball eingelocht hatte, war sie recht überrascht, dass ihr Schlag zum Erfolg geführt hatte – schließlich hatte sie beim Schwingen des Schlägers eher an Sex und nicht an Golf gedacht. Wenn es bei Brandon doch auch nur so wäre.

Es wurde also Zeit, drastischere Maßnahmen zu ergreifen. *Keine Hemmungen!*

Während Brandon seinen Schlag sorgfältig vorbereitete, sah Wendy sich erneut in der näheren Umgebung um, um sicherzustellen, dass sie auch wirklich allein waren. Dann zog sie mit einer flüssigen Bewegung ihr Oberteil aus und warf es auf den Rasen. Und nachdem sie sich auch ihres BHs entledigt hatte, stand sie von der Hüfte an nackt in der heißen Sonne da.

Und *das* fiel Brandon allerdings auf. Noch nie hatte sie gesehen, wie seine Augen sich derart weiteten. Sie waren jetzt so groß und rund wie … Golfbälle. »Was zum Teufel hat das denn zu bedeuten?«, fragte er.

Sie fühlte sich durch und durch lüstern, wie sie da am helllichten Tage oben ohne und ansonsten nur mit einem knappen Röckchen und Tennisschuhen bekleidet dastand – besonders an einem Ort, an dem man sich der allgemeinen Meinung nach ernst und kultiviert verhalten sollte. Ein Blick nach unten verriet Wendy, dass ihre Nippel bereits steinhart von ihren Brüsten abstanden. Bevor sie Brandon eine Antwort gab, ging sie mit ruhigen Schritten zu dem Loch und hockte sich so darauf, dass ihre gebeugten Schenkel geradezu eine sich verengende Einflugschneise für den Ball darstellten.

Und endlich sah sie so etwas wie Lust in Brandons Blick aufflammen. »Wie soll ich mich denn bitte auf meinen Schlag konzentrieren, wenn du da so verdammt unanständig sitzt?«

Wendy blinzelte unschuldig und kam sich umso schamloser vor. »Na, wenn du dich schon nicht auf dein Spiel konzentrieren kannst, dann versuch doch, dich *hierauf* zu konzentrieren.« Mit diesen Worten griff sie nach unten und zog im vollen Bewusstsein, dass dies bestimmt der obszönste Anblick war, den man auf diesem Golfplatz je gesehen hatte, ihren Rock hoch.

»Du lieber Himmel«, murmelte Brandon, als sein Blick zwischen ihre Beine fiel. Jetzt wusste Wendy, dass sie ihn endlich dort hatte, wo sie ihn haben wollte. Er starrte sie nur an und ließ fast seinen Schläger fallen. »Wo um alles in der Welt ist denn dein Höschen geblieben?«

»Das hab ich schon in der Umkleidekabine ausgezogen.«

Ihm fiel förmlich die Kinnlade runter. »Du bist also schon die ganze Zeit, die wir hier sind, untenrum nackt?«

Wendy nickte nur und genoss den immer lüsterner werdenden Blick in seinen Augen. »Und jetzt ziel auf meine Muschi«, forderte sie ihn auf.

Seine Mundwinkel wurden ganz schlaff. »Sie sieht nass aus.«

»Nur für dich«, erwiderte sie und leckte sich die Lippen.

»Mist«, murmelte Brandon.

»Na los, loch ihn ein«, forderte sie ihren Begleiter erneut auf. »Ziel auf *mein* Loch.«

Sie schwitzten zwar schon beide, aber Wendy hätte schwören können, dass seine Schweißausbrüche immer heftiger wurden.

Brandon warf ihr einen weiteren gierigen Blick zu, positionierte dann seinen Schläger und schlug ab. Beide Augenpaare beobachteten, wie der Ball über das Grün und ohne großartige Umwege direkt auf das Loch zurollte, wo er direkt zwischen ihren Beinen hineinplumpste.

»Verdammt«, flüsterte er und schüttelte ungläubig den Kopf. Doch seine Augen blieben weiter auf die Mitte zwischen ihren Schenkeln gerichtet.

»Na los, hol ihn raus«, spornte sie ihn mit lustheiserer Stimme an, gab dabei aber nicht klar zu erkennen, ob sie damit den Ball oder seinen Schwanz meinte.

Und Brandon fragte auch nicht, sondern ließ einfach nur den Schläger fallen und kam auf sie zu.

Er ging kurzerhand auf die Knie, legte sich dann auf den Bauch und beugte sich über Loch sieben, um seine Zunge über ihre rosa Spalte fahren zu lassen.

Wendy stöhnte auf, stützte sich auf die Ellenbogen und hob ihren Kopf etwas an, um Brandon zu beobachten, wie er sie leckte und leckte und mit der Zunge schließlich auch ihren Kitzler verwöhnte.

»Oh. O Gott«, keuchte sie, versuchte dabei aber auch, nicht zu laut zu sein, falls sich doch jemand in Hörweite befand. »O Baby, das ist so gut. Ja, leck mich.«

Sie krümmte den Rücken, umfasste ihre Brüste und knetete sie mit festem Griff. Das Gefühl, im Freien praktisch nackt dazuliegen und sich unter dem herrlich blauen Himmel die Muschi lecken zu lassen, war einfach überwältigend. Die grelle Sonne schien ihr Treiben wie ein Scheinwerfer zu beleuchten und machte den Anblick der beiden damit noch wilder und noch animalischer. Plötzlich wurde Wendy klar, dass die Dunkelheit der Nacht – selbst wenn eine Lampe brannte – dem Akt irgendetwas Düsteres und Geheimnisvolles verlieh. Aber *das* hier hatte wirklich gar nichts Geheimnisvolles mehr an sich.

Es dauerte nur ein paar Minuten, und sie stand am Rand höchster Ekstase. Und eine Sekunde später spürte sie auch schon, wie die heißen Zuckungen des Höhepunktes durch ihr Blut, ihre Muskeln und ihre Haut rasten.

Als es vorbei war und Brandon sich erhob, schien sein Gebaren völlig verändert. Ganz plötzlich hatte er sich wieder in den sexuell äußerst forschen Brandon verwandelt, den sie kannte. »Steh auf«, befahl er ihr und stellte sich ebenfalls aufrecht hin.

Danach packte er sie sofort am Handgelenk und zog sie zu dem Golfwagen. Wendy fragte sich noch kurz, ob sie wohl ohne ihr Oberteil wegfahren würden, das schließlich immer noch auf dem Rasen lag. Doch es dauerte nicht lange und ihr wurde klar, was er wirklich vorhatte. Er forderte sie auf, sich seitlich über den Wagen zu beugen und sich mit den Händen an den Stangen abzustützen, die mit dem Dach des Fahrzeugs verbunden waren. »Halt dich fest«, sagte er knapp, legte ohne jedes Vorspiel die Hände auf ihre Hüften und stieß seinen Schwanz von hinten in ihre Möse.

»Oooh«, stöhnte sie beim tiefen Eindringen seines Organs laut.

Mann, sie hatte nicht mal mitgekriegt, wie er den Reißverschluss seiner Hose geöffnet hatte! Aber das schien er mit einer Hand auf dem Weg zum Grün erledigt zu haben. Und genauso schnell, wie er seine Hose geöffnet hatte, stopfte er sie jetzt mit seiner riesigen Erektion. Sein Riemen fühlte sich dick und hart in ihr an und beim Schließen der Augen sah sie ein Kaleidoskop von Farben vor sich.

Brandons Stöße waren so unerbittlich, dass Wendy irgendwann gar nicht anders mehr konnte, als laut zu brüllen – egal, ob es jemand hörte. Jeder einzelne seiner groben Fickstöße erschütterte ihren Körper auf die köstlichste Weise. Ihre Titten hüpften, und ihr Fleisch bebte. Und als sie ihm ihren Po entgegenstreckte, konnte sie nichts anderes mehr denken als: *Ja, oh, ja.* Diese Nummer war mehr, als die lüsterne Frau sich jemals von einem unanständigen Golfspiel erhofft hatte. Es war zwar durchaus schwierig gewesen, ihren Gespielen so weit zu kriegen, aber jetzt schien er entschlossen, sie so heftig wie möglich abzuficken.

Und schon bald ging er auch zu einem ihrer gemeinsamen Lieblingsspielchen über, indem er ihr ein paar feste Schläge auf den Hintern verpasste, während er weiter unbeirrbar in ihre weiche Mitte hineinstieß. Wendy war kaum noch zu halten. Seine Hiebe griffen die herrlichen Gefühle, die sie beim Sex empfand, auf … und verstärkten sie auf seltsame Weise.

»O ja, schlag mich«, keuchte sie. »Ich war heute ein sehr ungezogenes Mädchen.«

»Teufel, das warst du allerdings«, raunte Brandon und ließ seine Hand erneut fest auf ihrem Hintern niedergehen.

So ging es weiter, bis Wendy nicht mehr in der Lage war, irgendetwas zu denken; bis ihre Beine fast nachgaben; und bis Brandon schließlich ein »Ja, jetzt« herausstöhnte und sie mit vier letzten, brutalen Stößen regelrecht aufspießte.

Als es vorbei war, schlossen seine Arme sich um ihre nackte Taille, und sie konnte nur noch den Klang ihres gemeinsamen, schweren Atmens hören.

Als sie sich irgendwann schließlich in seinen Armen umdrehte, war sie geradezu erstaunt, wie wohl sie sich mittlerweile fühlte, wenn sie nackt war. »Hat dir das gefallen?«, fragte sie flüsternd und lächelte Brandon erwartungsvoll an.

Er nickte nur und schenkte ihr ein verführerisches Lächeln. »Ich kann's kaum erwarten, zu sehen, was du wohl für das achte und das neunte Loch geplant hast.

Nachdem Wendy am späteren Nachmittag wieder in ihre etwas praktischeren Shorts geschlüpft war – diesmal *mit* Höschen –, lieh sie sich ein Fahrrad, um die anderen Sporteinrichtungen des Resorts genauer unter die Lupe zu nehmen. Es war noch erheblich heißer als heute Morgen, aber was ihre Arbeit anging, war die umtriebige junge Frau sehr gewissenhaft – normalerweise sogar noch wesentlich gewissenhafter, als sie es aufgrund gewisser Ablenkungen bisher bei dieser Reise gewesen war. Außerdem wusste sie, dass sie widerstandsfähig genug war, um mit ein bisschen Hitze fertig zu werden. Sie trug eine Sonnencreme mit hohem Lichtschutzfaktor, trank viel Wasser und machte von Zeit zu Zeit einen kurzen Halt, um ein paar Eintragungen in ihrer Arbeitsmappe zu machen.

Tennisplätze sehr gepflegt, aber Basketball-Flächen ziemlich runtergekommen. Ein bisschen gärtnerische Gestaltung um den Platz herum würde ihn anziehender machen, von innen wie außen.

Der Minigolfplatz wirkt sehr abwechslungsreich und unterhaltsam, aber einige Flächen sind mit Blättern und anderem Müll verschmutzt. Muss sauber gehalten werden! Bei zehn Dollar pro Runde wollen die Menschen nicht erst die Flächen reinigen, damit sie spielen können.

Es war natürlich ein schwieriges Unterfangen, den Minigolfplatz zu bewerten, ohne daran erinnert zu werden, was sie da vor ein paar Stunden praktisch nackt auf einem echten Golfplatz getrieben hatte. Jetzt, da Wendy wieder ganz in ihren Arbeitsmodus übergewechselt war, kam ihr das Ganze geradezu unglaublich vor. Fast wie etwas, das sie vielleicht geträumt hatte. Oder wie eine ihrer schmutzigen Fantasien bei Nacht.

Nach ihrem letzten, offiziellen Stopp gab sie sich ein wenig ihren Gedanken hin und machte eine weitere Notiz in ihrer Arbeitsmappe.

Wie wär's, wenn man zu einem dreitägigen oder längeren Aufenthalt einige Gratisdienste dazubekäme? Gratis Fahrradverleih oder eine kostenlose Tennisstunde.

Wendy wusste, im Moment war es einfach zu heiß, um Tennis oder Basketball zu spielen, aber dennoch wurde sie das Gefühl nicht los, dass die Einrichtungen auch sonst nicht unbedingt regelmäßig benutzt wurden.

Wenn jemand etwas umsonst nutzen kann, gefällt es ihm vielleicht so sehr, dass er beim nächsten Mal durchaus bereit ist, dafür zu zahlen. Vielleicht sorgen solche Vergünstigungen auch dafür, dass sie ihren Freunden weitererzählen, was das hier für ein großartiges Ferienziel ist, das die etwas höhere Preisklasse durchaus wert ist.

Und wenn andere Gäste sehen, dass die Einrichtungen genutzt werden, wird es sie ganz von selbst anspornen, eine Runde Tennis oder Minigolf in Erwägung zu ziehen.

Es gibt Millionen von Urlaubsorten, aber dieser hier ist recht einmalig. Dennoch müssen wir die Gäste auch mit Extravorteilen locken, die dafür sorgen, dass sie ihren Urlaub im Emerald Shores Resort verbringen wollen.

Als sie sich ihren Text noch mal durchlas, stellte Wendy fest, dass sie dazu übergegangen war, das Wort »wir« zu verwenden – fast als hätten sie oder Walter bereits in das Resort investiert.

Und das hieß, sie musste sich unbewusst längst dazu entschlossen haben, Walter zu einer Investition zu raten.

In Wahrheit sah es so aus, dass sie das Resort trotz der kleinen Fehler, die sie überall entdeckte, für den Himmel auf Erden hielt. Brandon hatte das Gelände mal als *Disney World am Strand* bezeichnet – eine Beschreibung, die sie durchaus passend fand. Ihr fiel wirklich nicht ein einziger Grund ein, weshalb sie dem *Emerald Shores Resort* nicht ihre volle Zustimmung geben sollte.

Und das hieß ... Tja, das hieß, dass Brandon von jetzt an eine feste Größe in ihrem Leben sein würde. Eine weit entfernte Größe, aber dennoch eine Größe.

Ein Grund mehr, weiter ihre Sexfantasien mit ihm auszuleben und sonst nichts. Schließlich konnte sie den wilden Sex, den sie bereits mit ihrem Gespielen gehabt hatte, auch nicht ungeschehen machen. Aber sie konnte dafür sorgen, dass der Sex das Einzige war, was sie teilten. So würde ihr auch der Abschied wesentlich leichter fallen, wenn sie in ein paar Tagen abreisen musste. Und wenn es sich ergeben sollte, dass sie in Zukunft beruflich miteinander zu tun hätten, würde auch das ohne tiefere Gefühle wesentlich leichter werden.

Als sie mit ihrem Drahtesel über den geschwungenen und sehr gepflegten Fahrradweg rollte – in jeder Sekunde aufs Neue schwankend zwischen ihrem »normalen Ich« und ihrem »wilden Ich« –, dachte sie darüber nach, welch einen Unterschied ein paar Tage im Leben doch ausmachen konnten. Bei ihrer Ankunft hatte sie noch allen Mut zusammennehmen müssen, um sich einen sexy Bikini zu kaufen. Und jetzt zog sie sich mitten auf einem Golfplatz aus, als hätte sie in ihrem Leben nie etwas anderes getan.

Ihr Kopf war angefüllt mit den üblichen Fragen. *Wann wird man zu der Person, die man vorgibt zu sein? Wann ist es real? Wo verläuft die Grenze zwischen dem alten Ich und dem Ich, zu dem man geworden ist?*

Die Grenzen zwischen bravem und unanständigem Mädchen verschwammen mehr und mehr. Wenn sie mit Brandon zusammen war, fühlte sie sich so unanständig, dass sie jederzeit die größte Schlampe sein konnte. Und dennoch war sie danach doch immer wieder sie selbst. Die Frau, die Vergnügen an Tabellenkalkulationen hatte, die Frau, die Ballettvorführungen ihrer Nichte besuchte und die Frau, die sich gerne schmalzige romantische Komödien ansah.

Wie war es nur möglich, dass diese Frau förmlich darum gebettelt hatte, dass ein Mann ihr seinen Schwanz ins Fötzchen schob, während sie gleichzeitig einen anderen Riemen im Mund hatte? Wendy schüttelte den Kopf, so albern kam ihr diese Situation vor.

Und in diesem Moment kam ihr das erste Mal der Gedanke, dass es der Bikini-Mieze vielleicht genauso ging.

Vielleicht konnte auch die Strandschönheit wahllos rumficken und gleichzeitig die Gegenwart ihrer Kinder oder die Herausforderungen ihres Jobs genießen.

Vielleicht lag der einzige Unterschied zu Wendy darin, dass die Bikini-Mieze sich so wohl in ihrer Haut fühlte, dass sie gar nicht erst über all diese Dinge nachdachte und sich nicht die Mühe machte, sie zu analysieren. Und dieser Gedanke brachte Wendy an den Punkt, dass sie vielleicht auch damit aufhören und einfach nur leben könnte.

Die Dessous, die sie heute Abend trug, stammten von ihrem ersten Shoppingtrip im *Beach Bazaar* und bestanden aus einem sexy gelben Halbschalen-BH und dem dazu passenden Tanga mit muschelförmiger Borte und Spitzenbesatz. Sie waren zart, duftig und vielleicht ein wenig zu knapp, um als richtige Unterwäsche durchzugehen. Aber da sie wusste, dass sie heute Abend schließlich doch irgendwann mit Brandon im Bett landen würde, spielte das keine große Rolle.

Wendy trug eine schlichte, dunkle Jeans und ein besticktes, körperbetontes Oberteil. Bei der Auswahl ihrer Garderobe hatte sie durchaus auch an die Freundin von Pete gedacht. Sie wollte stylish, aber auch nicht zu sexy aussehen – falls die Jungs sich doch geirrt hätten, und Petes Bekannte wollte Wendy wirklich dabei haben. Und besonders, weil sie keine Ahnung hatte, ob Pete dem Mädchen erzählt hatte, was gestern Abend geschehen war. Wahrscheinlich nicht. Aber andererseits hatte es auch geheißen, die Kleine wäre ein richtiges Partygirl, und dass sie und Pete eine total lockere Fickbeziehung hätten. Man konnte also nie wissen. Alles in allem fühlte Wendy sich tatsächlich ein wenig unwohl. Gerade so, als würde sie sich einer Situation mit zu vielen Unbekannten stellen. Sie wollte einfach einen möglichst neutralen Eindruck machen. Nicht zu sexy und nicht zu bedrohlich. Aber auch nicht zu langweilig oder zu altbacken.

Eigentlich hoffte sie aber nur, dass sie sich das Erlebnis nicht durch zu viel Nachdenken kaputt machte. Und da sie sich bereits vorgenommen hatte, nicht mehr alles so zu analysieren, gab sie sich auch jetzt alle Mühe, nicht in Grübeleien zu versinken. Stattdessen versuchte sie, an die Zeit danach zu denken, wenn sie mit Brandon allein sein würde. Zählte man ihre Begegnungen zusammen, war das jetzt schon die vierte, fantastische Nacht, die sie gemeinsam verbringen würden.

Diesmal holte Brandon sie nicht in einem Golfwagen, sondern in einem glänzenden schwarzen Mercedes-Cabrio ab, bei dessen Anblick ihr fast das Herz stehen blieb. Wendy war einfach noch nicht wirklich daran gewöhnt, wie reich ihr Liebhaber eigentlich war.

Der Fahrtwind fühlte sich herrlich an. Doch als sie auf die sehr belebte Küstenstraße fuhren, wurde Wendy plötzlich bewusst, dass sie das Resort jetzt zum ersten Mal seit ihrer Ankunft verließ. Wie seltsam, die Dinge wiederzusehen, deren Existenz sie vorübergehend vergessen hatte: Supermärkte, Imbisse, Werbetafeln. Irgendwie sorgte der Anblick dafür, dass die Zeit mit Brandon ihr noch realer erschien – und schockierender. Das hier war kein wundervoller und sehr langer Traum vom Paradies mehr. Nein, sie waren zusammen in der realen Welt und fuhren durch den dichten Verkehr zu Petes Haus in der nahe gelegenen Küstenstadt Destin.

Aber irgendwie hatte die Rückkehr ins reale Leben mit den Tankstellen, den Einkaufszentren und den Ampeln etwas geradezu Verstörendes. *Du solltest dich lieber an die Realität gewöh-*

nen, Baby, denn du kehrst schon noch früh genug für immer dorthin zurück. Übermorgen würde sie abreisen. Mit Brandon hatte sie noch nicht darüber gesprochen, aber da am Morgen ihrer Abreise noch eine abschließende, geschäftliche Besprechung geplant war, müsste er es eigentlich auch so wissen. Wendy sah auch keinen Sinn darin, vorher über die Sache zu sprechen. Schließlich ging es hier nur um Spaß, Sex und Leichtigkeit. Und sie hatte fest vor, das in den letzten gemeinsamen Stunden nicht zu ändern.

Trotz ihres inneren Dranges, sich auf die reale Welt vorbereiten zu müssen, entspannte sie sich sofort, als Brandon irgendwann von der breiten Straße abbog und in den entzückendsten Küstenort einfuhr, den sie je gesehen hatte. Die Straßen waren mit roten, im Zickzackmuster angeordneten Steinen gepflastert und von kleinen, zweistöckigen Häuschen in rosa, sonnengelb und meeresgrün gesäumt. Jeder der kleinen, gepflegten Vorgärten war von weißen Zäunen eingefasst, hinter denen wunderschöne Blumen und kleine Palmen wuchsen.

»Ist das hier so was wie der Wartesaal zum Himmel?«, fragte sie.

Brandon lächelte sie an. »Ich bin sicher, genau diesen Eindruck wollten die Stadtplaner erwecken.«

»Diese Häuser kosten doch bestimmt ein Vermögen.«

»Ich sagte doch, Pete hat hier so was wie eine Mini-Villa. Die Häuser sind zwar nicht sehr groß, bieten aber alle Annehmlichkeiten, die man sich nur wünschen kann. Bis hin zu Marmorfußböden und geschliffenen Glastüren. Und der Strand ist auch ganz in der Nähe«, ergänzte Brandon und zeigte die lange Straße hinunter.

Als sie schließlich in Petes Auffahrt vor einem pfirsichfarbenen Haus mit Giebeln und jeder Menge weißer Streben parkten, hatte Wendys Nervosität wieder zugenommen. Zusammen mit dem Freund des Liebhabers einen Dreier zu haben, war eine

Sache. Aber gleich am nächsten Abend mit ihm und seiner Freundin zu Abend zu essen, als wäre nichts gewesen …

Jetzt hör endlich auf, schalt Wendy sich selbst auf dem Weg zur Tür. *Sei einfach wie die Bikini-Mieze und hör mit der verdammten Analysiererei auf. Lass dich wieder in die Fantasie fallen.* Vielleicht lag es ja an der Fahrt durch die reale Welt, dass sie den Eingang zu ihrer Fantasiewelt nicht sofort wiederfand. Oder vielleicht war das Ganze auch das natürliche Ergebnis davon, dass sie zu viel Zeit mit ihrem Traummann verbracht hatte. Wie lange konnte man wohl in einer Fantasiewelt leben, bevor es sich nicht mehr wie eine Fantasiewelt anfühlte?

Als Pete die Tür öffnete, grinste er sie zwar leicht verführerisch an, aber sein Blick war nicht koketter als sonst auch. »Hey, Kumpel, kommt doch rein«, sagte er zu Brandon gewandt, legte dann aber eine Hand auf Wendys Taille und gab ihr einen Kuss auf die Wange. Sie konnte nichts dagegen tun, dass sie wieder sofort feucht wurde. Aber das war ja eventuell auch gut. Wenn ihre Muschi zuckte, hieß das vielleicht, dass sie ihre Aufregung langsam überwand.

Es fiel sofort auf, dass die beiden Freunde keinerlei Verlegenheit wegen gestern Abend an den Tag legten. Das hatten Männer wohl ganz gut drauf. Aber vielleicht gehörte das auch einfach nur zu dem lockeren Umgang mit Sex dazu, den Wendy so noch nie erlebt hatte.

»Ich habe gerade den Grill angeworfen«, erklärte Pete. »Und Stacy ist auch schon hinten. Wir trinken Chardonnay, aber ich habe auch so ziemlich alles andere da.«

Nachdem beide versichert hatten, dass Chardonnay perfekt wäre, führte Pete sie durch das Haus zur Verandatür. Die Blicke, die Wendy von der Einrichtung erhaschen konnte, zeigten ein frisches, helles und für einen Strandfreak überraschend aufgeräumtes Zuhause.

Die große Doppeltür führte auf eine breite Terrasse mit einer Art Stroh-Hütte, in der eine Bar untergebracht war, und einem nierenförmigen Pool mit Whirlpool der von einem großen, weißen Holzgeländer eingerahmt wurde. Unter das Zischen des modernen Grills mischte sich leise Musik und die Luft war von einer salzigen Meeresbrise erfüllt. Die Dämmerung setzte bereits langsam ein, aber die Fackeln, die um den Pool herum aufgestellt waren, tauchten den Ort in ein Licht, das dem ganzen irgendwie etwas Ursprüngliches, gleichzeitig aber auch überaus Luxuriöses gab.

Notiz: an gewissen Schlüsselstellen im Resort sollten Fackeln aufgestellt werden. Ihre Abende mit Brandon waren die einzige Zeit, in der sie ihre Arbeitsmappe nicht dabei hatte, und so würde sie ihren Einfall erst später notieren können.

»Hey, Stace, wie geht's?«, fragte Brandon und lenkte damit Wendys Aufmerksamkeit auf die dunkelhaarige Schönheit, die gerade aus dem Schatten der Bar trat, um die Gäste zu begrüßen.

Als das kurvige Mädchen Brandon umarmte, wurde Wendy plötzlich klar, dass es sich hier nicht um irgendein Mädchen handelte. Nein, das war das Mädchen, das sie im *Beach Bazaar* kennengelernt hatte! Die beiden Frauen erkannten sich gleichzeitig, aber Wendy wusste, dass sie weitaus schockierter war als die Boutiqueverkäuferin.

»Einen Moment mal«, entfuhr es Stacy, als sie sich aus Brandons Umarmung gelöst hatte. »Du hast doch vor ein paar Tagen ein paar ganz tolle Sachen bei mir gekauft, oder?« Ihr herzliches Lächeln erinnerte Wendy sofort daran, wie sexy sie Stacy neulich gefunden hatte. Und vielleicht auch ein bisschen kokett.

»Das war ich«, war alles, was sie entgegnen konnte.

»Mal sehen, wie weit ich mich noch erinnere. Ein sexy Kleid in Mandarine, aufreizende Unterwäsche und diesen scharfen Bikini, der an dir so umwerfend aussah.«

»Wieder richtig.« Wendy konnte das Lächeln der Frau zwar endlich erwidern, hatte aber immer noch Mühe, mit ihrem überraschenden Auftauchen fertig zu werden. Doch nicht nur das. Auch die Erinnerung an ihre erste Begegnung verwirrte sie ziemlich. Vor ein paar Tagen hatte sie sich gefragt, ob das Mädchen sie indirekt aufgefordert hatte, mit ihr rumzumachen. Und Wendy wusste noch genau, dass sie sich kurz gefragt hatte, wie das wohl sein würde.

Stacys verschmitzter Blick wanderte von Wendy zu Brandon. »Der Bikini scheint seine Wirkung ja nicht verfehlt zu haben«, erklärte sie trocken.

»Äh, das könnte man wohl so sagen«, erwiderte Wendy und sah keinerlei Grund, nicht ehrlich zu sein, als Brandon ihr einen fragenden Blick zuwarf. »Als ich Stacy kennenlernte, habe ich ein paar Dinge gekauft, um, äh, das Interesse von Männern zu wecken. Männern wie dir zum Beispiel.«

»Ah«, sagte Brandon. »Nun, sie hat recht. Das hat definitiv funktioniert. Und dieses Kleid in orange … mmmh, Bunny. In dem Moment, als ich es sah, wollte ich es dir sofort ausziehen.«

Wendys Brüste zuckten vor neu erweckter Lust, als Stacy wissend nickte. »Ich *wusste*, das Kleid ist fabelhaft für dich.«

»Ich muss allerdings sagen, dass es seine besten Zeiten mittlerweile hinter sich hat«, gestand Wendy.

»Warum?«, fragte Stacy.

»Es hat ein bisschen, na ja, Sand abbekommen, als ich mit Brandon am Strand war.«

Anscheinend war es völlig offensichtlich, wie das Kleid Sand abbekommen hatte, denn Stacy brach sofort in schallendes Gelächter aus, das Wendy und Brandon ebenfalls mitriss. Und so war Wendys Nervosität doch recht schnell verschwunden. Stacy mochte sie ganz eindeutig und man spürte deutlich, dass die

Jungs nicht zu viel versprochen hatten, als sie die Boutiqueverkäuferin als völlig unkompliziert beschrieben hatten.

»Komm, wir holen dir mal einen Wein«, sagte Stacy und nahm Wendy bei der Hand. »Solange die Jungs am Grill zugange sind, können wir ja ein bisschen tratschen.«

»Gern«, sagte Wendy, hatte aber auch gar keine andere Wahl, denn Stacy zog sie bereits von Brandon weg. Sie winkte ihm nur noch einmal grinsend zu und ließ sich dann von ihrer neuen Freundin in die Stroh-Hütte führen.

Wie versprochen schenkte Stacy ihr ein Glas Chardonnay aus einer bereits geöffneten Flasche ein. »Du hast also die Angel nach einem Kerl ausgeworfen und dir Brandon Worth geschnappt«, erklärte sie mit offenem Blick und fröhlicher Stimme. »Ein guter Fang.«

Die Formulierung sorgte sofort dafür, dass Wendy in Verteidigungshaltung ging. »Also geschnappt würde ich jetzt nicht sagen. Zumindest nicht für länger. Aber wir hatten die letzten Abende auf jeden Fall viel Spaß.«

»Im Sand«, ergänzte Stacy grinsend. »Und ich wette auch an anderen Orten.«

Wendy fragte sich erneut, ob Stacy wohl von dem Dreier mit Pete wusste. »Das war … die sexuell befreiendste Woche meines ganzen Lebens«, erklärte sie unumwunden.

Stacy biss sich auf die Unterlippe und beugte sich etwas vor, sodass Wendy einen guten Blick auf das Dekolletee des tief ausgeschnittenen Oberteils werfen konnte. »Erzähl mir alles.«

Nein, auf keinen Fall. Erst musste Wendy ein bisschen was darüber erfahren, was andere Frauen sich so angelten. »Ich, ich würde eigentlich lieber erstmal was zu dir und Pete hören. Kennt ihr euch schon lange?«

Stacy nickte und nippte an ihrem Wein. »Praktisch schon eine Ewigkeit. Er ist echt scharf und ein richtig guter Fick. Vor einer Woche oder so haben wir uns dann überlegt, dass wir es *vor* dem Ficken vielleicht erstmal mit ein oder zwei Rendezvous versuchen sollten, um zu sehen, ob wir uns eigentlich wirklich mögen. Pete ist ein erklärter Junggeselle, und ich bin erst sechsundzwanzig. Wir sind also beide nicht unbedingt auf der Suche nach etwas Ernstem. Vor allem weil ich in einer Gegend wohne, wo es vor scharfen, reichen Männern nur so wimmelt. Das mit den Rendezvous ist also so eine Art Versuch. Aber ich schätze, eigentlich geht es letzten Endes doch nur ums Ficken.«

Sie lachte, als sie ihre Ausführungen beendet hatte. »Du hältst mich wahrscheinlich für eine schreckliche Person«, fügte sie hinzu. »Du kennst mich kaum und ich rede hier über nichts anderes als Sex. Ich mache das hier dafür verantwortlich«. Sie zeigte auf die fast leere Chardonnay-Flasche, die auf der rustikalen Holzbar stand.

»Nein«, widersprach Wendy ihr sofort. »Ich finde dich sogar … ganz großartig.« Und so war es auch. Wendy hatte noch nie so offen über Sex gesprochen. Besonders nicht mit Fremden. Aber aufgrund der sinnlichen Freiheiten, die sie in dieser Woche erfahren hatte, wusste sie Stacys Direktheit durchaus zu schätzen. »Und Pete ist auch ein toller Typ.« Wendy war nicht sicher, warum sie das noch hinzufügte, hatte aber das Gefühl, noch etwas sagen zu müssen. Doch jetzt wandte sie ihren Blick zu dem Grill, wo die beiden Männer standen – und senkte dann den Blick auf den Boden ins Unendliche.

Stacy stand in der dämmrigen Umgebung noch immer dicht bei ihr, sodass Wendy ihr leicht blumiges Parfum riechen konnte. Plötzlich legte sich Stacys kleine Hand sachte um Wendys Handgelenk. »Moment mal«, flüsterte sie, als wäre ihr der Gedanke gerade erst gekommen. »Hast du es mit *beiden* getrieben?«

O Mann, womit hat sie das denn durchblicken lassen? Durch die bloße Erwähnung von Petes Namen? Wendy spürte, wie ihre Augen immer größer wurden, hatte aber keine Ahnung, wie sie auf die Frage reagieren sollte.

Stacy erkannte ihr Dilemma offenbar. »Hey, ist nicht schlimm, wenn du mit Pete gefickt hast. Wir sind ganz und gar ungebunden, und ich weiß, dass er und Brandon sich manchmal Frauen teilen.«

»Ach«, war das Einzige, was Wendy zu dieser Offenbarung sagen konnte. Es überraschte sie zwar nicht, dass die beiden Männer sich die Frauen teilten, aber der kurze Stich im Bauch, den sie bei dieser Erkenntnis verspürte, kam doch recht unerwartet.

Schließlich konnte sie schlecht eifersüchtig auf etwas sein, das Brandon vor ihr getan hatte. Oder auch nach ihr tun würde. Sie lebte hier einzig und allein im Moment – das war alles. Er war ein guter Fang, aber sie musste ihn schon sehr bald wieder zurückwerfen.

»Und war es gut?«, fragte Stacy und kam noch ein Stückchen näher. Die Rückseite der Hand, mit der sie Wendy am Gelenk festhielt, strich leicht über die Brüste der jungen Frau. Und es war genau diese sanfte Berührung, die sie sowohl geistig als auch körperlich wieder in die Realität zurückholte. Ihre Brust bebte.

Wendy atmete tief ein … und gab dann die Wahrheit zu. »Es war einfach umwerfend. Ich hatte so etwas noch nie zuvor gemacht und es war einfach … großartig!«

»Ja, zwei Schwänze auf einmal können einen schon ganz schön umhauen«, erwiderte Stacy in geradezu sachlichem Ton.

Diese Bemerkung ließ Wendy irgendwie eckig werden. »Hast du es auch schon mit … Pete und Brandon gemeinsam getan?«, fragte sie und gab sich dabei alle Mühe, so normal wie möglich zu klingen.

Aber Stacy schüttelte den Kopf. »O nein. Nicht, dass ich

keine Lust drauf hätte, aber irgendwie scheint es nicht zu passen. Und nur mal so unter uns, wenn ich schon einen Dreier mit Pete machen würde dann … na ja, ich stehe in letzter Zeit ein bisschen mehr auf Frauen.« Sie warf einen Blick auf die Weinflasche. »Ich werd' uns noch mal eine neue Flasche Chardonnay holen.«

Mit diesen Worten nahm Stacy die Weingläser und verließ die Stroh-Hütte. Wendy sah ihr nach und beobachtete, wie ihr runder Hintern in enge Jeans verpackt hin- und herwackelte.

Als die große Doppeltür sich hinter der jungen Frau schloss, zuckte Wendys Muschi längst.

Das Abendessen bestand aus gegrilltem Lachs mit einem kleinen Salat, grünen Bohnen und in Kräutern gerösteten Kartoffeln, die Wendy vermuten ließen, dass Pete in einem früheren Leben sicher irgendwo Chefkoch gewesen sein musste. »Wenn die Sache mit den Gleitschirmen nicht mehr läuft, hast du mit dem Kochen wirklich eine gute Alternative«, versicherte Wendy ihm über den Verandatisch hinweg.

Pete zuckte nur mit den Schultern. »Meine Mutter ist eine tolle Köchin. Von daher ist es wohl angeboren. Aber ich könnte niemals in einem Restaurant arbeiten. Außer wenn es direkt am Strand liegt«, ergänzte er mit seinem üblichen, frechen Grinsen.

Natürlich gab es zum Essen jede Menge Wein. Wendy hatte schon längst keine Ahnung mehr, wie viel Flaschen bereits entkorkt worden waren, aber sie registrierte noch, dass schnell getrunken wurde. Der Chardonnay passte hervorragend zu dem Fisch und ließ auch die Unsicherheit verschwinden, die Wendy nach Stacys Geständnis, sie stünde gerade eher auf Frauen, beschlichen hatte.

Das heißt schließlich nicht automatisch, dass sie auch auf dich steht. Nein, es heißt einfach, dass der erste Eindruck, den du von ihr hattest, tatsächlich stimmte. Keine große Sache. Besonders in dieser Welt, wo jeder jeden fickte, ohne sich darüber Gedanken zu machen.

Und so gelang es Wendy recht leicht, ihre verwirrenden Gedanken zu verdrängen, während sie aßen, redeten und lachten. Die beiden Frauen erzählten den Männern von ihrer ersten Begegnung in der Boutique, und das führte zu einem lockeren und angeregten Austausch, wie sie sich eigentlich alle kennengelernt hatten.

Als Pete Stacy zum ersten Mal gesehen hatte, kellnerte sie noch in einem hiesigen Restaurant. Und jetzt leitete sie bereits den *Beach Bazzar* und hoffte, eines Tages eine eigene Boutique zu besitzen. Brandon hatte Stacy kennengelernt, als Pete sie vor ein paar Jahren mit zu einer Party in seinem Penthouse gebracht hatte. Als es an Pete und Brandon war, ihre erste Begegnung zu schildern, waren die beiden sich zwar einig, dass sie während der Collegezeit am Strand stattgefunden hatte, aber ansonsten waren sie sich recht uneinig. Brandon meinte, dass Pete damals noch weitaus rechtschaffener gewesen wäre, weil er gerade erst seinem militärversessenen Vater entflohen war. Pete hingegen behauptete von Brandon genau das Gegenteil. Nämlich, dass er damals weitaus weniger anständig und mit längeren Haaren geradezu wild ausgesehen hätte. Um das Ganze abzuschließen, berichtete Wendy schließlich auch noch, wie Brandon ihr im *Volcano's* angeboten hatte, sie im Fahrstuhl mitzunehmen. Eine Fahrt, die ihr Leben verändert hatte. Aber den Teil ließ sie natürlich weg.

Pete leerte eine weitere Flasche, indem er den Rest zwischen den Gläsern der beiden Frauen aufteilte. »Schlechte Neuigkeiten, Leute. Das war's. Wir haben jede einzelne Flasche Chardonnay weggeputzt. Aber wir können noch zu Rotwein wechseln, wenn ihr wollt. Oder zu Longdrinks.

Wendy beschloss, diesen Moment zu nutzen, um für sie das

Ende des Abends einzuleiten. Das Beisammensein war sehr nett gewesen, aber … »Denkt dran, einige von uns müssen morgen arbeiten. Und ich kann von Glück reden, wenn ich morgen keinen Kater habe.«

»Gutes Argument«, erklärte Brandon und zeigte dann auf Pete und Stacy. »Die beiden hier müssen morgens nicht so früh raus, können also ausschlafen. Andererseits« – er grinste Wendy frech an – »solltest du vielleicht auch besser ausschlafen. Je später du aufstehst, desto weniger kannst du etwas finden, was du am Resort auszusetzen hast.«

Der eigentliche Grund für Wendys Aufenthalt im Resort war vorhin bereits in der Konversation aufgetaucht, also warf sie Brandon nur ein neckisches Grinsen zu.

»Ich würde sagen, wir steigen alle noch eine Runde in den Whirlpool«, schlug Stacy aufgekratzt vor.

Wendy spürte, wie ihre Augen sich bei der unerwartet ausgesprochenen Idee weiteten – bevor sie sie ablehnte. »Ich … ich habe gar keinen Badeanzug dabei.«

Erst als sie die Worte ausgesprochen hatte, fiel ihr wieder ein, mit wem sie es hier eigentlich zu tun hatte. Und zwar mit zwei Männern, die sie bereits nackt gesehen hatten und mit einer Frau, die sie wahrscheinlich sehr gern nackt sehen würde. »Ich auch nicht«, erklärte Stacy dann auch unbeirrt. »Wir gehen einfach in Unterwäsche rein.«

Wendy verbarg ein Seufzen. Es hätte so viele Gründe gegeben, nein zu sagen. Aus irgendeinem Grund – vielleicht Stacys Jugend und ihre ausgelassene Art – fühlte Wendy sich jetzt wieder sehr reif und verantwortungsbewusst. Und auch die Tatsache, dass sie schließlich noch einen Job zu Ende bringen musste, bremste sie gehörig. Vielleicht hatte sie in letzter Zeit ja so viele sexuelle Erfahrungen gesammelt, dass es jetzt langsam mal genug war. Am liebsten wäre sie ins Resort zurückgekehrt, um mit

Brandon rummachen zu können. Wendy wollte heißen, aber nicht zu anstrengenden Sex mit einem Mann, in dessen Gegenwart sie sich wohl und sicher fühlte.

Aber dann fiel ihr noch etwas anderes ein.

In ein paar Tagen würde diese Woche vorbei sein – und damit auch der viele Sex.

Als würde man aus einem Traum aufwachen, in den man nie wieder zurückkehren konnte.

Und Stacy war so jung und hübsch, dass Wendy trotz allem nicht die langweilige Erwachsene sein wollte, die allen anderen den Spaß verdarb.

Also stellte sie sich eine ganz einfache Frage: Was würde die Bikini-Mieze tun? Und als sie einen Moment darüber nachgedacht hatte, sagte sie schließlich: »Na schön. Klingt wirklich gut.«

Und als sie die Worte einmal ausgesprochen und sich gestattet hatte, wieder zu dem Menschen zu werden, der jedwede neue Erfahrung mitnehmen wollte, klang das Ganze tatsächlich gut. Es klang sexy. Es klang unanständig. Und Wendy war ziemlich sicher, dass ihre Nippel bereits steinhart waren, als sie aufstand, um sich ihr Tank Top über den Kopf zu ziehen und ihren zarten, pastellfarbenen BH zu zeigen.

Wenn man die Augen schließt und von jemandem berührt wird, weiß man nie, wessen Berührung man da spürt. Sie könnte von einem Jungen oder einem Mädchen stammen, die Person könnte dick oder dünn, schwarz oder weiß, schön oder hässlich sein. Und doch würde die Lust dabei dieselbe sein. Lust ist Lust ist Lust.

Kapitel 11

Wendy fragte sich gerade, ob ihre Nippel sich wohl bereits für alle Augen sichtbar durch ihren BH abzeichneten, als Stacy plötzlich ein aufregendes Seufzen der Begeisterung von sich gab. »Wie wunderschön«, hauchte sie, den Blick fest auf Wendys Brüste gerichtet. »Dieser BH ist ja wie für dich gemacht.«

Als Wendy instinktiv an sich hinunterschaute, fiel ihr wieder ein, dass der dünne BH ihre üppigen Titten dennoch stützte, sie ein ganzes Stückchen nach oben presste und durch die Halbschalen einen guten Blick auf die obere Hälfte ihrer Brüste bot.

»Das finde ich allerdings auch«, erklärte Brandon mit einem schmutzigen Grinsen. Doch als Wendy ihn direkt anblickte, wusste sie nicht recht, wie sie seinen Blick einordnen sollte. *Ist ihm aufgefallen, dass Stacy mit mir flirtet? Macht ihn das an? Macht es* mich *an?*

Die Antwort auf die letzte Frage kannte sie eigentlich schon. Aber würde sie ihrer Erregung nachgeben? Würde Stacy es tun?

Die Fragen sorgten dafür, dass Wendy ganz froh über die Mengen an Wein war, die sie getrunken hatten. Wie so oft merkte sie erst beim Aufstehen, wie angetrunken sie wirklich war – und zwar auf äußerst angenehme Weise. Vielleicht waren diese ganzen Fragen ja gar nicht so wichtig. Vielleicht sollte sie am besten mit dem Flow gehen. Schließlich sagte sie sich das in letzter Zeit immer wieder. Und die Bikini-Mieze würde es ganz bestimmt so machen.

»Du bist dran«, forderte sie Stacy mit forscher Stimme auf.

Du lieber Himmel, wo war *das* denn jetzt auf einmal hergekommen? Ganz offensichtlich vom Wein. Und ja, auch die plötzliche Erregung sorgte dafür, dass Wendy erneut von einem gewissen Wagemut gepackt wurde, der wie eine große Welle über sie hinwegschwappte.

Stacy begegnete dem Ganzen mit einem sexy Lächeln und zog dann ihr spitzenbesetztes Hemdchen über den Kopf, unter dem ein enger BH mit Leopardendruck zum Vorschein kam.

»Sehr schön«, erklärte Wendy. Sie hatte schon vermutet, dass die Asiatin umwerfende Brüste hatte. Und so war es auch. Sie waren so groß – oder sogar größer – wie die von Wendy und lugten einladend aus der Enge des BHs hervor.

Wendy biss sich auf die Unterlippe und öffnete dann Knopf und Reißverschluss ihrer Jeans. Nachdem sie sich ihrer Flip Flops entledigt hatte, zog sie die Jeans sofort aus und präsentierte sich stolz in ihrem knappen Tanga, der so winzig war, dass er kaum den kleinen Schamhaarfleck über ihrem Schlitz bedeckte.

»O Mann, Süße«, raunte Pete voller Bewunderung in der Stimme. Und erst jetzt wurde Wendy klar, dass die beiden Männer noch immer völlig bekleidet am Tisch saßen, um sich nichts von der kleinen Vorführung entgehen zu lassen.

»Wollt ihr Jungs euch nicht auch langsam mal ausziehen?«, bohrte sie mit neckischer Stimme.

Brandons Augen glitzerten. Er hatte sein Kinn auf arrogante Weise auf seine Faust gestützt. »Es macht viel mehr Spaß, euch beim Ausziehen zuzuschauen.«

»Zieh schon das Hemd aus, Kumpel«, befahl Wendy ihm spielerisch. »Und die Hose auch. Ich will deine Seidenboxer sehen.«

In der Zwischenzeit schälte auch Stacy sich langsam aus ihrer Jeans. »Ach, Seidenboxer? Ich kann's kaum erwarten«, verkündete sie frech.

Pete schaute gespielt empört drein. »Jetzt erzähl mir nicht, dass du meine schlichten weißen Unterhosen nicht magst, Baby.« Wendy hatte gestern Abend schon mitgekriegt, dass Pete lieber Slips trug, und sie standen ihm auch wirklich ausnehmend gut.

Stacy lächelte. »Ich liebe deine Unterhosen, Pete. Und das, was sich darin versteckt, noch viel mehr.«

»Schon besser«, erwiderte Pete, stand auf und zog sich aus. Brandon tat es ihm gleich.

Aber Wendys Aufmerksamkeit wurde sofort wieder auf Stacy gelenkt. »Ich kann gar nicht fassen, wie unglaublich schön deine Titten sind«, schmeichelte die Verkäuferin.

Wendy wurde bei diesem Kompliment ganz warm um die Muschi, es sorgte aber auch dafür, dass ihr Blick auf Stacys Unterwäsche fiel. Die junge Frau trug schwarze, fast jungenhafte Spitzenshorts, die ihre schlanken Hüften perfekt umschmeichelten. »Dein Körper ist aber auch ziemlich scharf«, hörte Wendy sich selbst sagen und merkte dann, dass sie Stacy so unumwunden anstarrte, wie es sonst vielleicht nur ein Mann tun würde.

Als Wendy ihr wieder ins Gesicht schaute, warf Stacy ihr ein verschmitztes, verdammt aufregendes Lächeln zu. »Komm schon, lass uns reingehen«, sagte sie und griff nach Wendys Hand. »Ich habe keine Lust mehr zu warten, bis die Herren sich mal bequemt haben.«

Und so flitzten die beiden Frauen Hand in Hand zu dem Whirlpool, mussten ihr Tempo allerdings verlangsamen, als es darum ging, sich in dem heißen, blubbernden Wasser niederzulassen.

Schließlich saßen die beiden Frauen Seite an Seite in dem runden Becken, und Wendy fiel sofort auf, dass das unruhig schäumende Wasser den gelben Stoff ihrer Wäsche sofort durchsichtig machte, sodass die harten Spitzen ihrer steifen Nippel sich ganz deutlich abzeichneten. Und da sie ohnehin schon äußerst erregt war, brachten die wilden Bewegungen des Wassers ihre Brüste sofort zum Beben.

Als Zweites fiel ihr auf, wie dicht sie und Stacy beieinander saßen, denn obwohl in dem Whirlpool mehr als genug Platz war, pressten ihre Schenkel sich unter Wasser doch gegeneinander. Und da sie dabei so gut wie nichts mehr anhatten, fühlte ihr Fötzchen sich schon bald schwer und geschwollen an.

Fast als hätte sie Wendys Gedanken gelesen, drehte Stacy sich zu ihr, ließ ihre Finger über den Bauch der anderen Frau gleiten, bis sie ihre Hüfte umfassten. Von dort wanderte ihre Hand langsam an Wendys Seite empor, bis sie schließlich bei ihren überempfindlichen Brüsten angelangt waren.

Wendy atmete zischend ein, tat aber nichts weiter, um zu protestieren.

Stacy lächelte sie ganz offen an. »Spiel mit mir«, forderte sie die neue Freundin mit sanfter, unanständiger und einladender Stimme auf.

Die Berührung der anderen Frau fühlte sich selbst in dem brodelnden Whirlpool so sanft an, dass Wendys Muschi klitschnass wurde und sie nicht einen Moment mehr daran dachte, nein zu sagen. Vielleicht hatte sie schon seit der ersten Begegnung mit Stacy mal mit einer anderen Frau experimentieren wollen. Vielleicht war sie aber auch ganz systematisch von dem jungen, hübschen Mädchen verführt worden. So oder so fühlte sich Wendy mittlerweile nicht mehr nur von dem Wein betrunken und wollte unbedingt mehr von dieser weiblichen Weichheit spüren. Also legte sie die eigene Hand auf Stacys Oberschenkel und fuhr dann instinktiv zwischen ihre Beine.

Stacy stöhnte auf und lächelte sie dann mit leicht glasigem Blick an. »Setz dich auf meinen Schoß«, sagte sie. »Setz dich rittlings auf mich.«

Wendy dachte kurz darüber nach, ob sie eingestehen sollte, vorher noch nie mit einer Frau rumgemacht zu haben, hielt sich aber zurück. Sie war es leid, dass ihre Sexpartner so eindeutig mitkriegten, dass sie bestimmte Praktiken noch nie zuvor ausprobiert hatte. Sie wollte es einfach tun. Ohne darüber zu reden. Ohne irgendetwas abzuwägen. Ohne darüber nachzudenken. Wendy wollte einfach nur Stacys sexy Körper erkunden. Und Stacy sollte den ihren entdecken.

Also ging sie vorsichtig in die Knie und hob ein Bein über Stacys Schoß, bis sie schließlich auf den Schenkeln ihrer neuen Freundin saß. Ihre Körper wurden eng aneinandergepresst. Auch ihre Brüste berührten sich, und beide Frauen gaben kleine Lustlaute von sich.

O Gott, welch ein herrlich zartes Gefühl. So zart wie Stacy selbst. Wendy rieb ihre Brüste mit voller Absicht an denen von Stacy. Und selbst durch die BHs hindurch spürte sie die harten Nippel ihrer Gespielin. Und das brachte sie trotz der Temperaturen im Whirlpool zum Zittern.

»Mmmh, ich muss diese herrlichen Titten unbedingt anfassen«, schnurrte Stacy und massierte Wendys Brüste in dem warmen Wasser.

Wendy konnte nicht anders, sie musste es Stacy gleichtun. So geschah es ganz natürlich, dass ihre Hände sich um die großen Brüste ihrer Freundin schlossen, sie mit den Daumen über die steinharten Nippel strich und dann mit Zeigefinger und Daumen sogar leicht hineinkniff.

»Oh, du bist so ein unanständiges Mädchen«, gurrte Stacy. »Hab ich recht, Baby?«

Wendy seufzte und verlor sich völlig in dem neuen, seltsamen Gefühl, mit einer anderen Frau zusammen zu sein. »O ja, total unanständig.« Endlich mal jemand, der nicht ganz so schwer davon zu überzeugen war wie Brandon.

»Das ist echt verdammt scharf, Mädels«, hörten sie Pete wie aus weiter Entfernung sagen.

Als Wendy aufblickte, sah sie, dass beide Männer sich bis auf die Unterhosen ausgezogen hatten, aber immer noch auf den etwas abseits stehenden Liegestühlen saßen. Und noch immer sahen sie so aus, als würden sie den beiden Frauen lieber zuschauen, als selbst ins Wasser zu steigen. Zwar prickelte jeder Zentimeter von Wendys Haut förmlich von diesem merkwürdigen, puren Vergnügen, aber mit einem Mal wurde sie ganz still und sah Brandon an. Sie wollte wohl nur sichergehen, dass der Anblick ihrem Freund auch gefiel. Sie selbst war nämlich wie aufgespult, total erregt und bereit für mehr. Wenn das Spiel Brandon aber nicht so sehr anmachte wie sie selbst, dann wäre es nur das halbe Vergnügen.

Seine blauen Augen schimmerten düster im Licht der Fackeln. Brandons Gesichtsausdruck war ernst und er schaute die beiden Frauen äußerst intensiv an. »Mach nur weiter, Bunny«, rief er mit tiefer Stimme. Und dann konnte sie es spüren. Seine Erregung. Es war fast, als würde sie aus seinem Körper tropfen, über die Veranda kriechen und in sie einsickern.

Und seine Geilheit trieb sie an. Und zwar auf eine Weise, die sie nie für möglich gehalten hätte. Zu erfahren – ja, geradezu zu *spüren* –, dass es Brandon Vergnügen bereitete, sie mit Stacy zu beobachten, machte sie mutiger, gieriger und wahrhaftig bereit, ganz und gar mit dem Flow zu gehen.

Nach einem kurzen Augenblick wandte Wendy ihren Blick schließlich von ihm ab. »Sieh her«, ahmte sie die tiefe Stimme ihres Liebhabers nach, drehte sich zu Stacy um und gab ihr einen langen, langsamen Zungenkuss.

Das geschah rein spontan, und Wendy tat nur das, was ihr Körper ihr befahl. Stacy reagierte ebenso instinktiv und schon bald stellte Wendy fest, dass sie noch nie zuvor etwas Vergleichbares erlebt hatte. Es fühlte sich erneut an, als würde sie sich selbst küssen. Weich, sanft, zart und liebevoll. Während ihre Lippen und Zungen sich einen verspielten Kampf lieferten, fing ihr Fötzchen zu pulsieren an. Und als Stacy ihre steifen Nippel drückte, zwirbelte und knetete, ging ein Beben durch ihre Brust, das sich völlig unbekannt anfühlte.

Beide Frauen atmeten schwer und wie schon so oft während dieser Reise, stellte Wendy jedes Denken ein und aalte sich einfach in dem Gefühl, ein Freigeist zu sein, der die Lust wie ein Schwamm aufsaugte.

»Ich muss mehr von deinen geilen Titten haben, Baby«, raunte Stacy. Und nachdem sie ein letztes Mal kräftig an den Nippeln ihrer Gespielin gezogen hatte, schob sie die Träger von Wendys BH über die Schultern, sodass ihre schweren Brüste frei herumschwangen.

Wendy stöhnte auf, und die Tatsache, dass ihre Titten jetzt für alle Anwesenden zu sehen waren, ließ ihre Möse noch feuchter werden. Stacy stöhnte bei dem Anblick ihrer nackten Oberweite auf und beugte sich dann vor, um mit ihrer Zunge über eine der nassen, glänzenden Brustwarzen zu fahren.

Wendy atmete zischend ein und zitterte trotz des warmen Wassers am ganzen Körper. O Gott, ja! Sie beobachtete voller Erregung, wie Stacy die Spitze einer ihrer Brüste tief in ihren Mund saugte.

Und an diesem Punkt wurde aus dem sanften Spiel nach und nach eine Mischung aus weiblicher Weichheit und harter Leidenschaft. Stacys intensives Saugen fuhr direkt zwischen Wendys Beine und sorgte dafür, dass sie ihr Becken kreisen ließ und ihre Muschi unter Wasser an der von Stacy rieb.

»Oooh«, stöhnte die Freundin und entließ Wendys Brust für einen kurzen Moment aus ihrem Mund, um voller Lust die Augen zu schließen. Aber nach einem kurzen Moment ging sie dazu über, an der anderen Brust zu saugen und ihre Beine unter Wasser so weit zu spreizen, dass Wendys Po leicht zwischen Stacys Schenkel rutschte.

O Gott, sie begriff sofort, dass diese Stellung ihre beiden Kitzler direkt zueinander führte. Während Wendy sich instinktiv dem Geschlecht ihrer Gespielin entgegenpresste, spürte sie, dass Stacys Möse genauso geschwollen war wie die ihre. War es möglich, dass ihre Muschis sich selbst in dem blubbernden, warmen Wasser, heißer anfühlten als alles um sie herum?

Beide Frauen keuchten und stöhnten, während sie sich miteinander vergnügten. Teilweise vergaß Wendy sogar, dass Brandon und Pete zuschauten. Doch immer wenn einer der beiden Männer aufstöhnte oder bemerkte, wie geil die beiden zusammen aussahen, konnte Wendy sich erneut dem herrlichen Gefühl hingeben, Brandon mit dieser versauten Vorstellung über alle Maßen zu erregen.

»Zieh deinen BH auch aus«, forderte sie Stacy irgendwann schwer atmend auf.

Stacy richtete sich gerade genug auf, um hinter sich zu greifen, den Verschluss zu öffnen und ihren BH auf die Terrasse hinter sich zu werfen. Wendys gieriger Blick fiel sofort auf die großen, wunderschönen Brüste, die wie Bojen auf der Oberfläche des bewegten Wassers zu treiben schienen.

Was für ein herrliches Vergnügen, Stacys Titten in beide Hände zu nehmen und ihre Zartheit, das Gewicht und die harten Nippel zu erkunden, die etwas dunkler waren als ihre eigenen. Erst kniff sie nur kurz hinein und zwirbelte sie, aber dann ließ die junge Frau alle Hemmungen fahren und streichelte und knetete das zarte Fleisch voller Hingabe. Und obwohl sie dabei mit dem Mund fast die Oberfläche des Wassers berührte, nahm sie schließlich eine der herrlichen Brüste in die Hand, fuhr mit der Zunge über eine von Stacys harten Nippelknospen und genoss die kleinen Lustlaute, die die Freundin dabei von sich gab.

Sie wiederholte ihre Liebkosungen noch ein paarmal und genoss das seltsame Gefühl, die steifen Brustwarzen einer anderen Frau zu lecken. Es fühlte sich irgendwie weich und zart, gleichzeitig aber auch unglaublich hart an. Irgendwann fing Wendy an, richtig daran zu saugen. Sie war jetzt nicht mehr zärtlich wie noch vor ein paar Sekunden, sondern wollte, dass die Freundin ihre Zuwendungen am ganzen Leib spürte. Und die heiseren Lustlaute, die ihre etwas härtere Gangart bei ihrer Gespielin auslösten, waren befriedigender, als sie es je gedacht hätte.

Nach ein paar Minuten setzte sich Wendy wieder aufrecht hin, denn ihre Muschi drängte sie förmlich, sich weiter am Geschlecht der Freundin zu reiben. Der gemeinsame, enge Tanz ihrer Körper machte die beiden Frauen schärfer und schärfer. Dabei spielte es gar keine Rolle, dass sie ihre Höschen noch anhatten. Im Gegenteil, der Stoff erhöhte die Reibung noch. Die beiden Frauen keuchten laut, während sie sich wie zwei sinnliche Schlangen aus dem Wasser emporschlängelten und sich in dem schäumenden Nass hin- und herwiegten.

»O Gott, o Gott«, hörte Wendy sich aufstöhnen, als die pulsierenden Zuckungen in ihrem Fötzchen immer stärker wurden. Stacy schluchzte förmlich vor Geilheit.

»Was bist du doch für eine schmutzige, kleine Schlampe«, keuchte sie und grinste Wendy dabei unmissverständlich lüstern an. »Reib deine versaute Muschi an mir.«

Wendy war ob dieser Worte zwar für den Bruchteil einer Sekunde etwas erstaunt, spürte dann aber zu ihrer Überraschung, dass sie ihre Geilheit noch mehr anspornten. Sie war nicht sicher, was sie davon gehalten hätte, wenn die Worte von einem Mann gekommen wären, aber mit einer Frau empfand sie es sofort als überaus scharf. Sie spielten die Schlampen – für sich selbst und für die Männer. Beide Frauen wussten das, und es machte ihren Sex noch heißer.

»Mmmh, ja«, stöhnte Wendy. »Ja Baby, o ja. Du bist auch eine versaute, kleine Schlampe. Und deine Muschi ist so schön weich und geschwollen.«

Sie konnte kaum glauben, dass die Worte aus ihrem Mund kamen. Aber Wendy blieb keine Zeit, lange darüber nachzudenken, denn in diesem Moment gab Stacy einen lüsternen, kleinen Schrei von sich. »Oh ja, ich komme! Ich komme!«, stöhnte Stacy und rieb sich wie besessen an Wendys Fötzchen. Und auch Wendy warf sich dem Körper der Freundin mit aller Macht entgegen, bis Stacys Orgasmusschreie auch sie zum Höhepunkt trieben.

Wendy stöhnte ihre Lust laut in die Nacht hinaus. Ihr Körper rieb sich noch immer an dem von Stacy. Ihre Brüste klatschten gegeneinander, und beide Frauen schluchzten fast vor Ekstase. Und selbst für die eigenen Ohren fand Wendy es geiler, zwei weibliche Stimmen orgiastisch keuchen zu hören als nur eine.

Nachdem Wendy – immer noch rittlings auf Stacy sitzend – langsam wieder zu Atem gekommen war, warf sie einen Blick auf die beiden Männer. Pete hatte seinen langen, steifen Schwanz längst rausgeholt und wichste ihn, aber Brandon trug noch immer seine Shorts. Doch selbst bei den schlechten Lichtverhältnissen war zu sehen, dass auch er eine steinharte Erektion hatte, die seinen Slip jeden Moment zu sprengen drohte.

Und obwohl Wendy noch immer sehr erschöpft von ihrem Höhepunkt war, meinte sie, seinen steifen Riemen geradezu nach sich rufen zu hören. Bisher hatte sie an diesem Abend nur die unvergleichbare Weichheit einer Frau gespürt, wusste aber genau, dass sie jetzt die fordernde Härte eines Mannes brauchte. Doch Stacy machte ihr einen Strich durch die Rechnung. »Ich will unbedingt deine Muschi lecken«, erklärte sie mit begieriger Stimme.

Es dauerte keine Sekunde, und Wendy war so erregt, als hätte ihr erster Höhepunkt nie stattgefunden. Dabei waren es mehr die Vorstellung und das sofort aufsteigende Bild in ihrem Kopf, die sie scharf machten: Stacys Kopf zwischen ihren Beinen, während Brandon den beiden Frauen zusah.

Keine Hemmungen! Wendy setzte sich auf die Bank des Whirlpools und griff dann nach einem der großen, aufgerollten Handtücher, die in einem Korb lagen. Dann breitete sie das dicke, weiße Handtuch auf dem Rand des Beckens aus, setzte sich erst und legte sich dann auf die Ellenbogen gestützt zurück.

Stacy blieb im Wasser, und als die Blicke der beiden Frauen sich trafen, leckte Wendy sich lüstern über die Unterlippe. Eine Einladung, die Stacy sofort annahm. Sie setzte sich mit den Knien auf den Sitz des Whirlpools, beugte sich vor und fuhr mit ihren zarten Fingern unter das Bündchen von Wendys Slip. Die hob den Hintern leicht an, damit die Freundin ihr das Höschen besser ausziehen konnte, und es dauerte nicht lange, bis das zarte Etwas neben Stacys BH auf der Terrasse lag.

Die Freundin musste Wendy nicht erst bitten, ihre angezogenen Knie zu spreizen. Und als sie es tat, steckte Stacy sofort ihren hübschen Kopf dazwischen. Ihre Haarspitzen waren mittlerweile nass und ihre mandelförmigen Augen leuchteten vor Erwartung.

Wendy war so begierig, ihre Fotze zu zeigen, dass sie die Beine soweit spreizte, wie es nur ging. »Was für eine schöne Muschi«, hauchte Stacy und strich dann mit dem Mittelfinger über Wendys geschwollenen Kitzler, als wollte sie ihn tätscheln.

Das Gefühl war so gut, dass Wendy schnell zu schwach wurde, um sich noch auf ihren Ellenbogen abzustützen. Doch auch, als sie sich flach auf den Rücken gelegt hatte, konnte sie immer noch an sich hinabsehen und beobachten, wie Stacys Kopf sich immer enger gegen ihren Schlitz presste, bis sie schließlich mit der Zunge über die heiße geschwollene Knospe lecken konnte.

Wendy keuchte – sowohl wegen des Anblicks als auch wegen des Gefühls. Das eigentliche Lecken unterschied sich nicht groß von den Zuwendungen eines Mannes, sah aber so völlig anders aus. Was für ein wildes, erregendes und verbotenes Gefühl, in zwei wunderschöne, weibliche Augen zu blicken, die sie zwischen ihren eigenen Beinen heraus anschauten. »Ja«, flüsterte Wendy. »Leck mich.«

Nach dieser Aufforderung ließ Stacy jede etwaige Zurückhaltung fahren und leckte mit der Zunge der Länge nach über Wendys offenes Fötzchen. Wieder und wieder.

Wendy stöhnte bei jedem der langen Zungenschläge laut auf und fing an, ihre immer noch bedeckten Brüste im Rhythmus zu Stacys Zuwendungen zu massieren. Im Hintergrund hörte man die Männer stöhnen – fast so, als wären sie es, die da gerade verwöhnt wurden.

Irgendwann schloss Wendy die Augen. Die Bilder, die vor ihr aufstiegen, waren zwar erregend, aber das Gefühl von einer Frau geleckt zu werden, während zwei Männer dabei zusahen, war einfach unbeschreiblich. Und erneut fühlte sie sich wie Brandons versauter Pornostar. Sie war jetzt ein durch und durch unanständiges Mädchen und entsprach genau der Person, die sie seit dem ersten Anblick der Frau in dem weißen Bikini hatte sein wollen. Nein, eigentlich übertraf dieses Erlebnis ihre Wünsche sogar, denn zu Anfang war ihre Vorstellung noch sehr vage und ihr Ziel sehr verschwommen gewesen. Aber das hier war real. So real wie es nur ging.

So real, dass ihr Kitzler schon wieder anschwoll.

So real, dass sie sich ein wenig erhob, um ihre Muschi noch fester gegen Stacys Gesicht zu pressen.

So real, dass ihre Geilheit irgendwann unerbittlich und so gierig wurde, dass ihr ganz egal war, wer sie da eigentlich leckte. Sie wollte einfach nur noch den Mund ihrer Gespielin ficken, bis es ihr kam – ungeachtet, ob Stacy die harten Stöße gegen ihre Lippen und ihre Zunge nun genoss oder nicht.

Aber Stacy warf sich Wendys Stößen entgegen. Und als die Geleckte zu stöhnen begann, waren ihre Lustlaute nicht die Einzigen, die die Luft erfüllten. Nein, auch die Freundin keuchte gierig und geil, während sie Wendys Muschi verwöhnte.

Hätte ich doch gewusst, dass Stacy es härter mag. Dann hätte ich ihr meine Möse noch fester ins Gesicht gepresst. Es war dieser schmutzige und rohe Gedanke, der sie schließlich in den Abgrund eines erneuten Höhepunktes stürzte. Doch dieser Orgasmus war so lang und heftig, dass sie ihre Finger in das Handtuch krallte und ihre Geilheit laut in die Nacht hinausschrie. Wie besessen warf sie sich Stacy entgegen und die Lust jagte wie ein Wirbelsturm durch ihren Körper. Es war vorbei und Wendy konnte endlich wieder atmen. Ganz still lag sie auf dem Handtuch und rührte sich nicht.

Als sie nach ein paar Augenblicken wieder zu sich kam und den Kopf hob, biss sie sich auf die Lippen und warf Stacy durch ihre immer noch gespreizten Schenkel ein schwaches Lächeln zu. Das Gesicht ihrer Freundin war ganz nass von Wendys Säften. »Da hab ich's dir aber wirklich heftig besorgt«, sagte Stacy mit einer gewissen Arroganz in der Stimme.

Wendy konnte kaum sprechen. »Allerdings«, flüsterte sie leise.

Sie fing gerade an, sich zu fragen, ob sie den Gefallen wohl erwidern sollte? Sollte sie Stacy jetzt lecken? Und wollte sie das überhaupt? Doch all diese Fragen erwiesen sich als überflüssig, denn plötzlich stand Brandon auf und kam zu ihr rüber. »Ich muss dich jetzt einfach ficken«, sagte er über ihr stehend mit tiefer und wieder sehr gebieterischer Stimme. Dann beugte er sich vor und zog sie im wahrsten Sinne des Wortes in seine Arme.

In diesem Moment vergaß Wendy völlig, dass Stacy überhaupt existierte. Das mochte nicht richtig und einfach nur schrecklich sein, war aber so. Alles, was sie jetzt wollte, war Brandon.

Er legte sie nicht besonders sanft auf den Liegestuhl, in dem er gesessen hatte. Wendy bemerkte wie durch einen Nebel hindurch, dass Pete nicht mehr zu sehen war, und es passte ihr ganz gut, dass er scheinbar zu Stacy rübergegangen war. Ganz plötzlich wollte sie nämlich am liebsten ungestört mit ihrem Mann sein. Zumindest so ungestört, wie die Umstände es zuließen. Ihr war zwar egal, ob Pete und Stacy noch in der Nähe waren, aber mit einem Mal konnte sie sich nur noch auf Brandon und seine tiefblauen Augen konzentrieren.

Als er seine Unterhose runterzog, konzentrierte sie sich natürlich auch auf seinen riesigen Schwanz. Er stand unglaublich steif vor ihr, und ein Teil von Wendy konnte immer noch nicht fassen, dass sie dieses Organ in sich hatte aufnehmen können. Aber ein anderer Teil von ihr wollte ihn so dringend in sich spüren, dass sie das Denken irgendwann völlig einstellte.

Stattdessen spreizte Wendy ihre Beine so weit, dass die junge Frau sie auf den Armlehnen des Liegestuhls ablegen konnte.

Diese Stellung war zwar nicht gerade elegant, aber Brandon hatte ihr ja schon mehrfach gezeigt, dass ein gewisser Mangel an Eleganz das Vergnügen durchaus erhöhen konnte. Wendy dachte daran, wie er ihr den Hintern versohlt hatte, und vor ihrem geistigen Auge stiegen Bilder von sandigen Kleidungsstücken und Salatgurken auf. Allerdings nur so lange, bis ihr Liebhaber sich rittlings auf den Sessel setzte und sie seinen steifen Riemen immer näher kommen sah.

Die Stellung erlaubte beiden, nach unten zu sehen und zu beobachten, wie Brandons harter Schaft völlig mühelos in ihre Mitte glitt, als würde ihre Möse ihm wie angegossen passen. Beide stöhnten, als er langsam und gleichmäßig in sie eindrang, aber keiner von ihnen sagte auch nur ein Wort.

Stattdessen sahen sie weiter zu, wie Brandons Prügel sich wieder und wieder ohne jede Hast und in stetem Pumpen tief in ihrer feuchten Höhle versenkte. Irgendwann bemerkte Wendy, dass ihre Lustlaute nicht die Einzigen waren, die man hören konnte, denn auch Pete und Stacy waren irgendwo auf der Terrasse völlig in ihren Vergnügungen aufgegangen.

Als Wendy nach oben schaute, sah sie, dass Brandon ihr direkt in die Augen blickte – eine Geste, die ihre Lust ins geradezu Unermessliche steigerte. »Du hast wirklich wunderschöne blaue Augen«, hörte sie sich selbst sagen.

Brandons Mund verzog sich zu einem sanften Grinsen, während er weiter in sie hineinstieß. »An meine Augen solltest du im Moment aber nicht unbedingt denken«, sagte er mit sanfter Stimme.

Und auch Wendy lächelte. »Na gut. Du hast den größten, herrlichsten Schwanz, den ich je in mir gespürt habe.«

»Das passt schon eher«, erklärte er und nickte feierlich.

Wendy kicherte leise, schloss irgendwann einfach die Augen und gab sich ganz dem Genuss des Abends hin. »Oh, das ist so gut«, keuchte sie mit immer noch geschlossenen Lidern. »Fick mich. Bitte hör nicht auf.«

Ihr Bitten sorgte dafür, dass seine Stöße heftiger wurden. Wendy biss sich vor Geilheit auf die Unterlippe und konnte nicht umhin, ihn verführerisch anzugrinsen. »Ich bin so gerne unanständig für dich«, schnurrte sie.

Dann öffnete sie die Augen lange genug, um zu sehen, dass er sie aus glänzenden Pupillen anstarrte. »Und du machst das wirklich toll, Bunny. Du hast mich so verdammt steif gemacht. Massier weiter deine Titten für mich. Und sag mir noch mal, was du willst. Sag es mir.«

»Fick mich«, sagte sie mit schroffer Stimme. »Fick mich richtig hart durch.«

Danach kam kein Wort mehr über ihre Lippen – es gab nur noch die harten, brutalen Stöße von Brandons Prügel in ihre gierige Fotze. Brandons Finger umfassten neben ihren Schenkeln die Armlehnen, und sie rieb sich weiter die Brüste für ihn. Und auch für sich selbst.

Er rammte seinen Riemen tief in sie hinein. Ihr Körper bebte. Und als Brandon schließlich ein Keuchen ausstieß, das seinen herannahenden Orgasmus ankündigte, schien nicht nur ihr Körper, sondern die ganze Welt zu beben. Wendy parierte seine extra harten Stöße und warf sich ihnen entgegen – auch wenn sie das Gefühl hatte, sein Schwanz hätte sie längst durchbohrt. »Ja, ja«, stöhnte sie atemlos, auch wenn es ihr noch nicht kam. Seine fast grobe Art, sie zu ficken, war auch ohne Orgasmus ausgesprochen geil.

Als er schließlich erschöpft über ihr zusammensank, legte sie die Arme um seine Schultern und starrte von Brandons Wärme umschlossen in den Sternenhimmel.

Ich gehöre hierher.

Wendy war nicht sicher, wo diese Worte herkamen, aber sie kamen. Und sie dachte sie nicht nur, sie empfand sie auch.

Dabei wusste sie doch eigentlich, dass sie diesen Gedanken gar nicht empfinden konnte, denn dazu war er einfach zu verrückt. Wendy war sicher, es würde nicht lange dauern, bis sie wieder ihr starkes, eigenständiges Selbst sein würde, das Gefühle außen vorlassen konnte, aber für diesen kurzen Moment erlaubte sie sich, dieses Paradies ihrer Gedanken weiter zu erkunden. So presste sie sich ein bisschen zu fest an Brandons Körper und genoss seine unglaubliche Wärme.

In unserem Kulturkreis gilt Sex in der Öffentlichkeit als verpönt. Das ist ausgesprochen vernünftig, denn meistens habe auch ich keine Lust, beim Spazierengehen über irgendwelche Fremden zu stolpern, die es gerade miteinander treiben. Und auch meinen Nichten möchte ich das nicht zumuten. Doch wenn man diese sozialen Werte verinnerlicht, verinnerlicht man gleichzeitig auch ein Gefühl von Scham und die Vorstellung, dass Sex etwas Schlimmes wäre. Und es wird mehr oder weniger allen Menschen beigebracht, so zu empfinden. Das Ganze scheint eine unausweichliche Konsequenz unserer gesellschaftlichen Konventionen und eine Einstellung zu sein, die wir nie wieder aus unseren Körpern kriegen.

Und doch scheint sich dieses Stigma mit meinem Besuch in diesem Resort aufgelöst zu haben. Es scheint nicht mehr zu existieren.

Vielleicht weil ich noch nicht dabei erwischt wurde, wie ich Sex an einem verbotenen Ort hatte.

Vielleicht weil ich so von meiner Lust gepackt wurde, dass ich die bewusste Entscheidung getroffen habe, nicht darüber nachzudenken.

Zumindest hat die Sache mir die herrlichsten Momente beschert, die ich jemals in meinem Leben erfahren durfte.

Als Brandon sich auf dieser Terrasse wieder und wieder in mir versenkte, gab es für mich nichts mehr außer purer Lust. Sonst nichts. Gar nichts. Und solch einen magischen Moment erlebt man nicht oft.

Also habe ich mich einen Moment lang zu sehr daran geklammert – sowohl an das Gefühl ursprünglicher Lust als auch an … na ja, als auch an Brandon. Tatsache ist, ich bin nicht sicher, ob ich all diese Dinge auch mit einem anderen Mann hätte tun können. Er hat mir so unendlich viel Freiheit geschenkt. Und das alles mit großem Respekt und ohne über mich zu urteilen.

An all das habe ich mich für einen langen Moment geklammert. Aber das ist auch okay, denn dieser Moment endete unausweichlich. Jetzt kann ich wieder völlig klar denken, und ich weiß, die Sache muss ein Ende haben.

Kapitel 12

»Zu dir oder zu mir, Bunny?«, fragte Brandon mit einem Augenzwinkern, während sie direkt am Meer in seinem Cabriolet über den *Emerald Shores Boulevard* fuhren. Nach dem geradezu unglaublich geilen Abend mit Pete war Brandon nicht sicher, ob sie heute noch einmal miteinander schlafen würden. Schließlich war es schon spät, und sie mussten morgen beide arbeiten. Aber ihm wurde klar, dass es ihm schon reichen würde, einfach nur neben ihr zu liegen. Es bereitete ihm immer noch Schwierigkeiten, sich an die seltsamen neuen Gegebenheiten zu gewöhnen, er hatte allerdings auch aufgegeben, sich dagegen zu wehren. So etwas hatte er noch nie gut gekonnt.

Wendy neben ihm zögerte. »Ich weiß nicht recht …«

Brandons Brust zog sich ein wenig zusammen, aber da er mittlerweile die Abzweigung erreicht hatte, die zu ihrem Apartment führte, musste er sich entscheiden. Also bog er kurzerhand in den *Shellside Way* ein und fuhr direkt auf die mit rosa Stuck verzierte Gebäudereihe zu, in der ihre Unterkunft lag. »Ist irgendwas?«, fragte Brandon, denn er spürte, dass es etwas gab, was sie nicht aussprechen wollte.

Wendy drehte sich zu ihm um. Ihr Haar wehte im Wind – ein Anblick, der sie noch schöner machte. »Nein, eigentlich ist alles in Ordnung. Es ist nur … na ja, ich reise bald ab.«

Dessen war sich Brandon sehr wohl bewusst. Die beiden hatten zwar nicht darüber gesprochen, aber er hatte Unterlagen gesehen, auf denen der Tag ihrer Ankunft und auch ihrer Abreise vermerkt waren. Und als er erfahren hatte, dass die Frau, mit der er sich da vergnügte, tatsächlich Gwendolyn Carnes war, hatte er sich sogar noch einmal versichert. »Ich weiß. Und …?«

Sie seufzte, und ihre Lippen spitzten sich betreten, als der Wagen vor dem *Shellside Tower* zum Halten kam. »Und … wenn man sich daran gewöhnt hat, neben jemandem zu schlafen, und derjenige ist dann auf einmal nicht mehr da, dann kann so ein Bett sich sehr leer anfühlen. Aber wenn man es sich gar nicht erst angewöhnt, dann hat man dieses Problem auch nicht.«

Brandon legte verständnisvoll den Kopf in den Nacken. Er versuchte erst gar nicht, ihr zu erklären, dass er eigentlich noch nie länger als eine Nacht das Bett mit einer Frau geteilt hatte und dass er ausgesprochen selten bei einer seiner Eroberungen übernachtete. Aber was sie da sagte, war schon recht einleuchtend. »Gutes Argument«, sagte er also und versuchte, dabei so lässig wie möglich zu klingen.

Dann tätschelte er beiläufig ihr Knie und wechselte das Thema. »Was hast du denn morgen alles auf dem Programm?«

»Es gibt da ein paar abseits liegende Gegenden des Resorts, die ich mir noch nicht angesehen habe. Ich dachte, da fahre ich morgen noch hin, um meine Beurteilung der Anlage abschließen zu können.«

»Wenn du einen Golfwagen brauchst, den kann ich dir zur Verfügung stellen.«

Wendy lächelte. »Danke, aber ich glaube, ich fahre lieber mit dem Fahrrad. Das hab ich heute Nachmittag auch schon gemacht, und es hat mir trotz der Hitze großen Spaß gemacht.«

Brandon zuckte mit den Schultern und grinste. »Wie du willst.«

»Wenn du im Büro bist, werde ich dich danach anrufen und dir meine letzten Verbesserungsvorschläge vorstellen.«

»Ich bin da«, erklärte er. »Ich habe morgens ein paar Meetings, aber danach steht nur irgendwelcher Papierkram an. Ich werde Joanna Bescheid sagen, dass ich deinen Anruf erwarte. Und dann … na ja, morgen ist dann wohl dein letzter Abend, und ich hoffe natürlich, dass du den mit mir verbringst.« Brandon konnte sich gar nicht vorstellen, nicht wenigstens noch einmal mit Wendy zusammen zu sein, bevor sie abreiste.

Das Lächeln auf ihrem Gesicht sorgte dafür, dass ihm richtig warm ums Herz wurde. »Das lässt sich wohl arrangieren, Herr Direktor.«

»Gut«, erwiderte er. Doch dann: »Oh nein, Mist!«

»Was?« Wendy sah erschrocken aus – und Brandon *war* erschrocken.

»Mir fällt gerade ein, dass ich morgen ein Geschäftsessen habe, das ich unmöglich absagen kann. Das hab ich total vergessen. Morgen kommt einer unserer Hauptinvestoren. Er reist extra an, um sich mit mir und Charles zum Steakessen zu treffen.« Er hielt kurz inne und seufzte. »Aber … hey, wie wär's, wenn wir uns um zehn am Pool des *Shellside Towers* treffen? Oder ist das zu spät?«

Wendys Blick schien voller Zweifel. »Für mich nicht. Aber ich weiß, dass der Pool um zehn längst geschlossen ist.«

Brandon zog verschmitzt und auch ein wenig diabolisch die Augenbraue hoch. »Aber das ist doch genau der Punkt.«

»Aber das verstößt doch gegen die Vorschriften.«

»Ich mache hier die Vorschriften, Bunny. Trag deinen Bikini und bring ein bisschen Appetit mit.«

Mit diesen Worten beugte er sich zu ihr hinüber, hob ihre Hand zu seinem Gesicht und gab ihr einen wunderschön warmen Gutenachtkuss. »Übrigens«, flüsterte er ihr ins Ohr, »du und Stacy, das war echt unglaublich.« Und das meinte er auch so. Brandon hatte über die Jahre eine Menge Frauen kennengelernt, aber Wendy hatte irgendetwas an sich, das ihm den Atem raubte. Es war ihre Unschuld, ihre Wildheit und die Art, wie diese Wesenszüge miteinander harmonierten. Die Vorstellung, die sie den beiden Männern mit Stacy im Whirlpool geliefert hatte, übertraf alles, was er sich je von solch einem Abend erträumt hatte. Sinnlich, zutiefst erotisch und unglaublich unanständig. Brandon musste nur daran denken, und er bekam schon einen Steifen.

»Schön, dass es dir gefallen hat«, flüsterte sie zurück. »Ich wollte dir gefallen und dich richtig scharf machen.«

Ihre aufrichtig vorgetragene gute Absicht ging ihm zu Herzen und befriedigte ihn auf seltsame Weise. »Aber dir selbst hat es doch auch gefallen, oder?«, fragte er schließlich.

Sie nickte, und ihre Augen füllten sich mit einem lasziven Glitzern. »Keine Sorge, ich hatte dabei auch meinen Spaß. Aber gleichzeitig habe ich es auch für dich getan.«

Brandon stöhnte leise auf. »O Baby, das ist echt scharf. Das war fantastisch.«

Sie küssten sich erneut mit tanzenden Zungen. Brandon bemühte sich um Zurückhaltung, aber das hielt seine Hand nicht davon ab, zu ihren hinreißenden Brüsten zu wandern und sie zu kneten und zu massieren.

Der Kuss endete irgendwann, und die beiden lösten sich voneinander, und als es ans Verabschieden ging, sahen sie sich direkt in die Augen. »Na dann, gute Nacht.«

»Nacht, Bunny«, erwiderte er und zwinkerte Wendy zu.

Brandon beobachtete, wie sie aus dem Wagen stieg, die Tür schloss und mit wackelndem Po in den sexy engen Jeans auf ihre Wohnanlage zuging.

Er seufzte noch einmal auf, startete den Mercedes und machte sich auf den Heimweg.

Brandon hatte gerade Fahrt aufgenommen, als irgendetwas in

seinem Inneren ihn bewog, auf die Bremse zu treten. Es war ein Instinkt, ein Bedürfnis. Etwas, das er nicht richtig definieren konnte. Und er verschwendete auch erst gar keine Zeit damit, es zu versuchen. Stattdessen legte er den Rückwärtsgang ein, fuhr erneut die Auffahrt hinauf und war zutiefst erleichtert, sie gerade noch vor der Eingangstür zu erwischen.

»Hey, Bunny«, rief er ihr zu.

Wendy sah überrascht auf, lächelte dann aber und kam zum Auto. »Was ist denn?«, fragte sie schon im Näherkommen.

Brandon redete gar nicht erst lange um den heißen Brei herum, er lächelte sie nur sanft an. »Ich hab's mir anders überlegt.«

»Was hast du dir anders überlegt?«

»Ob ich die Nacht mit dir verbringen möchte. Das Gerede mit dem leeren Bett kann man doch vergessen. Das Risiko gehe ich gerne ein. Komm. Ich will mich im Bett an dich kuscheln und zusammen mit dir einschlafen.«

Irrte er sich oder blitzten ihre Augen romantisch verklärt auf? Brandon kannte sich mit romantischen Gefühlen nicht so wirklich aus, aber genau diese Art von Emotion meinte er jetzt bei ihr wahrzunehmen. Und gleichzeitig spürte er, dass auch bei ihm ein romantisches Gefühl dafür verantwortlich war, dass er noch einmal umgekehrt war.

Wendy erwiderte nichts auf seine Worte, sondern warf ihm einen sinnlichen Blick zu, der seinen Schwanz noch härter werden ließ und stieg dann schließlich zu ihm ins Auto.

Das hätte ich nicht tun sollen. Ich muss den Verstand verloren haben. Und wenn nicht den Verstand, dann zumindest die Kontrolle über die Situation.

Wendy schimpfte innerlich mit sich, als sie am nächsten Tag mit dem Fahrrad durch das Resort fuhr. Sie konnte noch immer nicht recht glauben, dass Brandon sie überredet hatte, die Nacht bei ihm zu verbringen. Und das, obwohl sie zunächst so stark und vernünftig gewesen war. Schließlich hatte sie es bis zur Eingangstür ihres Wohnkomplexes geschafft, hatte die heißen Küsse ignoriert, die in ihrem Inneren weiter brannten, und auch den hinreißenden blauen Augen keine Beachtung geschenkt, die sich in ihre Seele gebohrt hatten.

Es war natürlich wundervoll gewesen, neben ihm einzuschlafen. Irgendwann war es dann zwar doch noch zum Sex gekommen, aber es war eine ganz natürliche, normale Nummer im Bett gewesen. Sie hatte zum Schlafen eines seiner T-Shirts angezogen, ihr immer noch feuchtes Höschen weggelassen und ein paar weitere Gutenachtküsse hatten schließlich zu einem schönen nächtlichen Fick und einem schönen nächtlichen Orgasmus geführt.

Wendy seufzte, als sie mit ihrem Fahrrad durch einen Tunnel fuhr, der unter der Hauptstraße hindurchführte und den Radfahrern den Autoverkehr ersparen sollte. Die Erinnerung an die vergangene Nacht ließ ihre Muschi ganz warm werden – ein Gefühl, das eine Mischung aus Glück und Traurigkeit bei ihr erzeugte. Sie war glücklich, weil es so wundervoll mit ihm gewesen war. Weil *er* so wundervoll war. Aber sie war auch traurig, weil sie nicht zulassen durfte, sich wie ein verliebter Teenager zu fühlen. Schließlich würde sie morgen abreisen, und die Sache würde damit vorbei sein. Der heutige Abend würde der letzte Abend mit ihm sein. Der allerletzte Abend. Wendy seufzte erneut tief auf.

Um Himmels willen, jetzt hör schon auf damit. Du darfst dich nicht so aufführen. Denk an die Bikini-Mieze – dein Vorbild, dein Idol. Die Bikini-Mieze schert sich nicht um die letzte Nacht mit irgendeinem Kerl. Für sie ist Sex ein Lebensstil, den sie weiter fortführen und den sie auch weiter unter Kontrolle haben wird. Die Bikini-Mieze lebt für Lust und Macht. Und du machst es in dieser Woche genauso!

Zu ihrer Überraschung half der kleine Vortrag, den sie sich da hielt, tatsächlich. Vielleicht brauchte sie ja nur eine Mahnung – na gut, eine dauerhafte Mahnung –, was sie mit diesem Experiment in erster Linie hatte erreichen wollen. Und als sie sich wieder ganz auf dieses Ziel konzentrierte, empfand sie sich wieder so, wie zu Beginn dieser Woche: stark und tough. Während sie dann in ihren praktischen Shorts und den Tennisschuhen weiterradelte, fühlte sie sich erneut wie eine Frau mit einem Geheimnis. Einer Menge Geheimnisse, um genau zu sein. Geheimnisse über Salatgurken und Dreier und Sex am Strand und Sex mit einer anderen Frau.

So ist's schon besser.

Und als sie an einem attraktiven Mann, Ende zwanzig und ebenfalls auf einem Fahrrad, vorbeifuhr, folgte sie ihrem natürlichen Instinkt und lächelte ihn kokett an. Und trotz der praktischen Shorts, die sie trug, erwiderte der Mann ihr Lächeln.

Ja, und zwar viel *besser.*

Denk dran, du hast noch eine Nacht mit Brandon. Vergiss nicht, wer du bist. Du bist eine Frau, die stark ist. Du bist eine Sexmaschine, du bist vergnügungssüchtig, du bist eine Hedonistin. Du bist wie … die Bikini-Mieze.

»Hey, Bunny.«

Die warme Stimme am Telefon ließ ihre Knie sofort weich werden, obwohl sie gerade barfuß auf dem Sofa in ihrem Apartment saß.

»Hey«, erwiderte sie, als Brandon ihren Anruf entgegennahm. »Aber müsstest Du in diesem Fall nicht eigentlich Ms Carnes sagen?« Das war zwar nur ein Witz, aber Wendy fand es auch nicht unklug, eine klare Grenze zwischen Geschäft und Vergnügen zu ziehen – besonders wenn sie daran dachte, dass man in Zukunft eventuell geschäftlich miteinander zu tun haben könnte.

»Na schön, *Ms Carnes*«, sagte er mit immer noch umwerfend aufregender Stimme. »Und übrigens, seit ich gestern Abend sah, wie Sie Stacys Titten geleckt haben, kämpfe ich mit einer Erektion, *Ms Carnes.*«

Okay, jetzt war ihre Muschi praktisch am Vibrieren. Wendy musste die Sache unbedingt wieder in die richtigen Bahnen lenken. »Wird das jetzt hier Telefonsex oder unterhalten wir uns irgendwann auch über die Zukunft des *Emerald Shores Resort*?«

Brandon kicherte. »Gefällt mir, wenn Sie so streng sind, Ms Carnes. Das ist scharf.«

Wendy seufzte, denn auch sie hatte zu kämpfen. Wollte sie nun übers Geschäftliche mit ihm sprechen oder wollte sie ihm kleine Schweinereien ins Ohr hauchen. »Schön, dass du das so siehst«, erwiderte sie, »aber ich habe auch noch einiges mehr zu bieten. Zum Beispiel meine Verbesserungsvorschläge für das Resort.«

Der letzte Satz sorgte für einen gewissen Ernst in Brandons Stimme. »O Mann. Muss ich mich auf irgendwas gefasst machen?«

»Kommt drauf an. Ich finde, dass all meine Vorschläge vernünftig und praktikabel sind. Aber wer weiß, ob du das auch so siehst.«

Brandon stöhnte am anderen Ende der Leitung leicht auf. »Na gut. Dann schieß mal los.«

In ihrer Arbeitsmappe musste Wendy erstmal sortieren, welche Notizen geschäftlicher und welche privater Natur waren. Als sie ihre Liste mit den Verbesserungsvorschlägen schließlich gefunden hatte, las sie ihm Punkt für Punkt vor und strich die besprochenen Themen jeweils ab. Zusammen mit den Vorschlägen, die sie ihm bei ihrem Meeting vor ein paar Tagen gemacht hatte, waren es mittlerweile eine ganze Menge Dinge, die sie zu beanstanden hatte. Aber Wendy blieb keine Wahl. Wenn es darum ging, Millionen von Walters Geld zu investieren, musste sie einfach objektiv sein. Schließlich würde das *Emerald Shores Resort* einen großen Anteil seines Besitzes ausmachen, wenn Walter dort investierte. Sie musste also dafür sorgen, dass das Resort dem höchstmöglichen Standard entsprach, wenn sie ihrem Boss vorschlagen sollte, derart viel Geld lockerzumachen.

»Und einige der Leihfahrräder scheinen nicht besonders gut in Schuss zu sein«, beendete Wendy ihre Ausführungen. »Ich habe Radler gesehen, die mit kaputten Lenkern unterwegs waren. Und der Mann, der den Fahrradverleih leitet, könnte ein bisschen hilfsbereiter sein. Er muss den Kunden doch helfen, die Fahrräder korrekt einzustellen, bevor sie losfahren. Ich habe auf den Fahrradwegen mehrere Menschen gesehen, die dabei waren, mühevoll ihre Sitze zu verstellen. Und ganz zum Schluss: die älteren Swimmingpools müssen unbedingt renoviert oder auch ganz ausgetauscht werden. Besonders die Becken der Häuschen am Meer und in den Dünen. Die können es einfach nicht mehr mit den neueren Pools aufnehmen.«

»Ist das alles?«, fragte Brandon, als Wendy endlich fertig war.

»Ja.«

Am anderen Ende der Leitung war ein unverblümtes Seufzen zu hören, das ganz so klang, als wäre Brandon völlig entnervt. Der Brandon, der ihr in den letzten Tagen nähergekommen war, hätte anders reagiert.

Wendy biss sich auf die Unterlippe. »Denk dran, ich mache hier nur meinen Job«, erinnerte sie ihn. »Ich muss Walters Interessen berücksichtigen.«

Brandon zögerte, bevor er etwas erwiderte. »Nimm's nicht persönlich, Wendy, aber … kannst du dir eigentlich vorstellen, was das alles kosten würde? Du schlägst vor, die Preise für Aktivitäten und Getränke zu senken und einige Dinge sogar gratis anzubieten. Aber gleichzeitig willst du, dass wir Unsummen von Geldern für Verbesserungen ausgeben. Ich habe außer Walter auch noch andere Investoren. Und die werden sich fragen, was aus ihrer jährlichen Rendite geworden ist.«

»Aber diese Investoren wissen doch sicher auch, dass man manchmal eben Geld ausgeben muss, um Geld zu verdienen. Wenn ihr schon Luxus anbietet, dann müsst ihr ihn auch liefern.«

»Einverstanden. Aber einige meiner Investoren bestehen aus großen Firmen. Und die scheren sich nur um das, was unter dem Strich steht. Und wenn diese Summe zu niedrig ist, dann könnten sie abspringen. Und dann bin ich wieder genau da, wo ich jetzt bin. Und zwar auf der Suche nach jemandem, der ordentlich in das Resort investieren will.«

»Nicht, wenn deine Investoren auch nur den Hauch von Geschäftssinn haben. Hör zu, ich weiß, die Sache ist komplizierter, als es bei mir klingt, aber wenn du dein Luxus-Resort nicht in Schuss hältst, ist es auch kein Luxus-Resort mehr. Mir ist schon klar, dass es sehr schwierig ist, ein Resort dieser Größe zu pflegen. Aber ich fürchte, das ist die Latte, die du dir selbst gelegt hast, als du das Resort ins Leben gerufen hast.«

Brandon seufzte erneut, diesmal ganz offen irritiert.

»Du bist sauer«, stellte sie fest.

Wie seltsam es doch war, mit ihrem Liehbaber Geschäfte zu machen. Mit jedem anderen Mann auf der Welt wäre dieses Gespräch völlig anders verlaufen. Auf jeden Fall wäre es ihr total egal gewesen, ob ihr Gegenüber nun wütend wurde oder nicht. Aber bei Brandon war das etwas anderes.

»Nein, sauer bin ich nicht«, stellte er fest und klang schon wieder ein bisschen mehr wie ihr Brandon. »Vielleicht bin ich einfach nur wütend auf mich selbst, weil mir so viele Makel entgangen sind. Für mich ist das hier ein Paradies und mir war nicht klar, dass so Vieles nicht in Ordnung ist. Ich bin wohl eher der Typ, der das Glas immer als halbvoll ansieht.«

»Jetzt lass mich mal eins klarstellen«, sagte Wendy. »Ich habe es bisher noch nicht erwähnt, aber dieser Ort ist *natürlich* ein Paradies. Ich … ich habe mich hier wie auf einem anderen Planeten gefühlt.« *Wo ich alles tun kann, was ich will, ohne die Konsequenzen dafür zu tragen.* »Aber letzten Endes bin ich wohl eher eine Frau, die das Glas immer als halbleer ansieht.«

»Warum?«, fragte Brandon. Die Besorgnis in seiner Stimme verriet Wendy, dass die Frage eher persönlich und nicht geschäftlich gemeint war.

Aber wie lautete die Antwort? *Vielleicht weil Männer wie du mir nie hinterher geschaut haben? Vielleicht weil ich mich in eine verrückte Verführerin verwandeln musste, um deine Aufmerksamkeit zu erregen? Vielleicht weil du mich bei unserem ersten Meeting völlig eingeschüchtert hättest, wenn nichts von alledem vorher passiert wäre? Ich hätte mich in deiner Gegenwart schrecklich durchschnittlich gefühlt. Schöne Menschen wissen nicht, wie es ist, sich durchschnittlich zu fühlen. Schönen Menschen rennt der Erfolg doch förmlich hinterher.*

Wo war das denn jetzt alles plötzlich hergekommen? Wendy holte tief Luft. »Ich weiß es nicht«, antwortete sie schließlich. »Aber wenn man bedenkt, wozu ich hergeschickt wurde, ist das wahrscheinlich eine ganz gute Einstellung. Ich habe vor, mich morgen früh vor meiner Abreise noch mal mit dir und Charles zu treffen, um mir euer Feedback auf meine Vorschläge anzuhören.«

Wendy fragte sich kurz, ob Brandon wohl immer noch wütend war und ob der geschäftliche Teil ihrer Beziehung dem vergnüglichen einen Dämpfer verpassen würde. »Na gut«, meldete Brandon sich dann aber, »Charles und ich werden dich wie geplant um zehn Uhr empfangen. Wir beide sehen uns natürlich schon heute Abend, Ms Carnes. Und zwar damit ich Ihnen das Hirn aus dem Leib ficken kann.«

Wendys Muschi bebte, als sie ihm in ihrer geschäftsmäßigsten Stimme antwortete: »Ich kann es kaum erwarten, Mr Worth. Auf Wiederhören.«

Mit diesen letzten Worten legte sie auf und entschloss sich, ein letztes Mal für ein paar Stunden an den Strand zu gehen. Irgendwie hatte sie das Bedürfnis, sich von dem Ort zu verabschieden, sie wollte aber auch ihre Bräune noch etwas auffrischen, damit sie scharf und sexy aussah, wenn Brandon ihr heute Abend den Bikini auszog.

Der Ausflug an den Strand tat Wendy auf vielerlei Weise gut. Neben der Entspannung, die das beruhigende Rauschen der Wellen und die wärmenden Strahlen der Sonne boten, erinnerte das ganze Setting sie auch daran, wer sie jetzt war. Wendy hatte sich tatsächlich verändert. Bei ihrer Ankunft hier hatte sie noch Dinge vorgetäuscht, die jetzt ein wahrhaftiger Teil von ihr waren. Sie war jetzt eine Frau, die voller Selbstbewusstsein einen aufreizenden Bikini tragen konnte. Sie war eine Frau, die selbst mit den attraktivsten Männern flirten und, wenn sie wollte, auch ficken konnte. Das hatten ihr die Blicke von diversen Männern gezeigt, die sie bei ihrem Spaziergang am Strand förmlich mit den Augen auszogen. Und diese Sicht auf sich selbst würde auch den heutigen Abend mit Brandon um einiges leichter machen.

Denn heute würde sie daran denken, wer sie jetzt war. Ganz einfach. Sie war die Frau, die aus schierem Vergnügen ficken und dann, ohne sich noch einmal umzudrehen, auf Wiedersehen sagen konnte. Wendy mochte Brandon – sogar sehr – und fühlte sich ihm manchmal auch ausgesprochen nahe. Aber für sie waren dies ausschließlich »Momente der Schwäche«, die sie mittlerweile hoffentlich nicht mehr überfallen würden. Letzten Endes hoffte sie nur, ein paar schöne Erinnerungen von der

Zeit mit ihm und ein paar leidenschaftliche Erinnerungen von dem Sex mit ihm mitzunehmen. Und das war alles.

Als sie an diesem Abend hinunterging und um Punkt zehn Uhr das dunkle und ruhig daliegende Poolgelände betrat, war das Tor tatsächlich aufgesperrt.

Brandon lag lässig und nur mit einer Badehose bekleidet auf einer karierten Decke in der Nähe des Pool-Wasserfalls. Neben ihm stand ein Picknickkorb. Wendys Herz schwoll in ihrer Brust, aber als sie langsam auf ihren Liebhaber zuging, versuchte sie, das Gefühl zu verdrängen.

»Ein Picknick am Pool, Mr Worth?

Er sah auf und grinste sie an. »Betrachten Sie es als Vorspiel, Ms Carnes.«

»Für den heutigen Abend können wir ruhig zu ›Bunny‹ zurückkehren.«

Sein Grinsen wurde breiter. »Komm her, Bunny. Du siehst echt scharf aus und ich muss dich unbedingt küssen.«

Derartige Worte fielen bei Wendy immer auf fruchtbaren Boden, und sie ließ sich ohne Zögern von ihm in die Arme schließen. Die Lichter im Schwimmbecken gaben ein sanft flackerndes blaues Licht und die Palmen und andere tropische Pflanzen, die um den lagunenförmigen Pool herum gepflanzt waren, gestalteten die Szenerie weitaus verführerischer, als Wendy es sich vorgestellt hatte. Zwar war sie an dem Pool tagsüber schon vorbeigekommen – und am Nachmittag auch mal kurz hineingesprungen –, aber am Abend schien die Stimmung hier doch weitaus packender. Und als sie sich schließlich küssten, da begriff sie auch, weshalb Brandon den letzten gemeinsamen Abend hier hatte verbringen wollen.

Die beiden taten sich an Trauben, Käse und Wein aus dem Picknickkorb gütlich und unterhielten sich über die intimen Stunden, die sie in dieser Woche miteinander verbracht hatten.

Es war ein unanständiges Gespräch, bei dem Brandon darauf bestand, von ihr zu erfahren, was ihr am besten daran gefallen hatte. Und da er sich von ihr wünschte, bei der Beschreibung ruhig ins Detail zu gehen, fühlte das Ganze sich an wie Telefonsex ohne Telefon.

»Wenn du nur eine der Erfahrungen hättest machen dürfen – wenn du dir eine aussuchen *müsstest* –, welche davon würdest du noch einmal erleben wollen?«, fragte er.

Wendy musste nur kurz über ihre Antwort nachdenken. Es war die allererste Nacht, die sie mit ihm am Strand verbracht hatte. Dieses Erlebnis hatte das gesamte Spektrum von flirty zu dirty abgedeckt und war sowohl befriedigend als auch äußerst intim gewesen. Danach war sie ebenso erstaunt über sich selbst, wie sie von ihm befriedigt gewesen war.

Nach allem, was in den folgenden Tagen und Nächten noch geschehen war, schien ihr diese Antwort allerdings ein bisschen zu langweilig. Also log sie ihren Geliebten mit voller Absicht an. »Der Dreier.«

Ein wissendes Grinsen huschte über sein attraktives Gesicht. »Ich wusste doch, dass du gerne zwei Schwänze auf einmal hast.«

»Schuldig im Sinne der Anklage«, erwiderte sie ohne Zögern und war immer noch recht erstaunt, dass sie derart cool und fast gleichgültig über derart verbotene Akte sprechen konnte.

Aber Brandon hatte ihr genug Respekt gezeigt, um eine solche Offenheit möglich zu machen.

»Lass uns zusammen ins Wasser gehen«, schlug er vor, nahm ihre Hand und zog sie auf die Beine. Dann legte er einen Arm um ihre nackte Taille. »Ich habe zwar nur einen Schwanz, aber damit kann ich dich auch dazu bringen, dass du laut genug schreist«, flüsterte er ihr mit tiefer, verführerischer Stimme zu.

Das Versprechen brachte Wendys Körper zum Beben. Doch dann fiel ihr etwas ein. »Äh, und wenn ich das nun wirklich tue?

Schreien, meine ich. Nachher hört uns noch jemand.« Am Strand vor Lust zu brüllen, das war eine Sache, aber direkt vor den *Shellside Towers* sah das schon ganz anders aus. Und da es auch noch nicht so spät war, würden ständig Menschen hier vorbeilaufen, die entweder vom *Bayside Village* kamen oder gerade dorthin wollten.

Aber Brandon grinste nur und zeigte dann auf den Wasserfall, der über einen künstlichen Abhang ein paar Meter über ihnen herabstürzte. »Hör doch«, forderte er sie auf.

Der Lärm, den das Wasser machte, war so donnernd, dass sie ganz laut sprechen mussten, um einander noch zu verstehen. »Ah«, sagte sie, als sie begriff, was er meinte. Vielleicht war der tosende Wasserfall ein weiterer Grund dafür gewesen, weshalb er sich ausgerechnet hier mit ihr hatte treffen wollen.

Danach stieg er Hand in Hand mit ihr die Stufen hinab, die in eine Art Nebenbecken des großen Pools führten. Als eine warme Meeresbrise über ihren Hals strich – sie hatte ihr Haar zu einem Dutt zusammengefasst –, hatte sie das Gefühl, er würde sie in ein Land der Lust und nicht nur ins Wasser geleiten. Der Pool schien ihre ganz private Outdoor-Zuflucht zu sein. Und als ihr ganz plötzlich und unerwartet die Erkenntnis kam, dass dies das letzte Mal sein würde, empfand sie große Dankbarkeit dafür, dass sie wirklich schreien konnte, wenn sie denn wollte.

Aber nein – *nein!* –, sie durfte diesen Gedanken nicht weiterdenken. Das würde ihre eigenen, sehr vernünftigen und notwendigen Regeln brechen. Im *Emerald Shores Resort* bestimmte vielleicht Brandon die Regeln, aber hier hatte sie die Kontrolle. *Es ist nur Sex. Es ist nur Sex. Es ist nur Sex. Sonst nichts weiter.*

Und wie schon vorhin, musste sie auch jetzt daran denken, in welche Person sie sich hier verwandelt hatte – in eine Frau voller Stärke und eine Frau, die ohne große Gefühle ficken konnte.

Und genau zu dieser Frau wurde sie ein letztes Mal, als die beiden sich sinnlich im Wasser umkreisten und langsam anfingen, sich zu küssen und anzufassen. Das weiche Wasser sorgte dafür, dass sie Brandons Hände auf ihrem Po, ihrem Bauch und ihren Brüsten noch weitaus intensiver spürte.

Als die Lust schließlich überhand nahm, zögerte sie keinen Moment, die Arme um seinen Hals zu schlingen, ihm einen heißen Zungenkuss zu geben und ihre Muschi an die harte Säule zu pressen, die sich zwischen seinen Beinen erhoben hatte. »Mmmh«, stöhnte sie genießerisch. »Leck meine Titten.«

Er warf ihr ein durch und durch lüsternes Grinsen zu, das eindeutig verriet, wie sehr ihm ihr Dirty Talk gefiel. Mit einem Arm noch immer um ihre Taille geschlungen, ließ er seine Hand zu ihrem Po gleiten und hob sie ein kleines Stückchen aus dem Wasser. Die andere Hand schob den Stoff ihres Bikinioberteils beiseite, um eine ihrer Brüste und den dazugehörigen, steifen Nippel freizulegen.

Als Brandon ihre Brustwarze in seinen Mund sog, fuhr eine stechende Geilheit durch ihren Körper, die sich bis zu ihrem Fötzchen ausbreitete. »Oh ja«, keuchte sie. »Leck sie schön, Baby.«

Brandon tat, wie ihm geheißen, und bearbeitete ihre Nippel heftig mit dem Mund, es fühlte sich an, als würde er sie damit in die Länge ziehen. Sein Saugen war so intensiv, dass es schon wehtat. Seine Zuwendungen brachten ihren ganzen Körper zum Zittern, und das Gefühl war so lüstern und unanständig, dass sie hingebungsvoll den Kopf in den Nacken legte.

Doch es dauerte nicht lange, bis er einen Gang runterschaltete. Nachdem er so lange an ihren Zitzen gesaugt hatte, bis sie steinhart waren, ging er jetzt dazu über, wieder und wieder mit der Zunge darüberzuschnalzen. Brandon schien ihre Brustwarzen wahrhaftig schmecken und ihre Härte genießen zu wollen. Und Wendy schnurrte wie ein Kätzchen.

Während ihr Atem immer schwerer wurde, konnte Wendy nicht widerstehen, auch noch den anderen Stofffetzen beiseite zu schieben, um ihm ihre andere, verwöhnungsbedürftige Brust zu präsentieren. Der Lustschauer, der dabei über ihren Rücken fuhr, sorgte dafür, dass sie ihm ihre Brüste noch höher entgegenstreckte.

Brandon zögerte keinen Moment. Er beugte sich vor, um sich an dem frisch entblößten Fleisch festzusaugen, setzte an dem geschwollenen Nippel ihrer Brust diesmal auch seine Zähne ein.

»Oh«, seufzte sie leise.

Brandon sah ihr mit unverfälschter Lust direkt in die Augen.

Dann zog er sanft, aber unnachgiebig mit den Zähnen an der mittlerweile dunkelroten Knospe und machte sie damit noch härter.

Und während er sich leckend und saugend über ihre zweite Brust hermachte, konnte Wendy trotz des tosenden Wasserfalls ihr eigenes Keuchen hören. Ihre nasse Haut glänzte in dem Licht des Pools, und sie presste ihre Titte tief in Brandons Mund, bis er nichts mehr davon aufnehmen konnte.

Gleichzeitig rieb sie unter Wasser ihr hungriges Fötzchen an seinem Riemen. »Bring mich zum Schreien«, forderte sie ihn unmissverständlich auf.

Brandons Mund verzog sich zu einem erregten Lächeln. Er zog beide Körper ins Wasser und lehnte sie dann gegen eine der Poolwände. Das gesamte Becken war von einem kleinen Vorsprung eingefasst, der ungefähr einen Zentimeter unter dem Wasser lag. Dort stützte Wendy sich mit den Ellenbogen ab, sodass ihre nassen Brüste ein kleines Stückchen aus dem Wasser hervorragten.

»Lass deine Beine auf dem Wasser treiben«, wies er sie an.

Nachdem sie seiner Aufforderung nachgekommen war, zog Brandon ihr langsam das Bikinihöschen aus und warf es auf den

Boden neben dem Pool. Doch statt die Beine sofort wieder ins Wasser zu tauchen, ließ Wendy sie weiter auf dem Wasser treiben, damit ihr Liebhaber ihre entblößte Muschi sehen konnte.

Wendy leckte sich sinnlich über die Lippen und spreizte langsam die Beine. Sie spürte Brandons Erregung, als er sich zwischen ihre offenen Schenkel stellte, eine Hand unter ihren nackten Po gleiten ließ, um sie zu stützen, und zwei Finger der anderen Hand direkt in ihren Schlitz schob.

Mit diesem plötzlichen, schmutzigen Eindringen hatte sie nicht gerechnet. »Oh«, keuchte sie zunächst erschrocken auf. Doch dieses eher erstaunte Stöhnen wurde schnell tiefer und lüsterner, bis es sich durch das bloße Rein und Raus seiner Finger schließlich in ein gieriges »Oh … ja« verwandelte. Die schiere Versautheit seiner Zuwendungen sorgte dafür, dass sie ihrem Geliebten ein schmutziges, kleines Lächeln zuwarf.

Doch es dauerte nicht lange und Brandon zog seine Finger zurück, um sie mit dem Po auf den Vorsprung des Beckens zu setzen. Wendy fühlte sich in dieser Stellung durch und durch schön, unanständig und scharf. Sie liebte es, ihm ihre Brüste zu zeigen, und war auf fast arrogante Weise stolz auf den berauschenden Anblick, den die großen runden Bälle ihm boten. Und genauso scharf fand sie es, dass er die rosa Falten ihrer Muschi im Detail betrachten konnte. Und nicht nur das – die Stellung sorgte dafür, dass er sie mühelos lecken konnte.

Genau das tat Brandon dann auch. Er machte sich über ihr Fötzchen her, als hätte er eine Woche lang nichts mehr zu sich genommen, und sie wäre eine Gourmet-Mahlzeit. Seine Zuwendungen waren sehr direkt, gleichzeitig aber auch überaus sinnlich und rhythmisch. Und so dauerte es nicht lange, bis Wendys ganzer Körper sich im Takt seiner Liebkosungen bewegte. »O ja, Baby, genau so«, feuerte sie ihn zustimmend an.

»Spiel mit deinen Titten«, forderte er sie auf. Wendy erfüllte diesen Wunsch nur allzu gern. Wie herrlich, seine Augen auf ihren Brüsten zu spüren, während sie die beiden großen Bälle in die Hände nahm und langsam an ihren Nippeln spielte. Und auch wenn Brandon weiter ihre Muschi leckte, beobachtete er jede ihrer Bewegungen mit immer größerer Geilheit.

Irgendwann verlor Wendy sich völlig im Gefühl ihrer Lust. Die weiche, feuchte Stimulation zwischen ihren Schenkeln, die eigenen Hände, die ihre Brüste liebkosten, und die zusätzliche Erregung, Brandons Blick auf ihrem Körper zu spüren – all das sorgte dafür, dass ihre Muschi sich mittlerweile wie der schwerste Teil ihres Körpers anfühlte. Ihr Kitzler war bereits stark geschwollen, als Brandon sein Gesicht mit gieriger Selbstvergessenheit zwischen ihren offenen Beinen versenkte. Der Mann hatte die seltene Fähigkeit, alles zu etwas Rohem und Schmutzigem zu machen, dieses Rohe und Schmutzige aber gleichzeitig zu einem einfach guten und geilen Erlebnis werden zu lassen. Und das nur, indem er so tat, als wäre das alles hier völlig normal.

Und vielleicht war es das ja auch. Vielleicht gab es ja für die »schönen Menschen« überhaupt keinen Grund über das nachzudenken, was danach kam, weil sie auch dann noch zu den »schönen Menschen« gehören würden. Aber das waren müßige Gedanken. Brandon sorgte gerade dafür, dass sie sich genauso schön fühlte wie er es war – und nur das zählte.

Er saugte an ihrem Kitzler, und sie kniff sich in die Brustwarzen. »Ein bisschen fester«, hörte sie sich wimmern. »O Gott, ja!« Wendy geriet völlig außer Atem. Ihre Lust wurde immer größer und schärfer und entlud sich schließlich in einem derart heftigen Orgasmus, dass sie sich mit beiden Händen am Beckenrand festklammern musste, um nicht runterzurutschen. Und da sie wusste, dass der Wasserfall ihre Lustschreie übertönte, stöhnte und keuchte sie ungehemmt in die Nacht hinaus.

Als es dann vorbei war, fiel ihr wieder ein, dass dies ihr letzter, gemeinsamer Abend war. Doch statt sich diesem Bewusstsein hinzugeben, dachte sie an das, was sie vorher unbedingt noch tun wollte. »Ich muss deinen Schwanz blasen! Unbedingt!«

Sein Gesicht befand sich noch immer auf der Höhe ihrer Möse und war von ihren Säften ganz feucht. Er schien ganz benommen vor Geilheit. »O ja, Bunny. Genau das brauche ich jetzt auch. Ich will sehen, wie er in deinen wunderschönen Mund gleitet.«

Wendy ließ sich wieder ins Wasser des Pools hinab, küsste ihren Liebhaber leidenschaftlich und versuchte gleichzeitig, ihm die Badehose auszuziehen. Nachdem ihr das gelungen war, umfasste sie seine Erektion unter Wasser mit beiden Händen. Brandon verschwendete unterdessen keine Zeit, öffnete ihr Bikinioberteil und warf es zu dem bereits ausgezogenen Höschen auf den Boden. Jetzt waren beide völlig nackt wie im Paradies.

Brandon nahm dieselbe Stellung ein, die Wendy noch vor ein paar Minuten innegehabt hatte, und der Blickwinkel auf seinen Schwanz raubte ihr förmlich den Atem. »Mein Gott, was hast du für einen großen Schwanz«, stöhnte sie fast jammernd.

Sein Blick fiel ausgesprochen schmutzig aus. »Damit ich dich besser in den Mund ficken kann, mein unanständiges, kleines Bunny.«

Noch vor einer Woche hätten derartige Worte sie geradezu paralysiert oder ihr zumindest das Gefühl gegeben, dass sie sich wie ein Sexspielzeug vorgekommen wäre. Aber mit Brandon war jetzt alles anders. Mit ihm waren diese Worte einfach Teil des heißen, schmutzigen Sex, den sie miteinander hatten. Sogar mehr als das. Sie verstand sie als Versprechen, das er auch einzuhalten hatte.

Nachdem sie im Wasser zwischen seine Beine getreten war, leckte sie zunächst an seinen Eiern, die auf dem kleinen Vorsprung des Beckens ruhten. Er stöhnte offensichtlich erregt, aber Wendy ging schnell zu dem über, was sie wirklich wollte. Auch wenn sie sich dazu auf die Zehenspitzen stellen musste, ließ sie ihre Zunge von der Wurzel seines Schaftes nach oben zur Spitze gleiten. Dort angekommen legte sie beide Hände um seine eindrucksvolle Länge und rieb und massierte seinen Riemen, während sie gleichzeitig ihren Mund über die runde Eichel stülpte.

»Verdammt«, flüsterte er leise, als sie ihn tiefer in den Mund nahm. »Ja! O ja!«

Wendy platzierte das Lustobjekt so, dass es weiter aus dem Wasser stand und sie es leichter erreichen konnte. Sie gab sich alle Mühe, mit jeder ihrer Auf- und Abbewegungen so viel wie möglich von seiner Latte in ihren Mund zu kriegen. Dabei spürte sie die ganze Zeit, wie der stöhnende Brandon sie bei ihrem Tun beobachtete. Wendy war fest entschlossen, so unanständig für ihn zu sein wie noch nie zuvor.

Sie überschritt ihre eigenen Grenzen und versuchte, seinen Riemen so tief wie möglich in sich aufzunehmen. Schon jetzt füllte er ihren Mund fast vollständig aus, aber Wendy versuchte, ihre Kehle zu entspannen und nahm ihn mit jeder Abwärtsbewegung tiefer in den Mund. Sie spürte deutlich, dass Brandon ihre Bemühungen bemerkte, denn mit einem Mal war er ganz still geworden. Nur sein Atem wurde immer schwerer. Er feuerte sie flüsternd an, während er mit den Fingern durch ihr Haar fuhr. »O Baby, das ist so gut … geil … ja, o ja … er ist so tief in deinem Mund … ja, nimm ihn ganz tief rein.«

Es dauerte nicht lange, und Wendy spürte erste Ermüdungserscheinungen im Mund und in der Kehle. Gleichzeitig fühlte sie sich aber auf eine völlig neue, schmutzige Art und Weise von Brandons enormem Schwanz ausgefüllt. Sie hatte ihn tiefer in sich aufgenommen als je zuvor. Und garantiert tiefer als die meisten Frauen vor ihr. Dieses Bewusstsein erfüllte sie auch dann noch mit einer völlig neuen, schmutzigen Befriedigung, als sie schon wieder zu ihrer normalen Blastechnik übergewechselt war.

Und jetzt tat Brandon auch endlich das, was er ihr versprochen hatte. Er fickte sie in den Mund. Er hielt Wendys Kopf in den Händen und stieß seinen Schwanz zwischen ihre wartenden Lippen. Und wieder fühlte sie sich auf völlig neue Art von ihm gefickt. Seltsamerweise sorgte ihr eher unterwürfiges Tun dafür, dass sie eine unerwartete Macht über ihn spürte. Zeigte ihre Bereitschaft zu einer derart versauten Nummer ihm doch das ganze Ausmaß ihrer Lust und Unanständigkeit.

Irgendwann entließ sie ihn dann doch aus ihrem Mund, der mittlerweile ganz gedehnt war und schmerzte, um ihn lasziv anzulächeln. »Siehst du gerne dabei zu, wie ich deinen Schwanz blase?«

Sein leises Lachen wirkte fast ehrfürchtig. »Ich kann dir gar nicht sagen, wie sehr«, erwiderte er und fuhr mit seinem Daumen über ihre Lippen. »Du machst das so verdammt gut, Bunny.« Seine Worte lösten eine seltsame Wärme in ihrem Bauch aus, die sie bisher eigentlich nur bei Komplimenten über ihr Aussehen gespürt hatte.

Aber jetzt hör endlich auf, an diesen romantischen Kram zu denken! Mach dich wieder ans Ficken!

Dieser Gedanke ließ sie wieder näher an seinen majestätischen, zuckenden Schwanz herantreten, erneut auf die Zehenspitzen gehen und ihn zwischen ihre feuchten, warmen Titten nehmen.

»O Gott«, stöhnte er und stieß sofort seinen Schwanz in die tiefe Furche, die ihre Brüste bildeten.

Obwohl sie es nicht recht erklären konnte, liebte auch Wendy das Gefühl, seinen Schwanz zwischen ihren Titten zu spüren.

Wahrscheinlich weil diese Praktik eine weitere Methode war, mit ihm zu ficken. Und … wahrscheinlich auch, weil nicht alle Frauen ihm dieses Vergnügen bieten konnte, denn Wendys Brüste waren größer als die der meisten Frauen. Obwohl sie es eigentlich nicht wollte, stellte sie fest, dass es durchaus eine Rolle für sie spielte, einen Eindruck bei ihm zu hinterlassen oder ihm Dinge bieten zu können, die ihm keine andere bieten konnte.

Also fickte sie ihn genauso eifrig mit ihren Titten, wie sie es zuvor mit dem Mund getan hatte. So rieben sie sich stöhnend und keuchend aneinander, bis sie seine Eichel noch während der Stöße zwischen ihre Titten erneut in den Mund nahm und die ersten, leicht salzigen Wolllusttropfen aufleckte. Dabei genoss sie alles, was es an dieser herrlich berauschenden Nummer zu genießen gab – von seinem Geschmack, der Art, wie er sich anfühlte, bis hin zu der samtenen Umarmung des erfrischenden Wassers. Er hatte ihr beigebracht, versaut zu sein. Er hatte ihr beigebracht, versaut zu sein und Gefallen daran zu finden. Er hatte ihr beigebracht, versaut zu sein, ohne dass es sich wie Versautheit, sondern ganz normal anfühlte. Das hier war einfach nur eine Variante, Lust zu geben und zu empfangen.

Brandon rutschte von dem Vorsprung runter und nahm Wendy in seine Arme. Beide sagten kein Wort, aber ihre Blicke trafen sich in dem flackernden Licht. Das blaue Glühen unter ihnen machte es zu einem fast ätherischen und traumhaften Erlebnis, als er ihr einen tiefen, langen Kuss auf die geschwollenen Lippen gab.

Brandon drückte sie erneut gegen die Wand des Schwimmbeckens, legte seine Hände auf ihren Po, hob sie hoch und stieß seinen Schwanz in ihre Fotze. Das fordernde Eindringen sorgte bei Wendy für ein tiefes, langgezogenes Aufschluchzen und ließ sie ohne Nachdenken die Beine um seinen Körper schlingen, die sie hinter seinem Rücken verhakte. In dieser Stellung bearbeitete er sie mit langsamen, rhythmischen Stößen, die ihr durch Mark und Bein gingen.

Beide keuchten und stöhnten. Wendys Titten strichen über seine Brust und wurden immer wieder aufs Neue von schwappendem Wasser benetzt. Brandon stieß so tief in sie hinein, dass sie meinte, er würde in ihr verborgenstes Innerstes dringen. Ja, er war so tief in ihr, dass es sich in diesen intensiven Momenten anfühlte, als wäre er ein Teil von ihr.

Die beiden tauschten zärtliche Küsse aus. Wendy hielt seinen Körper eng umschlungen, und obwohl keiner von ihnen ein Wort sagte, war beiden klar, dass diese Nummer anders gewesen war als der Sex, den sie bisher gehabt hatten. Wendy gab sich alle Mühe, dieses Gefühl zu bekämpfen, aber es war unmöglich, sich seiner Stärke zu widersetzen.

Ein schweres Stöhnen ihres Geliebten verriet, dass auch er sich seinem Höhepunkt näherte. Jetzt war es an Wendy, ihre Hand durch sein Haar gleiten zu lassen. Sie küsste ihn voller Innigkeit, ertappte sich gleichzeitig aber auch bei dem plötzlich auftauchenden, schrecklich beängstigenden Gedanken, dass sie ihn wahrscheinlich nie wieder küssen würde. Das Gefühl war äußerst merkwürdig und glich einer Verzweiflung, mit der sie nicht gerechnet und der sie auch nicht wirklich etwas entgegenzusetzen hatte.

»Ich komme in dir. Gleich komme ich in dir«, flüsterte er plötzlich und half Wendy so, ihre Zweifel doch noch zu verdrängen. Wieder und wieder stieß Brandon in sie hinein, bis er sich endlich entladen hatte und die beiden einfach nur eng umschlungen dastanden.

Wendy hob den Kopf, der nach Brandons Höhepunkt auf seine Schulter gesunken war, und spürte den kleinen Lustwellen nach, die immer noch durch ihren Körper schwappten. »Sag mir, dass du die Dinge, die du mit mir getan hast, noch niemals mit einem anderen gemacht hast«, flüsterte er ihr mit rauer Stimme ins Ohr. »Sag mir, dass du bei einem anderen Mann noch nie so gewesen bist.«

Wendys Körper wurde von einer gewissen Spannung ergriffen, und sie spürte, wie ihr die Röte in die Wangen schoss. Sie wusste, ihnen beiden war klar, dass sie sich noch nie in den Po hatte ficken lassen und dass sie es auch noch nie mit zwei Männern auf einmal getrieben hatte. Aber irgendwie beschlich die junge Frau das Gefühl, als würde seine Frage auf etwas Tieferes abzielen. Auf etwas, über das sie eigentlich nicht sprechen wollte. Schließlich war sie … wie die Bikini-Mieze. Wenn sie nicht auch noch das letzte bisschen ihres Zaubers preisgeben wollte, dann musste sie so sein und musste sich einfach daran klammern.

»Sag schon«, forderte er sie auf.

Wendy seufzte tief auf. Brandon steckte noch immer in ihrer Mitte. »Gut. Nein, so bin ich bei einem anderen noch nie gewesen. Aber ich verstehe nicht, warum das so wichtig für dich ist. Ich meine, du hast diese Dinge doch schließlich auch schon mit einer Million Mädchen getan.«

Er rückte ein Stückchen von ihr ab, um sie anzusehen. »Zunächst mal: eine Million ist eine große Zahl.«

Wendy rollte leicht genervt mit den Augen. »Okay, dann eben mit Dutzenden von Mädchen.«

»Und zweitens: nein, habe ich nicht.«

»Lügner!«, entfuhr es ihr.

Brandon zögerte. Er schien eine Sekunde ganz weit weg zu sein, kehrte dann aber wieder zu ihr und zur Gegenwart zurück. »Ja, ich habe diese Dinge schon mit anderen getan. Aber nicht so. Schließlich bist du die erste Frau seit dem College …« – er schüttelte fast ungläubig den Kopf, »… mit der ich mehr als eine Nacht verbracht habe.«

Wendy blinzelte und begann schon fast, an sich zu zweifeln. »Warum das denn?«

»Ich will eben nichts am Hals haben. Kein Anhängsel und keine Verpflichtungen. Und meine Eroberungen auf eine Nacht zu beschränken, ist nun mal der beste Weg, um das zu gewährleisten.«

Die Frage, die sich Wendy jetzt aufdrängte, drehte ihr fast den Magen um. »Und warum bin ich dann in den Genuss von mehr als der einen Standardnacht gekommen?«

Brandon schüttelte erneut den Kopf, schaute für einen Moment auf die Wasseroberfläche, wandte seinen Blick dann aber doch wieder Wendy zu. »Dasselbe habe ich mich auch schon gefragt. Du bist eben einfach … etwas Besonderes, Bunny.« Er verstummte, und ihre Brust verengte sich bei den Gefühlen, die in seinen tiefblauen Augen zu erkennen waren. »Das wollte ich dir wohl einfach noch sagen, bevor du abreist.«

Wendy wog die Situation und den Moment kurz in Gedanken ab. In gewisser Weise fühlte sie sich geradezu gefangen. Und zwar auf eine Weise, die ihre Seele tief berührte. Deshalb konnte sie auch nichts anderes tun, als es ihm gleichzutun und mit der nackten Wahrheit zu reagieren. »Du bist für mich … auch jemand sehr Besonderes. Du hast dafür gesorgt, dass ich mich … frei fühle. Frei, gelöst und schön.« Wendy wusste genau, dass sie sich mit diesen Sätzen ihr mühsam aufgebautes Image als unnahbares, rein sexuelles Wesen abschminken konnte. Aber vielleicht, nur vielleicht, gab es ja auch bei der Bikini-Mieze derartige Augenblicke der Schwäche und des Gefühls – Momente, die an ihrem Herzen und an ihrer Seele nagten.

Brandons Gesichtsausdruck wurde wieder weicher, und ein zartes Lächeln umspielte seine Lippen. »Ich habe aber auch ein paar schlechte Neuigkeiten für dich, Bunny. Du bist eigentlich gar kein unanständiges Mädchen.«

»Und ob ich das bin«, versicherte sie ihm. »Du weißt doch wohl noch, was ich alles mit dir getrieben habe. Ich bin durch und durch unanständig.«

Doch trotz dieser Versicherung schüttelte Brandon immer noch den Kopf. »Du bist … abenteuerlustig und scharf und teuflisch sexy. Aber du bist auch klug und lieb und lustig.«

Zusammen mit seinem Gesichtsausdruck war jetzt auch Brandons Stimme ganz sanft geworden und klang mittlerweile fast zärtlich. Doch Wendy konnte sich diesem Gefühl einfach nicht öffnen oder darauf reagieren. Sie durfte es einfach nicht tun. Denn wenn sie es tat, dann wäre sie verloren. »Brandon, ich reise morgen nach unserem Meeting ab. Da können wir doch nicht plötzlich anfangen, uns solche Dinge zu sagen und …«

»Shhh«, unterbrach er sie und legte einen seiner feuchten Finger auf ihren Mund, um sie zum Schweigen zu bringen. »Nicht. Nimm mich einfach mit zu dir rauf. Ich möchte noch einmal neben dir schlafen.«

Mission erfüllt. Total erfüllt. Auf schier unglaubliche Weise erfüllt. Ich habe tatsächlich den Traum gelebt. Ich habe wieder und wieder mit einem Mann gefickt, ohne dass mir dabei Gefühle in die Quere gekommen sind. Na ja, zumindest nicht allzu viele Gefühle. Gut, heute Nacht waren sie für ein paar Minuten doch da, das lässt sich nicht leugnen. Aber jetzt sind sie wieder verschwunden. Und zwar weil sie verschwinden mussten.

Er schläft in meinem Bett, und ich kann ihn ansehen und mich dabei stark fühlen, weil ich weiß, dass ich mir hier genau das genommen habe, was ich wollte. Ich bin einfach meinen Launen und meinen Sehnsüchten gefolgt. Und ich bin zu der Frau am Strand geworden, die man beneidet, wenn man sie sieht. Die Frau, die die Blicke auf sich zieht, weil sie schön, selbstbewusst und sexuell so aufgeschlossen ist, dass sie es schon von Weitem ausstrahlt. Diese Frau ist kein Mysterium mehr für mich. Ich bin diese Frau.

Jetzt bleibt eigentlich nur noch die Frage, ob ich auch noch so sein werde, wenn ich diesen Ort verlasse?

Kapitel 13

Sie hatte ihn gebeten, vor ihr zu duschen, und jetzt saß er angezogen da und wartete auf sie. Brandon hatte in einem Kleidersack tatsächlich einen Anzug mit an den Pool genommen. Er hatte nämlich von Anfang an vorgehabt, sie nach dem ersten Fick im Wasser hinauf in ihr Apartment zu entführen, um dort weiter mit ihr rumzumachen. Und genau das hatte er dann auch getan. Er hatte sie erneut gefickt, war dann wieder neben ihr eingeschlafen und hatte noch einmal das warme, gemütliche Gefühl erlebt, das sich schon beim letzten Mal eingestellt hatte. Das Gefühl, das ihm eigentlich eine Heidenangst machen sollte, es seltsamerweise aber nicht tat. Seit er ihr zum ersten Mal begegnet war, empfand Brandon so. Wendy machte es einem einfach unglaublich leicht, sie zu mögen. Und ob sie Carlisle nun zum Investieren raten würde oder nicht … na ja, er hoffte schon sehr, dass sie es tun würde – aber eigentlich ging es hier um so viel mehr als nur ums Geld und ums Geschäft.

Sein Mund verzog sich zu einem leichten Grinsen, als er auf das zerknüllte Laken starrte. Doch dieses Grinsen verschwand schnell, als sein Blick zu dem Tisch wanderte, wo ihr offener Koffer stand, der nur darauf wartete, für die Heimreise gepackt zu werden. Brandon spürte einen Kloß im Hals, als er unter den Sachen Dinge entdeckte, die er kannte. Zum Beispiel die Killer-High Heels, die sie an dem Abend ihres Kennenlernens getragen hatte, oder das sündhaft aufregende rosa Höschen, mit dem sie ihn und Pete bei ihrem Dreier so scharf gemacht hatte. Tatsache war einfach, er wollte nicht, dass sie abreiste. Brandon hatte Angst, dass sie mit dem Gerede vom leeren Bett wirklich recht hatte.

Er seufzte auf, und sein Blick wanderte zu dem Beistelltischchen direkt vor ihm. Er sah einen Notizblock mit Stift, ein halbvolles Glas Limonade, ihr Handy und ein kleines Buch, dessen Einband mit Abbildungen altmodischer Hula-Mädchen, aber keinerlei Schrift bedruckt war. Der Anblick der Hula-Mädchen amüsierte ihn, und er nahm das Buch abwesend vom Tisch und blätterte es ebenso abwesend durch. Brandon war überrascht zu sehen, dass es mit handgeschriebenen Notizen gefüllt war. Er war nicht sicher, was er darin erwartet hatte, aber das auf keinen Fall.

Er wusste auch, dass er es eigentlich beiseitelegen sollte, für den Fall, dass die Eintragungen persönlicher Natur waren. Und verdammt, selbst wenn es sich um berufliche Eintragungen handeln sollte, ging ihn das gar nichts an. Aber um ehrlich zu sein, hatte er sofort kapiert, dass es sich hier um eine Art Tagebuch handelte. Und um noch ehrlicher zu sein, wollte er sofort wissen, ob sie nicht vielleicht auch etwas über ihn geschrieben hatte. Auch wenn sie vielleicht, und nur vielleicht, auch viel lieber hier bleiben würde.

Und obwohl er sich dabei nicht wirklich gut fühlte, ließ er seinen Blick über eine der zufällig geöffneten Seiten streifen.

Vielleicht wollte ich auf irgendeiner Ebene ja herausfinden, dass Sex mir doch mehr bedeutet, als nur das reine, körperliche Vergnügen. Mein tiefstes Innerstes wollte erkennen, dass es dabei um die Verbindung zwischen zwei Menschen und um das Gefühl geht. Aber dazu ist es nicht gekommen. Und zwar in keiner Weise.

O Mann.

Brandons Magen zog sich zusammen. Ging es bei diesen Sätzen um ihn? Oder … könnte das vielleicht ein alter Eintrag sein? Die Zeilen waren nicht datiert und wirkten auch irgendwie, als wären sie einfach ohne große Überlegung auf irgendeine Seite gekritzelt worden. Von daher war es schwer zu beurteilen. Vielleicht trug Wendy in diesem Buch ja alles ein, was sie je mit irgendwelchen Typen gemacht hatte. Und vielleicht ging es dabei ja doch um einen ganz anderen Mann.

Aber als Brandon weiterblätterte, entdeckte er Notizen über das Resort und kleine Anmerkungen über den allgemeinen Betrieb. Also … Nein, jeder Satz, den sie geschrieben hatte, drehte sich um diese Woche.

Brandon konnte nicht anders, er musste einfach weiterlesen. Seine Augen flogen über kleine Absätze in weiblicher Handschrift.

Kaum zu glauben, dass dieses hedonistische, kleine Spiel erst vor vierundzwanzig Stunden begonnen hat.

Ich will, dass ein scharfer Typ mir das Gefühl gibt, wie diese Bikini-Mieze zu sein. Wie die Personifizierung von Sex, für die nichts anderes existiert. Als würde die vernünftige Wendy Carnes gar nicht existieren. Ich will die Jägerin sein. Diejenige, die nimmt, und diejenige, die nichts außer Lust empfindet und am Ende befriedigt ihrer Wege geht.

Ich ließ mich auf dieses Spiel ein, um Lust, Macht und Kontrolle zu gewinnen. Und muss ich von diesen Dingen nicht so viel packen wie möglich, bevor der Sand durch das Stundenglas geronnen und das Spiel zum Ende gekommen ist?

Er schläft in meinem Bett, und ich kann zu ihm hinüberblicken und mich stark fühlen, denn ich weiß, ich habe mir das genommen, was ich wollte.

Es dauerte nicht lange, bis Brandon keine Lust mehr hatte weiterzulesen. Voller Schmerz und neben sich stehend, klappte er das Buch zu.

Die Zeit, die sie mit ihm verbracht hatte, war nichts weiter als irgendein … großes Experiment gewesen. Nichts als Sex. Wendy hatte einfach nur irgendeinen Typen aufreißen wollen, den sie scharf fand, und das war zufälligerweise er gewesen. Und die Eintragungen machten mehr als deutlich, wie zufrieden sie damit war, dass ihr nichts aus der gemeinsam verbrachten Zeit irgendetwas bedeutet hatte.

Er seufzte und fuhr sich mit einer Hand durchs Haar. Doch Tatsache war – er konnte einfach nicht wütend auf sie sein. Schließlich hatte sie nichts Unrechtes getan. Sie hatten sich einfach nur gemeinsam dem unverbindlichen Sex hingegeben. Denn genau das war es gewesen: unverbindlich. Er war hier der Idiot, der langsam anfing, Gefühle zu entwickeln und sich an Wendy zu gewöhnen. Und es war ja nicht ihre Schuld, dass sie diese Gefühle nicht erwiderte. Letzten Endes war er einfach nur eine Art Spielball für sie gewesen.

Und das war auch völlig okay. Brandon war froh, dass er jetzt wenigstens Bescheid wusste.

Denn jetzt konnte er anfangen, sich zu entwöhnen. Und zwar sofort. War ja auch nicht so wild, verdammt! Schließlich reiste sie in ein paar Stunden sowieso ab. Vielleicht war es sogar besser so.

Und doch spürte er, wie sich ihm das Herz zusammenkrampfte. Er konnte es einfach nicht verstehen. War es denn nicht wunderschön gewesen, wenn sie zusammen redeten, spielten, fickten oder was auch immer? War es nicht sogar mehr als wunderschön gewesen? Er hatte sie im Arm gehalten, während sie schliefen. Er hatte ihr geholfen, Dinge zu erleben, die sie zuvor noch nie erlebt hatte. Tief in seinem Inneren war Brandon sicher – ganz sicher – dass sie zumindest ein kleines bisschen für ihn empfand. Einige der Momente ihres Zusammenseins hatten in seiner Seele etwas ausgelöst.

Na ja, ihm zumindest.

Ihr scheinbar nicht.

Siehst du, Kumpel, das kommt dabei raus, wenn du nicht aufpasst und anfängst, etwas für jemanden zu empfinden.

Es war wohl ganz offensichtlich schlauer, sein Leben so weiterzuleben, wie er es vor ihrem Kennenlernen getan hatte. One-Night-Stands. Nichts Bedeutungsvolles. Keine Frau, bei der man sich Sorgen machen muss, dass man sie verletzen könnte. Und keine Frau, die ihn verletzen könnte.

Er schluckte die Gefühle herunter, die ihn überkamen – auch wenn sich dabei sein ganzer Körper anspannte. Vielleicht war es das, was die Menschen meinten, wenn sie davon sprachen, es sei schlecht, Dinge zu verdrängen. Brandon hatte das zuvor nur einfach noch nie erlebt. Aber jetzt musste er da durch. Zumindest die nächsten paar Stunden, bis sie abgereist war. Vielleicht würde er sich danach ja wieder besser fühlen.

Verdammt, vielleicht würde er Pete und ein paar der Jungs einfach überreden, heute Abend mit ihm ins Vergnügungsviertel des Resorts zu fahren. Und dort würde er vielleicht eine andere willige Mieze finden, die ihn von Ms Gwendolyn Carnes ablenken würde. Und diesmal würde er auch schlau genug sein, es bei einer Nacht zu belassen. Und schlau genug, sich einen Dreck um Gefühle zu scheren.

Sie waren spät aufgestanden, sodass keine Zeit mehr fürs Frühstück blieb, bis sie zu dem Meeting mit Charles aufbrechen mussten. Das Meeting, bei dem Wendy Brandon gegenübersitzen und mit den beiden die Zukunft des *Emerald Shores Resort* verhandeln würde. Und das Meeting war auch der einzige Grund, der ihr einfiel, warum Brandon trotz der Hitze auf einmal so kühl wirkte.

Auf dem Weg zu den Verwaltungsbüros des Resorts war er zwar durchaus freundlich, aber … irgendetwas hatte sich verändert. Schwer zu glauben, dass er heute so plötzlich in den Business-Modus gewechselt war, denn bei ihrem gestrigen Geschäftstelefonat war er eigentlich auch wie immer gewesen. Sicher, er hatte etwas genervt gewirkt, aber das hatte nicht sonderlich lange angehalten.

Lag es daran … dass sie abreiste und ihre Affäre damit vorbei war? Schließlich hatten sie gerade eine überaus intensive Nacht hinter sich. Und sie hatte später versucht, sich zu überzeugen, dass es nicht so gewesen wäre, oder zumindest keine Bedeutung gehabt hätte – aber es war so gewesen. »Stimmt irgendwas nicht?«, fragte sie, als sie an einer kleinen Palme vorbeigingen.

»Nein. Warum?« Er sah sie bei seiner Erwiderung nicht einmal an.

»Ich weiß auch nicht. Du wirkst so … gehetzt.«

»Das liegt daran, dass wir spät dran sind.« Kein verspieltes »Wir sind ein bisschen spät dran, Bunny«, sondern nur ein steifes, kaltes »Das liegt daran, dass wir spät dran sind.«

Wendy versuchte, die Stimmung mit einem Lächeln aufzuhellen. »Du bist der Geschäftsführer, und ich bin der Termin. Ich glaube, da werden wir keine großen Probleme kriegen.«

Brandon zuckte nur mit den Schultern. »Charles ist aber auch bei dem Meeting dabei. Seine Zeit ist kostbar, und das respektiere ich. Und ich komme nie zu spät. Das ist einer meiner Grundsätze. Ich nehme meine Arbeit sehr ernst, Wendy.«

Sein Ton kränkte sie etwas. »Das weiß ich doch. Das wollte

ich damit auch gar nicht sagen. Du wirkst nur so … als wärst du heute Morgen nicht du selbst.«

»Liegt vielleicht daran, dass ich Hunger habe. Hoffentlich hat Joanna ein bisschen was vorbereitet. Aber vielleicht liegt es auch daran, dass die Zukunft meines Resorts von diesem Meeting abhängen könnte.«

Wendy wusste nicht, was sie darauf sagen sollte, und trottete schweigend neben ihm her. Sie trug eines ihrer Sommer-Outfits, und die Schuhe mit hohen Keilabsätzen erschwerten es durchaus, mit ihm Schritt zu halten. Die plötzliche Veränderung in seinem Wesen machte sie förmlich sprachlos.

Als sie das Verwaltungsgebäude erreichten, verwandelte Brandon sich und setzte beim Anblick der Empfangsdame sofort sein normales, freundliches Lächeln auf. »Tun Sie mir einen Gefallen, ja, Anita? Joanna soll Charles Bescheid sagen, dass Ms Carnes und ich bereits auf dem Weg sind. Und sagen sie ihr, wenn sie ein paar Donuts oder sonst welches Gebäck herbeizaubern kann, bekommt sie eine dicke Gehaltserhöhung«, fügte er mit einem Zwinkern hinzu. Es verwirrte Wendy noch mehr, dass er hier wieder ganz der Alte zu sein schien. Zu welchem Zeitpunkt sie wohl den Schwarzen Peter gezogen hatte?

Als sie aus dem Fahrstuhl in sein riesiges Büro kamen, in dem Joanna sich gerade mit Charles unterhielt, schenkte er auch ihnen zur Begrüßung ein breites Lächeln. »Tut mir leid, dass ich zu spät bin, Leute.«

»Äh, mir auch«, beeilte Wendy sich ebenfalls zu versichern und kam sich ein bisschen wie ein Hündchen vor, das hinter ihm herschlich.

Auf der Mitte des großen Konferenztisches stand ein Tablett mit köstlich aussehendem Gebäck. »Joanna, Sie sind einfach perfekt«, entfuhr es Brandon. »Wollen Sie mich heiraten?«

Die ältere Frau lachte gutmütig. »Oh, da würde mein Hank

aber sehr eifersüchtig werden«, erwiderte sie, und Wendy spürte, dies war nicht das erste Mal, dass er sie mit diesem Spruch geneckt hatte.

Er gab Charles die Hand und schien sich in Gegenwart der Anwesenden recht wohlzufühlen. Aller Anwesenden außer ihr. Die wie aus dem Nichts auftauchende, seltsame Ablehnung sorgte dafür, dass sich Wendy der Magen umdrehte. Sie verstand das Ganze einfach nicht. Man konnte doch nicht von einem Typen abgelehnt werden, den man gar nicht behalten wollte. Oder?

Aber immerhin hatten sie … sie hatten gewisse Dinge geteilt. Gute Dinge, intime Dinge. Da tat diese plötzliche Kehrtwende einfach nur weh.

Doch als das Meeting anfing, wurde er ihr gegenüber wieder etwas freundlicher. Auf professionelle Art und Weise. Genauso wie bei ihrem letzten Meeting. Und so wie ganz sicher niemand bemerkte, dass er sie gefickt hatte, so würde auch niemand bemerken, dass er die letzte Viertelstunde kühl und distanziert zu ihr gewesen war.

Charles ging Wendys Verbesserungsforderungen Punkt für Punkt durch, und sowohl er als auch Brandon sprachen ausführlich über die einzelnen Vorschläge. Mit den meisten waren sie einverstanden, bei ein paar anderen wurde vorgeschlagen, sie noch ein, zwei Jahre zu verschieben, um nicht zu viele Ausgaben auf einmal zu haben. Einige wenige Punkte wurden sogar ganz abgelehnt und die beiden Männer erklärten ihr, warum sie diese Vorschläge für relativ unwichtig oder zu schwer durchführbar hielten.

Wendy hörte zu, machte sich Notizen und wog bei sich die Situation ab. Eigentlich hatte sie sich längst entschlossen, Walter eine Investition in das Resort zu empfehlen. Aber da ihre beiden Gesprächspartner das nicht wussten, konnte sie im Fall der Fälle noch immer einen harten Verhandlungskurs fahren – natürlich nur, um Walter einen Vorteil zu verschaffen. Wendy war der festen Überzeugung, dass das *Emerald Shores Resort* nahezu makellos zu sein hatte, wenn sie Walter raten sollte, derart viel Geld zu investieren.

»Gentlemen, wir müssten schon schriftlich aufsetzen, wann die Dinge angegangen werden, für die Sie ein oder zwei Jahre Aufschub haben wollen«, erklärte sie den Geschäftspartnern. »Und wir müssen auch noch zu einer Übereinkunft bezüglich der Punkte kommen, die Sie ablehnen. Diese Punkte sind mir sehr wichtig, und wenn Sie sie einfach zu der Liste mit den aufgeschobenen Dingen hinzufügen könnten und dieser Aufschub nicht länger als zwei Jahre gilt, dann werde ich Mr Carlisle gerne eine Empfehlung aussprechen, in das Resort zu investieren.«

Beide Männer hatten ihr bestes Pokerface aufgesetzt, und Wendy wusste, dass sie bei diesem Spiel äußerst begabt waren. Sie selbst hatte zwar kaum Verhandlungserfahrung, aber vielleicht hatten die anderen Spiele der vergangenen Woche sie ja ausreichend vorbereitet.

»Ms Carnes«, begann Brandon und sah sie mit aalglatter Professionalität an, als wäre zwischen ihnen beiden nie etwas gewesen, »ich glaube, Sie begreifen einfach nicht, dass Geld nun mal nicht auf Bäumen wächst und dass selbst ein tropisches Paradies Rechnungen zu zahlen hat. Wir sind Ihnen bei Ihren Forderungen sehr entgegengekommen, und es wäre schön, wenn Sie uns dieselbe Höflichkeit zuteil werden ließen.«

Okay, jetzt war er einfach nur noch herablassend. Und trotz der Tatsache, dass sie noch vor kurzem zusammengekuschelt im Bett gelegen, sich geküsst und gestreichelt hatten, machte sie das stinksauer. »Und Sie begreifen vielleicht nicht, Mr Worth, dass es für dieses tropische Paradies weitaus leichter sein wird, seine Rechnungen zu bezahlen, wenn Mr Carlisle Geld zur

Verfügung stellt. Meinen Sie wirklich, Ihre Position erlaubt es Ihnen, große Forderungen zu stellen?« Kalt und unfreundlich? Das konnte sie auch sein.

Brandons immer noch auf sie gerichteter Blick war mittlerweile offen zornig. Es gefiel ihm weder, so herumgeschubst zu werden, noch sich von ihr sagen zu lassen, dass sie durchaus in der Position war, genau das zu tun. Die traurige Wahrheit war die: Wenn er sich heute Morgen unauffällig verhalten hätte, wären Wendy die letzten Punkte vielleicht nicht so wichtig gewesen und entsprechend flexibler verhandelt worden. Aber da auch Wendy sich nicht gerne schlecht behandeln ließ, hatte er das voll und ganz sich selbst zuzuschreiben.

Als sie sah, wie Brandon und Charles auf der anderen Seite des Tisches Blicke austauschten, da wusste Wendy, dass sie die beiden in die Enge getrieben hatte. Also entschloss sie sich, auf eine Antwort zu drängen. »Also, Gentlemen, sind wir im Geschäft?« Alle Beteiligten wussten, dass ihre »Empfehlung« an Walter in erster Linie eine Formalität war und dass das Geschäft so gut wie unter Dach und Fach war, wenn sie diese Empfehlung aussprechen würde.

»Gut. Abgemacht.« Sie war ziemlich sicher, dass Brandon sich diese Antwort mit knirschenden Zähnen hatte abringen müssen.

Seine Zustimmung löste eine angenehm sichere, aber auch kalte Befriedigung in ihr aus. »Sehr gut. Ich bin froh, dass wir uns einig werden konnten. Ich muss in einer Stunde am Flughafen sein, aber Sie können das besagte Dokument ja schon mal aufsetzen und an Carlisles Büro mailen. Danach werde ich dann noch einmal mit Walter sprechen, und wenn alles in Ordnung ist, melden wir uns, um die Investition in die Wege zu leiten.«

Mit diesen Worten stand sie auf und reichte zum Abschluss erst Charles und dann auch Brandon die Hand. »Es war mir ein

Vergnügen, Geschäfte mit Ihnen zu machen, Gentlemen«, sagte sie und gab sich dabei alle Mühe, nicht daran zu denken, was das Wort »Vergnügen« noch vor ein paar Stunden für sie und Brandon bedeutet hatte.

»Wir sind auch sehr froh über die zukünftige Zusammenarbeit. Darf ich Sie jetzt nach unten begleiten?«, bot Charles ihr höflich an.

Wendy wartete darauf, dass Brandon sich einschaltete, um zu erklären, dass er sie nach unten bringen würde. Schließlich war dies trotz der Animositäten der letzten Stunden der Abschied. Das war's.

Doch Brandon preschte nicht vor, um sein Geleit anzubieten. Wendy spürte einen Stich im Herzen. »Hätten Sie etwas dagegen, wenn Mr Worth mich nach unten bringen würde?«, fragte sie schließlich an Charles gewandt. »Ich habe noch etwas Persönliches mit ihm zu besprechen.« Es war eindeutig, dass Brandon seinem Geschäftspartner noch nichts von ihrer Liaison erzählt hatte, aber es war Wendy völlig egal, ob ihre Bitte merkwürdig wirkte oder nicht. Brandon konnte Charles' Fragen auch später beantworten.

»Äh, kein Problem«, erklärte Charles und blickte dann zu seinem Kompagnon, der noch immer am Konferenztisch saß. »Brandon?«

»Ist gut«, erwiderte Brandon in einem Ton, den Wendy nicht recht einschätzen konnte. Dann stand er auf und ging mit ihr zum Fahrstuhl. Wendy hatte immer noch Probleme, zu begreifen, was da gerade los gewesen war. Und was eigentlich immer noch los war. Sie musste ihn auffordern, sich von ihr zu verabschieden? Nie hätte sie gedacht, dass die Sache so enden würde.

Sobald die Fahrstuhltüren sich geschlossen hatten und die beiden unter sich waren, sprach sie ihn darauf an. »Du wolltest dich nicht mal von mir verabschieden?«

Er sah ernst und etwas blasser aus als sonst, als er sie schließlich direkt anblickte. »Ich hatte wohl gedacht, dass zwischen uns alles gesagt ist.«

Wendy spürte, wie ihre Augen sich erschrocken weiteten. »Brandon!« War das sein Ernst? Hatte sie irgendetwas verpasst? Wann war dieser Mann vom Liebhaber zum Gegner geworden? »Liegt es daran, wie das Meeting ausgegangen ist? Ich weiß, dass ich ziemlich hart war. Aber das warst du auch. Außerdem dachte ich, dass wir das Geschäftliche vom Privaten getrennt halten. Getrennt von … uns.«

»Tatsache ist, auch wenn ich glaube, dass deine Forderungen aus einer … Uninformiertheit heraus entstanden sind, so bin ich erleichtert, dass du Walter eine Empfehlung aussprechen wirst. Aber was uns angeht, na ja … das waren doch nur ein unverbindlicher Flirt und ein paar durchfickte Nächte. Ich sah jedenfalls keinerlei Grund, eine große Sache aus deiner Abreise zu machen. Es war schön mit dir, aber jetzt ist es vorbei.«

Wendy konnte nur ungläubig blinzeln. Was war nur aus dem Mann geworden, der ihr noch gestern Abend im Pool so liebe Sachen gesagt hatte? »Das bist nicht du«, sagte sie schlicht. »Mir ist schon klar, dass wir uns noch nicht sehr lange kennen, aber … das bist einfach nicht du. Was ist denn los, Brandon? Was hab ich denn falsch gemacht?«

Brandon holte tief Luft und gab ihr dann mit immer noch professionell ruhiger Stimme eine Antwort. »Du hast gar nichts falsch gemacht.«

»Was ist dann passiert? Was ist los?«

Er sah geradezu missbraucht aus, als er ihr seufzend antwortete. »Na schön, wenn du es unbedingt wissen musst. Als du unter der Dusche warst, habe ich dein Tagebuch gefunden. Ich weiß, ich hätte es nicht lesen sollen, aber ich habe es trotzdem getan. Und jetzt begreife ich eben, dass das, was wir zusammen erlebt haben, nur eine Art Spiel für dich war. Und das ist auch völlig in Ordnung. Das ist dein gutes Recht. Wie schon gesagt, es war ja nur unverbindlicher Spaß. Aber ich bin es nun mal nicht gewohnt, so benutzt zu werden. Du musst also schon entschuldigen, wenn das meine Gefühle für dich ein wenig erkalten lässt.«

Wendy hatte das Gefühl, jemand würde ihr direkt in die Magenkuhle schlagen. Er hatte ihr Tagebuch gelesen!

O Gott, was hatte sie nur alles geschrieben? Sie konnte sich nicht mal mehr genau daran erinnern. Einfach nur spontan auftauchende – und vielleicht brutal ehrliche – Gedanken bezüglich der Dinge, die ihr hier widerfahren waren. Sicher waren auch ein paar Sätze über »das Spiel« dabei gewesen, das sie mit sich selbst spielte. Aber ganz bestimmt auch noch andere, tiefgründigere Gedanken über die große Intimität zwischen ihr und Brandon, über die Welt, die er ihr eröffnet, und die unglaubliche Freiheit, die er ihr gezeigt hatte.

»Aber du kannst unmöglich alles gelesen haben, denn sonst wüsstest du, dass es für mich viel mehr als nur ein Spiel war.«

»Klang aber nicht gerade so«, erwiderte er mit kalter Stimme.

Genau in diesem Moment erreichte der Fahrstuhl die Empfangshalle, die Türen öffneten sich mit einem Ping, und sie waren nicht mehr allein. Draußen standen zwei Männer, die einsteigen wollten, sodass Brandon gezwungen war, aus dem Fahrstuhl herauszutreten.

Als die Türen des Aufzugs sich wieder geschlossen hatten, standen die beiden allein in der Empfangshalle. Der Schreibtisch der Empfangsdame war ziemlich weit entfernt, und die Angestellte telefonierte sowieso.

»Brandon«, sagte Wendy mit sanfter Stimme. »Ich möchte nicht, dass die Sache so endet.«

»Nach dem, was ich gelesen habe, hast du doch bekommen,

was du wolltest. Da spielt es doch auch keine Rolle mehr, wie es endet.«

Wendy schnappte nach Luft. »Wie kannst du das nur sagen? Wir hatten doch eine unglaublich schöne Zeit zusammen.«

Er blickte sie ungläubig an. »Und dann bist du zurück in dein Apartment gegangen und hast in dein Tagebuch geschrieben, wie bedeutungslos das alles war. Wie gesagt, das kannst du halten wie du willst. Schließlich haben wir uns keinerlei Versprechungen oder so gemacht. Aber dann erwarte auch nicht von mir, dass der Abschied mir das Herz bricht.«

Wendy konnte es immer noch nicht fassen. Brandons Stimme klang noch immer ruhig und sachlich. Aber gleichzeitig spürte sie auch, wie er innerlich vor Wut kochte. Also versuchte sie, die Sache zu relativieren und vor allem auch sich selbst zu beruhigen. »Können wir uns nicht noch irgendwo unterhalten?«

»Du musst zu deinem Flieger«, erinnerte er sie. »Und ich muss Dokumente für Mr Carlisle aufsetzen.«

Als sich in diesem Moment erneut die Fahrstuhltüren öffneten, schockierte Brandon sie erneut, indem er einstieg. Sie stand einfach nur da und sah ihn sprachlos an. Und kurz bevor die Türen sich wieder schlossen, um sie für immer voneinander zu trennen, wurde sein Gesichtsausdruck plötzlich … traurig. »Mach's gut, Bunny«, sagte er einfach nur. Dann war er fort. Und sie war ganz allein.

O Gott. Das war alles, was sie denken konnte, die einzigen Worte, die ihr durch den Kopf gingen. *O Gott.*

Und selbst als das Flugzeug vom *Okaloosa Regional Airport* abhob, begriff Wendy immer noch nicht, was eigentlich passiert war. Dass es sich so entwickeln würde, hatte sie jedenfalls nicht kommen sehen. Und als es dann passiert war, hatte sie sich kaum genug besinnen können, um entsprechend zu reagieren.

Dieser Idiot! Sätze zu lesen, die sie ohne groß darüber nachzudenken irgendwo eingetragen hatte. Sätze, die ausschließlich für sie bestimmt gewesen waren.

Während sie in der Flughafenhalle auf ihr Boarding warten musste, hatte sie das Tagebuch aus ihrer Tasche gezogen, ein wenig darin herumgeblättert und sich gefragt, welche Stellen wohl für all das verantwortlich waren. Der Großteil ihrer Eintragungen war wohl tatsächlich vernichtend – zumindest wenn sie von einem Mann gelesen wurden, der glaubte, gerade eine romantische Beziehung zu ihr aufzubauen. Aber Wendy hätte nie gedacht, dass Brandon so eine Art Mann war und dass sie dabei gewesen waren, eine echte Beziehung zu entwickeln. Schließlich hatte sie sich alle Mühe gegeben, es genau dazu nicht kommen zu lassen.

Doch jetzt, da sie in der Luft war und sich mit jeder Minute weiter von ihm entfernte, konnte sie die Ereignisse der letzten paar Stunden endlich ein wenig sortieren. Wie viel von seinem Zorn wohl mit seinem Ego zu tun hatte? Schließlich hatte ein Mann wie Brandon Worth noch nie um eine Frau kämpfen müssen. Und dass sie ihm irgendwie doch etwas bedeutete, hatte er erst gestern Abend im Pool durchblicken lassen. Sie hatte die Dinge in ihrem Tagebuch schließlich nur geschrieben, um ihr Herz zu schützen.

Und auch wenn sie verstand, dass ihre Eintragungen durchaus schmerzhaft für ihn gewesen sein konnten, so war sie immer noch empört über seine kalte Zurückhaltung und seine Weigerung, sich ihre Erklärungen anzuhören. Und das änderte sich auch in der Rückschau nicht. Und wieder konnte Wendy dieses Verhalten nur seinem verletzten Ego zuschreiben. Schöne Menschen wie er wurden sicher nicht oft verletzt. All das hieß letzten Endes, dass Brandons Gefühle zuvor noch nie verletzt worden waren und dass er es offensichtlich nicht ertrug. Wendy war sich ganz sicher, dass es so war. Denn wenn er wahrhaftig etwas für sie empfunden hätte, wäre es dann nicht an ihm gewesen, sie zu bitten, ihm die Eintragungen in das Journal und überhaupt das ganze »Experiment« zu erklären?

Sie starrte aus dem Fenster auf die vorbeiziehenden Wattewolken. Die mit Abstand schlimmste Erkenntnis dieser ganzen Geschichte war, dass dieses ganze Chaos ihr gezeigt hatte, wie sie wirklich empfand. Brandon bedeutete ihr sehr viel.

Sie war verrückt nach ihm!

Wendy hatte die ganze Woche versucht, sich etwas anderes einzureden. Doch das gelang ihr jetzt nicht mehr.

Dazu tat sein Verhalten von heute Morgen viel zu weh. Selbst jetzt hatte sie noch das Gefühl, ihr Herz würde jeden Moment in Stücke springen. Wendy musste sich schwer zusammenreißen, um nicht zu weinen. Sie musste die Augen schließen, um sich davon abzuhalten, und hoffte inständig, dass die ältere Dame auf dem Nebensitz nicht merkte, wie aufgebracht sie war.

Es war ihr also immer noch nicht gelungen, Sex ohne Emotionen zu haben. Wendy war so fest entschlossen gewesen, diesen ganz bestimmten Traum zu leben, dass sie sich wieder und wieder selbst belogen hatte. Belogen, um es vertretbar zu machen. Belogen, um sich stark zu fühlen. Und belogen, um sich zu schützen, denn sie hatte gewusst, dass ihre Affäre nur eine Episode war.

Aber all das zeigte ihr letzten Endes nur, dass ihr Experiment ein einziger großer Fehlschlag gewesen war.

Zwei Wochen später stand Wendy in einer gut besuchten, angesagten Bar im Zentrum von Chicago und beobachtete einen attraktiven Mann auf der anderen Seite des Raumes. Anfang dreißig etwa. Kein Schlips, aber schönes Hemd und Sakko, die darauf hindeuteten, dass er in einem Büro arbeitete, in dem es recht lässig zuging. Sie war mit ihrer Freundin Kayla auf einen Feierabend-Drink hergekommen, doch da Kayla noch mit ihrem Mann zum Essen verabredet war, hatte sie schon bald wieder gehen müssen. Sie hatte Wendy sogar eingeladen mitzukommen, aber die hatte sich entschlossen, stattdessen lieber hierzubleiben. Entschlossen zu prüfen, ob sie ihr Experiment neu beleben und es diesmal vielleicht sogar erfolgreich abschließen konnte.

In den vergangenen Wochen hatte Wendy ein wenig Zeit gehabt, um über die Sache mit Brandon nachzudenken und über ihr angeknackstes Herz hinwegzukommen. In Florida hatte sie sich noch sehr bemüht, die Situation nicht zu analysieren, war aber mittlerweile zu der Erkenntnis gekommen, dass sie nun mal ein Mensch war, der die Dinge durchdenken musste. Basta! Das war schließlich auch der Grund, weshalb sie ein Händchen für Aktien hatte und weshalb Walter sie überhaupt ins *Emerald Shores Resort* geschickt hatte. Es war ihr dort nicht gelungen, ihr analytisches Denken aufzugeben, also gab sie sich auch hier keine Mühe mehr, anders zu denken.

Es fühlte sich zwar immer noch an, als hätte ihr jemand einen Pfeil ins Herz geschossen, wenn sie an Brandon dachte, doch in den vergangenen zwei Wochen war ihr klar geworden, dass es einfach nicht hatte sein sollen. Denn eigentlich waren sie von Grund auf verschiedene Menschen. Er besaß sowohl von außen als auch von innen eine ganz natürliche Schönheit und war sehr erfolgreich, in dem was er tat. Ihr hingegen flog nichts einfach so zu – sondern sie musste um alles kämpfen. Und so, wie die Sache zwischen ihnen geendet hatte, glaubte Wendy immer noch nicht recht daran, dass sie ihm jemals wirklich etwas bedeutet hatte.

Jetzt waren die Papiere unterzeichnet, und Walter hatte einen riesigen Batzen Geld in das Resort investiert. Unter so ziemlich jedem Dokument, das ihr in letzter Zeit auf den Schreibtisch flatterte, stand Brandons Name. Aber genauso versuchte sie, ihn auch zu sehen – als bloßen Namen, als eine Art … Geist. Was sie mit ihm erlebt hatte, war nicht real gewesen. Das hatte sie von Anfang an gewusst. Der Mann hatte ihr einfach nur … na ja, einen kurzen Urlaub von ihrem wahren Ich beschert. Denn das war es ohnehin gewesen: nur ein Urlaub.

Wendy dachte aber auch viel über ihre ganz intimen Erkenntnisse nach, die ihr in Florida gekommen waren. Sie hatte sich aus ihrem sexuellen Gefängnis befreit und fragte sich seitdem, ob sie wohl auch zu Hause diese neue Rolle der aggressiven und selbstbewussten Frau ausfüllen konnte. Bisher wusste sie es noch nicht. Bisher war sie nicht nur zu beschäftigt, sondern auch zu verletzt gewesen, um das herauszufinden. Aber das würde sich heute Abend alles ändern. Wendy hatte keine Lust mehr zu leiden.

Nachdem sie das erste Mal mit Brandon gefickt hatte, war sie zu dem Schluss gekommen, dass Sex mit einem Fremden nicht unbedingt mit Leere gleichzusetzen war. Doch das war nur dem Umstand zu verdanken, dass die Chemie zwischen ihnen beiden gestimmt hatte – ein Gemisch, das schon sehr bald zu einer Explosion der Leidenschaft geführt hatte. Wenn sie ihn nach diesem ersten Erlebnis nicht wiedergesehen hätte, wäre vielleicht alles anders gekommen. Vielleicht hatte sie einfach nur den Fehler gemacht, das Feuer zwischen ihnen zu sehr zu schüren. Und das hieß vielleicht … na ja, dass sie auch mit irgendeinem anderen vorlieb nehmen konnte, solange es nur für eine Nacht sein würde.

Zum Beispiel mit Mr Schlipslos, der mit seinen halbseidenen Kumpels an der Bar saß.

Also zog sie das Jackett ihres Business-Outfits aus und zerrte an dem ärmellosen Pullover darunter, um möglichst viel Ausschnitt zu zeigen. Dann zog sie ihren Rock ein klein bisschen höher, um auch ein wenig mehr Bein zu zeigen, als sie es normalerweise im Büro tat.

Das Ganze würde sicher schwieriger als in Florida werden, denn dort war sie es gewesen, die angesprochen worden war. Aber ihre Erfahrungen am Strand gaben ihr das Gefühl, gut im Training zu sein. Und eine Sache hatte sich seit ihrer Rückkehr definitiv nicht verflüchtigt: Wendy genoss es einfach mehr, in der Gesellschaft von Menschen zu sein. Sie fühlte sich sicherer, war freundlicher und hatte auch ein ehrlicheres Interesse an den Menschen, die ihren Weg kreuzten – sowohl beruflich als auch privat. Und ob es ihr nun gefiel oder nicht, diesen Wandel hatte sie auch Brandon zu verdanken.

Auf dem Weg zur Bar versuchte sie, das Bewusstsein wiederzubeleben, das sie im *Emerald Shores Resort* gehabt hatte: die aufgeschlossene, sexuell äußerst sichere Frau, die genau wusste, dass die Männer sie wollten. Wendy versuchte, den Männern in die Augen zu sehen und dabei zu lächeln. Ob es funktionierte, konnte sie nicht recht sagen, denn es fühlte sich einfach völlig anders an. Aber das lag vielleicht daran, dass sie hier zu Hause war. In ihrem Fantasieland in Floria war es wesentlich leichter gewesen, sich eine neue Persönlichkeit überzustülpen.

Als sie sich aber – vorgeblich um einen Drink zu bestellen – an der Bar neben ihr Opfer stellte, sah sie aus dem Augenwinkel, dass dieser sie interessiert musterte. Sie stieß »versehentlich« gegen seinen Arm, entschuldigte sich gespielt bestürzt und senkte dann den Kopf, um möglichst flirtbereit auszusehen.

Mr Schlipslos schmunzelte. »Halb so wild. Ich bin übrigens Matt«, sagte er. »Und Ihr Name?«

»Wendy.«

Er grinste. »Wendy? Ist das hier in Chicago der typische Name, den man so hübschen Frauen gibt?«

Wendy erwiderte sein Lächeln. »Sie sind nicht von hier?«

»Nein. Ich bin neu in der Stadt. Aber auch nur kurz. Ich betreue hier einen Kunden meiner Software-Firma und muss in sechs Wochen wieder zurück nach Washington. Darf … ich Sie auf einen Drink einladen, Wendy?«

Bingo!

Wendy kletterte auf einen der Barhocker und schwelgte die nächste halbe Stunde darin, mit dem süßen Matt aus Washington zu reden, zu trinken und zu flirten. Wie sich herausstellte, war er nicht nur attraktiv, er war auch klug, witzig und ausgesprochen nett. Vielleicht nicht auf dieselbe umwerfende Art wie Brandon, aber das war schon okay. Schließlich konnte nur eine begrenzte Anzahl im Universum so scharf sein wie er.

Ich kriege das hin. Ich kann mit diesem Kerl ficken und mich amüsieren und wenn es vorbei ist, befriedigt nach Hause gehen.

Obwohl Brandon mit seiner Einstellung hier vielleicht ausnahmsweise mal richtig lag – sie würde sich auf keinen Fall auf mehr als einen One-Night-Stand mit ihrer neuen Eroberung einlassen. So würde keiner von beiden zu Schaden kommen.

»Hör zu, wollen wir nicht mal hier weg?«, fragte Matt, nachdem man sich das Du angeboten und die letzten Drinks geleert hatte. »Wir könnten was essen gehen oder ein bisschen spazieren? Oder sonst was?«

Aber Wendy wollte nicht essen oder spazieren gehen, sie wollte Sex mit ihm haben. Sie hatte sich während ihres Aufenthalts in Florida so sehr daran gewöhnt, täglich Sex zu haben, dass der Entzug mittlerweile fast körperlich schmerzte. Ihr ganzes Wesen sehnte sich nach der Berührung eines Mannes und nach einem harten Schwanz. »Ich würde ›sonst was‹ vorschlagen«, kicherte sie also kokett.

»Ich bin dabei«, erklärte Matt, und sie verließen die Bar Hand in Hand.

Das Pärchen schlenderte durch die Straßen, denn es war Juni und entsprechend mild. Als Matt mit seinem Daumen sanft über ihren Handrücken strich, begann ihre Muschi sofort zu zucken. O Gott, sie brauchte Sex! Und zwar dringend!

Und wieder gab Wendy sich das Versprechen, es genauso zu handhaben, wie sie es am ersten Abend mit Brandon getan hatte. Ohne Wenn und Aber. Eine schöne, scharfe Nummer und dann der Abschiedskuss – das war alles, was sie brauchte.

Noch konnte es ihr gelingen, sich in eine Großstadt-Version der Bikini-Mieze zu verwandeln.

»Meine Wohnung ist nur ein paar Straßen weiter«, erklärte Matt. »Wir könnten zu mir gehen und … was weiß ich, uns 'ne Pizza bestellen oder sonst was.«

Sie lächelte, und die Vorstellung, mit diesem Mann Sex zu haben, erschien ihr immer verheißungsvoller. Er war ein netter Kerl. Aber auch er wollte sie ficken – das spürte sie genau. Wendy lächelte. »Gern«, erwiderte sie. »Aber ich würde erneut für ›sonst was‹ plädieren.«

Doch auf dem Weg wurde Wendy ganz plötzlich klar, dass sie eigentlich gar nicht in seine Wohnung wollte. Schließlich konnte der Kerl ja auch ein Axtmörder sein. Äußerst unwahrscheinlich, aber immerhin möglich. Als sie also an einem kleinen Park vorbeigingen – eine frisch angelegte Grünfläche, auf der sich vorher ein altes Fabrikgebäude befunden hatte – zog sie ihn vom Bürgersteig runter. »Komm mit«, forderte sie ihn auf.

Matt folgte ihr willig, als sie ihn zu der entlegensten Stelle des unbelebten Parks führte. Die Dunkelheit war gerade eingebrochen, sodass die Umgebung ihr ungestört genug vorkam – besonders wenn man an die öffentlichen Orte dachte, an denen sie mit Brandon rumgemacht hatte.

»Versuchst du etwa, mich zu verführen, Wendy?«, fragte ihre

Eroberung scherzhaft, als sie ihn hinter einem kleinen Baum gegen eine Mauer drückte.

»Bin ich zu forsch?« Sie lächelte ihn verführerisch an.

»Überhaupt nicht«, antwortete er mit tiefer Stimme. »Ich mag Frauen, die wissen, was sie wollen.«

Mit diesen Worten schlang er einen Arm um ihre Hüfte, und sie umschlang seinen Nacken. Sie roch eine Ahnung seines Rasierwassers, das sich auf herrliche Weise mit dem aufregenden Duft eines Mannes vermischte. Ja, ja, sie würde es hinkriegen. Sie konnte den Traum leben – und diesmal richtig und ohne irgendwelche Verletzungen davonzutragen.

Der erste Kuss fühlte sich … trocken und ein wenig verlegen an. Damit hatte Wendy nicht gerechnet. Beide hatten ihren Kopf in dieselbe Richtung geneigt und waren mit den Nasen gegeneinandergestoßen. Nachdem sie kurz darüber gelacht hatten, versuchten sie es erneut. Diesmal mit etwas mehr Ernst. Es war ein langer, deutlich lasziverer Kuss, und er streichelte sie durch ihre Kleidung hindurch. Wendys Körper reagierte auch ganz richtig darauf. Ihr Kopf allerdings nicht.

Sie zog zischend den Atem ein. *Nein. Du kriegst das hin. Auf jeden Fall.*

Als er sie erneut küsste, gab Wendy sich noch mehr Mühe, um endlich das zu fühlen, was sie unbedingt fühlen wollte. Und zwar das Gefühl von Hingabe und schamloser Lüsternheit, das sie mit Brandon am Strand erlebt hatte.

Aber, o Gott, es wollte ihr nicht gelingen. Schlimmer noch, irgendwas in ihrer Brust zog sich regelrecht zusammen.

»Hey, alles okay?«, fragte Matt.

»Äh …« O Gott, sie kam sich wie der letzte Loser vor. Schließlich war sie es gewesen, die ihn vom Bürgersteig in den Park gezogen hatte. »Ich weiß nicht genau.«

Matt sah sie verständlicherweise etwas verwirrt an. »Geht's Dir nicht gut? Musst du dich vielleicht mal kurz setzen?«

»Ja, vielleicht«, log Wendy, denn es erschien ihr im Moment das Einfachste zu sein.

Glücklicherweise standen sie ganz in der Nähe einer Parkbank, zu der Matt sie auch sofort hinführte. Nachdem sie sich dort eine Minute lang ausgeruht hatten – und er sich dabei als ein totaler Gentleman und der Mann erwies, nach dem sie wahrscheinlich am ehesten verrückt sein sollte –, gab sie endlich die Wahrheit zu. »Du wirst mich jetzt bestimmt hassen, aber ich kann das nicht tun. Ich dachte, ich könnte es, aber es geht nicht. Ich … versuche gerade, über einen anderen Mann hinwegzukommen. Und ich … ich versuche, unverbindlichen Sex zu haben.«

Ihre absolute Offenheit brachte ihr einen ausgesprochen irritierten Blick von Matt ein. »Wow.« Aber er war überaus nett, wofür Wendy ihm sehr dankbar war. »Ich find's ja toll, dass du mich abgeschleppt hast, aber so langsam habe ich das Gefühl, du hast eigentlich gar keine Lust auf so etwas.«

Sie sah ihm direkt in seine freundlichen braunen Augen. »Ich wünschte, ich hätte Lust drauf. Du scheinst ein wirklich toller Mann zu sein.«

Er lachte leise. »Ich fänd's auch schön, wenn du Lust drauf hättest. Und ich bin *tatsächlich* ein toller Mann. Aber hey, wenn du über den Typen noch nicht wirklich weg bist, dann ist das jetzt eben so. Ist schon okay.«

Matt brachte sie noch nach Hause, denn Wendys Wohnung lag nur ein paar Straßen von der seinen entfernt. Die aufgewühlte Frau hätte sich am liebsten selbst getreten, als sich ihre Wege trennten. Er war so nett und attraktiv. Da war es doch einfach verrückt, dass sie nicht auf ihn stand.

Aber Leidenschaft lässt sich nicht erzwingen. Das ist nun mal die kalte, grausame Realität. Leidenschaft ist nicht logisch und kann auch nicht künstlich erzeugt werden. Und so gerne Wendy echte Leidenschaft für Matt empfunden hätte – sie fühlte sie einfach nicht. Kurz bevor es zum Äußersten gekommen war, stürzte sie einfach nur in ein großes Gefühl der Leere.

Und als sie mit dem Fahrstuhl zu ihrer Wohnung fuhr, traf sie eine schockierende, überwältigende Erkenntnis. *O Gott. O Gott!*

Was sie mit Brandon gehabt hatte, war real gewesen.

Und zwar von Anfang an.

Es war nie ›einfach nur Sex‹ gewesen.

Deshalb war der Sex auch von Anfang an so intensiv und gut gewesen und hatte sich eben nicht leer angefühlt.

Es war nicht darum gegangen, ein Feuer der Leidenschaft zu schüren – es waren die allerersten Funken gewesen, die ersten Momente mit ihm entschieden das. Er war einfach der Richtige für sie gewesen. Der absolut Richtige.

Es war eigentlich gar nicht um Sex gegangen, als sie aus dem Gefängnis ihrer Hemmungen ausbrach. Es war um die Verbindung gegangen, die sie zu einem anderen Menschen geknüpft hatte. Um die absolute, wahrhaftige Intimität. Es war um Ehrlichkeit, Respekt, geteilte Leidenschaft und die richtige Chemie gegangen. Aber all das war nur von Anfang an da gewesen, weil die beiden sofort eine Verbindung zueinander gespürt hatten.

Als sie an jenem Abend das *Volcano's* betreten hatte, war sie aus purem Zufall genau über den Mann gestolpert, mit dem sie intim und ungehemmt sein konnte. Und jetzt endlich wusste sie auch, dass sie sich an jenem Abend, in jener Stunde in ihn verliebt hatte. Aber Wendy wusste auch, dass sie seinetwegen nicht mehr sicher war, ob sie jemals eine echte Verbindung zu einem anderen Mann aufbauen oder von einem anderen Mann befriedigt werden konnte.

Es gibt sexuelle Begegnungen, die man in jeder erdenklichen Weise einfach nur genießt. Sie sind scharf, voll unbändiger Kraft und voller Lust. Sie sind schmutzig und sorgen sowohl für eine körperliche als auch für eine mentale Befriedigung.

Aber dann gibt es auch sexuelle Begegnungen, die zwar all diese Attribute miteinander verbinden, aber irgendwie eindringlicher sind. So eindringlich, dass man aufhört, zu denken. Ja, so eindringlich, dass man gar nicht mehr denken kann. Sie erweichen das Hirn, stehlen die Gedanken und verwandeln Menschen in Wesen, die nichts mehr außer reiner Lust begehren. In diesen Momenten existiert nichts mehr außer dem Körper, den Nerven und Lust, Lust, Lust.

Ich dachte, ich könnte mehr von dieser Art Sex bekommen. Schließlich klingt es so einfach. Aber um an die Art von Sex zu kommen, bei dem alle Gedanken ausgeschaltet werden, brauche ich ironischerweise jemanden, dem ich genug vertraue, um mich völlig gehenzulassen.

Die ultimative Zwickmühle. Um selbstvergessenen Sex zu haben, bei dem nichts außer der Lust zählt, brauche ich jemanden, den ich liebe.

Ich habe in letzter Zeit oft über die Laute nachgedacht, die eine Frau von sich gibt, wenn sie erregt ist oder wenn es ihr kommt – an die Tatsache, dass diese Geräusche tatsächlich Schmerzlauten ähneln. Wie kann etwas so Herrliches und etwas so Schreckliches so dicht beieinander liegen? Vielleicht weil die beiden Gefühle nur einen Herzschlag voneinander entfernt sind?

Kapitel 14

Eine warme, salzige Brise strich durch Wendys Haar, als sie auf der Suche nach einem Restaurant durch das *Bayside Village* ging, dem Vergnügungsviertel des *Emerald Shores Resort.* Sie konnte immer noch nicht fassen, dass sie hier war, und hoffte inständig, mit ihrer Rückkehr keinen Fehler gemacht zu haben.

Am Morgen nach ihrer Begegnung mit Matt und ihrer Erkenntnis bezüglich Brandon, hatte Walter sie in sein Büro gerufen. »Setzen Sie sich doch, Wendy«, hatte er sie aufgefordert. »Ich habe da einen Vorschlag für Sie. Und ich möchte, dass Sie mir genau zuhören, bevor Sie irgendwas erwidern, in Ordnung?«

Das war Walters Standardansage, denn er hatte oft das Gefühl, dass die Menschen zu viele Fragen stellten und zu voreilige Schlüsse zogen, wenn sie zu unüberlegt reagierten. Und wenn sie daran dachte, welche Richtung ihr Leben in den letzten Wochen eingeschlagen hatte, konnte sie ihm nur zustimmen.

»Je gründlicher ich die neue Zusammenarbeit mit dem Resort so betrachte, desto komplexer kommt mir die Sache vor. Und genau wie nach unserem Kauf von *The Lofts* in Seattle habe ich mich entschlossen, dass wir jemanden vor Ort brauchen, um unsere Interessen zu vertreten. Sie wissen ja sicher, dass in unseren Vereinbarungen mit dem *Emerald Shores Resort* auch das Recht festgelegt wurde, jemanden aus unseren Reihen in den Vorstand zu setzen. Und ich habe mich entschlossen, dieses Recht auch in Anspruch zu nehmen. Es geht einfach um zu viel Geld. Und ich möchte gerne, dass Sie diese Aufgabe übernehmen.

Es könnte allerdings durchaus sein, dass Ihre Pflichten auch noch über das Resort selbst hinausgehen. Es könnte durchaus sein, dass ich Sie bitte, auch noch andere potentielle Investitionen vor Ort zu prüfen. Der entsprechende Küstenabschnitt wird nämlich gerade massiv bebaut und verschönert. Und aus diesem Grund werde ich Sie vielleicht von Zeit zu Zeit auch in andere Gegenden in Florida schicken. Aber zunächst sollen Sie nur meine Investition vor Ort betreuen und dafür sorgen, dass mein Geld auch vernünftig eingesetzt wird. Ich weiß aus den Gesprächen mit den Geschäftsführern dort, dass Sie sich sehr wacker geschlagen haben, und das gibt mir großes Vertrauen in Sie.«

»Sicher, so ein Umzug ist eine große Sache, und ich weiß auch, dass Sie hier geboren und aufgewachsen sind. Ich will Sie also nicht zu einer Entscheidung drängen. Lassen Sie sich ruhig ein paar Tage Zeit und geben mir dann Bescheid. Sie würden mir hier zwar sehr fehlen, aber ich halte Sie für eine kluge, junge Frau, die unsere Interessen in Florida bestens vertreten könnte.

Wendy hatte während des gesamten Vortrags ihres Chefs nicht eine Frage gestellt, sondern ihm einfach nur sprachlos und mit offenem Mund gegenübergesessen.

Der Umzug würde viele Nachteile mit sich bringen. Sie würde ihre Familie sehr vermissen. Ganz besonders ihre Schwester und ihre Nichten. Auch einige Freunde würden zurückbleiben. Aber eigentlich waren die meisten von ihnen mittlerweile verheiratet und sehr beschäftigt mit Dingen, die verheiratete Menschen nun mal tun: Häuser einrichten und Kinder kriegen. Und Wendy war auch blitzschnell klar geworden, dass freie Unterkunft und mehr Gehalt bedeuteten, an Wochenenden nach Hause fliegen zu können, ohne sich Gedanken über die Kosten zu machen. Ihr neues Zuhause würde außerdem eine gute Gelegenheit für ihre Eltern und ihre Schwester bieten, mal Urlaub im Süden zu machen. Dabei würde sie auch finanziell helfen können.

Das einzige Hindernis, das Angebot sofort anzunehmen, war Brandon. Konnten sie nach dem unschönen Ende ihrer Affäre überhaupt zusammenarbeiten? Und wie zum Teufel sollte sie jemals über ihn hinwegkommen, wenn sie ihm ständig am Konferenztisch gegenübersäße? Und wenn sie ihn nun mit anderen Frauen sehen würde? Wie sehr würde das wohl schmerzen?

Seit Wendy dahintergekommen war, dass sie einfach nicht mit jemandem ficken konnte, für den sie nicht auch etwas empfand, glaubte sie auch nicht mehr daran, zur Bikini-Mieze mutieren zu können. Denn das war *wirklich* nur ein Traum gewesen. So ein Mensch war sie eben einfach nicht.

Aber trotz all dieser Bedenken hatte sie einfach das Gefühl, sich diese Gelegenheit nicht entgehen lassen zu können. Walter förderte ihre Karriere und machte sie zu mehr als der vielgelobten Sekretärin, die sie bisher gewesen war. Dies war eine Gelegenheit, von der Pike auf zu lernen, wie man ein Resort leitet und zusammen mit dem Führungsstab wichtige Entscheidungen zu treffen. Letzten Endes musste sie sich entscheiden, ob sie ihre Karriere nach vorne bringen oder für den Rest ihrer Tage Sekretärin bleiben wollte – auch wenn sie eine sehr gute Sekretärin war. Das Angebot war einfach zu gut, um es abzulehnen.

Und jetzt war sie also hier. Wendy war heute Morgen angekommen und vorübergehend in ein Apartment in den *Shellside Towers* gezogen, bis sie sich etwas Größeres auf dem Gelände gesucht hatte. Die meisten ihrer Sachen sollten erst später eintreffen, aber sie war trotzdem fast den ganzen Tag damit beschäftigt, ihre Sommergarderobe und ein paar andere, ganz private Gegenstände auszupacken: ein paar Lieblingsbücher, ihren Laptop mit Drucker und ein paar gerahmte Fotos ihrer Familie.

Irgendwann entschloss sie sich, zum Abendessen auszugehen, um sich auch wieder ein bisschen zu aklimatisieren. Wendy war mit voller Absicht am Freitag angereist, um sich am Wochenende etwas einzugewöhnen, bevor sie Montag in der Zentrale des Resorts anfangen würde. Aber sie hatte das seltsame Gefühl, wenn sie jetzt, heute Abend nicht ausging, würde sie sich in eine Art Einsiedlerin verwandeln, die Angst vor Männern, vor Bars und allem hat, was auch nur ansatzweise mit Sex zu tun haben könnte. Also zog sie ein einfaches Sommerkleid aus Baumwolle über, schlüpfte in ein Paar hübsche Kork-Slipper mit kleinem Keilabsatz und stieg in den Shuttle.

Es war noch früh am Abend, und im Vergnügungsviertel wimmelte es nur so von jungen Familien – attraktive Ehemänner und ihre schick angezogenen Frauen, kleine Mädchen in hübschen Kleidchen und kleine Jungs in Khaki-Shorts, in denen sie wie winzige Golf-Spieler aussahen.

Wendy wollte irgendwas Schnelles und Unkompliziertes, denn sie war nicht in der Stimmung, irgendwo auf einen Tisch zu warten. Als sie also auf dem gepflasterten Gehweg vorm *Volcano's* ein Schild entdeckte, dass Fish-and-Chips für acht Dollar neunundneunzig versprach, trat sie kurzerhand ein und setzte sich an die Bar. Doch im Gegensatz zu ihrem allerersten Abend im Resort sah sie sich heute nicht um und unterzog die anwesenden Männer keiner genauen Betrachtung. Stattdessen versuchte sie, sich auf die lebhafte Klaviermusik zu konzentrieren, in der Hoffnung, die fröhliche Stimmung, die sie verbreitete, würde ihr das Gefühl geben, hierher zu gehören. Oder besser gesagt, würde ihrem wahren Ich das Gefühl geben, hierher zu gehören. Das Ich, das mit dem richtigen Mann verrückten, ungehemmten Sex haben konnte, ja. Aber auch das Ich, das normalerweise eine ganz durchschnittliche Frau war, die schon jetzt ihre Nichten vermisste und die darauf hoffte, dass sie nachher ein paar gute Sitcoms im Fernsehen erwischen würde. Und das Ich, dass das neueste Mitglied der Geschäftsführung der *Emerald Shores Corporation* war.

Während Wendy ihren ganz einfachen Imbiss zu sich nahm, fiel ihr eine Sache ein, die dem Resort auf jeden Fall noch fehlte. Und zwar eine Auswahl an schnellem, unkompliziertem Essen. Eine Pizzeria! Das Vergnügungsviertel brauchte dringend eine Pizzeria. Und zwar nicht irgendeinen Franchise-Laden, sondern ein schönes, nicht ganz alltägliches Restaurant mit italienischem Ambiente, in dem man aber auch schnell mal ein Stück Pizza bekam, ohne lange darauf warten zu müssen. Vielleicht könnte man sogar noch einen Lieferservice unterbringen.

Doch irgendwann rollte Wendy einfach nur mit den Augen. *O Mann, Brandon wird ganz sicher begeistert sein.*

Aber sie war schließlich hier, um bei der Verbesserung des Resorts zu helfen und mit dafür zu sorgen, dass das Geld weiter floss. Er würde also mit ihren Ideen leben müssen.

»Was trinkst du?«

Die Frage und auch die Stimme bescherten ihr fast einen Herzschlag. *Brandon!*

Wendy atmete tief ein, hob den Blick und sah dann in die tiefblauen Augen, die sie in genau dieser Bar schon einmal gefangen genommen hatten.

O Mann, er sah so verdammt gut und so verdammt scharf aus. Sein bloßer Anblick brachte ihre Kopfhaut zum Prickeln, und ihr lief ein kalter Schauer den Rücken hinunter. Sein Gesichtsausdruck war lüstern, leidenschaftlich – und so vertraut. Wendy schoss das Blut aus dem Gesicht. Sie fühlte sich sofort verletzbar, war aber auch erregt. Sie war einfach noch nicht bereit dafür. Und das in keinerlei Hinsicht.

In Erinnerung an ihr erstes Gespräch – das, auch wenn es sich wie eine Ewigkeit anfühlte, erst zwei kurze Monate her war –, zeigte sie nur kurz auf ihr Glas. »Noch nichts Richtiges, nur Limonade. Was schlägst du vor?«

»Ein-langsamer-gegen-die-Wand-gepresster-Fick.« Seine Stimme war tiefer, rauer und sexueller, als sie es je erlebt hatte, und Brandon durchbohrte sie praktisch mit seinem Blick.

Ihre Muschi zuckte, und ihre Stimme war nur noch ein gehauchtes Flüstern. »Den Drink? Oder die eigentliche Aktion?«

»Die eigentliche Aktion«, erwiderte er mit sanfter Stimme.

Ihr Herz war nicht der einzige Körperteil, der von dieser Begegnung in Aufruhr versetzt wurde, und als Brandon ihre Hand nahm und sie von dem Barhocker hochzog, protestierte sie nicht. Nein, sie folgte ihm einfach, als er sie die Treppe hinaufführte, die direkt neben dem Fahrstuhl lag – dem Ort, an dem ihre erste, schicksalhafte Begegnung stattgefunden hatte. Ihr Herz hämmerte wie wild.

Der *Lava Room* war so früh am Abend noch ganz leer. Keine Band, ja nicht einmal ein Barkeeper war zu sehen. Brandon presste sie sofort gegen eine Wand gegenüber der Bar, legte seine Hände auf ihre Hüften und presste seinen Schwanz gegen ihren Schritt. Das Gefühl raste augenblicklich durch ihren ganzen Körper und ließ sie ganz schwach in den Knien werden – wie eine Erinnerung, die auf einmal mit erschreckender Klarheit wiederkehrt.

Brandon sah ihr direkt in die Augen, hob langsam ihre Arme über den Kopf und ließ seine Fingerspitzen ganz sacht daran hinabwandern. Der Weg seiner Finger führte über ihre Brüste, über ihren Bauch, bis hin zu ihrem Po. Wendy zitterte und erwiderte seinen Blick mit schweren Lidern. Er wusste immer noch besser als jeder andere Mann, mit dem sie je zusammen gewesen war, wie er sie berühren musste. Alles an ihm machte sie fast wahnsinnig vor gieriger Lust.

Als er sie küsste – langsame, tiefe, sinnliche Küsse, die sie dahinschmelzen ließen und dafür sorgten, dass sie ohne nachzudenken die Arme um seinen Hals schlang –, zog er gleichzeitig die Rückseite ihres Kleides mit den Händen zusammen. Natürlich rieben sich ihre Körper wie besessen aneinander. Wendy konnte gar nicht anders, als auf seine Zuwendungen zu reagieren und sehnte sich wie nie zuvor nach seinem großen, schönen Schwanz.

Unter ihrem Kleid trug Wendy genau die Short-Höschen, die sie am Abend ihres Dreiers mit Pete angehabt hatte. Und Brandon schien sie tatsächlich bei der Berührung des Stoffes wiederzuerkennen. Stöhnend massierte er ihre Pobacken und sorgte so dafür, dass sie ihr Fötzchen noch etwas fester an ihm rieb.

Es dauerte nicht lange, und ihr Höschen fiel mit seiner Hilfe zu Boden. Wendy trat aus dem Stoffhäuflein heraus und griff sofort nach Brandons Gürtel. Sie konnte das Geschehen kaum einordnen, sah sich aber einer Leidenschaft ausgesetzt, gegen die sie nicht ankämpfen konnte.

Sie legte ihre Hand um seinen steifen Riemen, und beide stöhnten. Wie sehr hatte sie das vermisst. Die Heftigkeit ihrer sexuellen Begegnungen. Die unkontrollierbare Leidenschaft, die sich wie eine Flutwelle in ihr auftürmte und jeden Augenblick über ihr zusammenbrechen konnte. Er war so hart und glatt in ihren Händen. Völlig instinktgesteuert massierte und streichelte sie seinen Schwanz, der sich so herrlich anfühlte, dass ihr ganzer Körper von einer unbändigen Lust gepackt wurde.

»Heb dein Kleid hoch«, raunte er und klang bereits so atemlos, wie sie sich längst fühlte.

Nachdem sie seinen Prügel aus ihrer Faust entlassen hatte, griff sie nach dem Saum ihres Kleides und zog ihn ganz langsam hoch, bis ihre Muschi zu sehen war. Wendy wusste, dass er sie gerne unbehaart hatte und war daher überaus dankbar, sich mittlerweile das regelmäßige Rasieren angewöhnt zu haben.

Brandon ging ohne zu zögern auf die Knie und vergrub sein Gesicht in ihrem Schritt. Wendy wimmerte und spreizte unwillkürlich die Beine. Dabei sah sie zu ihm hinab und hoffte inständig, von der Übermacht der Gefühle nicht ohnmächtig zu werden.

Er leckte sie wie ein Wilder, und als er schließlich ihren Kitzler tief in seinen Mund saugte, wäre es ihr fast schon gekommen. Ihr ganzer Körper pulsierte vor gieriger Lust, und sie musste sich fest auf die Unterlippe beißen, um nicht laut aufzuschreien.

Als Brandon wieder aufstand, zitterte Wendy heftig. Sie konnte ihr Geschlecht auf seinem Gesicht riechen. Er trat einen Schritt auf sie zu, packte ihren Po und positionierte sich so, dass er seinen Schwanz mit einem Stoß tief in ihrer Möse versenken konnte.

Und das sehr heftige Eindringen ließ Wendy diesmal wirklich aufschreien – sie konnte gar nicht anders. Doch nachdem er in ihre Mitte vorgestoßen war, stellte er zunächst jede weitere Bewegung ein, damit sie sich daran gewöhnen konnte, ihn wieder in sich zu spüren.

»Er ist so groß«, flüsterte Wendy fast besinnungslos vor Geilheit.

»Und du bist so feucht.« Ihre Gesichter waren nur einen Zentimeter voneinander entfernt.

Als er anfing, sie richtig zu ficken, hob Wendy ihr Bein etwas an und schlang es haltsuchend um seinen Unterschenkel. Sein Schwanz fühlte sich wirklich riesengroß in ihr an. Jeder einzelne seiner langsam und sinnlich vollführten Stöße brachte sie zum Keuchen. Brandon sah ihr die ganze Zeit in die Augen, und sie erwiderte seinen Blick. Und sie spürte diesen Blick genauso, wie sie seinen Schwanz spürte.

»Das ist so gut«, hauchte Wendy. »Ich habe das so vermisst. Du tief in mir.«

»Ich weiß«, flüsterte er mit gesenkten Lidern zurück. »Ich auch, Bunny. Ich auch.«

Brandon setzte seine trägen Stoßbewegungen fort. Ein langsamer, gegen die Wand gepresster Fick. Genau den gab er ihr.

Beide stöhnten vor Lust, während er sie auf seinem langen Organ aufspießte. Dessen Größe war so überwältigend, dass sie die Stellung kaum halten konnte. Doch sie schaffte es, denn sie begehrte ihn so sehr, wie sie noch nie jemandem begehrt hatte.

Mit jeder seiner tiefen Fickbewegungen stieß ihr Kitzler gegen seinen Körper. Und als sie spürte, wie ihre kleine Lustknospe immer mehr anschwoll, biss sie sich verzweifelt auf die Lippen. »O Gott«, wisperte sie, »nicht aufhören!«

»Keine Sorge«, versicherte er, »ich werde dir einen Orgasmus bescheren, den du so schnell nicht vergisst.«

Seine Worte erregten sie so sehr, dass sie ihm ihr Fötzchen in langsamen, kreisenden Bewegungen entgegenpresste. Während er sie fickte, knetete Brandon gleichzeitig unter dem Kleid ihren Po. Und als sie am wenigsten damit rechnete, ließ er einen Mittelfinger zwischen ihre Pobacken gleiten und streichelte sanft über ihre Rosette.

Und dann war es soweit. Wendy wurde von einem wilden Orgasmus gepackt, der sich wie ein Überschallknall anfühlte und sie ganz schwindelig, schwach und verrückt vor Lust werden ließ. Sie hörte sich schluchzen und klammerte sich voller Leidenschaft an ihren Liebhaber. »O ja, ich auch! Ich komme!«, hörte sie ihn auf einmal stöhnen, und er versenkte sich ein letztes Mal tief in ihrer Spalte. Er drang so tief in sie ein, dass es wehtat. Doch das machte Wendy nichts aus. Sie war immer noch wie benebelt von ihrem eigenen Höhepunkt und wollte unbedingt, dass es ihm genauso heftig kam wie ihr.

Dann standen sie einfach nur da, hielten sich umschlungen

und stöhnten Stirn an Stirn so laut, dass man kaum noch das Klavier aus dem Erdgeschoss hörte.

»Was, was war das denn jetzt?«, meldete Wendy sich als Erste.

Brandon sah sie mit ernstem, ja fast ein wenig traurigem Blick an. »Genau das, was du wolltest. Einfach nur Sex. Einfach nur ein Fick.«

Seine Antwort sorgte dafür, dass sich ihr der Magen umdrehte. »Das ist aber nicht alles, was ich wollte.«

»Hör zu.« Er hielt sie immer noch umschlungen, und ihre Körper waren sich immer noch auf fast quälende Weise nah. »Ich möchte mich gern dafür entschuldigen, dass ich mich am Tag deiner Abreise so aufgeführt habe. Du hast mich auf dem falschen Fuß erwischt und … na ja, ich war ein Idiot. Aber ich verstehe jetzt, dass du dich einfach nur amüsieren wolltest. Und das ist auch völlig okay.«

»Nein, Brandon. So richtig verstanden hast du es offensichtlich nicht. Lass es mich dir erklären.«

»Sssh«, brachte er sie mit ernstem, leicht gequältem Blick zum Schweigen. »Bitte hör erst mich an, Wendy. Ich muss dir unbedingt was sagen.« Er fuhr sich mit der Hand durchs Haar. »Ich … ich kann das nicht.«

Wendy war immer noch so verwirrt, wie zu Beginn ihrer heutigen Begegnung. »Du kannst *was* nicht?«

»Mit dir zusammenarbeiten und dich gleichzeitig ficken. Ich weiß, im Fernsehen machen sie das andauernd, aber ich kann das nicht.«

Seine Worte sorgten nicht unbedingt dafür, dass sich Wendys Verwirrtheit legte. Um Himmels willen, seit dem Morgen ihrer Abreise verwirrte sie einfach alles an ihm. Sie schüttelte den Kopf, um ein wenig klarer denken zu können. »Warum nicht?«

»Tut mir leid, Bunny«, sagte er. »Tut mir wirklich leid.« Dann zog er seinen Reißverschluss hoch, ging hinaus und ließ sie ohne

Höschen einfach im *Lava Room* stehen. Wendys Herz raste, und sie fragte sich ernsthaft, ob es nicht doch ein großer Fehler gewesen war, hierher zurückzukehren.

Brandon ging im Dunkeln am Strand entlang und hoffte, dass die kühlen Wellen zu seinen Füßen vielleicht auch seine Sorgen wegwaschen würden.

Verdammt, er hatte die Sache ganz schön gegen die Wand gefahren. Und das nicht nur einmal.

Am Tag ihrer Abreise hatte er sie das erste Mal mies behandelt. Und jetzt hatte er sie am Tag ihrer Rückkehr ohne jede Absicht sogar noch mieser behandelt. Er führte sich auf wie ein unreifes Arschloch, das seine Gefühle überhaupt nicht im Griff hat.

Vielleicht lag es ja daran, dass er … seine Gefühle tatsächlich nicht im Griff hatte.

Bevor er Wendy traf, hatte er sich einfach nie mit derlei Dingen auseinandergesetzt. Er hatte noch nie so für eine Frau empfunden. Und er hatte auch noch nie eine Frau so sehr begehrt, dass er es selbst nicht ganz verstand, geschweige denn erklären konnte. Das Ganze war jedenfalls unglaublich verwirrend. Und schmerzhaft dazu. Brandon wünschte fast, er wäre ihr nie begegnet. Doch andererseits konnte er sich überhaupt nicht mehr vorstellen, ihr nie begegnet zu sein, denn irgendwie hatte sie sein Leben seit ihrem Kennenlernen total auf den Kopf gestellt.

Er dachte ständig an sie, fragte sich, was sie wohl gerade machte und ob sie glücklich wäre. Gleichzeitig hoffte er, dass sie nicht mit einem anderen Kerl rummachte, denn der bloße Gedanke sorgte dafür, dass er am liebsten jemanden strangulieren würde – in erster Linie natürlich die anderen Kerle.

Letzten Samstag war er mit Pete in einem von Petes Booten zum Angeln in die Bucht hinausgefahren, und sein Freund hatte dabei den Verdacht geäußert, dass Brandon verliebt sein könnte. »Deshalb benimmst du dich auch wie ein Idiot«, hatte er ihm auf den Kopf zugesagt. »Die meisten Typen verlieben sich zum ersten Mal, wenn sie tatsächlich noch unreife Idioten sind. Ich zum Beispiel war achtzehn. Und du bist wie alt? Sechsunddreißig? Kein Wunder, dass du bei dem Thema so verkorkst bist.«

Brandons erste Reaktion war Ablehnung gewesen.

Aber wenn er darüber nachdachte, hatte Pete wahrscheinlich wirklich recht. Brandon war in Wendy verliebt. In die Frau, die der beste Fick seines Lebens war. In die Frau, die das neueste Mitglied seiner Geschäftsführung war. Und in die Frau, die in ihrem Journal klar zum Ausdruck gebracht hatte, dass er ihr nicht sonderlich viel bedeutete.

Auch wenn Brandon nur einen sehr kurzen Blick in die Aufzeichnungen geworfen hatte, wollten ihm ihre Worte immer noch nicht aus dem Kopf gehen. Sie bewirkten, dass er sich austauschbar fühlte. Als ob er auch irgendein anderer Typ sein könnte. Oder auch irgendein anderer Schwanz.

Er hasste Wendy nicht und war – im Gegensatz zu dem Eindruck, den er sicher bei ihr erweckt hatte – eigentlich auch nicht sonderlich wütend auf sie. Er wusste nur einfach nicht, wie er mit der Verletzung umgehen sollte. Einer Verletzung, die für tieferen Schmerz sorgte, als er es bisher gekannt hatte.

Statt auf sie wütend zu sein, war er wütend auf sich selbst. Wütend, dass der erfolgreiche Geschäftsführer und Resort-Besitzer Brandon Worth sich wie ein Teenager aufführte, weil das Mädchen, das er wollte, ihn nicht wollte. Zumindest nicht so, wie er *sie* wollte.

Vielleicht lief es letzten Endes ja doch darauf hinaus, dass Wendy wirklich ein unanständiges Mädchen war, die einen Mann um den Verstand ficken und sich einen Dreck um ihn scheren konnte, wenn es vorbei war.

Normalerweise war das auch durchaus in seinem Sinne, aber bei ihr ging es ihm einfach anders. Sie hatte ihn an der Nase herumgeführt. Und zwar so lange, bis er zufälligerweise dieses verdammte Journal entdeckt hatte.

Brandon versuchte, das Ganze von der positiven Seite zu betrachten. Trotz seiner Erlebnisse mit ihr war dank Wendys Empfehlung an Walter Carlisle ein warmer Geldregen über das *Emerald Shores Resort* niedergegangen. Und dieses Geld hatte seinen Kopf gerettet und dafür gesorgt, dass er seinen Traum und seine Karriere fortsetzen konnte. Das Resort stand finanziell jetzt hervorragend da, und er hatte eine Menge beruflicher Sorgen weniger.

Da müsste er sich doch eigentlich besser fühlen – zumal das Resort sein Lebensmittelpunkt war.

Zumindest bis zu dem Tag, als Wendy Carnes aufgetaucht war.

Brandon wusste einfach nicht, was er tun und wie er die Sache ins Reine bringen sollte. Es fühlte sich an, als wäre er in einem fremden Land erwacht, wo alles anders war, wo er weder die Sprache noch die Bräuche kannte und wo er einen Fehler nach dem anderen machte. Er fühlte sich verloren. Und genau das war sein Problem. Brandon hatte sich noch nie verloren gefühlt und hatte nicht die geringste Ahnung, wie er den Weg zurück zu seinem alten Leben wiederfinden sollte.

Am späten Samstagnachmittag spazierte Wendy in Shorts und Tank Top am Strand entlang. Ihr war noch nicht danach gewesen, sich ihren Bikini überzustreifen, um gegen Mittag ein bisschen Sonne zu tanken – auch wenn sie das vielleicht entspannt hätte. Stattdessen war sie jetzt unterwegs, da die meisten Strandbesucher schon wieder weg waren, und die Jungs, die am Strand arbeiteten, bereits die Sonnenschirme und Stühle einsammelten – so wie Brandon es früher getan hatte.

Die Wärme des weichen Sandes unter ihren Füßen hatte irgendwie etwas Tröstliches, und die Meeresbrise war äußerst erfrischend. Während sie mit langsamen Schritten den Strand entlangging, sah sie immer wieder auf das Wasser, betrachtete den Sand und beobachtete, wie die letzten Familien und Paare ihre Eimerchen und Handtücher einsammelten, um für heute in ihre Hotels zurückzukehren. Wendy sah einen kleinen Jungen mit starkem Sonnenbrand. Er tat ihr leid, denn später würde er bestimmt weinen. Die junge Frau dachte an all die Menschen, die aus so vielen unterschiedlichen Gründen hier waren: Entspannung, Spaß, Abwechslung, Sonnenbaden … und Sex.

Und dann sah Wendy, wie *sie* den Strand entlangkam: die Bikini-Mieze. Sie trug wieder ihren sexy weißen Bikini und stolzierte direkt in Richtung Wendy. Noch ein paar Sekunden, und sie würden sich am Ufer begegnen.

Das Mädchen sah genauso umwerfend aus, wie Wendy es in Erinnerung hatte. Sie hatte etwas unglaublich Erotisches an sich. Ihre Brüste quollen nur so aus den winzigen weißen Dreiecken ihres Oberteils, ihr blondes Haar wehte im Wind, und das wunderschöne Gesicht hatte einen Ausdruck von fast arrogantem Selbstbewusstsein.

Und bei allem, was ihr heilig war, Wendy wollte immer noch wie diese Frau sein. Selbst nach allem, was sie hier erlebt hatte.

Aber vielleicht gab es jetzt einen anderen Grund dafür. Wenn sie wirklich wie diese Frau wäre – diese vollkommen idealisierte Frau, die in ihrer Vorstellung mit jedem ficken konnte, ohne sich Gedanken darüber zu machen –, dann hätte sie jetzt nicht so wegen Brandon gelitten.

Wendy zog kurz in Erwägung, hallo zu sagen oder vielleicht sogar ein Gespräch zu beginnen, um einen kleinen Blick in das wahre Leben dieser Schönheit werfen zu können. Doch es dauerte nicht lange, bis ihr klar wurde, dass sie das eigentlich gar nicht wollte. Wendy wollte das geradezu magische Bild nicht zerstören, das sie jetzt schon so lange Zeit von der Bikini-Mieze hatte.

Ein Teil von Wendy wollte immer noch glauben, es würde tatsächlich irgendwo eine Frau existieren, die dieses Leben führen und nur das körperliche Vergnügen auskosten konnte – und das ohne die Gefühle, die einen überkommen, wenn man einem Mann wirklich nah ist.

Nachdem sie aneinander vorbeigegangen waren und in entgegengesetzte Richtung weisende Fußspuren hinterlassen hatten, war die junge Frau gezwungen, die Wahrheit zu erkennen – magisches Bild hin, magisches Bild her. Die Wahrheit war schlicht und ergreifend, dass niemand ein perfektes Leben führte. Egal, wie makellos diese Frau auch aussah oder welche Botschaft sie aussandte. Selbst die Bikini-Mieze hatte Probleme. Wahrscheinlich sogar sehr große Probleme. Vielleicht war sie ja auch gerade in jemanden verliebt, der ihre Gefühle nicht erwiderte.

Und mit einem Mal konnte Wendy ihre Neidgefühle ablegen.

Na ja, fast. Sie hätte immer noch nichts dagegen gehabt, diesen Hintern und diese festen, strammen Brüste zu haben. Aber doch war ihr jetzt klar: Wendy war voll und ganz zufrieden mit sich und wollte niemand anders mehr sein.

Nachdem sie ein Stückchen weitergegangen war, fiel ihr eine bemerkenswerte Frau wohl in den Fünfzigern auf. Sie saß auf einer Decke, trug sommerliche weiße Hosen, eine weite weiße Tunika und hatte ihr dunkles Haar zu einem Dutt aufgesteckt. Sie war zwar nicht schön, aber von einer unaufdringlichen Eleganz, die Wendy sofort äußerst anziehend fand. Sie sah glücklich und zufrieden aus, war offensichtlich ganz sie selbst und schien sich nicht im Entferntesten von irgendjemandem in aufreizendem Bikini einschüchtern zu lassen.

Der Anblick sorgte dafür, dass Wendy ihren letzten Gedanken noch einmal etwas umstellte: *So* wollte sie sein. So, wie jemand, der sich in seiner eigenen Haut wohlfühlt.

Von der dunkelhaarigen Frau ging eine Art ruhiger Weisheit aus, und Wendy wollte fast schon zu ihr rübergehen, um von ihren Sorgen zu erzählen und um Rat zu fragen.

Aber wahrscheinlich war es auch in diesem Fall besser, keine Desillusionierung zu riskieren.

Vielleicht empfand Wendy sich aber mittlerweile auch erwachsen genug, um ihre Probleme selbst zu lösen. Schließlich saß sie in der Chefetage eines großen Urlaubsresorts. Da musste sie langsam mal anfangen, sich wie eine Frau zu benehmen, die ihr Schicksal selbst in die Hand nahm.

Und vielleicht musste die Frau, die sie unbedingt sein wollte – diese starke und selbstbestimmte Frau –, in diesem Fall ja diejenige sein, die Größe bewies.

Sie war zwar verletzt von Brandons Benehmen und wusste immer noch nicht recht, ob seine Reaktion nur durch sein Ego oder doch durch wahre Gefühle für sie begründet war. Aber um das ein für allemal herauszufinden, musste sie die Sache jetzt endlich selbst angehen – auch wenn das sowohl ein privates als auch ein berufliches Risiko bedeuten konnte.

Langsam glaube ich, dass Brandon nur ein starrsinniger Idiot ist.

Denn obwohl er mir so viel bedeutet, will er mich nicht anhören und mir keine Gelegenheit für eine Erklärung geben. Er hat etwas gelesen, das ich ohne groß nachzudenken in dieses Buch geschrieben habe. Etwas rein Privates, das ich nur niederschrieb, um meine Gedanken in einer äußerst intensiven Zeit meines Lebens zu bereinigen. Und er benimmt sich, als wären diese aus dem Zusammenhang gerissenen Worte alles, was zählt.

Erinnert er sich denn nicht an die magischen Momente, die wir hatten? Erinnert er sich nicht daran, wie wir uns bei den Händen hielten und uns einfach nur küssten, küssten, küssten? Oder daran, wie wir uns einfach nur in die Augen sahen? Weiß er denn nicht, dass ich keine dieser wilden Erfahrungen gemacht hätte, wenn er nicht bei mir gewesen wäre, mich ermutigt und mich mit Freundlichkeit und Respekt behandelt hätte?

Ist er denn nicht klug genug, auf all das zurückzuschauen und zu spüren, dass es hierbei um viel mehr als nur um ein paar Tagebucheintragungen geht, in denen ich versuchte, mich davon zu überzeugen, dass ich keine Gefühle für ihn habe?

Ist er denn nicht mitfühlend genug, um darüber hinwegzusehen und zu erkennen, wie viel uns vereint hatte?

Ist er denn nicht weise genug, um zu erkennen, dass ich ihn liebe?

Kapitel 15

Wendy legte ein Lesezeichen in ihr Journal, verließ die *Shellside Towers* und ging zu dem Gebäude, in dem Brandons Penthouse lag.

Auf dem Weg dachte sie an die verschiedenen Auswirkungen, die ihr eben gefasster Plan nach sich ziehen könnte. Es bestand durchaus die Möglichkeit, dass er es nie erwähnen und sie niemals erfahren würde, was er darüber dachte. Es konnte sein, dass er sich auch weiterhin aggressiv und verwirrend benahm. Und es konnte auch sein, dass die Aktion lediglich sein Ego stärken und damit für angenehmere Arbeitsbedingungen zwischen den beiden sorgen würde. Oder aber … sie brachte es einfach nicht über sich, an das bestmögliche Szenario zu denken. Frauen, bei denen das Glas stets halbleer ist, denken eigentlich eher an das Schlimmste, denn wie oft im Leben boten sich einem schon die besten Möglichkeiten?

Eigentlich hatte Wendy mit großer Nervosität gerechnet, aber sie war auf seltsame Weise ausgesprochen ruhig. Es fühlte sich an, als gäbe es gar keinen anderen Weg – egal, was dabei rauskam. Sie musste es ihm sagen – auch wenn er sich wirklich wie der letzte Idiot benahm. Sie musste die Angelegenheit endlich auf den Tisch bringen. Würde sie das nicht tun, gäbe es nie so etwas wie ein abschließendes Ergebnis. Und sie war nun mal ein Mensch, der so etwas brauchte.

Nachdem sie durch die große Doppeltür auf seine Terrasse

getreten war, legte sie dort ihr Journal auf den Tisch, drehte sich um und verließ das Penthouse.

Am Sonntag mietete sich Wendy ein Fahrrad und fuhr zum Shoppen. Sie brauchte dringend mehr »Sachen für den Strand«. Oder zumindest hoffte sie das. Noch hatte sie nichts von Brandon gehört und betete, dass ihre Aktion die Sache nicht noch schlimmer gemacht hatte, und damit vielleicht sogar ihre weitere Zusammenarbeit gefährdet wäre.

Während ihres Ausflugs hielt sie sich mit voller Absicht vom *Beach Bazaar* fern. Aber nur, solange sie und Brandon ihre Beziehung nicht auf die eine oder andere Weise geklärt hatten und sie nicht irgendein aufgesetztes Gespräch mit Stacy über sich ergehen lassen musste, falls das Thema auf ihn zu sprechen käme. Was war außerdem, wenn Stacy erneut rummachen wollte? Wendy konnte nicht abstreiten, dass sie die sinnlichen Vergnügungen mit dem Mädchen sehr genossen hatte und in Zukunft vielleicht auch nichts dagegen hätte, das Ganze zu wiederholen. Aber gleichzeitig war sie auch ziemlich sicher, dass ihre Whirlpool-Begegnung mit Stacy sich ohne die Anwesenheit Brandons genauso leer angefühlt hätte, wie die Küsse mit Matt in Chicago. Sie war zwar immer noch dabei, sich die Zutaten für ihre bevorzugte Art von Sex zusammenzusammeln, war aber überzeugt, dass Brandon zu den allerwichtigsten zählte.

Als Wendy am Sonntagabend immer noch nichts von Brandon gehört hatte, wurde ihr mit einem Mal klar, dass sie morgen ihren ersten offiziellen Arbeitstag in der Zentrale des Resorts hatte und immer noch nicht wusste, was er über ihre Tagebucheintragungen dachte. So ein Mist! Gestern war ihr das Ganze so mutig und entschlossen vorgekommen. Aber wenn er nicht darauf reagierte, war ihre Aktion einfach nur sinnlos gewesen und konnte vielleicht sogar Probleme nach sich ziehen.

Schließlich hatte sie jetzt nicht die geringste Ahnung, was er für sie empfand. Nicht, dass sie in der Zeit davor unbedingt gewusst hatte, woran sie bei ihm war – aber genau das sollte sich ja eigentlich ändern, nachdem sie mit ihrem Journal die Karten auf den Tisch gelegt und ihm gebeichtet hatte, wie ihre Gefühle für ihn waren.

Nach einem leichten Essen in einem Café ganz in der Nähe ihrer Unterkunft beschloss Wendy, noch einen kleinen Abendspaziergang am Strand zu machen. Besser das, als sich ins Bett zu verkriechen und den Rest des Abends mit Weinen zu verbringen. Sie glaubte zwar, dass auch starke Frauen manchmal weinen durften, war aber noch nicht bereit, ihren etwas unausgegorenen Gefühlen freien Lauf zu lassen. Seit der Woche, die sie mit Brandon verbracht hatte, war sie wirklich zu einer tougheren und selbstbewussteren Frau herangereift und wollte unbedingt, dass das auch so blieb. Auch wenn ihr Herz mit jeder Minute, in der sie nichts von ihm hörte, ein klein wenig mehr wehtat.

Vielleicht hattest du ja von Anfang an recht, und es geht bei der Sache nur um sein Ego. Vielleicht erwidert er deine Gefühle eben wirklich nicht. Vielleicht haben die Worte in dem Journal ihn eher verschreckt.

Wendy seufzte ob dieser ernüchternden Gedanken, während sie dieselben Stufen zum Strand hinabstieg, die sie und Brandon an ihrem ersten gemeinsamen Abend genommen hatten.

Es war schon später als bei ihrem gestrigen Strandbesuch, und der breite Sandstreifen war fast leer und die Sonnenschirme für die Nacht verstaut. Nur ein paar Strandgutsammler waren noch unterwegs, und hier und da sah man eine junge Familie, die am Ufer spielte.

Irgendwo in der Ferne sah Wendy die Cabanas vor dem Gebäude, in dem Brandon wohnte. Sie waren zu schwer, um sie zu stehlen, und Wendy nahm an, dass sie deshalb abends nicht weggeschafft wurden und dass sie deshalb dagestanden hatten, als sie an ihrem ersten gemeinsamen Abend darin gefickt hatten.

Sie bekam eine Gänsehaut bei der Erinnerung an ihre allererste Nummer. Wendy seufzte und biss sich auf die Lippen. Ihre Möse sehnte sich nach dem, was scheinbar nur Brandon ihr geben konnte.

Und dann sah sie ihn. Er saß auf demselben gepolsterten Cabana-Stuhl, auf dem er ihr mit seinem großen Schwanz diese herrlichen Stöße beschert hatte. O Mann, er war wunderschön wie immer und sein helles Haar noch zersauster als sonst – von der Meeresbrise, wie sie annahm. Er trug ein weißes Leinenhemd über einer hellen Strandhose, deren Beine ein Stückchen hochgerollt waren. Wahrscheinlich war er mit nackten Füßen am Wasser entlangspaziert.

Als seine Augen die ihren trafen, konnte Wendy seinen Blick zunächst nicht recht einordnen. Also ging sie kurzerhand auf ihn zu – wenn auch mit einer gewissen Vorsicht im Hinterkopf.

»Hey«, begrüßte er sie mit sanfter Stimme, als sie die Cabana erreichte.

»Hey.«

Nach dieser kurzen Begrüßung verstummten beide, und Wendys Herz schlug so schnell, dass es schmerzte. Natürlich hatten sie beide sich einiges zu sagen, nur wollte wohl keiner von ihnen recht mit der Sprache herausrücken. Aber nach dem, was sie ihm mittels ihres Journals erklärt hatte, fand Wendy, dass der nächste Schritt eindeutig von ihm kommen musste.

Schließlich stand Brandon auf. »Lass uns ein paar Schritte gehen.«

Sie schlenderten Seite an Seite über den weichen Sand zum Strand runter. Wendy hatte das untrügliche Gefühl, er würde ihr gleich mitteilen, dass er sie nicht liebte. Sonst würde er doch ein klein wenig glücklicher aussehen. Je näher sie an den Strand kamen, desto flauer wurde ihr im Magen. Aber Wendy wollte stark bleiben – zumindest so lange, bis sie allein war.

Als sie schließlich den Strand erreichten, wirkte Brandon immer noch sehr zögerhaft. Er betrachtete den Horizont und hob dann eine zerbrochene Muschel auf, um sie ins Meer zu werfen. »Du sagst mir immer wieder, dass ich mir deine Erklärungen anhören soll«, sagte er mit einem Mal, ohne sie anzusehen. »Das habe ich bisher noch nicht getan. Also bitte, erklär mir, was das Ganze sollte und was du von mir wolltest, als wir uns kennenlernten.«

O Mann. Wendy seufzte. Sie hatte sich Brandon sogar unbedingt erklären wollen. Aber die Sache war so kompliziert, dass sie jetzt nicht mehr sicher war, wie sie die richtigen Worte finden sollte.

Also beschloss sie, ihr Verhalten von Grund auf zu erklären, damit er endlich die Wahrheit erkannte. »Dir ist das vielleicht nicht ganz klar«, begann sie, »aber es gibt die unterschiedlichsten Existenzen da draußen.«

Brandon sah verständlicherweise etwas verwirrt aus. »Was?« Aber vielleicht war das ja auch gut, denn dies war das erste Mal, dass er ihr heute Abend in die Augen sah.

»Es gibt … die unterschiedlichsten Menschen auf dieser Welt. Da sind einmal die schönen Menschen wie du, die ein tollstes Leben mit anderen schönen Menschen führen und die sich ihrer Sache immer sicher sind und sich immer begehrenswert fühlen. Dann gibt es da aber auch die Menschen, die … ein bisschen durchschnittlicher sind. So wie ich.«

Brandon hätte nicht erstaunter reagieren können. »Ich werde nie begreifen, wie um Himmels willen du darauf kommst, durschschnittlich zu sein.«

Genau wie beim letzten Mal, als sie dieses Thema am Wickel

hatten, schmeichelte ihr seine Reaktion, aber wenn sie ihn irgendwie dazu bringen wollte, ihren Standpunkt zu verstehen, durfte sie sich davon nicht einlullen lassen. »Bevor ich hierher kam und bevor ich anfing, mich auf eine gewisse Weise zu kleiden, um einem bestimmten Schönheitsstandard gerecht zu werden, da *war* ich durchschnittlich. Vielleicht geht es ja wirklich nur um die Einstellung – wer weiß? Aber eins ist sicher, bevor ich dich kennenlernte, wusste ich nicht, wie es sich anfühlt, auf der Seite der Schönen zu sein. Und das wollte ich einfach auskosten. Aber ich wollte diesem Gefühl auch nicht zu verzweifelt hinterherjagen. Ich wollte darüber hinauswachsen. Ich wollte die Schönheit genauso benutzen, wie Männer Frauen zum Sex benutzen.«

Brandon protestierte. »Ich habe noch nie eine Frau zum Sex benutzt.«

Wendys Augen verengten sich. »Du hast also noch nie mit einer Frau geschlafen, die hinterher vielleicht mehr von dir wollte als du von ihr?«

Brandon atmete tief ein und wieder aus. »Also zumindest hatte ich nie vor, einer von diesen Frauen wehzutun.«

»Ich will damit ja auch nur sagen, dass normalerweise die Männer das Ruder in der Hand haben. Normalerweise ist es fast immer den schönen Menschen vergönnt, die Entscheidungen zu treffen. Und sie müssen für ihre Ziele auch nicht so hart kämpfen wie andere Menschen. Und diese Art von Macht wollte ich eben auch mal auskosten.«

Als Wendy zum wichtigsten Teil ihrer Erklärung kam, verlangsamten sich ihre Schritte. »Aber ich hatte nicht damit gerechnet, dass ich Gefühle für dich entwickeln würde. Wieder und wieder habe ich mir gesagt, dass du mir gleichgültig bist, denn das wäre gegen all meine Pläne gewesen, als ich mit meinem Experiment anfing. Gefühle für dich zu haben, schien mir fast … als wäre ich besiegt worden. Schließlich war es mir noch nicht gelungen, das zu erlangen, was ich wollte – die Fähigkeit, bedeutungslosen Sex zu haben. Bevor ich dich kennenlernte, hatte ich noch nie bedeutungslosen Sex – und ich habe ihn bis heute nicht gehabt.

Zuerst hielt ich unsere Begegnungen zwar für bedeutungslos. Aber auch nur, weil ich mich hinterher so gut fühlte, obwohl ich dich ja gar nicht richtig kannte. Aber letzten Endes habe ich dich von Anfang an so sehr gemocht, dass es sich nicht mehr bedeutungslos anfühlte. Ich hatte viel eher das Gefühl, als könnte ich bei dir ganz offen sein und dir Seiten von mir zeigen, die ich noch nie jemandem gezeigt hatte.«

Er sah sie erneut mit ernstem Blick an. »Mir war nie bewusst, dass das, was wir da tun, ein Spiel für dich war, Wendy. Aber es war ja wohl eindeutig so.«

»Das war das erste und einzige Mal in meinem Leben, dass ich Sex als Spiel betrachtet habe. Und am Ende habe ich verloren. Denn du hast es herausgefunden. Und es war deine schreckliche Reaktion darauf, die mir klar gemacht hat, dass ich mich in dich verliebt habe.«

Der Ausdruck in seinen Augen veränderte sich bei diesen Worten zwar, aber Wendy konnte immer noch nicht recht einschätzen, was er dachte. Seine Stimme jedenfalls war nur noch ein Flüstern. »Es war dir also ernst mit dem, was du da geschrieben hast?«, fragte er sie, während die Brandung über ihre Füße schwappte. »Du bist in mich … verliebt.«

Wendy senkte ihren Blick und fühlte sich in ihrem Bikini unverhüllter denn je. Doch sie musste sich der Sache endlich stellen. »Traurig, aber wahr.«

»Warum traurig?«

»Weil du mich wegen der anderen Dinge, die ich auch in das Journal schrieb jetzt zu verabscheuen scheinst.«

Brandon schüttelte den Kopf. Er sah müde aus. »Ich verabscheue dich doch nicht. Ich war nur … durcheinander. Verletzt. Für mich war es das erste Mal seit meiner Jugend, dass mir jemand etwas bedeutete. Ich hatte mit dir eine Beziehung, die … eindeutig über Sex hinausging. Und zwar weit darüber hinaus. Ich dachte …« Er verstummte, seufzte und starrte wieder auf den Horizont, als würde er dort die Antworten finden, nach denen er suchte. »Ich kann kaum glauben, dass ich dir das erzähle, aber was soll's. Ich dachte, mit dir hätte ich die perfekte Frau gefunden. Eine Frau, die einfach alles hat: Schönheit, Verstand, Persönlichkeit und genug Leidenschaft, um mich jeden einzelnen Tag meines Leben ganz verrückt vor Lust zu machen. Und dann … kam ich dahinter, dass das alles gar nicht echt war.«

Wow! Er war verrückt nach ihr gewesen, und die Eintragung in ihrem Journal hatte ihn wirklich verletzt. Es ging also doch um mehr, als nur um sein Ego. Autsch!

»Es war auch nicht echt – zu Anfang zumindest. Aber dann schon«, versuchte sie ihm zu erklären. »Verstehst du nicht? Ich habe mich verändert, nachdem ich eine Zeit lang hier war. Ich wollte ein ganz bestimmtes Image darstellen, das mit der Zeit dann wirklich real wurde. Und dieses Bild vermischte sich dann mit dem Rest von mir und wurde zu meinem wahren Ich. *Du* hast mich verändert. *Ich* habe mich verändert. Aber jetzt ist alles echt an mir. Ich bin diese Frau. Die Frau, für die du mich gehalten hast. Abgesehen von der Perfektheit vielleicht, denn perfekt bin ich wirklich nicht. Um genau zu sein, habe ich sogar jede Menge Fehler. Ich hab's versaut und jetzt … na ja, ich schätze du weißt, wie sich das anfühlt.«

Er blinzelte und sah ihr dann direkt in die Augen. »Der Verlierer zu sein? Einer von den durchschnittlichen Menschen zu sein, von denen du da ständig redest? Einer von denen, die es nicht so leicht haben?«

»Ja«, flüsterte sie. »Und es tut mir leid. Aber ich finde, du musst mir einfach verzeihen. Ich finde das, was ich getan habe, nämlich gar nicht so schrecklich. Ich glaube einfach nur, dass es für dich schwerer ist, weil du solche Verletzungen nicht kennst.« So! Wow! Jetzt war sie wirklich total und brutal ehrlich gewesen. Aber es hatte sein müssen. Sie hatte ihn schon einmal belogen und es war sicher das Beste, jetzt endlich die Karten auf den Tisch zu legen – egal, was dabei herauskam.

»Du magst vielleicht recht haben, dass das alles neu für mich ist, und ich bin auch nicht stolz darauf, wie ich mit der Sache umgegangen bin. Aber vielleicht komme ich ja auch deshalb so schwer darüber hinweg, weil du … mir so viel bedeutet hast.«

Wendy holte tief Luft. »Bedeutet *hast*?« *Vergangenheit?!*

Aber er verstand seine Worte so gar nicht. Nein, Brandon glaubte, sie würde nach allem, was er gerade eingestanden hatte, immer noch an seinen Gefühlen zweifeln. »Ja, verdammt noch mal – bedeutet hast!« Er schüttelte scheinbar verärgert den Kopf. »Ich bin nicht besonders gut darin, solche Dinge auszusprechen. War ich noch nie. Aber natürlich hast du mir was bedeutet. Warum zum Teufel sollte ich mich sonst über dein kleines Spiel ärgern? Bei jeder anderen Frau und zu jeder anderen Zeit in meinem Leben hätte es mir rein gar nichts ausgemacht, dein Journal zu finden. Aber bei dir … war das anders.«

Schon wieder Vergangenheit! »Willst du mir damit sagen, dass es zu spät für uns ist, Brandon?«

»Nein, das will ich damit überhaupt nicht sagen.« Sein Blick war immer noch müde und frustriert, als er sich an den nassen Strand setzte und mit einer Muschel Linien in den Sand malte. »Hör zu, Wendy, ich bin ein guter Geschäftsmann, ich bin gut im Smalltalk, und ich bin gut beim Sex. Aber bei Gefühlen bin ich eben nicht besonders gut. Und deshalb habe ich auch versucht, sie abzustellen, als ich dachte, ich bedeute dir nichts.

Aber das Ganze ging nach hinten los, und ich habe schließlich furchtbare Dinge zu dir gesagt.

Genauso war es neulich Abend im *Vulcano's*. Als ich dich an der Bar sah, wollte ich dich unbedingt ficken. Und ich dachte auch, dass ich es könnte, es einfach nur so zum Spaß mit dir treiben – und nichts weiter. Aber als ich dann merkte, dass das nicht funktioniert, na ja ... da habe ich eben einfach dicht gemacht, um der Situation irgendwie zu entkommen. Als Geschäftsführer von diesem Laden«, er zeigte mit einer Hand hinter sich, während die andere immer noch mit der Muschel herumspielte, »muss ich verdammt gut kommunizieren können. Aber als Mann, der einer Frau zu erklären versucht, was er für sie empfindet ...« Er schüttelte erneut den Kopf. »Ich bin einfach nicht gut darin, bei so etwas die richtigen Worte zu finden.«

Wendy musste schlucken. Sie hatte sich geirrt. Brandon empfand doch so wie sie. Aber er hatte schon recht, wirklich gut war er im Erklären seiner Gefühle nicht. Und das hieß ... »Was für Worte, Brandon? Du musst sie aussprechen.«

Er erhob sich und sah ihr in die Augen. Sein Blick war voller Leidenschaft, Ernst und vielleicht sogar ein bisschen Nervosität. Dann zeigte er auf den Sand, in den er mit der Muschel gekritzelt hatte:

ICH LIEBE DICH

Wendy stockte der Atem.

»Ich hätte dir das viel früher sagen sollen«, erklärte er. »Aber ein Mann wie ich, ein Mann, der ... noch nie jemanden geliebt hat und der dann solche Gefühle entwickelt, für den ist es natürlich schwer, sich wieder zu öffnen, wenn er einmal verletzt wurde. Und außerdem bin *ich* derjenige, der um Verzeihung bitten sollte. Kannst du mir vergeben, Bunny?«

»Ja«, erwiderte Wendy sofort. Ihre Augen waren noch immer auf die Worte gerichtet, die ihr Geliebter in den Sand gekritzelt hatte. Er hatte sie immer noch nicht laut ausgesprochen, aber das war vielleicht auch besser so. Genau wie sie selbst hatte er sich fürs Niederschreiben entschieden. Vielleicht war das die Erklärung dafür, weshalb ihr Journal ihn so verletzt hatte. Denn wenn man etwas Schriftliches sah, wog das meist viel schwerer als nur Gesagtes.«

Brandon schien überrascht, dass sie die Angelegenheit mit einem Mal so auf die leichte Schulter nahm. »Wirklich?«, fragte er ungläubig.

Wendy nickte entschieden und deutete dann auf die Worte im Sand. »Wenn du das da wirklich ernst meinst.«

»Und ob«, erwiderte er sanft, aber bestimmt.

Wendy schlang die Arme um seinen Hals und küsste ihn. Er erwiderte ihre Umarmung, und als seine Zunge in ihren Mund glitt, fühlte sich zum ersten Mal, seit er ihr Journal gelesen hatte, alles wieder richtig an – mit ihm und in ihrem Herzen. »Ich liebe dich, Brandon«, sagte sie und blickte in die tiefblauen Augen, die sie schon bei ihrer ersten Begegnung gefangen genommen hatten. »Ich liebe dich wirklich.«

Er erwiderte ihren Blick. »Ich … ich liebe dich auch, Wendy«, erklärte er langsam und fast vorsichtig. »Und ich möchte wirklich, dass daraus etwas wird. Aus uns. Tut mir leid, dass ich so ein Idiot war. Du bist nur einfach … die erste Frau, die ich jemals geliebt habe. Und das hat mich ziemlich umgehauen.«

»Ich sagte doch, dass ich dir verzeihe«, versicherte sie ihm erneut. »Solange du keine Gewohnheit daraus machst und wieder zu dem scharfen, sexy Kerl wirst, in den ich mich verliebt habe.«

Als er lächelte, war das genau das attraktive, gewinnende Lächeln, in das sie sich verliebt hatte. »Abgemacht, Bunny.« Er kicherte. »Welch ein Glück für mich, dass du am Strand liebenswerter bist als bei der Arbeit.«

Sie lachten beide und sprachen darüber, wie lustig, aber auch seltsam es sein würde, tagsüber zusammenzuarbeiten und abends ein Paar zu sein. »Werden wir es den Menschen sagen?«, fragte Wendy. »Oder bleibt es unser Geheimnis?« Doch beide beschlossen, dass sie das später entscheiden würden.

»Im Moment«, erklärte Brandon, »will ich nur warten, bis es dunkel ist, dich dann in unsere Cabana schleppen und über dich herfallen.«

Wendy konnte es kaum abwarten, und ihre Muschi zuckte schon jetzt vor freudiger Erwartung. »Ich war ein unanständiges Mädchen«, sagte sie. »Ich glaube, mir gehört der Po versohlt.«

Brandons Gesicht wurde von einem lüsternen Grinsen erfasst. »Keine Sorge, Bunny. Anständig oder unanständig, ich sehe in Zukunft eine Menge Schläge auf deinen Po zukommen.«

In diesem Moment kam eine etwas höhere Welle auf sie zu und umspülte ihre Knöchel. Brandon sah sofort hinter sich. »Das Meer hat meine Botschaft an dich ausgelöscht.«

Wendy war sehr angetan, dass er tief in seinem Inneren soft genug war, um bei diesen Worten so traurig zu klingen. Sie sah in seine aufregend glitzernden blauen Augen. »Nichts kann diese Worte fortspülen. Auch ich habe Angst, aber ich will es, und ich habe Vertrauen in uns. Nichts wird unsere Gefühle jemals auslöschen.«

Epilog

Ein Jahr nachdem sie das erste Mal das *Emerald Shores Resort* betreten hatte, war Wendy so glücklich, wie man nur sein konnte.

Okay, sie und Brandon gerieten in der Chefetage durchaus mal aneinander, aber beide hatten gelernt, die Arbeit nicht mit nach Hause zu nehmen, und er schien ihre Vorstellungen fast ausnahmslos zu respektieren – auch wenn er immer noch behauptete, das Resort würde sofort pleite gehen, wollte man all ihre kostspieligen Ideen in die Tat umsetzen. Alles in allem aber waren, ein Jahr nachdem *Carlisle Enterprises* in das Resort investiert hatte, fast alle Verbesserungsvorschläge von Wendy in die Tat umgesetzt, das Geschäft florierte, und alle waren zufrieden.

Zwar vermisste Wendy ihre Familie, aber genau wie sie gehofft hatte, kamen sie oft zu Besuch, und hin und wieder fuhr Wendy auch selbst nach Hause. Zu Ostern hatte sie sogar Brandon mitgenommen und war – damit seine Mutter nicht allzu enttäuscht war – an Weihnachten mit ihm nach Alabama gefahren. Und da er dort scheinbar recht schnell in seinen Südstaatenakzent verfiel, hatte sie auch davon endlich eine Kostprobe bekommen.

Die Nächte und die Wochenenden waren natürlich ihre liebste Zeit. Wendy hatte zwar großen Spaß an ihrer Arbeit, aber ihr Privatleben gefiel ihr noch viel besser. Sie wohnte noch immer in einer der größeren Wohnungen in den *Shellside Towers*, auch wenn die beiden die meisten Nächte in Brandons Penthouse verbrachten. Der Sex mit ihrem Geliebten war noch immer aufregend, und Wendy wollte noch immer so viel davon haben, wie sie kriegen konnte. Ihre Hemmungen hatte sie endgültig über Bord geworfen, und Brandon ermutigte sie immer wieder, ihren sexuellen Horizont noch mehr zu erweitern. Zwar hatte es noch ein paar weitere heiße Abende mit Pete und auch eine besonders geile Nacht mit ihm und Stacy gegeben, aber das war ganz zu Anfang ihrer neuen Beziehung gewesen. Seitdem waren sie zu der Erkenntnis gekommen, dass ein bisschen experimentieren zwar Spaß machte, sie aber doch lieber für sich blieben.

Wendy liebte es, in Strandnähe zu wohnen, sich am Wochenende und manchmal auch an Nachmittagen unter der Woche an den Strand zu legen und in ihrem sexy Bikini ein bisschen Sonne zu tanken. Aber eigentlich verbrachten sie und Brandon eher die Abende dort, spazierten Hand in Hand am Strand und beobachteten die Sonnenuntergänge. Die Bikini-Mieze war natürlich auch dort, und der Frühling schien einen neuen, noch knapperen Bikini mit sich gebracht zu haben. Bis zu diesem Tag hatte Wendy noch kein einziges Wort mit der Frau gewechselt, die ihr Leben verändert hatte. Und sie hielt es nach wie vor für das Beste, es auch dabei zu belassen.

Die Sonne stand schon sehr tief, als sie heute mit Brandon Hand in Hand den Strand entlangschlenderte. Sie trug einen weiten Baumwollrock mit Trägerhemdchen, er hatte Khaki-Shorts und ein Golfhemd an. Beide waren barfuß.

»Weißt Du eigentlich, dass es diese Woche genau ein Jahr her ist, seit wir uns kennenlernten?«, fragte er sie.

Wendy sah auf. Sie war ganz überrascht, dass er das wusste.

Er drückte ihre Hand und schaute sie an. »Das war ein tolles Jahr, Bunny. Das beste Jahr meines Lebens.«

Seine Worte rührten sie. »Für mich auch«, gestand sie mit sanfter Stimme.

Wie bei den meisten Dingen, die Brandon sich vornahm, hatte er mittlerweile ein ziemliches Talent entwickelt, über seine Gefühle zu sprechen. Das Gespräch war also nicht unbedingt ungewöhnlich, berührte Wendy aber doch sehr.

Als sie in diesem Moment den Blick senkte, sah sie in den feuchten Sand folgende Worte geschrieben:

WILLST DU MEINE FRAU WERDEN?

»Oh, wow!«, entfuhr es ihr. »Schau mal, was da jemand in den Sand geschrieben hat.« Wendy fand diese Art, einen Antrag zu machen, überaus romantisch.

Erst als sie die Worte ausgesprochen hatte, fiel ihr wieder ein, dass Brandon ihr damals auf ähnliche Weise seine Gefühle gestanden hatte. »Nicht nur *jemand*, Bunny.«

Wendy blieb stehen, drehte sich um und sah ihm ungläubig in die Augen. Hatte er wirklich gerade gesagt, was sie glaubte? *O Gott!*

Brandon kniete sich vor sie und zog eine schwarze Samtschachtel aus seiner Hosentasche. Als er sie vor ihren Augen öffnete, kam ein hinreißender Diamantring zum Vorschein. »Willst du, Bunny?«, fragte er und und nahm ihre Hand. »Willst du meine Frau werden?

Wendy stürzte sich förmlich auf ihn und rief nur: »Ja, ja, ja!« Sie lachten beide und küssten sich wie die Wilden. Und irgendwann steckte Brandon ihr den schönsten Ring an den Finger, den Wendy je gesehen hatte.

Und dann warteten sie – wie so oft – auf den Einbruch der Dunkelheit, um sich endlich in ihrer Lieblings-Cabana vergnügen zu können.